Antología crítica del cuento hispanoamericano
Del romanticismo al criollismo (1830-1920)

Sección: Literatura

José Miguel Oviedo:
Antología crítica del cuento hispanoamericano
Del romanticismo al criollismo (1830-1920)

Selección, introducción y comentarios de
José Miguel Oviedo

El Libro de Bolsillo
Alianza Editorial
Madrid

© de la selección y preparación: José Miguel Oviedo, 1989
© Alianza Editorial, S. A., Madrid, 1989
  Calle Milán, 38, 28043 Madrid; teléf. 200 00 45
  ISBN: 84-206-0428-3
  Depósito legal: M. 34.030-1989
  Papel fabricado por Sniace, S. A.
  Compuesto en Fernández Ciudad, S. L.
  Impreso en Lavel. Los Llanos, nave 6. Humanes (Madrid)
  Printed in Spain

El cuento es, a la vez, un género antiquísimo y reciente. Como simple narración breve, existe desde tiempos
remotos, como lo prueban los relatos mágicos o cosmo-
gónicos de pueblos antiguos que eran familiares a los
hindúes, los griegos, los escandinavos o a los precolom-
binos: contar historias ficticias (generalmente, con el afán
de explicarse los propios orígenes pero también, como
ha recordado tantas veces Borges, por el simple placer
de producir asombro) es una costumbre natural de los
hombres de cualquier latitud. En este sentido, uno puede
encontrar narraciones breves, o trazas de ellas, dentro de
obras más vastas, y aun en verso; la asociación definitiva
de los modos del relato con los de la prosa es un fenómeno de los tiempos modernos. Aunque esas formas remotas
y primitivas originadas en Oriente o en Europa, algunas
geniales como *Las mil y una noches* o los *Canterbury
Tales* de Chaucer, son los antecedentes del cuento de
nuestra época, no podemos confundirlo con ellas. En realidad, suele haber una cierta imprecisión terminológica y

conceptual que oscurece un tanto el proceso a través del cual el cuento se define como género.

En diferentes épocas, el cuento ha sido llamado «leyenda», «historia» o «novela». El mismo Boccacio, en el proemio al *Decamerón* (1348-1353), una obra capital para el desarrollo y amplia difusión del género, señala que sus relatos son «novelas o fábulas o parábolas o historias o lo que queramos llamarlas» [1]. Para nosotros, las *Novelas ejemplares* de Cervantes son más cuentos o relatos que novelas; lo contrario también ocurre: Dickens tituló una novela *A tale of Two Cities*. Aún después del medioevo, a pesar de importantes contribuciones, como *El conde Lucanor* (1328-1335), de Don Juan Manuel, la ficción breve no había logrado separarse nítidamente de materiales narrativos tan heterogéneos como la facecia, el cuento popular o la historia simplemente escabrosa. Estas y otras formas provenientes de la Antigüedad clásica u oriental, como la parábola y el apólogo, perduraron en la Edad Media —que agregó otras, como la *fabliau* y la leyenda bíblica—; y se mantuvieron en el Renacimiento indiferenciadas respecto de narraciones breves literariamente más elaboradas: hasta Boccacio e incluso después, el relato corto no había establecido del todo, ni en la teoría ni en la práctica, un estatuto artístico que lo dignificase. Por su brevedad, por su espíritu meramente recreativo, el cuento era el pariente pobre de la familia literaria. Semejante a la novela, pero de orígenes más confusos y humildes, el cuento era una realidad popularmente conocida pero mal definida.

La imprecisión era quizá inevitable: todos sabemos que el cuento es una narración breve, pero ¿cuán breve? ¿Cómo distinguirla de la novela breve (su semejante más cercano) o del simple relato vernacular, o aun de la anécdota? Además de la imprecisión, un elemento de prejuicio (que proviene de los espurios comienzos a los que

---

[1] Cit. por James V. Mirollo, «Renaissance Short Fiction», en William T. H. Jackson, comp., *European Writers. The Middle Ages and the Renaissance* (New York: Scribner's Sons, 1983), vol. 2, p. 927; mi traducción.

se ha hecho referencia) interfiere con su comprensión: por su extensión, suele considerarse que el cuento es un género «menor» respecto de la novela, a la que estaría subordinado estéticamente. Aunque generalizada, la falsedad de esa creencia es evidente: ambas son formas narrativas, pero ni sus técnicas, ni su lenguaje, ni sus efectos son los mismos. Incluso es posible afirmar que el cuento, estéticamente, está más cerca de la poesía —y del rigor e intensidad de su lenguaje— que de la novela. Mientras ésta mantiene una proximidad mucho mayor con la vieja épica, el efecto de revelación y sorpresa del cuento suele tener la concisión inapelable del poema.

En inglés se distingue entre *tale* y *short story,* distinción que no es tan clara en nuestra lengua; entender esa diferencia es esencial. Hay un momento decisivo en la historia del género cuando lo que es simplemente «narración corta» sin mayor consistencia literaria, de trazado bastante somero y con un sesgo malicioso o chismoso *(tale),* pasar a ser un relato con leyes internas, estructura precisa y propósito definido *(short story).* Ese momento está representado por Edgar Allan Poe (1809-1849), no sólo un gran cuentista, sino posiblemente el primer crítico del cuento moderno por su comentario a los *Twice Told Tales* (1842) de Nathaniel Hawthorne. A partir de allí, ya es teóricamente posible distinguir el cuento de las otras formas análogas que le dieron origen y con las cuales convivió durante siglos. Así, resulta un género cuya invención puede considerarse moderna.

La historia del cuento hispanoamericano confirma también esa confusa y lenta evolución. Desde el comienzo de la literatura de lengua castellana en América, se observa la presencia de diversas formas del relato dentro de obras de género e intención distintos: hubo una intensa vocación *narrativa* en esa literatura, seguramente porque encaraba la representación de un mundo nuevo, desconocido y digno de ser descrito para quienes sólo podían imaginarlo. La realidad americana estimuló la fantasía europea (fecundada por utopías renacentistas y caprichosas interpretaciones bíblicas) y justificó que las versiones

históricas de la conquista incorporasen abundantes leyendas y narraciones mitológicas; es decir, ficciones cuya paradójica función era corroborar la verdad. No sólo el
testimonio detallado de la realidad objetiva americana se
entremezcló con las formas de la imaginación corrientes
entonces, sino también con las complejas cosmogonías y
mitologías indígenas que, a su vez, fueron penetradas por
la cultura del invasor [2]. En las crónicas americanas, por
ejemplo, uno de los géneros de mayor importancia en los
primeros cien años desde el descubrimiento, el lector puede encontrar fábulas, historias milagrosas, versiones fantasiosas de acontecimientos reales, tradiciones europeas e
indígenas que crean una red inextricable de interpretaciones y contrainterpretaciones, una alianza de hechos y
ficciones.

   Así, en la literatura colonial, desde Fernández de Oviedo (1478-1557) hasta los años de Fernández de Lizardi
(1776-1827), y tanto en la vertiente «culta» como en la
«popular», encontramos formas de relato novelesco que
colindan con el cuento. Pero este género no existe como
tal en América hasta el advenimiento del romanticismo.
Por cierto, la ilustración y el neoclasicismo habían exal-
tado, poco antes, el otro polo de la narración breve: el
didáctico y edificante, lo que explica la presencia del elemento moralizador, en forma de fábulas entretejidas con
el relato principal, dentro de obras como el *Lazarillo de
ciegos caminantes* (1773) de «Concolorcorvo» y *El Periquillo Sarniento* (1816) de Lizardi. Impulsados prima-
riamente por el doble fin de ilustrar y entretener, esos
cuentecillos son ingredientes graciosos del sesgo diletante
y educativo de muchos textos del período: no son obras
autónomas. Y aun en el caso de un aislado relato de Lizardi, recientemente rescatado bajo el título «Viaje a la
isla de Ricamea» (el autor lo publicó sin título en *El
Pensador Mexicano,* de 1814) [3], esa limitación de la acti-

---

   [2] Véase José Miguel Oviedo, «Un acontecimiento interminable»,
prólogo a *La Edad de Oro* (Barcelona: Tusquets Editores/Círculo
de Lectores, 1986), pp. 28-39.

tud narrativa se nota: lo que aparece al comienzo como
un interesante vuelo imaginativo (un viaje de aventuras
por tierras fabulosas) se convierte, al final, en una parábola sobre la situación de la Nueva España; Ricamea es
sólo el anagrama de «América» y toda la historia un
pretexto para hablar de cuestiones de actualidad política.

Las primeras manifestaciones del cuento dentro del ciclo romántico son bastante modestas, pues el género aparece en estado todavía impuro, debido a que el romanticismo no lo había deslindado de ciertos subgéneros
populares como el artículo de costumbres, la leyenda
histórica y la sátira social, para no mencionar las exigencias del enormemente popular folletín periodístico. De
hecho, el romanticismo hispanoamericano, aunque abundante en todas estas formas de narración breve, no produjo muchas obras que podamos llamar estrictamente
cuentos; por otro lado, hay que recordar la debilidad
innata del romanticismo hispanoamericano, aún más pos-
tizo y exagerado que su modelo peninsular: muchos cuentos eran ingenuos traslados, de gusto y originalidad du-
dosos, de los gestos románticos europeos. Lo que sí hizo
el romanticismo fue estimular el interés del público por
lo anecdótico, pintoresco o meramente extravagante (desde historias de aparecidos hasta melodramas sangrientos),
creando así una demanda constante por ese material y
por nuevos autores que supiesen enriquecer el caudal
de fantasías que parecía ser la fuente principal de entretenimiento de las capas ilustradas criollas. Contando con
esas bases que le aseguraban una amplia aceptación social, el cuento se desarrolló a partir de dos notas esenciales del romanticismo: la afición historicista y la afirmación nacional. Vuelta al pasado, interés por lo propio:
dos elementos que bastan para fundar una tradición literaria en jóvenes países que acababan de inventarse a sí
mismos, desgajándose del viejo sistema colonial que los
homologaba como meras extensiones de España. Pero el

---

[3] Apareció, con nota introductoria de Jacobo Chencinsky, en
la *Revista de Bellas Artes,* núm. 1, enero-febrero, 1965, pp. 25-43.

historicismo y el nacionalismo románticos son sólo una
cara de la medalla: la otra es, contradictoriamente, la
del exotismo y la fantasía sobrenatural.

Posiblemente los primeros cuentos que podemos llamar tales en el xix fueron los que el cubano José María Heredia (1803-1839) —uno de los más interesantes
heraldos del romanticismo en América— publicó en su
revista *Miscelánea* entre 1830 y 1832, algunos bajo el
título general de «cuentos orientales». El problema con
esos cuentos, que hasta ahora se discute, es el de su
autoría, pues Heredia no los firmó con su nombre: ¿son
en verdad obras suyas o meras traducciones de sus buenas
lecturas del romanticismo europeo? Algunos relatos, como
«Aningait y Ajut», que él subtitula «cuento groenlandés»,
son de un exotismo tan remoto que excede los tópicos
visitados por la imaginación romántica. El historiador de
la literatura cubana Juan J. Remos y Rubio sospecha que
los «cuentos orientales» son traducciones del francés, sin
citar su posible fuente [4]. Angel Aparicio Laurencio, defensor de la originalidad cuentística de Heredia, lo con-
tradice con ardor, pero sólo se anima a afirmar que esos
y otros trabajos del poeta son de su propia mano «mientras no se demuestre lo contrario» [5]. Y mientras Luis
Leal critica que parte de esos «cuentos orientales» se
hayan «publicado bajo su nombre, como si fuesen originales de él» [6], en el prólogo de una reciente antología
de relatos se da por sentado que son de Heredia y se
afirma, erróneamente, que los publicó en 1829 [7]. En realidad, quizá no sean ni traducciones ni obras originales,

[4] Juan J. Remos y Rubio, *Historia de la literatura cubana* (La
Habana: 1945), vol. 1, p. 268.
[5] Angel Aparicio Laurencio, *Trabajos desconocidos y olvidados
de José María Heredia* (Madrid: Ediciones Universal, 1972), p. 28.
[6] Luis Leal, *Historia del cuento hispanoamericano* (México:
Ediciones de Andrea, 1971, 2.ª ed.), p. 21.
[7] Mario Benedetti y Antonio Benítez Rojo, eds., *Un siglo del
relato latinoamericano* (La Habana: Casa de las Américas, 1976),
p. 4. Contradictoriamente, Salvador Bueno, cuya *Historia de la
literatura cubana* (La Habana: 3.ª ed., 1963) no menciona siquiera
la existencia de cuentos en la obra de Heredia, incluye tres de esos

sino creaciones de segundo grado, paráfrasis o elaboraciones personales hechas a partir de materiales ajenos (quizá anónimos), lo que encaja bien con la función difusora de la literatura romántica que Heredia quería cumplir: traducir a Goethe o a los nuevos poetas franceses formaba parte del mismo programa. Es, pues, difícil saber cuánto puso Heredia de su cosecha en un cuento como «Manuscrito encontrado en una casa de locos» (*Miscelánea,* febrero de 1832), que, a pesar de su estridencia y su previsible final, es un cuento de horror que bien podría encabezar el proceso del cuento hispanoamericano, si estuviésemos más seguros acerca de su origen. Sólo parece haber acuerdo general en atribuirle con certeza el titulado «Historia de un salteador italiano», publicado en la misma *Miscelánea* en 1831, pero que tiene bastante menos interés narrativo.

Todo esto quiere decir que el primer lugar en la historia del cuento en Hispanoamérica debe seguir otorgándose al que, de hecho, ha sido considerado siempre el texto fundador del género: *El matadero,* de Esteban Echeverría (1805-1851). Lo es, al menos, en el sentido de que es el primer cuento *americano* que se escribe en el continente, el primero en utilizar el lenguaje y las ideas del romanticismo europeo, no para imitarlo en todo, como ocurre con los «cuentos» de Heredia, sino para decir algo completamente nuevo. Se trata de una síntesis admirable de todo lo que el romanticismo había traído o popularizado: el artículo de costumbres, el gusto por el color local, la afirmación nacionalista, la exaltación de la libertad, la defensa de la sagrada dignidad individual, etc.; pero, a la vez, presenta una minuciosa observación realista y un grado de violencia descarnada que no eran frecuentes en su época. En este punto, es oportuno observar una circunstancia importante al considerar este cuento: aunque fue escrito en 1839, sólo fue publicado póstumamente en 1871, pues el propio autor no estaba muy conven-

---

textos en su antología *Cuentos cubanos del siglo XIX* (La Habana: 1975), atribuyéndoles además la misma fecha errónea de 1829.

cido de sus méritos. Este lapso de más de treinta años
creó un vacío que sin duda afectó, por vía negativa, la
misma fisonomía de la narrativa romántica dentro y fuera
de Argentina. En realidad, el proceso de la narración corta en Hispanoamérica no seguiría las líneas de «El matadero» sino mucho tiempo después de que fuese escrito,
cuando ya los realistas y los primeros naturalistas domi-
naban en el panorama literario. Más allá de sus valores
intrínsecos, el destino de «El matadero» es paradójico y
crucial: sin émulos, sin posibilidades de influir en autores y lectores, quedó como una pieza aislada, desgajada
de su tiempo a pesar de que lo expresaba magníficamente;
pero más tarde, fuera de su contexto histórico, alcanzó
una extraordinaria actualidad.

Lo que uno encuentra con más frecuencia en la época
de redacción de «El matadero» son las otras vertientes de la narración romántica: por un lado, los relatos
sentimentales e históricos; por otro, esas formas narrativas breves que no se animaban del todo a ser cuentos,
pues se confundían con el costumbrismo. El predominio
costumbrista y satírico, reiterado a través de las páginas
de periódicos y revistas, mantuvo un interés constante
por relatos en los que el elemento imaginario estaba presente, pero abrumado por el prurito de la fidelidad histórica, el trasfondo legendario o la admonición social. En
realidad, el modelo de los años de auge romántico no
fue —no pudo ser— «El matadero», sino el de las *Tradiciones peruanas* de Ricardo Palma (1833-1919). Palma
fue el más hábil, el más ingenioso de toda una multitud
de «tradicionistas» americanos que lo antecedieron y continuaron. En esencia, sus tradiciones no son sino anécdotas sacadas del inagotable repertorio de la historia, peruana o hispanoamericana. Lo que las hacía tan populares
era el carácter siempre ameno del relato, el sabor criollo
y alegre de la prosa, la vivacidad inmediata con la que
los personajes actuaban o hablaban. Es difícil considerar
cuentos a estas narraciones, aunque no les faltan los ingredientes propios del género; de modo muy consciente,
Palma se resistió a liberar sus tradiciones del lastre his-

toricista, y sólo muy ocasionalmente, cuando recurre a risueñas fábulas de aparecidos y endemoniados, pueden caer éstas en el campo del cuento. Precisamente, ese otro polo del espíritu romántico —el gusto algo morboso por las fantasías de ultratumba— inspiró a muchos escritores y generó una interesante línea de relatos sobrenaturales o de horror, sobre los que los historiadores no siempre han llamado la debida atención [8]. Aunque menos abundante que las narraciones históricas o sentimentales, la literatura fantástica cultivada por algunos autores del período (Juana Manuela Gorriti, Roa Bárcena, Montalvo) no sólo tiene el interés de darnos acceso a ciertas zonas oscuras del alma romántica (en la que tan poco exploraron los poetas hispanoamericanos), sino uno histórico: son los antecedentes, a veces bastante precisos, de ciertas expresiones de lo fantástico desarrolladas en el siglo XX. En ellos están los más remotos antecedentes de ciertos textos de Horacio Quiroga, Bioy Casares y aun de Borges.

El dominio del romanticismo es tan prolongado que cubre dos generaciones. (En algunos países se produce un desfase: en el Perú, por ejemplo, donde fue un fenómeno tardío, los primeros escritores románticos nacen por los años treinta, la época en que Echeverría funda el romanticismo en el Río de la Plata.) Eso ayuda a explicar por qué pueden encontrarse manifestaciones románticas de signo tan diverso y a veces entremezcladas con otras tendencias: es un fenómeno obstinado que se prolonga más allá de sus marcos cronológicos propios y se adapta a las exigencias estéticas del propio modernismo, que venía a desplazarlo. En la segunda mitad del siglo XIX hay un período impreciso que se designa como postromántico y que sobrevive parasitariamente a la sombra de estilos que se definirán más adelante. Así, antes de que surjan los realistas propiamente dichos, hay un realismo

---

[8] Un estudio valioso y pertinente es el de Oscar Hahn, *El cuento fantástico hispanoamericano en el siglo XIX* (México: Premiá, 1978).

romántico que se caracteriza por una visión idealizada
o enfática del contorno real de la sociedad americana.
En las *Tradiciones* de Palma, ¿no aparecen acaso elementos realistas de otro grado? Inversamente, hay escritores,
como el argentino Roberto J. Payró (1867-1928), que,
ya en pleno auge del naturalismo, cultivan un costumbrismo que parece un eco retrospectivo de la época anterior.

Todo esto prueba, de paso, qué relativas son las clasificaciones y nomenclaturas literarias, más todavía en el
caso de las que se aplican a Hispanoamérica, que siguen
las de Europa pero que no siempre describen los mismos
fenómenos. Un ejemplo: el argentino Eduardo Wilde
(1844-1912), activo en el último tercio del siglo XIX y
comienzos del XX, escribe en la época del realismo y naturalismo, pero no puede ser asimilado a esas escuelas;
tampoco del todo a la romántica, viva todavía cuando su
producción comienza. Más que a su época, Wilde se acerca a la nuestra por la naturaleza de su imaginación y su
lirismo irónico. La literatura está llena de casos como
éste, difíciles de encasillar y que demuestran que la historia literaria nunca es lineal. Las obras no se articulan
de modo sucesivo, como generalmente creemos, sino mediante conexiones laterales, extrañas convergencias, contradicciones y regresiones; en vez de un sistema sucesivo,
hay que ver el conjunto como un haz de *fusiones simultáneas,* donde las leyes de la causalidad no funcionan
mecánicamente: la historia es plural, llena de concentra-
ciones pero también de dispersiones. Hay que acostum-
brarse a usar los membretes y clasificaciones como un
mero soporte para aclarar el funcionamiento general del
cuadro histórico, no para entender los textos que produce. El número de obras estéticamente fronterizas es demasiado grande como para ignorarlas: algo nos quiere
decir. Y seguramente apunta al hecho de que, si bien
podemos organizar el desarrollo de una literatura usando
la nomenclatura clasificatoria que nos parezca mejor, no
debemos creer que al decir «romanticismo» hemos resuelto el problema de la derivación y originalidad que cada
texto plantea. No es éste el lugar para tratar a fondo el

asunto, pero por lo menos había que apuntarlo para que
el lector sepa todo lo que *no* queda definido cuando usa-
mos palabras como «naturalismo» o «criollismo»: son
meros indicios, que deben manejarse con prudencia.

El elemento común del romanticismo y el realismo es
el interés por la descripción de costumbres y tipos curiosos. Pero mientras el primero dio preferencia a lo
pintoresco y singular de la observación, el segundo se interesa más en el comportamiento habitual de los individuos y en los problemas que encaran al insertarse en la
sociedad. En vez de idealización, observación atenta de los
detalles que configuran lo real; en vez de personajes ex-
cepcionales (o «sublimes», como los románticos preferían
decir), hombres con los cuales los lectores podían fácilmente identificarse; en vez de exotismo y nostalgia por el
pasado, fascinación por la realidad inmediata y el presente histórico. Activos en la segunda mitad del siglo, los
realistas no son un grupo homogéneo y no llegan a formar un movimiento que podamos comparar con la escuela
francesa homónima (ni siquiera con sus discípulos penin-
sulares), aunque los historiadores tiendan a presentarlos
de ese modo: el realismo hispanoamericano nace como
un *sesgo* del romanticismo en su etapa final. Esa fase
está vinculada a un momento particularmente decisivo
de la evolución social: la disolución del sueño romántico de patrias libres y progresistas en las pesadillas de
las dictaduras y los caudillismos militares. Además, las
sociedades urbanas de ciertos países como Argentina, Chile y México, habían crecido considerablemente y enfren-
taban problemas graves e inesperados. La realidad se
había vuelto mucho más compleja, conflictiva y cautivante como tema literario. Los escritores se hacen entonces
un poco exploradores de sus propios países y descubren
las contradicciones entre la capital y la provincia, entre
las formas tradicionales y modernas que convivían en un
solo momento en un mismo país. Lo regional, lo humilde
y lo popular son valores que el realismo destaca, por
creer que en ellos había esencias olvidadas que tal vez
podían cambiar el curso de la vida nacional. Estas son

las semillas que harán germinar el futuro «criollismo» hispanoamericano. De los numerosos cuentistas realistas, el uruguayo Eduardo Acevedo Díaz (1851-1921) y el chileno Federico Gana (1867-1926) muestran, cada uno a su modo, lo mejor de ese realismo y su cercanía, ocasional pero sorprendente, a corrientes más modernas.

La mayor conquista de los realistas es haber logrado la autonomía del género, liberándolo definitivamente de la atadura historicista mantenida por el romanticismo. Pero ese avance en el plano histórico-literario es menor en términos artísticos porque su dependencia documental respecto de lo real representaba otro tipo de limitación. Una gran cuestión está de por medio: la del carácter representacional, mimético, de la ficción, lo que impone un método de creación y un modo de lectura que, a la larga, resultarán equívocos. El detallismo objetivo del realismo canónico es una virtud, porque acerca los textos (y el lector) a una realidad reconocible, mostrando cómo funciona y afecta la vida humana, pero también una quimera imposible de realizar: los parecidos destacan más las diferencias entre el relato y el correlato, haciendo al primero más improbable. Se induce así una lectura ingenua que tiende a apreciar el cuento más por la cantidad de información verídica que contiene que por su eficacia imaginativa. De todos modos, la presencia de los realistas significa un adelanto: proponen un arte más honesto, menos retórico y artificial que el romanticismo.

A la zaga de éstos, cubriendo un período que va de fines de siglo a las primeras décadas del xx —superponiéndose, por lo tanto, a la gran onda del modernismo—, vienen los naturalistas, que introducen, respecto de los auténticos realistas, una variante de grado y alcance más que un cambio de dirección; pero es una variante de importancia. Otra vez, el impulso inicial viene de Europa, concretamente de Francia y la escuela de Zola, pero evoluciona adaptándose a situaciones y criterios bastante distintos. Por ejemplo, el llamado «determinismo» de la escuela francesa no fue tan frecuente en Hispanoamérica, posiblemente por el influjo paralelo de los españoles

(Pardo Bazán, Blasco Ibáñez, «Clarín») y por el peso de
las tradiciones del medio social propio. El naturalismo es
un realismo agriado y morboso, que se concentra en los
puntos más críticos y sombríos de la sociedad. Va más
allá que aquél en cuanto constituye una estética que quería ser instrumental en los cambios que debían hacer la
vida más justa y humana. Tenían un concepto redentor
y humanitario de la literatura: escribían con la convicción de que el mundo era perfectible y que la literatura
era un directo agente de avance social. Descubrieron aspectos olvidados o tratados superficialmente por la narrativa anterior: el fraccionamiento en clases sociales, los
sistemas de explotación económica, las formas de vida
marginales, los males inherentes a toda sociedad moderna, etc. El naturalismo corresponde a una fase bastante
precisa de la historia hispanoamericana: el fortalecimien-
to del poder económico de las burguesías nacionales, lo
que explica el interés de estos escritores por el tema del
dinero, el poder y la moral pública.

Dependiendo de la zona en la que escribían, sus personajes encarnaban tipos específicos: el minero, el obrero
o el campesino indígena de los países andinos, el gaucho
o el inmigrante pobre del Río de la Plata, el negro anti-
llano —todas las razas humilladas, sobreviviendo mala-
mente al fondo de la pirámide social. La seriedad y urgencia de sus preocupaciones los inclinó a creer, igual
que sus predecesores europeos, que la literatura de ficción era, más que un arte, una ciencia o al menos una
práctica rigurosa: el documento realista no era suficiente;
trataban de hacer lo que los Goncourt llamaban una
«encuesta social», un registro de la época que pudiese ser
respaldado por datos precisos y análisis objetivos. Había
un prurito científico positivista en muchos de ellos, que
es un reflejo de la popularidad que las teorías evolucio-
nistas de Darwin, las ciencias naturales y la psicología
habían alcanzado. Galdós había afirmado que «el acto
voluntario es la proyección de lo de afuera en lo de dentro y la conducta un orden sistemático, una marcha, una

dirección que nos dan trazadas las órbitas exteriores» [9].
Quizá sin llegar siempre a esos extremos, los naturalistas
hispanoamericanos se sintieron atraídos por situaciones
y personajes que permitiesen el estudio de la fuerza ciega
de los instintos, los fenómenos de la naturaleza y las obsesiones profundas de la psiquis. El gusto por los bajos
fondos de la sociedad se combinaba con la observación
de casos clínicos o anormales, pero también con una ge-
nuina preocupación por cuestiones como las del indígena
o el obrero, que anticipa los alegatos de la novela social
del siglo xx.

El naturalismo contribuyó a la difusión en América de
grandes escritores europeos tan diversos como Flaubert,
Maupassant y Tolstoi, y aseguró la continuidad del género en el medio. A fines del siglo xix el cuento gozaba
de una enorme popularidad a través de periódicos y revistas: en México, *El Siglo XIX* publicó, entre 1887
y 1896, unos 255 cuentos traducidos del francés; y en
Venezuela, *El Cojo Ilustrado,* en sus veintidós años de
vida (1892-1914), difundió 333 cuentos, cifra que supera
aun la de publicaciones actuales [10]. El naturalismo introdujo, además, una nota de seriedad intelectual y rigor
moral en el género que debe destacarse. Pero sus defectos
son asimismo evidentes: incurrió a veces en una explicación mecanicista de los fenómenos sociales, por una in-
discriminada adoración científica. Las vidas individuales
quedaron sumergidas en una red de causas y efectos, o
desfiguradas por la creencia supersticiosa en la fuerza
modeladora del medio. Curiosamente, el naturalismo, que
se pretendía objetivo y racional, cayó con frecuencia en
un «miserabilismo», más sentimental y reductivo que el
realismo anterior: podía ser más dramático e intenso
que éste, pero no mucho más artístico o sutil. Y además
tuvo que desengañarse pronto de las virtudes redentoras
de la literatura: los alcances sociales y políticos de los

---

[9] Cit. por Guillermo Ara, *La novela naturalista hispanoamericana* (Buenos Aires: Editorial Universitaria, 1965), p. 7.
[10] Abraham Arias Larreta, *El cuento indoamericano* (Barcelona:
Indoamérica Library, 1978), pp. 56 y 58.

libros de ficción siguieron siendo más limitados de lo que ellos creían. Nada de esto significa negar que, en algunos de sus mejores cuentos, escritores como el chileno Baldomero Lillo (1867-1923) —posiblemente el más conocido de todos ellos— o el uruguayo Javier de Viana (1868-1926) sean realmente originales; otro chileno, Augusto D'Halmar (1882-1950), introduce en la sequedad del registro naturalista una feliz nota de ironía y distancia crítica que lo hace sorprendentemente moderno.

Como queda dicho más arriba, el naturalismo confluyó cronológicamente con el modernismo (a veces también en un mismo autor, como ocurre con Carlos Reyles o Manuel González Prada). No deben verse como momentos sucesivos, sino como modos que se entrecruzan y superponen, sobre todo en su fase madura; pero es imposible confundirlos. No es fácil sintetizar en pocas líneas lo que fue el movimiento modernista: todos saben lo que es y al mismo tiempo todos tienen una idea bastante diferente de él. Quizá sea oportuno comenzar diciendo que no hay *un* modernismo sino muchos modernismos, y que la gran hazaña de ese pluralismo estético es, precisamente, haber establecido como principio esencial del arte la libertad de vías para crear. Se dirá, con razón, que el romanticismo propuso lo mismo al comenzar el siglo. La diferencia reside en que éste solía confundir la libertad con la licencia para ser amorfo, difuso o simplemente descuidado, mientras el modernismo la entendía como una responsabilidad suprema frente a las formas del arte: ser verdaderamente libre era tratar de alcanzar los más altos y sutiles ideales del acto creador. De hecho, el modernismo es la reacción a los modelos, ya fatigados, del postromanticismo, el academicismo y toda expresión literaria conformista: el arte venía a ser un escándalo para el espíritu burgués de la época.

Pero sería un error reducir el modernismo a una corriente literaria o artística; fue mucho más que eso: una verdadera revolución espiritual que afectó todos los aspectos de la vida americana de entonces, desde la poesía hasta las artes decorativas, desde la filosofía hasta la ar-

quitectura. Hay que entenderlo como una auténtica crisis
de nuestra cultura —posiblemente la más profunda y
abarcadora de todas—, y vincularlo necesariamente con la
situación concreta de las sociedades americanas al acabar
el siglo. La situación era paradójica: por un lado, esas sociedades habían logrado una notable expansión, que había
traído una indudable prosperidad material —y aun boa-
to— a ciertas capas de su población, las más afines a los
intereses y gustos europeos; por otro, era notorio el vacío
o insatisfacción que producían las formas de cultura ma-
yoritaria, que, por su anacronismo y reseco espíritu tradicional, no expresaban las nuevas apetencias de la hora:
había un silencioso clamor por lo *nuevo*. El modernismo
nace de una conciencia crítica de esas carencias del positivismo, y del impulso por *modernizar* las ideas, el pensamiento y la sensibilidad de los americanos que enfrenta-
ban ya el siglo xx; es decir, representa un vasto esfuerzo
por recuperar la armonía perdida entre la realidad social
y sus formas artísticas, impulsando ambas a vivir, por
primera vez, la auténtica experiencia de la modernidad.
El rechazo del espíritu provinciano y la exaltación cosmopolita de los modernistas no es, pues, un gesto puramente literario: era el reconocimiento de que las primeras grandes urbes hispanoamericanas ya existían y aspi-
raban a ser focos de cultura altamente refinados.
    La buena nueva del modernismo viene anunciada por
un conjunto de escritores con algo de visionarios y de
estetas, antes de que Rubén Darío (1867-1916), el gran
apóstol unificador, se lanzase a su prédica continental. No
entraremos en la polémica de si el modernismo nace con
ellos o con Darío; baste saber aquí que sin la presencia
de estos adelantados de la idea modernista, ésta no habría
sido lo que fue. En ese notable grupo de modernistas
seminales formado por figuras solitarias, trágicas e inten-
sas, José Asunción Silva (1865-1896) escribió sólo una
novela —*De sobremesa,* publicada en 1925— y Julián del
Casal (1863-1893) fue ocasionalmente un cuentista, pero
los otros tres —José Martí (1853-1895), González Prada
(1848-1918) y Manuel Gutiérrez Nájera (1859-1895)—

son grandes renovadores de la prosa. Como González
Prada no cultivó la prosa narrativa, sino el ensayo y los
únicos cuentos de Martí fueron los que escribió para
niños, de ese grupo sólo el mexicano Gutiérrez Nájera
contribuyó decisivamente, a partir de la década del 80,
a la evolución del cuento.

Los títulos mismos de los libros modernistas dan un
indicio del profundo cambio operado en la sensibilidad
de autores y público: en vez de *Del natural* (Federico
Gamboa) o *Frutos de mi tierra* (Tomás Carrasquilla)
de la época realista, tenemos *Cuentos frágiles* (Gutiérrez
Nájera) o *Azul...* (Darío). El modernismo introdujo un
elemento de elegancia, delicadeza, sensualidad y elitismo
intelectual que había estado por completo ausente en décadas anteriores. El movimiento es fácilmente reconocible
a través de ésas y otras notas, como los juegos cromático-
sonoros, el exotismo fantástico, el ocultismo paganizante
y la languidez decadente. En general, se configuró como
un simbolismo y un purismo que se nutrían, principal
pero no únicamente, de fuentes francesas. Pero ésa es
sólo una cara del modernismo; hay otras no menos importantes, que nutren su preocupación americanista: su
fascinación por el espectáculo de la selva, los ríos y otras
maravillas naturales del continente; su reflexión sobre
cuestiones políticas y sociales del momento; su defensa
de la cultura hispánica frente a los tentadores modelos de
organización sajona, etc. Esta faz modernista ha sido llamada «mundonovismo» y aparece claramente definida,
justo al comenzar el siglo xx, en la obra ensayística de
José Enrique Rodó (1871-1917), pero no hay que olvidar
la poderosa y temprana contribución que representa Martí en ese campo.

Generalmente, la literatura que se examina para probar la profunda renovación que trajo el modernismo es
la poesía. Sin duda, el verso sufrió un impacto integral,
que cambió los timbres, tonos, ritmos y símbolos de toda
la lírica en castellano. Pero no hay que olvidar sus consecuencias en la prosa, y tampoco que *Azul...*, el primer
libro modernista de Darío, alterna el verso con la prosa.

El cuento modernista no se parece en nada a los de otras estéticas. En primer lugar hay que recordar que los modernistas trajeron al género una conciencia artística y una voluntad de estilo, antes poco comunes; quizá por primera vez, los cuentistas se preocuparon más por la forma que por el tema: el cuento era una vía de expresión agudamente personal, no el traslado de una realidad dada. Esto subrayó el valor puramente inventivo y fantasioso del género, que los realistas y naturalistas habían puesto de lado. Otro rasgo distintivo del cuento modernista es que suele borrar las fronteras del género, asociándolo al poema en prosa. La narratividad del cuento se disuelve en efectos de atmósfera e impresiones brillantes, en hallazgos «raros» y otros gestos desconcertantes. El relato se aproxima así a la meditación filosófica, la divagación impresionística o al más impalpable cuento de hadas. Lo que se sacrifica en anécdota e intriga se gana en riqueza verbal y sugestivos claroscuros. Más que un narrador, el cuentista modernista es un poeta que imagina situaciones o sueña con los ojos abiertos. Algo más: según puede verse, por ejemplo, en las obras de Gutiérrez Nájera y Amado Nervo (1870-1919), los modernistas gustaban incorporar a sus textos el acto mismo de su elaboración. Para mostrar cómo contaban, construían relatos «hipotéticos», con historias en estado de suspensión, colgando precariamente del devaneo imaginativo del autor.

Los excesos hipersensibles y decorativos de los modernistas (lo que Borges llamaba traviesamente «chinerías y japonecedades») los llevaron a una perversa adoración de lo cursi que fue discretamente corregida y superada cuando, ya iniciado el nuevo siglo XX, los seguidores más jóvenes que Darío empezaron a tomar cierta distancia respecto de él. Hay que llamar la atención sobre el hecho de que esa transición también la experimenta el propio Rubén, pues hay una evolución —en una dirección impensada al comienzo— de *Prosas profanas* (1896) a *Cantos de vida y esperanza* (1905) y *El canto errante* (1907). Esa nueva dirección dentro del gran cauce general se llama «postmodernismo» y debe verse como un proceso

de *interiorización* y *repliegue* de las líneas abiertas por
Darío. Hay un movimiento hacia el foco del amplio dio-
rama modernista, tratando de concentrarse en lo más hondo del dilema arte-vida que seguía inquietando a la nueva
generación. Por un lado, menos adorno y más sustancia;
por otro, regreso al contorno propio y aun a los ámbitos
que, como el campo y la provincia, parecían haber perdido toda actualidad. El postmodernismo hace la crítica
del modernismo (sobre todo la de su lenguaje), deja un
poco de lado las luces deslumbrantes del festín dariano
y desciende por la zona oscura de lo anormal, lo onírico
o lo mágico. Esas realidades no les interesan por sus
connotaciones morales o sociales, sino por su extrañeza y
por la onda de horror que generan; el esteticismo ha
cambiado de rumbo, pero siempre está allí. (Es oportuno
anotar que en el postmodernismo están las semillas mismas de la vanguardia, y que algunos escritores completamente contemporáneos, como Neruda, hacen su camino
hacia ésta desde aquél.) Un ejemplo admirable de este
arte es el que ofrecen los cuentos de Leopoldo Lugones
(1878-1938), en los que una poderosa imaginación, fer-
tilizada por lecturas bíblicas y ocultistas, se combina con
una prosa de escultórica precisión.

Algunos escritores, formados en la escuela del modernismo y postmodernismo, finalmente la abandonaron y van
a formar el grupo denominado con el impreciso membre-
te de «criollista». Este grupo es muy importante histó-
ricamente porque se les considera los precursores de las
formas y búsquedas que, más tarde, desarrollarán los «re-
gionalistas», fundadores de la novela contemporánea hispanoamericana. Puede decirse que el criollismo se desprende de la fase «mundonovista» del modernismo, y que
intenta un inteligente aprovechamiento de toda la tradición literaria anterior: el documentalismo realista, el enfoque social de los naturalistas y las técnicas sutiles de
los modernistas. La pasión americana de estos escritores
los identifica con los seres humanos que enfrentan los
rigores de un medio hostil por un afán de aventura o por
instinto de sobrevivencia: nueva versión de la eterna pug·

na entre el individuo y la naturaleza. Uno de los que
hace la travesía completa, desde el modernismo hasta más
allá del criollismo, es Horacio Quiroga (1878-1937), una
figura clave en la historia del cuento: no sólo es un maestro del género, conocedor y explorador de las técnicas
más modernas de su tiempo, sino que es un teórico de él
y el más apasionado defensor de su alta dignidad artística. Para Quiroga, el cuento es un instrumento de gran
exactitud para registrar los más variados aspectos de la
realidad humana: desde la experiencia sobrenatural hasta
el acoso letal de la selva virgen, pasando por los estados
parapsicológicos y la decadencia fisiológica. Quiroga expresa la culminación de un proceso y anuncia muchos de
los rumbos que tomará el cuento contemporáneo. Es el
cabal epílogo de la historia del género en el siglo XIX y
el prólogo que antecede al cuento de nuestro tiempo.

Una antología literaria dice tanto sobre las obras que
recoge como sobre quien las compila: no hay antología
inocente o inobjetable, y lo mejor es reconocerlo de antemano. El antólogo debe saber que corre riesgos, que la
validez de sus opiniones es siempre relativa a la circunstancia del momento, al monto de su información, incluso
(qué duda cabe) al perfil de su «ideología»; todo esto,
más que el material recogido, es, a la larga, lo que hace
útiles o significativos los trabajos de compilación [11]. Esta
antología declara, desde el principio, que es el resultado
del gusto personal del autor, guiado primordialmente por
un criterio: el de ofrecer un repertorio *moderno* de nuestra tradición cuentística. Refleja la convicción de que, se
lo propongan o no, las antologías son un testimonio ines-

---

[11] Con el tiempo, las antologías terminan siendo parte esencial
de la misma literatura que documentan: al rescatar una tradición
literaria y proyectarla al futuro, fijan un concepto de lo literario
en un determinado momento de su historia. Aunque se refiere
sólo a repertorios poéticos, es pertinente consultar sobre este
punto el trabajo de Rosalba Campra, «Las antologías hispanoamericanas del siglo XIX», *Casa de las Américas,* núm. 162, mayo-
junio 1987, pp. 37-46.

timable de su respectivo tiempo aunque recojan, como
ésta, obras del pasado. Quizá sea necesario explicar lo que
este libro *no* es o no quiere ser.

1. La presente antología no es una colección de los
«grandes cuentistas» del XIX, sino de un número de los
mejores cuentos del período; esto quiere decir que ciertos
nombres célebres o importantes en la historia del género
están notoriamente ausentes. En cambio, figuran algunos
escritores menores o francamente desconocidos, como el
cubano Pedro José Morillas (cuya conexión con la literatura es tangencial), si es que resultaron ser autores, al
menos, de un cuento de calidad suficiente para una antología como ésta. Con frecuencia, la relectura de la obra
de ciertos «clásicos» puede ser decepcionante: no pocos de esos maestros (no es necesario mencionarlos aquí:
su ausencia se notará de inmediato) resultan meros nombres en el catálogo de la historia literaria, voces cuya
importancia u originalidad se ha apagado con el transcurso
del tiempo: no están realmente vivos. En vez de hacer
una antología que acumulase materiales inertes por veneración mecánica a la historia, se ha dado preferencia a
los textos que seguían siendo significativos *hoy* para el
lector, aunque su autor fuese muy oscuro. La intención
no fue hacer una antología histórica, sino sobre todo una
antología legible. En ese sentido, el libro quiere ser también una relectura crítica de la historia literaria, que llene
vacíos, ignore juicios infundados y brinde los textos que
justifiquen ese nuevo examen.

2. Tampoco es necesariamente un repertorio de todas
las formas de expresión que configuran esa historia; la
intención no ha sido presentar un cuento romántico, otro
realista, otro naturalista, etc. No es un muestrario de
esos membretes, cuyo valor relativo ha sido subrayado en
las páginas precedentes. Los textos no están incluidos
por «representar» un estilo y estética definidos. Pero se
observará que están agrupados por «ciclos» o «módulos»,
determinados por la afinidad interna de los textos, que
configuran los ejes esenciales del proceso. Por eso, los

autores no aparecen en orden estrictamente cronológico: el orden es el que define esos ciclos, pero hay que tener presente que en algunos casos tienden a concentrarse y superponerse. Por ejemplo, aunque las primicias del modernismo son, en verdad, anteriores a las del naturalismo, en esta antología aparecen después para no alterar la secuencia natural modernismo/postmodernismo. El lector debe tener presente que lo que necesariamente aparece aquí como sucesivo es, sobre todo a fines de siglo, un conjunto de manifestaciones plurales y casi simultáneas; los ordenamientos histórico-literarios enmascaran a veces la concurrencia e integración de lo más diverso.

3.   Por último, tampoco trata de distribuir el material por países: el lugar en el que nació un autor o en el que escribió no ha sido un factor que haya intervenido para nada en la selección. Aparte de ser un criterio irrelevante, es de aplicación insegura: ¿a qué literatura nacional pertenece Quiroga, que nació en Uruguay pero que vivió y escribió en Misiones, Argentina? Y si lo adscribimos a la uruguaya por su lugar de nacimiento, ¿por qué incluir en la de Argentina a Eduardo Wilde, que nació en Bolivia? Por otro lado, la recurrencia o la ausencia de autores de ciertas zonas o áreas geográficas da, por su desigualdad, un indicio interesante de dónde y cuándo el cuento florece con más intensidad.

Por cierto, los valores que decidieron la inclusión de los textos en la antología son muy variados: no pueden aplicarse los mismos criterios para juzgar los méritos de un cuento de la época romántica que uno del postmodernismo, pues corresponden a momentos muy distintos del proceso de maduración del género. Pero, en cualquier caso, se consideraron las cualidades intrínsecas del texto desde la perspectiva de un lector moderno: la idea era insertar la tradición del pasado en el presente y observar cómo funcionaba (o si funcionaba). Lo que un cuento decía sobre su época era tan importante como lo que podía decir a la nuestra; sus temas, técnicas, lenguaje o símbolos podían ser elementales o elaborados, pero siempre debían comunicar algo interesante, válido u original

para la sensibilidad contemporánea. Las notas que preceden a cada texto explican con bastante amplitud y detalle
cuáles son esas cualidades intrínsecas.

Elegir veintitantos autores de la copiosa lista de autores
y libros que conserva la historia literaria no es fácil. El
antólogo tiene que seguir sus pistas sabiendo que el material de desecho será enorme y que sufrirá muchas de-
cepciones, pero también que el camino está lleno de nota-
bles sorpresas y descubrimientos. El presente volumen
quiere reflejar esa aventura de un lector entre libros clásicos, olvidados o mal encasillados por la rutina. Aunque
varias antologías fueron consultadas, ésta no sigue ninguna, sino los criterios personales señalados más arriba. Al
hacer la selección se ha tratado de evitar textos que in-
cluyesen elementos o conatos narrativos, pero que no eran
exactamente cuentos, como artículos de costumbres, meros relatos históricos, crónicas o páginas autobiográficas;
igualmente han quedado afuera novelas cortas (aunque la
distinción no siempre sea clara) o episodios de novelas
extensas. Siempre que haya sido posible, se ha recurrido
a las fuentes primarias de información y se han revisado
las versiones más responsables o las colecciones más completas. Una consecuencia de eso es la presencia de varios
relatos muy poco antologados; otra, que algunos autores
célebres figuren con cuentos distintos de los que habitualmente los representan. Un caso eminente es el del
guatemalteco Rafael Arévalo Martínez, cuya obra cuentística se ha identificado casi siempre con «El hombre
que parecía un caballo». Ese cuento ha sido reemplazado
aquí por otro, menos famoso pero de mayor validez literaria. Se notará que algunos autores (Wilde, Darío, Quiroga) aparecen con más de un texto, lo que quiere indicar
su importancia como narradores o la variedad y amplitud
de formas que registra su obra. Ocasionalmente, he acla-
rado con notas al pie de página algún pasaje o expresión
cuya correcta comprensión resultaba esencial para entender el cuento. El criterio ha sido restrictivo: no hay notas
para modismos que figuran en el Diccionario de la Real

Academia o que el lector puede fácilmente deducir del contexto.

Finalmente, una aclaración sobre los marcos cronológicos de la antología: abarca la producción del género desde 1830 hasta 1920. La primera fecha es obvia: coincide con los albores del romanticismo en América y las primeras manifestaciones del género. La de 1920 es más convencional: cubre la porción más significativa de las tendencias postmodernista y criollista, con las que bien puede clausurarse el gran arco de la cuentística del XIX, aunque hay que advertir que una sección de la obra narrativa de algunos autores (Quiroga y Arévalo Martínez, entre ellos) se extiende fuera del límite de esta antología y no forma, por lo tanto, parte de ella. Esos noventa años contienen las fases de origen, afirmación, desarrollo y primera madurez del género; más acá de 1920 —aunque el límite no sea absoluto— entramos ya en el terreno del cuento contemporáneo, cuya trayectoria es totalmente distinta. Son pocos los lectores que conocen bien la narrativa del XIX o que la hallan suficientemente valiosa, sobre todo cuando la comparan con la del presente. Este libro es una modesta propuesta para echarle un vistazo de conjunto y descubrir que es más rica e interesante de lo que generalmente la historia literaria nos ha hecho creer.

JOSÉ MIGUEL OVIEDO.

Los Angeles, septiembre de 1987.

I

Romanticismo:
primer y segundo ciclos

Es el indiscutible fundador del romanticismo en América; es también una de las figuras intelectuales y políticas de capital importancia para el período formativo de la Argentina como nación. Pertenece a una generación brillante de la que forman parte hombres como Sarmiento, Alberdi, Juan María Gutiérrez, Vicente Fidel López y otros, que fueron llamados «los proscritos», por ser víctimas de la persecución del dictador Rosas (1835-1852). El exilio los marcó a fuego y otorgó a su compromiso romántico una dimensión continental. Como Echeverría era el mayor de ellos y había pasado casi todo su primer exilio (1825-1830) en París, su liderazgo resultó natural. En Francia había tenido la experiencia directa de los poetas, filósofos e historiadores del romanticismo (Victor Hugo, Lamartine, Vigny, Musset, Benjamin Constant, Saint-Simon, Michelet, Quinet) y, cuando regresó a su país, convirtió ese conocimiento en una alta misión: la literatura romántica y el pensamiento liberal debían sacar a la Argentina de su atraso cultural y librarla de las garras del despotismo. Sus primeros poemas románticos, *Elvira o la novia del Plata* (1832), *Los consuelos* (1834) y las *Rimas* (1837) —que incluye el famoso poema *La cautiva*—, son no sólo los primeros ejemplos de literatura plenamente romántica de América, sino el comienzo mismo de la literatura argentina. Con sus compañeros Alberdi, Gutiérrez y Marcos Sastre funda en 1837 el Salón Literario y al año siguiente la Asociación de la Joven Generación Argentina, logia organizada como foco de agitación intelectual y política antirrosista. Allí se jura un ideario político, parcialmente redactado por Echeverría y conocido luego como *Dogma socialista,* que revive el llamado espíritu de Mayo, un conjunto de principios libertarios con los cuales los argentinos lucharon contra el dominio español y ahora combatían la tiranía de Rosas. Fracasado un intento insurreccional en 1839, Echeverría sigue el destino de desterrado de sus otros compañeros y se refugia en Montevideo. Aunque desde allí continuó su tarea literaria y su prédica social, nunca regresó a su patria y ni siquiera alcanzó a ver la caída de Rosas, que fue derrotado en Caseros en 1852.

El destino literario de Echeverría es algo paradójico. Aunque la importancia histórica de su obra literaria y su acción intelectual como poeta, crítico, ensayista y pensador político es innegable, su verdadera obra maestra es «El matadero», una narración que el autor escribió como un testimonio pasional sobre la dictadura rosista. Redactado hacia 1839, el relato sólo fue encontrado entre los papeles personales que dejó al morir y publicado por su amigo Gutiérrez en la *Revista del Río de la Plata* en 1871. Aunque es cierto que publicarlo en la Argentina de Rosas era imposible o sumamente riesgoso (lo que quizá tuvo en cuenta mientras lo redactaba), esta razón dejó de ser válida cuando el autor se encontraba en el exilio; lo más probable es que nunca llegase a estar seguro de sus méritos literarios. Echeverría creía firmemente que su fama literaria iba a reposar en su obra poética y no en esta pieza aislada, realmente única, dentro del

conjunto de su producción. Craso error de juicio: como
poeta era, a pesar de la novedad de sus temas, poco ins-
pirado y monótono. Nada de lo que escribió tiene hoy
mayor actualidad que «El matadero», y pocos relatos de
su época o la siguiente, pueden comparársele. No es nada
exagerado decir que, de haberse conocido este texto opor-
tunamente, el destino del cuento en América habría sido
por completo distinto.

El texto ofrece una síntesis reveladora del estado del
relato en su tiempo: hay claras huellas del artículo de costumbres, el folletín romántico, la narración ejemplarizan-
te, el testimonio social, el documento histórico, etc., adheridos todavía como una especie de andamiaje que soporta
la estructura central del cuento mismo. En muchos relatos del período, esos elementos tendían a estorbar y asfi-
xiar la narración; aquí, admirablemente, aunque discer-
nibles del cuento mismo, se ponen a su servicio y operan
como un encuadre que subraya la dramática actualidad
histórica de la ficción, a pesar del carácter casi inverosímil
e intolerable («cosas que parecen soñadas») de lo que se
narra. Temática y formalmente, el relato es, pues, un
reflejo fiel de su época, pero al mismo tiempo la desbor-
da: sólo unos cincuenta años después volveremos a encontrar las notas realistas y naturalistas que también lo
distinguen sin contradecir su esencial impulso romántico.
Todo esto funciona porque el texto está recorrido por una
ironía que apunta, como un dardo envenenado, contra
el régimen de Rosas. Hay que entender casi cada palabra
por su contrario: en el lenguaje ardido de Echeverría,
«buenos católicos» significa precisamente «fariseos», y
«salvajes unitarios» significa «individuos civilizados y
amantes de la libertad». El lector advierte eso desde el
comienzo: en la introducción a su historia, Echeverría
señala, con un sarcasmo que demuestra que estaba inten-
tando algo nuevo, que «no la empezaré por el Arca de
Noé» como los cronistas de Indias, a la vez que usa deliberadamente un tono apocalíptico; más adelante, se refiere a las consecuencias de la abstinencia de carne y al

forzado cambio de dieta, como una «guerra intestina entre las conciencias y los estómagos». Esa ironía es más que un recurso expresivo: es el vehículo de la condenación moral de un sistema político que (apoyado en la autoridad de la Iglesia) ha traído precisamente una horrible inversión de los valores que establecieron la nueva nación argentina; si la Restauración es un mundo al revés, donde los asesinos son los moralistas y los carniceros los jueces, el verdadero orden no puede ser sino el de la rebelión. «El matadero» es, todavía hoy, un texto subversivo: basta cambiar los nombres «Federación« o «unitario» para aplicarlo a la Argentina de estos últimos años, o a la situación latinoamericana en general. Esa virtud es la consecuencia de una notable composición artística cuya alternancia de tonos y ritmos narrativos concentra el foco y eleva gradualmente la tensión. Cada cuadro brinda una impresión imborrable, de daguerrotipo, pero contribuye a la imagen general que el cuento produce: la de ser una alegoría sobre la libertad individual y el poder político, cuya validez es universal. El carácter vívido, grotesco y violento de ciertas escenas (por ejemplo, la decapitación del niño o la danza macabra de las *achuradoras)* va más allá de los límites del romanticismo y del realismo: nos proponen símbolos y visiones cuya ferocidad visionaria es homóloga a la que encontramos en las obras de Goya, Ensor o Max Beckmann.

OBRA NARRATIVA

El matadero y otras prosas, ed. Nélida Salvador, Buenos Aires: Plus Ultra, 1975; *La cautiva. El matadero,* prólogo de Carlos Dámaso Martínez, Buenos Aires: Losada, 1984; *El matadero. La cautiva,* ed. Leonor Fleming, Madrid: Castalia, 1986. Hay numerosas reediciones y recopilaciones de su obra que incluyen el cuento, aparte de las *Obras completas,* ed. y biografía Juan María Gutiérrez, Buenos Aires: Zamora, 1951.

CRITICA

Juan Carlos Ghiano, *El matadero de Echeverría y el costumbrismo,* Buenos Aires: Centro Editor, 1968; Noé Jitrik, «Forma y significación en *El matadero* de Esteban Echeverría», en su *El fuego de la especie,* Buenos Aires: Siglo XXI, 1971, pp. 63-98; Edgar C. Knowlton, Jr., *Esteban Echeverría,* Bryn Mawr, Pennsylvania: Dorrance & Co., 1986; Enrique Pupo-Walker, «Originalidad y composición de un texto romántico: *El matadero* de Esteban Echeverría» *, pp. 24-36.

---

* El asterisco remite a la bibliografía de obras históricas y de consulta general incluida al final de este libro, donde pueden encontrarse los datos completos de los libros aquí citados por el nombre del autor.

El matadero

A pesar de que la mía es historia, no la empezaré por el arca de Noé y la genealogía de sus ascendientes como acostumbraban hacerlo los antiguos historiadores españoles de América que deben ser nuestros prototipos. Tengo muchas razones para no seguir ese ejemplo, las que callo por no ser difuso. Diré solamente que los sucesos de mi narración pasaban por los años de Cristo de 183... Estábamos, a más, en cuaresma, época en que escasea la carne en Buenos Aires, porque la Iglesia, adoptando el precepto de Epicteto, *sustine abstine* (sufre, abstente), ordena vigilia y abstinencia a los estómagos de los fieles, a causa de que la carne es pecaminosa y, como dice el proverbio, busca a la carne. Y como la Iglesia tiene *ab initio* y por delegación directa de Dios el imperio inmaterial sobre las conciencias y estómagos, que en manera alguna pertenecen al individuo, nada más justo y racional que vede lo malo.

Los abastecedores, por otra parte, buenos federales, y por lo mismo buenos católicos, sabiendo que el pueblo de Buenos Aires atesora una docilidad singular para someterse a toda especie de mandamientos, sólo traen en días cuaresmales al matadero los novillos necesarios para el sustento de los niños y de los enfermos dispensados de la abstinencia por la Bula... y no con el ánimo de que se harten algunos herejotes, que no faltan, dispuestos siempre a violar los mandamientos carnificinos de la Iglesia, y a contaminar la sociedad con el mal ejemplo.

Sucedió, pues, en aquel tiempo, una lluvia muy copiosa. Los caminos se anegaron; los pantanos se pusieron a nado y las calles de entrada y salida a la ciudad rebosaban en acuoso barro. Una tremenda avenida se precipitó de repente por el Riachuelo de Barracas, y extendió majestuosamente sus turbias aguas hasta el pie de las barrancas del Alto. El Plata, creciendo embravecido, empujó esas aguas que venían buscando su cauce y las hizo correr hinchadas por sobre campos, terraplenes, arboledas, caseríos, y extenderse como un lago inmenso por todas las bajas tierras. La ciudad, circunvalada del Norte al Este por una cintura de agua y barro, y al Sur por un piélago blanquecino en cuya superficie flotaban a la ventura algunos barquichuelos y negreaban las chimeneas y las copas de los árboles, echaba desde sus torres y barrancas atónitas miradas al horizonte, como implorando misericordia al Altísimo. Parecía el amago de un nuevo diluvio. Los beatos y beatas gimoteaban haciendo novenarios y continuas plegarias. Los predicadores atronaban el templo y hacían crujir el púlpito a puñetazos. Es el día del juicio —decían—, el fin del mundo está por venir. La cólera divina, rebosando, se derrama en inundación. ¡Ay de vosotros, pecadores! ¡Ay de vosotros, unitarios impíos que os mofáis de la Iglesia, de los santos, y no escucháis con veneración la palabra de los ungidos del Señor! ¡Ah de vosotros si no imploráis misericordia al pie de los altares! Llegará la hora tremenda del vano crujir de dientes de las frenéticas imprecaciones. Vuestra impiedad, vuestras herejías, vuestras blasfemias, vuestros crímenes horrendos, han traído sobre nuestra tierra las plagas del Señor. La justicia y el Dios de la Federación os declararán malditos.

Las pobres mujeres salían sin aliento, anonadadas del templo, echando, como era natural, la culpa de aquella calamidad a los unitarios.

Continuaba, sin embargo, lloviendo a cántaros y la inundación crecía acreditando el pronóstico de los predicadores. Las campanas comenzaron a tocar rogativas por orden del muy católico Restaurador, quien parece no las tenía todas consigo. Los libertinos, los incrédulos, es decir, los unitarios, empezaron a amedrentarse al ver tanta cara compungida, oír tanta batahola de imprecaciones. Se hablaba ya, como de cosa resuelta, de una procesión en que debía ir toda la población descalza y a cráneo descubierto, acompañando al Altísimo, llevado bajo palio por el obispo, hasta la barranca de Balcarce, donde millares de voces conjurando al demonio unitario debían implorar la misericordia divina.

Feliz, o mejor, desgraciadamente, pues la cosa habría sido de verse, no tuvo efecto la ceremonia, porque bajando el Plata, la inundación se fue poco a poco · escurriendo en su inmenso lecho sin necesidad de conjuro ni plegarias.

Lo que hace principalmente a mi historia es que por causa de la inundación estuvo quince días el matadero de la Convalecencia sin ver una sola cabeza vacuna, y que en uno o dos, todos los bueyes de quinteros y *aguateros* se consumieron en el abasto de la ciudad. Los pobres niños y enfermos se alimentaban con huevos y gallinas, y los gringos y herejotes bramaban por el *beef-steak* y el asado. La abstinencia de carne era general en el pueblo, que nunca se hizo más digno de la bendición de la Iglesia, y así fue que llovieron sobre él millones y millones de indulgencias plenarias. Las gallinas se pusieron a seis pesos y los huevos a cuatro reales y el pescado carísimo. No hubo en aquellos días cuaresmales promiscuidades ni excesos de gula; pero en cambio se fueron derechas al cielo innumerables ánimas y acontecieron cosas que parecen soñadas.

No quedó en el matadero ni un solo ratón de muchos millares que allí tenían albergue. Todos murieron o de hambre o ahogados en sus cuevas por la incesante lluvia. Multitud de negras rebusconas de *achuras,* como los caranchos de presa, se desbandaron por la ciudad como otras tantas harpías prontas a devorar cuanto hallaran comible. Las gaviotas y los perros, inseparables rivales suyos en el matadero, emigraban en busca de alimento animal. Porción de viejos achacosos cayeron en consunción por falta de nutritivo caldo; pero lo más notable que sucedió fue el fallecimiento casi repentino de unos cuantos gringos herejes que cometieron el desacato de darse un hartazgo de chorizos de Extremadura, jamón y bacalao y se fueron al otro mundo a pagar el pecado cometido por tan abominable promiscuación.

Algunos médicos opinaron que si la carencia de carne continuaba, medio pueblo caería en síncope por estar los estómagos acostumbrados a su corroborante jugo; y era de notar el contraste entre estos tristes pronósticos de la ciencia y los anatemas lanzados desde el púlpito por los reverendos padres contra toda clase de nutrición animal y de promiscuación en aquellos días destinados por la Iglesia al ayuno y la penitencia. Se originó de aquí una especie de guerra intestina entre los estómagos y las conciencias, atizada por el inexorable apetito y las no menos inexorables vociferaciones de los ministros de la Iglesia, quienes, como es su deber, no transigen con vicio alguno que tienda a relajar las costumbres católicas: a los que se agregaba el estado de flatulencia intestinal de los habitantes, producido por el pescado y los porotos y otros alimentos algo indigestos.

Esta guerra se manifestaba por sollozos y gritos descompasados en la peroración de los sermones y por rumores y estruendos subitáneos en las casas y las calles de la ciudad o dondequiera concurría gente. Alarmóse un tanto el Gobierno, tan paternal como previsor, del Restaurador, creyendo aquellos tumultos de origen revolucionario y atribuyéndolos a los mismos salvajes unitarios, cuyas impiedades, según los predicadores federales, habían traído sobre el país la inundación de la cólera divina; tomó activas providencias, desparramó sus esbirros por

la población y por último, bien informado, promulgó un
decreto tranquilizador de las conciencias y de los estómagos, encabezado por un considerando muy sabio y pia-
doso para que a todo trance y arremetiendo por agua y
lodo se trajera ganado a los corrales.

En efecto, al decimosexto día de la carestía, víspera
del día de Dolores, entró a nado, por el matadero del
Alto, una tropa de cincuenta novillos gordos; cosa poca,
por cierto, para una población acostumbrada a consumir
diariamente de 250 a 300, y cuya tercera parte, al menos, gozaría del fuero eclesiástico de alimentarse con carne. ¡Cosa extraña que haya estómagos privilegiados y
estómagos sujetos a las leyes inviolables y que la Iglesia
tenga la llave de los estómagos!

Pero no es extraño, supuesto que el diablo con la carne suele meterse en el cuerpo y que la Iglesia tiene el
poder de conjurarlo: el caso es reducir al hombre a una
máquina cuyo móvil principal no sea su voluntad, sino
la de la Iglesia y el Gobierno. Quizá llegue el día en que
sea prohibido respirar aire libre, pasearse y hasta conversar con un amigo sin permiso de autoridad competente.
Así era, poco más o menos, en los felices tiempos de
nuestros beatos abuelos que, por desgracia, vino a turbar
la revolución de Mayo.

Sea como fuera, a la noticia de la providencia guber-
nativa, los corrales del Alto se llenaron, a pesar del barro,
de carniceros, achuradores y curiosos, quienes recibieron
con grandes vociferaciones y palmoteos los cincuenta novillos destinados al matadero.

—Chica, pero gorda —exclamaban—. ¡Viva la Federación! ¡Viva el Restaurador! Porque han de saber los
lectores que en aquel tiempo la Federación estaba en
todas partes, hasta entre las inmundicias del matadero
y no había fiesta sin Restaurador, como no hay sermón
sin San Agustín. Cuentan que al oír tan desaforados gritos las últimas ratas que agonizaban de hambre en sus
cuevas, se reanimaron y echaron a correr desatentadas
conociendo que volvían a aquellos lugares la acostumbrada alegría y la algazara precursora de abundancia.

El primer novillo que se mató fue todo entero de regalo al Restaurador, hombre muy amigo del asado. Una comisión de carniceros marchó a ofrecérselo a nombre de los federales del matadero, manifestándole *in voce* su agradecimiento por la acertada providencia del Gobierno, su adhesión ilimitada al Restaurador y su odio entrañable a los salvajes unitarios, enemigos de Dios y de los hombres. El Restaurador contestó a la arenga *rinforzando* sobre el mismo tema y concluyó la ceremonia con los correspondientes vivas y vociferaciones de los espectadores y actores. Es de creer que el Restaurador tuviese permiso especial de Su Ilustrísima para no abstenerse de carne, porque siendo tan buen observador de las leyes, tan buen católico y tan acérrimo protector de la religión, no hubiera dado mal ejemplo aceptando semejante regalo en día santo.

Siguió la matanza y en un cuarto de hora cuarenta y nueve novillos se hallaban tendidos en la playa del matadero, desollados unos, los otros por desollar. El espectáculo que ofrecía entonces era animoso y pintoresco aunque reunía todo lo horriblemente feo, inmundo y deforme de una pequeña clase proletaria peculiar del Río de la Plata. Pero para que el lector pueda percibirlo a un golpe de ojos, preciso es hacer un croquis de la localidad.

El matadero de la Convalecencia o Alto, sito en las quintas del sur de la ciudad, es una gran playa en forma rectangular, colocada al extremo de dos calles, una de las cuales allí se termina y la otra se prolonga hacia el Este. Esta playa, con declive al Sur, está cortada por un zanjón labrado por la corriente de las aguas fluviales, en cuyos bordes laterales se muestran innumerables cuevas de ratones y cuyo cauce recoge, en tiempo de lluvia, toda la sangraza seca o reciente del matadero. En la junción del ángulo recto, hacia el Oeste, está lo que llaman la casilla, edificio bajo, de tres piezas de media agua, con corredor al frente que da a la calle y palenque para atar caballos, a cuya espalda se notan varios corrales de palo a pique, de ñandubay, con sus fornidas puertas para encerrar el ganado.

Estos corrales son en tiempo de invierno un verdadero
lodazal en el cual los animales apeñuscados se hunden
hasta el encuentro y quedan como pegados y casi sin movimiento. En la casilla se hace la recaudación del im-
puesto de corrales, se cobran las multas por violación de
reglamentos y se sienta el juez del matadero, personaje importante, caudillo de los carniceros y que ejerce la
suma del poder en aquella pequeña República por delegación del Restaurador. Fácil es calcular qué clase de
hombre se requiere para el desempeño de semejante cargo. La casilla, por otra parte, es un edificio tan ruin y
pequeño que nadie lo notaría en los corrales a no estar
asociado su nombre al del terrible juez y a no resaltar
sobre su blanca cintura los siguientes letreros rojos:
«Viva la Federación», «Viva el Restaurador y la heroína
doña Encarnación Ezcurra», «Mueran los salvajes unitarios». Letreros muy significativos, símbolos de la fe política y religiosa de la gente del matadero. Pero algunos
lectores no sabrán que la tal heroína es la difunta esposa
del Restaurador, patrona muy querida de los carniceros,
quienes ya muerta la veneraban como viva por sus virtudes cristianas y su federal heroísmo en la revolución contra Balcarce. Es el caso que en un aniversario de aquella
memorable hazaña de la mazorca [1], los carniceros festeja-
ron con un espléndido banquete en la casilla a la heroína,
banquete a que concurrió con su hija y otras señoras federales, y que allí, en presencia de un gran concurso,
ofreció a los señores carniceros en un solemne brindis su
federal patrocinio, por cuyo motivo ellos la proclamaron
entusiastamente patrona del matadero, estampando su
nombre en las paredes de la casilla donde se estará hasta
que lo borre la mano del tiempo.

---

[1] *La mazorca:* la espiga de maíz era usada como instrumento de
tortura por el cuerpo policial que, a las órdenes de Rosas, imponía el terror; era también su emblema y de allí el nombre con
el que se le conocía popularmente. En su *Diccionario de America-
nismos,* M. A. Morínigo señala que hay un juego de palabras entre
«mazorca» y «más horca».

La perspectiva del matadero a la distancia era grotesca, llena de animación. Cuarenta y nueve reses estaban tendidas sobre sus cueros y cerca de doscientas personas hollaban aquel suelo de lodo regado con la sangre de sus arterias. En torno de cada res resaltaba un grupo de figuras humanas de tez y raza distinta. La figura más prominente de cada grupo era el carnicero con el cuchillo en mano, brazo y pecho desnudos, cabello largo y revuelto, camisa, chiripá y rostro embadurnados de sangre. A sus espaldas se rebullían, caracoleando y siguiendo los movimientos, una comparsa de muchachos, de negras y mulatas achuradoras, cuya fealdad trasuntaba las harpías de la fábula, y entremezclados con ellas, algunos enormes mastines olfateaban, gruñían o se daban de tarascones por la presa. Cuarenta y tantas carretas toldadas con negruzco y pelado cuero se escalonaban irregularmente a lo largo de la playa y algunos jinetes, con el poncho calado y el lazo prendido al tiento, cruzaban por entre ellas al tranco o reclinados sobre el pescuezo de los caballos echaban ojo indolente sobre uno de aquellos animados grupos, al paso que más arriba, en el aire, un enjambre de gaviotas blanquiazules que habían vuelto de la emigración al olor de carne, revoloteaban cubriendo con su disonante graznido todos los ruidos y voces del matadero y proyectando una sombra clara sobre aquel campo de horrible carnicería. Esto se notaba al principio de la matanza.

Pero a medida que adelantaba, la perspectiva variaba; los grupos se deshacían, venían a formarse tomando diversas actitudes y se desparramaban corriendo como si en medio de ellos cayese alguna bala perdida o asomase la quijada de algún encolerizado mastín. Esto era, que ínterin el carnicero en un grupo descuartizaba a golpe de hacha, colgaba en otro los cuartos en los ganchos a su carreta, despellejaba en éste, sacaba el sebo en aquél, de entre la chusma que ojeaba y aguardaba la presa de achura salía de cuando en cuando una mugrienta mano a dar un tarascón con el cuchillo al sebo o a los cuartos de la res, lo que originaba gritos y explosión de cólera del carnicero y el continuo hervidero de los grupos —dichos y gritería descompasada de los muchachos.

—Ahí se mete el sebo en las tetas, la tía —gritaba uno.

—Aquél lo escondió en el alzapón —replicaba la negra.

—¡Che!, negra bruja, salí de aquí antes que te pegue un tajo —exclamaba el carnicero.

—¿Qué le hago, ño Juan? ¡No sea malo! Yo no quiero sino la panza y las tripas.

—Son para esa bruja: a la m...

—¡A la bruja, ¡a la bruja!, repitieron los muchachos, ¡se lleva la riñonada y el tongorí! Y cayeron sobre su cabeza sendos cuajos de sangre y tremendas pelotas de barro.

Hacia otra parte, entre tanto, dos africanas llevaban arrastrando las entrañas de un animal; allá una mulata se alejaba con un ovillo de tripas y resbalando de repente sobre un charco de sangre, caía a plomo, cubriendo con su cuerpo la codiciada presa. Acullá se veían acurrucadas en hilera 400 negras destejiendo sobre las faldas el ovillo y arrancando uno a uno los sebitos que el avaro cuchillo del carnicero había dejado en la tripa como rezagados, al paso que otras vaciaban panzas y vejigas y las henchían de aire de sus pulmones para depositar en ellas, luego de secas, la achura.

Varios muchachos, gambeteando a pie y a caballo, se daban de vejigazos o se tiraban bolas de carne, desparramando con ellas y su algazara la nube de gaviotas que columpiándose en el aire celebraban chillando la matanza. Oíanse a menudo, a pesar del veto del Restaurador y de la santidad del día, palabras inmundas y obscenas, vociferaciones preñadas de todo el cinismo bestial que caracterizaban a la chusma de nuestros mataderos, con las cuales no quiero regalar a los lectores.

De repente caía un bofe sangriento sobre la cabeza de alguno, que de allí pasaba a la de otro, hasta que algún deforme mastín lo hacía buena presa, y una cuadrilla de otros, por si estrujo o no estrujo, armaba una tremenda de gruñidos y mordiscones. Alguna tía vieja salía furiosa en persecución de un muchacho que le había embadur-

nado el rostro con sangre, y acudiendo a sus gritos y
puteadas los compañeros del rapaz la rodeaban y azuzaban
como los perros al toro y llovían sobre ella zoquetes de
carne, bolas de estiércol, con groseras carcajadas y gritos
frecuentes, hasta que el juez mandaba restablecer el orden y despejar el campo.

Por un lado dos muchachos se adiestraban en el manejo del cuchillo tirándose horrendos tajos y reveses; por
otro, cuatro, ya adolescentes, ventilaban a cuchilladas el
derecho a una tripa gorda y un mondongo que habían
robado a un carnicero, y no de ellos distante, porción de
perros, flacos ya de la forzosa abstinencia, empleaban el
mismo medio para saber quién se llevaría un hígado envuelto en barro. Simulacro en pequeño era éste del modo
bárbaro con que se ventilan en nuestro país las cuestiones y los derechos individuales y sociales. En fin, la escena que se representaba en el matadero era para vista, no
para escrita.

Un animal había quedado en los corrales de corta y
ancha cerviz, de mirar fiero, sobre cuyos órganos genita-
les no estaban conformes los pareceres porque tenía apariencias de toro y de novillo. Llególe su hora. Dos enlazadores a caballo penetraron al corral en cuyo contorno
hervía la chusma a pie, a caballo y horquetada sobre sus
nudosos palos. Formaban en la puerta el más grotesco y
sobresaliente grupo varios pialadores y enlazadores de a
pie, con el brazo desnudo y armados del certero lazo, la
cabeza cubierta con un pañuelo punzó y chaleco y chiripá colorados, teniendo a sus espaldas varios jinetes y espectadores de ojo escrutador y anhelante.

El animal prendido ya al lazo por las astas, bramaba
echando espuma, furibundo, y no había demonio que lo
hiciera salir del pegajoso barro donde estaba como clavado y era imposible pialarlo. Gritábanlo, lo azuzaban en
vano con las mantas y pañuelos los muchachos prendidos
sobre las horquetas del corral, y era de oír la disonante
batahola de silbidos, palmadas y voces tiples y roncas
que se desprendían de aquella singular orquesta.

Los dicharachos, las exclamaciones chistosas y obscenas rodaban de boca en boca y cada cual hacía alarde espontáneamente de su ingenio y de su agudeza, excitado por el espectáculo o picado por el aguijón de alguna lengua locuaz.

—Hi... de p... en el toro.

—Al diablo los torunos del Azul[2].

—Mal haya el tropero que nos da gato por liebre.

—Si es novillo.

—¿No está viendo que es toro viejo?

—Como toro le ha de quedar. Muéstreme los c... si les parece, ¡c...o!

—Ahí los tiene entre las piernas. ¿No los ve, amigo, más grandes que la cabeza de un castaño? ¿O se ha quedado ciego en el camino?

—Su madre sería la ciega, pues que tal hijo ha parido. ¿No ve que todo ese bulto es barro?

—Es emperrado y arisco como un unitario.

Y al oír esta mágica palabra, todos a una vez exclamaron: ¡mueran los salvajes unitarios!

—Para el tuerto los h...

—Sí, para el tuerto, que es hombre de c... para pelear con los unitarios.

—El matahambre a Matasiete, degollador de unitarios. ¡Viva Matasiete!

—¡A Matasiete el matahambre!

—¡Allá va! —gritó una voz ronca interrumpiendo aquellos desahogos de la cobardía feroz—. ¡Allá va el toro!

—¡Alerta! Guarda los de la puerta. ¡Allá va furioso como un demonio!

Y en efecto, el animal acosado por los gritos y sobre todo por dos picanas agudas que le espoleaban la cola, sintiendo flojo el lazo, arremetió bufando a la puerta, lanzando a entrambos lados una rojiza y fosfórica mirada. Diole el tirón el enlazador sentando su caballo, desprendió el lazo de la asta, crujió por el aire un áspero

---

[2] *El Azul:* localidad de la provincia de Buenos Aires.

zumbido y al mismo tiempo se vio rodar desde lo alto de
una horqueta del corral como si un golpe de hacha la
hubiese dividido a cercén, una cabeza de niño cuyo tronco permaneció inmóvil sobre su caballo de palo, lanzando
por cada arteria un largo chorro de sangre.

—Se cortó el lazo, gritaron unos: allá va el toro. Pero
otros, deslumbrados y atónitos, guardaron silencio porque todo fue como un relámpago. Desparramóse un tanto
el grupo de la puerta. Una parte se agolpó sobre la cabeza y el cadáver palpitante del muchacho degollado por
el lazo, manifestando horror en su atónito semblante, y
la otra parte, compuesta de jinetes que no vieron la catástrofe, se escurrió en distintas direcciones en pos del
toro, vociferando y gritando. ¡Allá va el toro! ¡Atajen!
¡Guarda! —Enlaza, Sietepelos. —¡Que te agarra, Botija!
—Va furioso: no se le pongan delante. —¡Ataja, ataja,
morado! —Déle espuela al mancarrón. —Ya se metió en
la calle sola. —¡Que lo ataje el diablo!

El tropel y vocerío era infernal. Unas cuantas negras
achuradoras, sentadas en hilera al borde del zanjón, oyendo el tumulto, se acogieron y agazaparon entre las panzas
y tripas que desenredaban y devanaban con la paciencia
de Penélope, lo que sin duda las salvó, porque el animal
lanzó al mirarlas un bufido aterrador, dio un brinco ses-
gado y siguió adelante perseguido por los jinetes. Cuentan
que una de ellas se fue de cámaras, otra rezó salves en
dos minutos, y dos prometieron a San Benito no volver
jamás a aquellos malditos corrales y abandonar el oficio
de achuradoras. No se sabe si cumplieron las promesas.

El toro, entre tanto, tomó hacia la ciudad por una larga y angosta calle que parte de la punta más aguda del
rectángulo anteriormente descrito, calle encerrada por una
zanja y un cerco de tunas, que llaman *sola* por no tener
más de dos casas laterales y en cuyo aposado centro había
un profundo pantano que tomaba de zanja a zanja. Cierto inglés, de vuelta de su saladero, vadeaba este pantano
a la sazón, paso a paso en un caballo algo arisco, y sin
duda iba tan absorto en sus cálculos que no oyó el tropel
de jinetes ni la gritería, sino cuando el toro arremetía al

pantano. Azoróse de repente su caballo dando un brinco
al sesgo y echó a correr dejando al pobre hombre hundido media vara en el fango. Este accidente, sin embargo, no detuvo ni refrenó la carrera de los perseguidores
del toro, antes al contrario, soltando carcajadas sarcásticas
—¡se amoló el gringo; ¡levántate, gringo! —exclamaron
y cruzaron el pantano amasando con barro bajo las patas
de sus caballos, su miserable cuerpo. Salió el gringo como
pudo después a la orilla, más con la apariencia de un
demonio tostado por las llamas del infierno que de un
hombre blanco pelirrubio. Más adelante, al grito de ¡al
toro!, ¡al toro! cuatro negras achuradoras que se retiraban
con su presa se zambulleron en la zanja llena de agua,
único refugio que les quedaba.

El animal, entre tanto, después de haber corrido unas
veinte cuadras en distintas direcciones, azorando con su
presencia a todo viviente, se metió por la tranquera de
una quinta donde halló su perdición. Aunque cansado,
manifestaba bríos y colérico ceño; pero rodeábalo una
zanja profunda y un tupido cerco de pitas, y no había
escape. Juntáronse luego sus perseguidores que se hallaban desbandados y resolvieron llevarlo en un señuelo de
bueyes para que expiase su atentado en el lugar mismo
donde lo había cometido.

Una hora después de su fuga el toro estaba otra vez en
el Matadero, donde la poca chusma que había quedado
no hablaba sino de sus fechorías. La aventura del gringo
en el pantano excitaba principalmente la risa y el sarcasmo. Del niño degollado por el lazo no quedaba sino un
charco de sangre; su cadáver estaba en el cementerio.

Enlazaron muy luego por las astas al animal que brin-
caba haciendo hincapié y lanzando roncos bramidos. Echá-
ronle uno, dos, tres piales; pero infructuosos; al cuarto
quedó prendido de una pata: su brío y su furia redobla-
ron; su lengua, estirándose convulsiva, arrojaba espuma,
su nariz humo, sus ojos miradas encendidas. —¡Desja-
rreten ese animal!, exclamó una voz imperiosa. Matasiete
se tiró al punto del caballo, cortóle el garrón de una cu-

chillada y gambeteando en torno de él con su enorme
daga en mano, se la hundió al cabo hasta el puño en la
garganta, mostrándola en seguida humeante y roja a los
espectadores. Brotó un torrente de la herida, exhaló algunos bramidos roncos, vaciló y cayó el soberbio animal entre los gritos de la chusma que proclamaba a Matasiete
vencedor y le adjudicaba en premio el matahambre. Matasiete extendió, como orgulloso, por segunda vez el brazo y el cuchillo ensangrentado y se agachó a desollarle
con otros compañeros.

Faltaba que resolver la duda sobre los órganos genita-
les del muerto clasificado provisionalmente de toro por
su indomable fiereza; pero estaban todos tan fatigados de
la larga tarea que la echaron por lo pronto en olvido. Mas
de repente una voz ruda exclamó: aquí están los huevos,
sacando de la verija del animal y mostrando a los espectadores dos enormes testículos, signo inequívoco de su
dignidad de toro. La risa y la charla fue grande; todos
los incidentes desgraciados pudieron fácilmente explicarse. Un toro en el Matadero era cosa muy rara y aun ve-
dada. Aquél, según reglas de buena policía, debió arro-
jarse a los perros; pero había tanta escasez de carne y
tantos hambrientos en la población, que el señor juez
tuvo a bien hacer ojo lerdo.

En dos por tres estuvo desollado, descuartizado y col-
gado en la carreta el maldito toro. Matasiete colocó el
matahambre bajo el pellón de su recado y se preparaba
a partir. La matanza estaba concluida a las doce, y la poca
chusma que había presenciado hasta el fin, se retiraba en
grupos de a pie y de a caballo, o tirando a la cincha algunas carretas cargadas de carne.

Mas de repente la ronca voz de un carnicero gritó:
¡Allí viene un unitario!, y al oír tan significativa palabra
toda aquella chusma se detuvo como herida de una impresión súbita.

—¿No le ven la patilla en forma de U? No trae divisa
en el fraque ni luto en el sombrero.

—Perro unitario.

—Es un cajetilla [3].

—Monta en silla como los gringos.

—La mazorca con él.

—¡La tijera!

—Es preciso sobarlo.

—Trae pistoleras por pintar.

—Todos estos cajetillas unitarios son pintores como el diablo.

—¿A que no te animas, Matasiete?

—¿A que no?

—A que sí.

Matasiete era un hombre de pocas palabras y de mucha acción. Tratándose de violencias, de agilidad, de destreza en el hacha, el cuchillo o el caballo, no hablaba y obraba. Lo habían picado: prendió la espuela a su caballo y se lanzó a brida suelta al encuentro del unitario.

Era éste un joven como de veinticinco años, de gallarda y bien apuesta persona, que mientras salían en borbotón de aquellas desaforadas bocas las anteriores exclamaciones, trotaba hacia Barracas, muy ajeno de temer peligro alguno. Notando, empero, las significativas miradas de aquel grupo de dogos de matadero, echa maquinalmente la diestra sobre las pistolas de su silla inglesa, cuando una pechada al sesgo del caballo de Matasiete lo arroja de los lomos del suyo tendiéndolo a la distancia boca arriba y sin movimiento alguno.

—¡Viva Matasiete! —exclamó toda aquella chusma cayendo en tropel sobre la víctima, como los caranchos rapaces sobre la osamenta de un buey devorado por el tigre.

Atolondrado todavía el joven, fue lanzando una mirada de fuego sobre aquellos hombres feroces, hacia su caballo, que permanecía inmóvil, no muy distante a buscar en sus pistolas el desagravio y la venganza. Matasiete, dando un salto, le salió al encuentro y con fornido brazo, asiéndolo de la corbata, lo tendió en el suelo, tirando al

[3] *Cajetilla:* afeminado, acicalado.

mismo tiempo la daga de la cintura y llevándola a su garganta.

Una tremenda carcajada y un nuevo viva estentóreo volvió a vitoriarlo.

¡Qué nobleza de alma! ¡Qué bravura en los federales! Siempre en pandilla cayendo como buitres sobre la víctima inerte.

—Degüéllalo, Matasiete —quiso sacar las pistolas—. Degüéllalo como al toro.

—Pícaro unitario. Es preciso tusarlo.

—Tiene buen pescuezo para el violín [4].

—Tócale el violín.

—Mejor es la resbalosa [4].

—Probemos —dijo Matasiete, y empezó sonriendo a pasar el filo de su daga por la garganta del caído, mientras con la rodilla izquierda le comprimía el pecho y con la siniestra mano le sujetaba los cabellos.

—No, no lo degüellen —exclamó de lejos la voz imponente del Juez del Matadero que se acercaba a caballo.

—A la casilla con él, a la casilla. Preparen la mazorca y las tijeras. ¡Mueran los salvajes unitarios! ¡Viva el Restaurador de las leyes!

—Viva Matasiete.

¡Mueran! ¡Vivan!, repitieron en coro los espectadores, y atándole codo con codo, entre moquetes y tirones, entre vociferaciones e injurias, arrastraron al infeliz joven al banco del tormento como los sayones al Cristo.

La sala de la casilla tenía en su centro una grande y fornida mesa de la cual no salían los vasos de bebida y los naipes sino para dar lugar a las ejecuciones y torturas de los sayones federales del Matadero. Notábase, además, en un rincón otra mesa chica con recado de escribir y un cuaderno de apuntes y porción de sillas entre las que resaltaba un sillón de brazos destinado para el Juez. Un hombre, soldado en apariencia, sentado en una de ellas cantaba al son de la guitarra *La Resbalosa,* tonada de in-

---

[4] *El violín..., la resbalosa:* nombres aplicados a formas de degüello y tortura.

mensa popularidad entre los federales, cuando la chusma, llegando en tropel al corredor de la casilla, lanzó a empellones al joven unitario hacia el centro de la sala.

—A ti te toca la resbalosa —gritó uno.

—Encomienda tu alma al diablo.

—Está furioso como toro montaraz.

—Ya le amansará el palo.

—Es preciso sobarlo.

—Por ahora, verga y tijera.

—Si no, la vela.

—Mejor será la mazorca.

—Silencio y sentarse —exclamó el Juez, dejándose caer sobre su sillón. Todos obedecieron, mientras el joven de pie, encarando al Juez, exclamó con voz preñada de indignación:

—Infames sayones, ¿qué intentan hacer de mí?

—¡Calma! —dijo sonriendo el Juez—; no hay que encolerizarse. Ya lo verás. El joven, en efecto, estaba fuera de sí de cólera. Todo su cuerpo parecía estar en convulsión: su pálido y amoratado rostro, su voz, su labio trémulo, mostraban el movimiento convulsivo de su corazón, la agitación de sus nervios. Sus ojos de fuego parecían salirse de las órbitas, su negro y lacio cabello se levantaba erizado. Su cuello desnudo y la pechera de su camisa dejaban entrever el latido violento de sus arterias y la respiración anhelante de sus pulmones.

—¿Tiemblas? —le dijo el Juez.

—De rabia, porque no puedo sofocarte entre mis brazos.

—¿Tendrías fuerzas y valor para eso?

—Tengo de sobra voluntad y coraje para ti, infame.

—A ver las tijeras de tusar mi caballo; túsenlo a la federala.

Dos hombres le asieron, uno de la ligadura del brazo, otro de la cabeza y en un minuto cortáronle la patilla que poblaba toda su barba por bajo, con risa estrepitosa de sus espectadores.

—A ver —dijo el Juez—, un vaso de agua para que se refresque.

—Uno de hiel te haría yo beber, infame.

Un negro petizo púsosele al punto delante con un vaso de agua en la mano. Diole el joven un puntapié en el brazo y el vaso fue a estrellarse en el techo, salpicando el asombrado rostro de los espectadores.

—Este es incorregible.

—Ya lo domaremos.

—Silencio —dijo el Juez—, ya está afeitado a la federala, sólo le falta el bigote. Cuidado con olvidarlo. Ahora vamos a cuentas.

—¿Por qué no traes divisa?

—Porque no quiero.

—No sabes que lo manda el Restaurador.

—La librea es para vosotros, esclavos, no para los hombres libres.

—A los libres se les hace llevar a la fuerza.

—Sí, la fuerza y la violencia bestial. Esas son vuestras armas: infames. El lobo, el tigre, la pantera también son fuertes como vosotros. Deberíais andar como ellos en cuatro patas.

—¿No temes que el tigre te despedace?

—Lo prefiero a que, maniatado, me arranquen como el cuervo, una a una las entrañas.

—¿Por qué no llevas luto en el sombrero por la heroína?

—Porque lo llevo en el corazón por la Patria, la Patria que vosotros habéis asesinado, ¡infames!

—No sabes que así lo dispuso el Restaurador.

—Lo dispusisteis vosotros, esclavos, para lisonjear el orgullo de vuestro señor y tributarle vasallaje infame.

—¡Insolente!, te has embravecido mucho. Te haré cortar la lengua si chistas.

—Abajo los calzones a ese cajetilla y a nalga pelada denle verga, bien atado sobre la mesa.

Apenas articuló esto el Juez, cuatro sayones salpicados de sangre suspendieron al joven y lo tendieron largo a largo sobre la mesa comprimiéndole todos sus miembros.

—Primero degollarme que desnudarme, infame canalla.

Atáronle un pañuelo por la boca y empezaron a tironear sus vestidos. Encogíase el joven, pateaba, hacía rechinar los dientes. Tomaban ora sus miembros la flexibilidad del junco, ora la dureza del fierro y su espina dorsal era el eje de un movimiento parecido al de la serpiente. Gotas de sudor fluían por su rostro, grandes como perlas; echaban fuego sus pupilas, su boca espuma y las venas de su cuello y frente negreaban en relieve sobre su blanco cutis como si estuvieran repletas de sangre.

—Atenlo primero —exclamó el Juez.

—Está rugiendo de rabia —articuló un sayón.

En un momento liaron sus piernas en ángulo a los cuatro pies de la mesa, volcando su cuerpo boca abajo. Era preciso hacer igual operación con las manos, para lo cual soltaron las ataduras que las comprimían por la espalda. Sintiéndolas libres el joven, por un movimiento brusco en el cual pareció agotarse toda su fuerza y vitalidad, se incorporó primero sobre sus brazos, después sobre sus rodillas y se desplomó al momento, murmurando:

—¡Primero degollarme que desnudarme!

Sus fuerzas se habían agotado —inmediatamente quedó atado en cruz y empezaron la obra de desnudarlo. Entonces un torrente de sangre brotó borbolloneando de la boca y las narices del joven y extendiéndose empezó a caer a chorros por entrambos lados de la mesa. Los sayones quedaron inmóviles y los espectadores estupefactos.

—Reventó de rabia el salvaje unitario —dijo uno.

—Tenía un río de sangre en las venas —articuló otro.

—Pobre diablo: queríamos únicamente divertirnos con él y tomó la cosa demasiado a lo serio —exclamó el Juez, frunciendo el ceño de tigre—. Es preciso dar parte, desátenlo y vamos.

Verificaron la orden; echaron llave a la puerta y en un momento se escurrió la chusma en pos del caballo del Juez cabizbajo y taciturno.

Los federales habían dado fin a una de sus innumerables proezas.

En aquel tiempo los carniceros degolladores del Matadero eran los apóstoles que propagaban a verga y puñal la federación rosina, y no es difícil imaginarse qué fede-

ración saldría de sus cabezas y cuchillas. Llamaban ellos
salvaje unitario, conforme a la jerga inventada por el Restaurador, patrón de la cofradía, a todo el que no era degollador carnicero, ni salvaje, ni ladrón; a todo hombre
decente y de corazón bien puesto; a todo patriota ilustrado, amigo de las luces y de la libertad; y por el suceso
anterior puede verse a las claras que el foco de la federación estaba en el Matadero.

Pedro José Morillas

(¿La Habana?, 1803-1881)

El de Morillas es un nombre oscuro en la literatura
cubana y completamente ignorado en la hispanoamericana: pocos historiadores hablan de él (en su *Panorama histórico de la literatura cubana,* Max Henríquez Ureña le
concede sólo una breve nota) y muy escasas antologías
recogen su obra. Hay una buena razón para ello: la importancia literaria de Morillas es, con una sola excepción,
muy limitada. La suya es en realidad la obra de un diletante, con intereses muy alejados de lo literario, como lo
prueba su *Memoria sobre los medios para fomentar y
generalizar la industria,* que fue premiada en 1838 por
la Sociedad Económica de Amigos del País, de la que
fue miembro. En 1825 se había graduado en jurispruden-
cia en la Universidad de La Habana. A mediados de siglo
hacía vida intelectual con círculos culturales de La Habana y Matanzas. Como periodista, colaboró con la *Revista
del Pueblo,* fundada por Enrique Piñeyro, y en otras como
Obsequio de las Damas (donde publicó la narración «Rasgos de amor fraternal») y *La Piragua,* de Matanzas. En
esta última apareció su relato «El ranchador», en 1856,

aunque su redacción parece corresponder a 1839. En
1857 editó, con Manuel Costales, *El Aguinaldo Haba-
nero,* donde publicó algunos relatos, impresiones y sem-
blanzas. Dejó una novela inédita titulada *El último indígena.*

Esa modesta trayectoria no nos prepara para la madurez literaria que demuestra «El ranchador», una narración notable en más de un sentido. Es cierto que las tres
primeras partes de las ocho que dividen el relato contienen una descripción demasiado extensa que tal vez
desanime al lector. Aparte de que la prosa de Morillas
no es ni recargada ni difusa como en tantos relatos románticos, hay que reconocer que ese exordio descriptivo
tiene algunos méritos intrínsecos: es una puntual descripción de ciertas zonas del campo cubano, hecha con el ojo
atento del observador interesado en cuestiones técnicas
de agricultura y regadío, pero a la vez con sobria emoción
y lírica adhesión al paisaje; el mundo que retrata es una
realidad salvaje y cruel, pero esos rasgos están discretamente atemperados por ciertos delicados toques (el sombrero de yarey «adornado por las bellas manos de mi
amada con una cinta color de cielo») o fugaces divagaciones (sobre el medioevo, sobre el carácter «sublime»
y el efecto arrobador del paisaje), de clara raíz romántica. Todo esto dilata y prepara el momento en el que el
narrador encuentra a su personaje, a quien luego cede la
palabra para que cuente su terrible historia. Ese hombre,
llamado Valentín Páez, es conocido como «el ranchador», porque su siniestro oficio es el de perseguir y matar
esclavos cimarrones; con su feroz compinche Bayamés,
reclutado de la cárcel, tiene licencia oficial para cumplir
su tarea y cobrar dinero por sus víctimas según la cantidad de orejas cortadas. Pero la historia personal anterior
a estas actividades complica el juicio moral: Valentín
se convierte en un ranchador para vengar la brutal muerte de sus hijos y la destrucción de su hogar por una pandilla de negros esclavos. Es un hombre de bien, forzado
a seguir un destino sangriento: supremo dilema romántico. Abrumado por la historia, el narrador reaparece para

concluir el relato con una indignación contenida y con
una muda maldición por «el odioso destino de mi patria»; es como un instante reflexivo tras la exaltación febril del núcleo narrativo. En verdad, este texto es un
aporte original al tema esclavista que otros escritores cubanos, como Cirilo Villaverde (1812-1894), harán famoso. (Recuérdese que, si la fecha de 1839 es realmente el
año de su redacción, el relato coincidiría exactamente con
el primer tomo de la novela *Cecilia Valdés,* de Villaverde,
y con «El matadero», de Echeverría.) Pero «El ranchador» ofrece una variante al juicio simplista y sentimental
habitualmente ligado al asunto: aquí ni los negros ni sus
perseguidores pueden ganar nuestra simpatía, pero tampoco sobrellevan toda la culpa; la acusación moral va contra el sistema mismo, que hace de los individuos sus
víctimas, no importa quién mate a quién.

OBRA NARRATIVA

Recogida por Imeldo Alvarez García, ed., *Noveletas
cubanas* (La Habana: Instituto Cubano del Libro, 1974),
y por Mario Benedetti y Antonio Benítez Rojo, eds. *.

REFERENCIAS

Aparte de los datos incluidos en las recopilaciones arriba citadas, puede consultarse el *Diccionario de la literatura cubana,* La Habana: Editorial Letras Cubanas, 1984,
vol. 2, p. 639.

Cuando se infringen las leyes escritas por
la mano divina en el libro de la naturaleza,
se destruye la armonía del bien, y no se recogen otros frutos que las maldiciones del
cielo.

I

La seca

Tocábamos ya el término del mes de mayo y aún no
había cesado la estación de la seca. El campo estaba agos-
tado y el sol, en punto de mediodía, lanzaba sus abra-
sadores rayos a la sedienta tierra, cuyo seno removían en
vano las numerosas dotaciones de esclavos, para ayudar
la vegetación y alcanzar a los poderosos dueños de las
fincas una abundante cosecha. Cabalgaba yo solo y silencioso, camino de la Vueltabajo, en un potro de tierra
adentro, color retinto, que cubierto de sudor y de polvo
ijadeaba, siendo necesario darle espuela para que aban-
donase el trote y siguiese la cómoda marcha con que se
viaja en Cuba. No menos estropeado que él del penoso
camino y sofocado por el calor, iba yo con las riendas
abandonadas, encorvado sobre la silla y oponiendo la cabeza a las violentas ráfagas del viento de cuaresma que
soplaba furioso, levantando el polvo y las hojas secas

en rápidos remolinos, doblando con sonoro ruido las agitadas copas de los árboles y batallando por volarme el blanco y ligero sombrero de yarey, adornado por las bellas manos de mi amada con una cinta color de cielo.

Quemado estaba el pasto de los potreros, amarillos y deshojados los cafetos, sin jugo las cañas de los ingenios; y los arbustos y enredaderas que visten las cercas de las fincas, las pomposas arboledas y los espesos bosques, que en la rica estación de las aguas se adornan de flores y de un verde brillante, lucían tristes y empañados con el polvo de la tierra colorada, de que estaban también cubiertos todo mi vestido y la piel de mi cansado potro. El agua de las cañadas y arroyos había desaparecido y los ríos arrastraban murmurando una mezquina porción de su antiguo caudal: la tierra estaba por todas partes surcada de profundas grietas; las lagunas no contenían más que cieno fétido y verdoso, y las reses flacas y enfermas, vagando como unos espectros a sus orillas, levantaban sus melancólicas miradas al firmamento con lánguidos mugidos, como si implorasen la benéfica lluvia de los cielos. Las hojas de ciertos árboles y las naranjas silvestres suplían su natural alimento, y el agua escasa de algunos pozos templaba su devorante sed; pero esto no las libertaba de la muerte... «¿Por qué no se prevén tales calamidades que periódicamente azotan nuestras heredades?», me decía yo a mí mismo. Los pastos artificiales, el sistema de crianza unido al cultivo, las canalizaciones y el riego, y sobre todo los pozos artesianos, evitarían los rigores de la seca y los labradores no temerían tanto sus estragos.

Estas reflexiones y otras que me excitaban la vista del aterido campo y el vivo anhelo de verlo siempre floreciente, eran interrumpidas a cada paso por el encuentro de los hombres del campo que, sobre sus cómodas cabalgaduras de paso y marcha, vestidos con solo su camisa y calzón de hilo, sombrero de paja y espuela de plata, lo mismo que la guarnición de sus formidables machetes, cruzaban en diversas direcciones y me saludaban cortésmente al pasar por mi lado. Distraíanme también las lar-

gas recuas que, al son de los ásperos cencerros, y del
monótono y triste canto del arriero, conducían sus pro-
minentes cargas cubiertas con tapas de cuero sin curtir;
o las prolongadas filas de pesadas carretas llenas de cajas
de azúcar, sacos de café o tercios de tabaco, que pasaban
crujiendo, tiradas lentamente por tres o cuatro yuntas de
pacientísimos bueyes adornados de sonoras campanillas
y aguijados por la vara punzante del renegado carretero.
Pero lo que más arrobaba mi atención era el ruido de
los veloces quitrines y volantas en que viajan las familias
ricas, que pasaban arrebatados por soberbios tríos y parejas de fogosos corceles que estimulados por la cuarta
y la ancha espuela de plata del etíope calesero, volaban
removiendo la seca tierra y dejándola a merced del viento,
que elevándola en revueltos torbellinos cubría la atmósfera de una espesa y sofocante polvareda, forzándome a
contener el aliento, cerrar los ojos y dejar caminar, por
largo trecho, mi potro a la ventura.

II

Las lomas del Cuzco

A dieciocho leguas de La Habana abandoné el camino
real y entré por San Salvador, a coger las lomas del Cuz-
co, buscando la soledad y frescura de los bosques. Escenas nuevas, bellísimas, encantadoras y sublimes me ofrecía a cada instante aquella elevada cordillera donde las
industriosas obras de los hombres contrastan con el des-
aliño magnífico de la naturaleza; los nuevos plantíos y
las solitarias fincas abandonadas en que nacen y crecen
espontáneas las yerbas y bejucos, sofocando los cafetos
y las cañas que no merecen ya los afanes del labrador, y
en cuyas intrincadas malezas se agazapan los pintados perros jíbaros, de ijares flacos, ojos de fuego y orejas pun-
tiagudas que giran a todos vientos, para lanzarse desde
allí en bandadas sobre los animales domésticos, a quienes, como el lobo de Europa, hacen tan cruda guerra.

En las elegantes y sólidas fábricas, resquebrajadas por el tiempo y cubiertas de musgo y de plantas silvestres, testigos en otras épocas del lujo y los placeres de sus dichosos moradores, se arrastran hoy los jubos y majáes, se guaridan los bandoleros, ocúltanse los cimarrones, y los murciélagos fijan en los oscuros techos sus lóbregas moradas. El viento golpea sus desquiciadas puertas y ventanas, silba, suspira y muge por las sinuosidades de sus desiertas habitaciones; y el sordo y misterioso rumor que de fuera se percibe, como de multitud de voces que se mezclan y confunden, de gritos que se escapan y se sofocan y de blandos soplos que susurran, semejan la existencia de legiones de espíritus siniestros que vuelan, se arrastran y deslizan, que se encuentran, chocan y murmuran, que se debaten, que gritan, se enfurecen y braman a la vez que se quejan, que gimen y sollozan... ¡Oh, cuánto agrada escuchar en medio de las ruinas, en el centro de los bosques, o a orillas de los ríos y los arroyos esas fantásticas armonías de la naturaleza!... Parece que no se halla uno solo en los desiertos, sino que, según creyeron los poéticos gentiles, por doquiera nos rodean genios y espíritus invisibles que todo lo animan y embellecen.

Con el tiempo estas ruinas sepultadas en medio de tan rústicas malezas y sombrías montañas serán objeto de tradiciones populares, y como los castillos feudales de la Edad Media, ofrecerán asunto a los novelistas y poetas para colocar allí las escenas tenebrosas del crimen, los desórdenes de la disipación, los heroicos sufrimientos de la virtud oprimida, y los triunfos o desgracias de los entusiastas amores de la sensible cubana.

La industria francesa, lanzada desde la vecina isla de Santo Domingo por una revolución espantosa, vino a refugiarse aquí en los primeros años de este siglo. A su llegada cayeron a impulso de las hachas y el fuego los soberbios bosques tutelares, paramentos de rica vegetación con que por tantos siglos se engalanaron aquellas empinadas lomas, para abrir paso al bello arbusto de Arabia de blancos jazmines y purpurinos granos, que se sembró

a cordel y con el simétrico gusto de los jardines hasta
en parajes donde fue necesario atar a los esclavos para
plantarlo y recoger el fruto. Levantáronse risueñas habitaciones a orillas de los precipicios, en la profundidad
de los valles, al lado de un torrente, o donde jamás pudo
concebirse que se hubiera asentado la atrevida planta del
hombre. En fin, se colectaron abundantes cosechas de ri-
quísimos frutos en lugares que sólo se creyeron propios
para anidar pájaros; y este primero y brillante triunfo
de la industria en la isla de Cuba fue utilísima lección
que nunca debieran olvidar sus hijos, desterrando para
siempre la palabra imposible, dictada por el temor de la
ciega ignorancia o la irresolución de la pereza.

Por tan agrestes lugares se tiene que andar sobresal-
tado, arrostrando trabajosas subidas y descensos peligrosos que intimidan al más intrépido viandante: estériles
sabanas cubiertas de espartillo, descarnadas piedras y fé-
rreos perdigones se ven al lado de terrenos vírgenes y
feraces arbolados pomposamente... Reina en toda esa
vasta extensión una imponente soledad que a veces hace
imaginar al que se encuentra en ella ser el único habi-
tante del mundo: no se oyen otros ruidos que las armonías del viento entre los árboles, el murmurio de las
fuentes, los arrullos melancólicos de las palomas, el com-
pasado picotear del pájaro carpintero, los remedos burlones del sinsonte y las voces y los cantos diferentes de
infinidad de insectos y de parleras aves. Multiplica el eco
el chasquido lejano del látigo del mayoral, y el ¡ay! des-
garrador de un desgraciado... Resuenan los redoblados
golpes del hacha del labrador que en lo más intrincado
del monte derriba los corpulentos cedros, las compac-
tas caobas y duras quiebrahachas, los cuales al caer con
los largos brazos extendidos y flameando la flexible copa,
arrastran y quiebran las ramas de los árboles que los cir-
cundan, formando un ruido semejante al solemne y fúnebre clamoreo de todo un ejército, en cuyo seno cae herido de muerte un valiente guerrero, crujiendo la sonante
armadura de hierro y ondulando el airoso penacho de su
rota cimera. Otras veces se escucha el ronzar de las tozas

que van arrastrando pausadamente los bueyes, o los ladridos de los perros de las haciendas persiguiendo un
fugitivo cerdo sobre el que hacen presa por las orejas sin
respetar la gravedad de su estúpido continente, ni cui-
darse de sus destemplados e incesantes gruñidos. La isla
de Cuba sin caminos, sin puentes ni posadas; con un terreno onduloso cubierto de bosques primitivos y regado
por multitud de ríos y arroyos que alimentan con sus
desbordes ciénagas y pantanos intransitables, ofrece mil
molestias a los viajeros; pero en cambio les hace gozar
variadas y fuertes emociones con la hermosura, majestad
y grandeza que ostentan los países tropicales en su espléndido estado natural.

III

Los dos mares

Me encontraba ya en la alterosa Peña Blanca, desde
donde se divisan, al norte y sur, a vista de pájaro y en
una extensión inmensa pueblos enteros, ingenios, cafeta-
les, grandes haciendas, y las vegas de tabaco a orillas de
las ondulosas corrientes de los ríos. Míranse también bajo
los pies del observador, anchos e interminables bosques
por la parte superior de sus frondosas y apiñadas copas,
cuyos tembladores follajes, de diversos tintes y figuras,
entre los que descuellan los airosos penachos de las gentiles palmas, parecen magníficos e interminables tapices
de fábrica oriental. Sobre esa variada superficie de ramas
que mece el viento y que colora el sol, atraviesan ale-
teando con algazara bandadas de cotorras verde esmeral-
da de cabeza colorada, garzas blancas que se elevan con
majestad hasta las nubes, negros gavilanes y caraíras que
se ciernen para dejarse caer rápidamente sobre la presa
que marcan con su penetrante vista, y otra multitud de
pintados pájaros, que bien hienden los aires en diversas
direcciones, se posan en las flexibles ramas a entonar sus
armoniosos cantos, o se introducen por el follaje detrás

de sus amores, para saborear juntos los sazonados frutos,
o recogerse en sus calientes nidos. Termina en lontanan-
za tan bello mosaico, con las líneas semicirculares de ambos mares, por cuya tersa planicie cruzan las veleras em-
barcaciones, como los errantes beduinos atraviesan en
veloces corceles los desiertos arenales del Asia.

La extensa bóveda del firmamento, donde flotan a placer de la brisa graciosos grupos de nacaradas nubes que
atraviesa el tibio sol de la tarde, dibujando su disco de
oro sobre el velo azul del espacio, cierra este grandioso
panorama, magnífico y sublime, que no es posible al hombre describir.

IV

El encuentro

Bajaba yo absorto, con el alma henchida de goces y
la cabeza ocupada en meditaciones profundas sobre las
bellezas del mundo, la inmensidad de Dios y el futuro
destino del hombre, cuando me distrajo el encuentro de
un guajiro que se hallaba sentado sobre su capote al pie
de un corpulento almácigo que, con su corteza lustrosa
y fina, como una tela de seda color de cobre, y sus extendidos y redondos brazos despojados de hojas, parecía una
virgen india clamando piedad del cielo. Era aquel sitio
un reducido valle, cercado de montañas y lleno de gruesas piedras que habían rodado de las alturas; inmediatos
al almácigo crecían algunos guayabos y otros muchos arbustos entrelazados y cubiertos con diversas enredaderas
formando una maleza impenetrable, precursora del monte, a cuya entrada nacieron. Tenía el guajiro su machete
de guarnición de plata ceñido a la cinta con un pañuelo,
y a su lado se divisaba un trabuco; entreteníase en jugar
con dos cachorros de casta, manchados de blanco y negro, los cuales se mostraban a su modo muy complacidos,
agitando la cola y lamiéndole el rostro, o bien, fingién-
dose bravos, gruñían, mordiéndole suavemente, y aparen-

taban querer defenderse con las uñas, manoteándole repetidas veces por el brazo cuando los sacudía por las orejas. Otros dos perros más corpulentos, de adusto ceño
y color leonado, dormían a corta distancia, echado el uno
sobre el otro. Este hombre con tantas armas en aquel
desamparado sitio me puso en cuidado: requerí las pistolas, y continué mi camino cautelosamente para no ser
sorprendido; mas pronto cesó mi alarma: vile quitarse el
sombrero de yarey y coger de su copa una honda vejiga,
de donde tomó un tabaco, y sacando candela en su me-
chón del reino, se puso a fumar, arrojando al aire el
blanco y perfumado humo. Con este motivo descubrió un
rostro como de cuarenta años, magro y quemado por los
rayos del sol, pero de tan noble y suave fisonomía, que
me inspiró confianza: dirigíme a él sin temor y le pedí
la candela que me alargó cortésmente, poniéndose en pie
y fijando en mí sus chispeantes ojos negros; y como yo
deseaba descansar y disfrutar de la fresca brisa que por
allí soplaba dulcemente, me desmonté y le dije:

—Parece que abundan por estas serranías los ladro-
nes, cuando anda usted tan prevenido.

—No faltan, pero no son ellos los que me hacen andar
armado, sino esos perros negros de los palanques, porque
he jurado no dejar uno vivo.

Extraña impresión me causó semejante propósito, que
califiqué de una ridícula baladronada, y me sonreí, no pudiendo figurarme que un hombre solo se atreviese, sin
estar demente, a lanzarse en tamaña empresa contra hor-
das de perros atléticos, avezados al trabajo, y que prácticos en aquel laberinto de lomas cubierto de malezas, precipicios y enmarañados bosques, vagan armados huyendo
de la esclavitud. Le repliqué me parecía arriesgado, ya
que no imposible su arrojado intento; y me preparaba a
divertirme con él creyéndolo un extravagante, cuando ar-
queando las cejas, y clavándome sus abiertos ojos, me
cortó la palabra diciéndome:

—Siempre que un hombre se decide a morir, o lograr
lo que se propone, a su vista desaparecen los obstáculos
y los peligros, y nada puede resistirlo. Estas lomas son

testigos de mis desgracias: ¡Ellas también verán mi cadáver, o el exterminio de esas legiones de demonios que
con tan crueles heridas han destrozado mis entrañas...!

Callóse, y dejó caer la cabeza sobre su pecho, como si
algún recuerdo doloroso hubiese llegado a atormentarlo.
Yo también permanecí en silencio, sorprendido de expresiones tan fuertes y misteriosas para mí. Excitóseme la
curiosidad y me aventuré a preguntarle qué desgraciados
sucesos le forzaban a tan terrible y peligrosa determinación. Y alzando la cabeza, y mirándome con aire melancólico, exclamó:

—¿No conoce usted mis desgracias? ¿No ha oído usted mentar nunca a Valentín Páez, el Ranchador?

Un grito de admiración me arrancó la sorpresa de verme al frente de un hombre tan honrado como infeliz,
tan valiente como desgraciado; pues su inaudito valor,
sus esfuerzos y sus hazañas se agotaban en un campo estéril, donde jamás encontraría un laurel para coronar su
frente. ¡Tal es el destino de algunos hombres! Las más
altas virtudes, los más heroicos hechos se pierden en el
olvido cuando las circunstancias no son propicias; y las
que obraban alrededor de Páez eran de aquellas que la
fama desdeña transmitir al mundo y sobre las cuales la
gloria no coloca su brillante aureola, porque están con-
denadas a girar en una pavorosa oscuridad, donde las se-
pulta para siempre el olvido.

—Mucho he oído hablar de usted —le dije—, pero
de tan distinto modo, que celebraría infinito saber la verdad por usted mismo.

—No tengo embarazo: siéntese usted y oirá sucesos
que no habrá leído en ningún libro.

Sentéme a su lado y empezó la narración de esta
manera.

V

Lamentable historia

—Aunque me esté mal decirlo, soy honrado, y lejos
de dañar a nadie hago cuanto bien me es posible. En

medio de mi pobreza yo vivía contento y feliz en la hacienda del Toro que tenía arrendada en estas malditas lomas, sin conocer más vicio que trabajar, ni más deseos que complacer a mi esposa y ver dichosos a mis hijos... ¡Mis hijos...! ¡Infelices...! Tres eran, caballero, ya no tengo ninguno...

Aquí hizo una pequeña pausa, dando muestra de estar conmovido: rodaron dos lágrimas por sus mejillas, sin descomponer su varonil continente, y prosiguió de este modo:

—Un día... ¡Maldito sea! Era el... de mil ochocientos... (¡Bien presente lo tengo!), me levanté al aclarar para ir a recorrer el ganado: yo no sé cuántos presentimientos tuve: sueños espantosos me habían atormentado toda la noche: sentía una pesadez desacostumbrada al querer salir de casa: me parecía que dejaba la mitad de mi corazón. Por fin me decidí, y acercándome a la hamaca de mi mujer la encontré dormida, y al más chico de nuestros hijos pegado al pecho: él me sintió, alzó la cabecita y se sonrió. ¡Ay!, yo no comprendí entonces que aquella sonrisa era la de un ángel que se alegraba de volar pronto al cielo. Le di un beso y algo más tranquilo dije a mi cuñado: José, cuídame la mujer y los hijos; y me eché fuera. La vista del campo, y las carreras con los monteros detrás de las reses, lograron distraerme de mis tristes ideas, mas pronto volvieron con más fuerza. Por cima de los árboles del monte noté que se elevaba a lo lejos una columna de humo negro como mi desgracia: de aquella vuelta quedaba mi casa, y el corazón me dijo: ¡Que se queman tus hijos...! Si alas tuviera mi caballo, señor, no habría satisfecho mi ansiedad por llegar a la casa: el alma estaba antes que yo en el lugar del suceso, y presenciaba cosas espantosas que me erizaban, pero que no eran ni una sombra de la horrible realidad que estaba sucediendo. Antes de doblar el montecito que guiaba a las casas, llamaron mi atención unos penetrantes gritos que me estremecieron sin saber por qué. Una mujer que no conocí, desolada, descalza, el pelo suelto, roto y quemado el vestido, cubierta de sangre y polvo, y pintadas

las angustias del extremo dolor en su semblante, corría
hacia mí con los brazos abiertos. Llega, el caballo se para
de repente y ceja un paso como espantado: ella se abraza
a mis rodillas, mas luego cae a plomo y rueda desmayada
entre las patas del animal. Me tiré a socorrerla y reco-
nocí a mi esposa... La tomé en los brazos y más muerto
que vivo, helado, flaqueándome las piernas, llegué a mi
casa..., ¿qué digo?, a una hoguera. Toda estaba ardiendo. Dejéme ir detrás de la cocina, y di un grito de horror: cayóseme la mujer de los brazos y me arrojé sobre
un cadáver cubierto de heridas... Era mi hijo mayor...,
mis esperanzas... Los extremos de mi dolor lo reanimaron: abrió con trabajo sus apagados ojos, y queriéndolos
retener en mí, sólo pudo decirme: «Padre»..., y expiró.

—No más, por Dios —le grité—, que me destroza usted el alma...

Permanecimos silenciosos y sobrecogidos por largo rato,
hasta que, reanudando el hilo de su trágica historia, continuó de esta manera:

—Mi mujer había vuelto en sí, pero estaba como loca:
me cogió por la mano y con los ojos extraviados y una
voz que le salía de lo más hondo del pecho, exclamaba:
«¡Venganza!» Casi a rastro me condujo a donde estaban
los cuerpos de mi cuñado y mis otros dos hijos horriblemente despedazados. El más chiquito junto a la hoguera, sobre la ceniza y tizones ardiendo, era un carbón
negro e informe, y la infeliz madre no cesaba de repetir-
me: «¡Venganza!» No sé explicar lo que sentí en aquellos momentos: el dolor y la rabia luchaban en mi pecho... «¿Quién ha matado a mis hijos?», le pregunté.
Y señalando las lomas, anegada en lágrimas y ahogándose
con los sollozos, me respondió: «Los cimarrones..., ba-
jaron armados de chuzos y machetes, cantando como unos
demonios... Mi hermano José y nuestro hijo mayor salieron a su encuentro con las escopetas y los perros, a
pesar de mis ruegos... Yo me encerré, y abrazada con
mis otros dos hijos, me puse de rodillas implorando la
misericordia de la madre de Dios; pero los malditos negros habían prendido fuego a la casa: el humo se intro-

ducía por todas partes, ahogaba a los niños que lloraban
a gritos, pasándose las manitas por los ojos, y los abrían
encendidos para mirarme espantados y volverlos a cerrar
con fuerza; ya tenían el rostro morado, y abrían fatigo-
samente la boca y los brazos, luchando con la muerte;
ya las llamas penetraban amenazando devorarnos, y fuera
estaban los negros esperándonos con una algazara infernal. Mi tribulación llegó a lo sumo y, sin saber qué hacía,
corrí con mis dos hijos, no sé a dónde ni por dónde; al
cabo de tiempo me encontré tendida dentro del monte,
teniendo sólo una confusa idea de lo que me había pasado; busqué mis hijos a mi alrededor, y no vi a nadie;
me lanzo despavorida para la casa, y la hallé acabando
de arder; tropiezo con los cadáveres de mis hijos asesinados y quemados: los he llamado a gritos, los he estre-
chado contra mi corazón, y no he podido resucitarlos...»
«¡Malditos negros!», exclamé interrumpiendo a mi mujer, y todo mi dolor cesó para dar lugar a un solo sentimiento, el de la venganza. La sangre hervía en mis venas:
el infierno entero estaba en mi pecho, y miraba con avidez
a todos lados por ver si encontraba en quien desfogar mi
rabia. Mi mujer, mi amada Manuela, iba a ser la víctima
de mi frenético delirio. «¿Por qué has dejado matar a
nuestros hijos?», le grité sacudiéndola por un brazo; y
la hubiera matado maquinalmente, porque tenía necesidad
de matar, si no se arrodillara y dijera en tono suplicante: «Yo los amaba tanto como tú: yo los alimenté con
mis entrañas...» Me conmoví, aparté estremecido la cara
de su lado, llamé los perros que aullaban tristemente
junto a los cadáveres, lamiéndoles las heridas, desenvainé
el machete y corrí sobre las lomas buscando a los asesinos
para saciar mi sed de venganza. Un jíbaro no hubiera
atravesado más pronto la sabana, ni trepado las lomas
con más velocidad que yo; no me detenían malezas ni
precipicios porque no los veía; todo lo arrostraba, pero
todo en vano: ni un demonio encontré. Mis fuerzas al
fin, cedieron a la fatiga: sentéme en una piedra, y a mi
lado los perros que acezaban con tanta lengua de fuera.
Cuando me refresqué y pude reflexionar, me sentí despe-

dazadas las carnes y el vestido con las espinas y la ramazón del monte, y consideré que, para hacer más terrible y ejemplar mi venganza, sin comprometerme, debía obtener antes licencia del Superior Gobierno de la Isla para acabar con los palenques de estas lomas.

VI

Una expedición de rancheadores

»Pronto me vi en La Habana, alcancé la comisión y también un famoso malvado que estaba en la cárcel, obligándome a presentarlo cuando se me pidiese. Más contento que si me hubieran regalado un tesoro, volé con aquel hombre feroz al lugar de mis desgracias, y estando en él dije: "¿Ves este montón de escombros y cenizas? Fue la morada en que por muchos años me contemplé feliz. Aquí nacieron y aquí murieron asesinados y quemados mis hijos... ¿Ves esas lomas? Allí están sus asesinos: vamos a buscarlos." El se sonrió como hombre a quien nada afecta ni conmueve, y me contestó simplemente: "Vamos."

»Mis inteligentes y bravos perros de busca, escogidos entre los más afamados de Vueltabajo, parece que adivinaron nuestro propósito. Se nos adelantaron y caminaban apresurados en confuso desorden, pero silenciosos, olfateando tan pronto al suelo como al viento, dejando unas veredas y cogiendo otras, con tanto ahínco y emulación como si disputaran entre sí a cuál primero encontraría el rastro. No tardamos muchas horas en oír sus feroces ladridos, indicios ciertos de que habían dado con el palenque, y que bregaban con los negros sobre una loma muy elevada y pendiente donde se hallaban. Corrimos a ella por una estrechísima vereda de las que forman los mismos cimarrones dentro del monte, y con tal arte, que sólo los prácticos perciben. Yo iba ciego de furor y mi compañero riéndose. En la altura descubrimos un limpio como de una caballería de tierra en que había algunas siembras de plátanos, ñames y otras viandas. Diez robustos negros casi enteramente desnudos, o mal cubiertos de astrosos harapos, y armados, unos de chuzos endurecidos al fuego y otros de machetes de calabozo, hacían frente a los perros, mientras el grueso del palenque huía por la parte más áspera de las lomas con sus mujeres, sus hijos y algunos objetos de su miserable ajuar. Descerrajamos sobre los diez nuestros trabucos y nos abalanzamos machete en mano. Las balas mataron sólo a tres; los demás, heridos o ilesos, pero todos llenos de terror, se dispersaron lanzándose sobre las copas de las flexibles yayas que crecen a las faldas de las montañas, las que cediendo al peso y al violento golpe de la caída se doblaban hasta la tierra, y aprovechando entonces aquel rápido instante, se desprendían de ella con suma agilidad y echaban a correr por las malezas como unas codornices. Los que no eran ligeros para coger tierra en el instante oportuno, se estrellaban contra los otros árboles o las piedras de la montaña, al volver a enderezarse la yaya con la fuerte y violenta reacción de un resorte. Aquellos que temían lanzarse eran perseguidos y devorados por la feroz jauría, o caían bajo mi vengador machete, o el de mi implacable compañero.

»Yo me había separado de éste y de los perros siguiendo a un negro que portaba un machete de cinta y parecía ser el capitán de la partida, el cual había tenido la audacia de desafiarme, llamándome para un apartado. De repente se me encara y blandiendo el machete, me dijo: "Ahora lo verás, blanco." Era un joven lucumí, como de veintiséis años, alto, delgado y musculoso, negro como un azabache, flexible y ligero cual un venao y tan intrépido y fogoso como un potro de la sabana. Tenía en la cabeza un gorro colorado de lana; tirada sobre el hombro izquierdo, anudada al costado derecho, con cierto gusto artístico, llevaba una frazada de algodón, y unos calzones de rusia hasta la rodilla ceñían, con la ancha pretina, su delgada cintura; iba sin camisa y la robusta sombra de su amplio pecho y musculosos brazos lucían al descubierto y libres. Su semblante estaba sereno aunque airado: miróme de arriba abajo y una sonrisa de desdén dejó al descubierto su dentadura de marfil, engastada en encías de coral sobre el fondo negro de su cutis. A tan resuelta acometida di un salto atrás, para guardar la conveniente distancia, y le mandé un revés decisivo, que supo parar y devolverme como un rayo. Siguió tirándome tajos tan descomunales que hacía silbar el viento y cimbrar mi reforzado machete de la villa, cual si fuera un junco. Se defendía y atacaba con inteligencia, serenidad y denuedo, y tan tenaz y brillante resistencia aumentaba mi rabia. "Que un negro pueda batirse conmigo...! ¡Vive Dios...!" Y me rechinaban los dientes... No pude sufrir más; y aprovechando un momento favorable, arrojé el machete y sacando el cuchillo me le tiré como un tigre; lo apreté contra mí por la cintura y le clavé el hierro dos, tres veces por el pecho; la sangre saltó a borbotones empapándome el rostro y las manos; lo solté y cayó como un tronco; sacudiéronse convulsivamente sus miembros, puso los ojos en blanco y expiró... ¡Y ha de creer usted, caballero, lo que es la venganza! Esto, que en otro tiempo me hubiera llenado de horror, me hizo sonreír de un cierto placer que no puedo explicar. Al sentirme mojado de aquella caliente sangre, conocí había calmado algún tanto el ardor de mis ansias, pero sin disminuir mi encono.

»Sentéme a esperar al Bayamés, que así se llamaba mi compañero, quien a poco llegó limpiando el machete, y me dijo: "Camarada, perdimos el tiro: no hemos matado más que a seis de esos perros; los otros se han escapado a uña de caballo, aunque algunos llevan buenas memorias con qué divertirse un poco de tiempo." Le pregunté si había cogido alguno vivo y me respondió que uno se había entregado, pero que siendo enemigo de estorbos lo echó a los perros para que fueran aprendiendo los cachorros. Diciendo esto sacó de una vejiga seis orejas del lado derecho ensartadas con una tira de majagua, dándome a entender no había olvidado las credenciales de nuestra campaña, para demandar la debida recompensa; cuyos gajes los tomaba él solo, pues siempre desdeñé recibir dinero por matar negros. Los perros se me acercaron con los hocicos y patas teñidos de sangre, haciéndome mil fiestas, como si ufanos de sus hazañas me exigiesen una caricia en galardón de ellas.

»Inmediatamente pasamos a registrar los bohíos y sus inmediaciones, donde no encontramos ni un alma, ni cosa de más entidad que varias bandas de tasajo de vaca y de puerco colgadas de unas varas, productos de las reses que roban los cimarrones en las vecinas fincas. Dentro de uno de aquellos bohíos formados de guanos y yaguas, hallamos ciertos muñecos de madera toscamente esculpidos que parecían ser sus ídolos, y algunas cazuelitas y jícaras llenas de una especie de masa resinosa en que se veían clavados dientes de jutías, cabellos, pedacitos de espejo, plumas de gallo, peonías, etc., lo que constituye sus milagrosos talismanes o brujerías de que hacen alto aprecio, atribuyéndoles sobrenaturales virtudes como si estuvieran en su tierra. Rompimos todos esos objetos de la superstición africana, talamos las siembras y dimos fuego a los bohíos, entre cuyas llamas arrojamos los cadáveres, y nos retiramos.

»Desde aquel día hemos sido incansables en perseguir cimarrones, solos o acompañados de otros ranchadores. Tenemos recorridas todas estas lomas, descubiertos y asolados los palenques más ocultos y peligrosos, sembrado el terror y casi acabado con cuantos negros no se han ahorcado, entregado o huido a otros lugares. Ahora nos han dicho que andan diez o doce por este monte, resto de la dotación de un ingenio que se levantó matando al mayoral y cometiendo atrocidades...

Aquí llegaba el montero en su narración cuando uno de sus perros, que poco antes había desaparecido, volvió corriendo, lanzó un significativo ladrido y siguió como una flecha a coger la loma en cuya falda estaba de pie, rodeado de cinco o seis perros y mirando hacia nosotros, un guajiro de formas atléticas, abultados carrillos, piel color de cobre, pelo cerdoso y negro caído en desorden sobre la comprimida frente, ojos chicos y profundamente escondidos bajo dos anchas cejas; todo este extraño conjunto, cubierto con un sombrero de ala ancha, le daba un aspecto siniestro que descubría a leguas el alma airada de un facineroso. Llevaba calzón largo de pretina y camisa de listado azul echada por fuera; un capote de paño oscuro, abrochado al cuello, caía por sus espaldas, de donde pasaba recogido por sobre el brazo izquierdo a cuyo lado se divisaban la guarnición del formidable machete y el cabo del cuchillo; en la mano derecha portaba su trabuco. Había lanzado un penetrante silbido que repitieron los ecos de las montañas, y todos los perros se alzaron sobre sus manos, amusgaron las orejas, miraron al rumbo y lo siguieron. Así que Páez los oyó, se le encendió el color e inflamaron los ojos, y sin pensar en mí, se levantó gritando: «¡El Bayamés, los negros!», y corrió detrás de sus perros que con aquél y los suyos trepaban, a cual más pronto, la pendiente loma.

VII

Conclusión

Quedéme solo y sorprendido, y como clavado en el terreno, mirando la dirección que llevaban los arrojados guajiros, precedidos de sus feroces perros, como si fueran a una inocente y divertida cacería. La curiosidad me incitó a seguirlos, mas inútilmente pretendí alcanzarlos: a cada paso tropezaba con un tronco, me enredaba en las malezas o rodaban las piedras bajo mis pies, haciéndome caer repetidas veces. Pronto los perdí de vista y no hubiera sabido qué rumbo seguir, si la explosión de dos trabucazos y los ladridos tumultuosos de la jauría no me lo indicaran. Subí, al fin, penosamente sobre aquellos vericuetos y divisé desde su altura que en lo hondo de una cañada dos perros despedazaban con sus agudos colmillos a un negro herido que no podía huir ni defenderse, y que tres más de estos desgraciados yacían exánimes y tendidos en su todavía caliente sangre. El herido, así que me vio, imploró mi protección; pero los perros no me obedecían ni dejaban acercar. Sentí no tener a mano las pistolas;

corro a buscarlas; mi caballo se había soltado, andaba pastando por el valle, y pierdo largo tiempo en cogerlo. Torno, echando el alma, a socorrer a la víctima, pero ni oía ya sus ayes, ni el ladrar de los perros... Todo yacía en pavoroso silencio... Llego otra vez a la cima: el pálido crepúsculo de la tarde, oscurecido más con las sombras del bosque y las montañas, figuraba una tenebrosa noche en el fondo de la cañada, donde sin duda, ningún objeto pudiera percibir si la roja llama de una hoguera no me revelara que ésta se alimentaba con los cadáveres de cuatro negros y algunos palos y hojas secas que en parte cubrían sus desgarrados miembros. El viento traía hacia mí el humo, el olor y el chirrido de la carne humana que devoraba el fuego, y me estremecí de horror... Volví la espalda indignado a tan espantosa escena, y sumergido en meditaciones tristísimas, como el aspecto de aquellas asperezas a la entrada de la noche, me retiré lentamente maldiciendo en silencio el odioso destino de mi patria.

Juan Montalvo
(Ambato, 1832-París, 1889)

Montalvo es la gran figura de la prosa ecuatoriana en
el siglo XIX y uno de los mayores ensayistas de su tiempo, celebrado por Juan Valera y aun por Menéndez y
Pelayo, que rechazaba su violento anticlericalismo. Como
tantos hombres de ese siglo (los «proscritos» argentinos,
entre ellos), no distinguió la actividad literaria de la política; la historia de Ecuador, un país pobre y atrasado,
le reservó un enemigo, un formidable adversario contra
el cual medir sus fuerzas y configurar su acción intelectual: el dictador Gabriel García Moreno.

Aunque realiza sus primeros estudios en Ecuador y pronuncia allí su primer discurso político cuando tenía veinte años, su formación fue fundamentalmente europea.
En 1857 llega a Roma como representante diplomático
y luego a París, como secretario de la Legación de su
país. Era entonces un hombre melancólico y agobiado por
el tedio; no era extraño que encontrase en el romanticismo y en la amistad de Lamartine y otros escritores un
consuelo y una orientación estética. Regresa a Ecuador
en 1860, justo cuando el ultraconservador y ultracatólico

79

García Moreno se instala en el poder. De inmediato, Montalvo le escribe una carta, que demuestra su insolencia magnífica, su espléndida prosa y su santo ardor liberal: «Si alguna vez me resigno a tomar parte en nuestras pobres cosas, usted y cualquier otro cuya conducta política fuera hostil a las libertades y derechos de los pueblos, tendrán en mí a un enemigo, y no vulgar.» Pasa unos seis años en Ambato, envuelto en ciertos enredos domésticos. En 1866 publica los primeros números de su revista *El Cosmopolita.* Tras un golpe de estado, García Moreno vuelve al poder como dictador, y Montalvo se refugia en Ipiales, un pueblito colombiano cerca de la frontera con Ecuador. Viaja otra vez a París, pero en 1870 ya está de vuelta, forzado por la guerra franco-prusiana. Pasa un tiempo en Lima, Panamá e Ipiales. Aquí tiene un momento de gran fecundidad creadora: escribe los *Siete tratados,* los *Capítulos que se le olvidaron a Cervantes,* parte del *Libro de las pasiones,* además de otros ensayos y opúsculos políticos. García Moreno es asesinado en 1875 y Montalvo formula con orgullo una hipérbole famosa: «Mi pluma lo mató»; al año siguiente se instala en Quito y publica otra revista, *El Regenerador.* Sus penurias no cesan porque ese mismo año un golpe de estado lo obliga otra vez al destierro. En 1877 está de vuelta en Ecuador, pero su destino errante lo lleva otra vez a Panamá y, en 1881, a París. Un año antes había publicado las primeras doce *Catilinarias,* y en 1882, en Besançon, aparecen los *Siete tratados.* Sus últimos esfuerzos son la revista *El Espectador* y la *Geometría moral,* que sólo aparecerá póstumamente.

La política es el gran asunto de Montalvo como ensayista, pero también su propia vida y aun sus dolores más íntimos. Era un polemista y panfletario feroz, de gestos olímpicos y odios tempestuosos; lo distinguía una lengua nítida y vigorosa, impregnada por lo mejor de los clásicos españoles. Al lado de su obra de ensayista, la poesía y el drama ocupan un lugar muy menor. Su esfuerzo narrativo más considerable, los *Capítulos que se le olvidaron a Cervantes,* publicados póstumamente, es un híbrido

de ficción derivativa y ensayo personal, que prueba la
arrogancia intelectual de Montalvo: la subtituló «Imitación de un libro inimitable», pues intentaba ser un escritor clásico castellano, no un prosista criollo. Si la intención moralista no fuese tan notoria, podría considerársele
un ejemplo curioso de meta-ficción y un antecedente remoto de la *Vida de Don Quijote y Sancho* de Unamuno
y del «Pierre Menard, autor del Quijote» de Borges. Entre sus escasos relatos breves, «Gaspar Blondin» tiene
valores muy singulares que el tiempo quizá ha acrecen-
tado. Fue publicado en el cuarto número de *El Cosmo-*
polita (1867), pero Montalvo añade la fecha exacta de
redacción: agosto 6 de 1858. Una nota al pie nos brinda
algunos datos interesantes: «He vuelto al castellano este
primer cuento de una serie que escribí en francés, en París, bajo el influjo de una larga calentura. Cosas compuestas en la cama por un delirante, deben antes tenerse por
sueños»; la serie iba a llamarse «Cuentos fantásticos»,
pero nunca la continuó. El relato responde bien a esas
circunstancias: es un típico relato de horror, con toda la
escenografía diabólica y espectral propia del género, pero
que también está en el cine expresionista alemán: Mur-
nau, Lang, Pabst. Los personajes monstruosos o marginales eran un tópico del romanticismo, y esta narración
los concentra morbosamente: Blondin es un asesino y
una criatura del averno, un hombre feroz y una víctima
del mundo espantoso en que medra. Todo es nocturnal,
pavoroso, satánico: un mundo de exceso y melodrama,
con rasgos de necrofilia y vampirismo, que nos recuerda
a Lautréamont y Bataille: la imagen «las estrellas no son
sino asquerosos insectos, que roen la bóveda celeste» es
digna de ellos. Pero la idea central (el influjo destructor
de un hombre sobre una mujer y la venganza eterna de
ésta) es también romántica, y hace pensar en los lúgubres
y sangrientos relatos de Poe, escritos poco antes. Aunque
la estructura del breve cuento parece algo atropellada y
quizá confusa, cumple bien su propósito: producir un
escalofrío al lector. El doble encuadre narrativo (el relato
dentro del relato) usa un recurso muy frecuente y de vieja

raigambre, para hacer verosímil lo increíble: en una noche tempestuosa un grupo de viajeros escuchan la narración terrorífica de alguien, pero el final depara una sorpresa que no conviene revelar a quien va a leerlo. «Gaspar Blondin», que tal vez se base en una tradición europea
(Montalvo hacía lecturas en francés, inglés e italiano),
nos ofrece un acceso a ese lado negro y exasperado del
romanticismo que los hispanoamericanos apenas si exploraron.

OBRA NARRATIVA

Capítulos que se el olvidaron a Cervantes, Besançon:
Imp. Joseph Jacquin, 1895 y 1898; París, Garnier,
1921 y 1930; prólogo de Angel Rosenblat, Buenos
Aires: Americalee, 1944; prólogo de Gonzalo Zaldumbide,
2.ª ed., México: Porrúa, 1976; Narraciones, pról. César
E. Arroyo, Madrid: Imp. A. Marzo, 1919; Ensayos, na-
rraciones y polémica, Buenos Aires: W. M. Jackson,
1946; Prosa narrativa, ed. Matilde Calvo de Gárgano,
Buenos Aires: Plus Ultra, 1966; Prosas, pról. de Salva-
dor Bueno, La Habana: Casa de las Américas, 1968;
«Gaspar Blondin», incluido en El Cosmopolita, 2.ª ed.,
Quito: El Siglo, 1894, pp. 399-402.

CRITICA

Enrique Anderson Imbert, El arte de la prosa de
Juan Montalvo, México: El Colegio de México, 1948;
Claude Dumas, «Montalvo y Echeverría. Problemas de
estética literaria en la América Latina del siglo XIX», en
Juan Montalvo en Francia (Actas del Coloquio de Besançon), París: Annales Littéraires de l'Université de Besançon, 1976, núm. 190, pp. 77-86; Pablo Fortuny, Juan
Montalvo, prosa, obras, sexo, Buenos Aires: Theoria,
1967; Oscar Hahn *, pp. 21-27; Galo René Pérez, «Acer-
camiento a Montalvo», introd. a Montalvo, Quito: Banco

Central del Ecuador, 1985, pp. 17-49; Antonio Sacoto
Salamea, *Juan Montalvo: el escritor y el estilista,* Quito:
Casa de la Cultura Ecuatoriana, 1973; Noël Salomon,
«Sobre la imitación de *El Quijote* por Juan Montalvo.
Unas pistas a seguir...», en *Juan Montalvo en Francia,
op. cit.,* pp. 87-110; Gonzalo Zaldumbide, *Montalvo y
Rodó,* New York: Instituto de las Españas, 1938.

Atravesaba yo los Alpes en una noche tempestuosa,
y me acogí a un tambo o posada del camino: silbaba el
viento, lurtes inmensos rodaban al abismo, produciendo
un ruido funesto en la oscuridad; y en medio de esta
naturaleza amenazadora, reunidos los pasajeros, el dueño
de casa refirió lo que sigue:

«No ha mucho tiempo llegó aquí un desconocido con
el más extraño y pavoroso semblante: mis hijos le temie-
ron al verle, y me rogaron no recibirle en casa. ¿Qué
secreto enlobreguecía a ese hombre?, ¿qué horrible crimen pesaba sobre él? No sé. Le designé un cuarto, no
muy firme de ánimo yo mismo, suplicándole se recogiese
en él, atento que era tarde, si bien a ello me inducía
el deseo de librarme de tal huésped. Húbose apenas retirado, cuando dos hombres armados se presentaron en el
mesón, inquiriendo por un malandrín, cuyas señas dieron: eran dos gendarmes que le seguían la pista.

Mas cualquiera que fuese su calidad, nunca habría yo
faltado a las costumbres hospitalarias que aprendí de mis

padres, quienes me enseñaron a socorrer aun a los criminales cuando se viesen perseguidos. Dije, pues, a los alguaciles que no habíamos visto a ninguna persona de tal gesto, como nos la describían. No me lo creyeron, sabuesos de fino olfato como eran, y en derechura se dirigieron al aposento de aquel hombre.

Placióme el verlos entrar allí, pues, al no intervenir denuncio de mi parte, nada deseaba yo más que verme desocupado de semejante amigo.

Mas cuáles no fueron mi sorpresa y mi disgusto cuando vi salir a los gendarmes exclamando: Ah, don tambero, ¿en dónde le ha ocultado usted?

Escaparse no pudo el fugitivo; vile entrar en su cuarto que no tiene salida si no es la puerta, de la cual no había apartado yo los ojos. ¿Qué ente extraordinario era ése?

Amenazáronme los ministriles con volver dentro de poco, provistos de mejores órdenes y no dejé de conturbarme. Aún no bien habían salido al camino, cuando oímos un horroroso estrépito en el tugurio del huésped misterioso: vile en seguida aparecer en el dintel de su puerta, salir precipitado, y venir a caer a mis pies echando espuma por la boca, todo desarrapado y contorcido. Los gendarmes volvieron, le prendieron, le amarraron, y en volandas le llevaron, a pesar de la profunda oscuridad y de la lluvia que caía a torrentes.

Al otro día supe en el pueblo vecino que ese hombre perturbaba todos los alrededores hacía algunos meses: oculto de día, rondaba de noche. Decíanse de él cosas muy inverosímiles, y muy de temer, si verdaderas; pero su único crimen conocido y probado era la muerte de su esposa.

Su querida, por cuyo amor había obrado esa acción abominable, se volvió por su influencia personaje tan raro y peligroso como él: temíanla los niños sin motivo, las mujeres evitaban su encuentro, y cuando la veían mal grado suyo, menudeaban las cruces en el pecho. Y aún dicen que sobrepujó a su amante en las negras acciones,

metiéndose tan adentro en el comercio de los espíritus
malignos que le fue funesta a él mismo.

Un día citó a su hombre a un caserón botado, tristes
ruinas por las cuales nadie se atrevía a pasar de noche;
era fama que un fantasma se había apoderado de ellas, y
que en las horas de silencio acudía allá una legión de
brujas y demonios a consumar los más pavorosos misterios, en medio de carcajadas, aullidos y lamentos capaces
de traer el cielo abajo.

Suenan las doce, viene el amante: llama a la puerta,
llama... Nada; responde sólo el eco. ¿Duerme la bella?,
¿faltó a la cita? Un leve aleteo se deja oír sobre un
viejo sauce del camino; luego un suspiro largo y profundo; luego estas palabras en quejumbroso acento: "¡Mucho has tardado, amigo mío!" Y como al volverse nada
vio el desconocido, con voz siniestra prorrumpió: ¡Casta
maldita!, en vano procuras engañarme: acuérdate que
la fosa humea todavía, y que... Ah, tú me las pagarás.
¿Qué tienes, Gaspar?, dijo su querida, arrojándose de
súbito en sus brazos; ¿de qué te quejas?... ¡Duro, duro!,
estréchame contra tu corazón. Y como el diablo de hombre fuese acometido por un arranque de amor irresistible,
abrazóla como para matarla: ¡Angélica!, exclamaba, ¡Angélica de mi alma!, las estrellas no son sino asquerosos
insectos que roen la bóveda celeste. Mas luego echó de
ver que apretaba en vano, que a nadie tenía entre sus
brazos. Horrorizado él mismo, huyóse dando un grito
espantoso en las tinieblas.

Al otro día un hombre del campo vino a quejarse al
teniente del pueblo de que su hijita había desaparecido
impensadamente de la casa. Dijo el triste, con lágrimas
que a lo largo rodaban por su rostro, que abrigaba sos-
pechas vehementes contra un tal Gaspar Blondin, hombre de tenebrosas costumbres, que ocultaba su vida envuelto en el misterio. Habíasele visto la tarde anterior
rondando por los alrededores de la casa, y aun entró en
ella sin objeto conocido; y como la niña jugaba en el patio, acaricióla, y dirigiéndose a su padre le dijo: Bella

niña, bella niña, mi querido Cornifiche; ¿la vende usted?
Los perros se lanzaron sobre él, y desapareció por la quebrada.

Pasó la noche, amaneció Dios, y la cama de la muchacha se encontró vacía. Blondin no apareció en ninguna
parte, a pesar de que todos los parientes y amigos del
campesino echaron a buscarle. El pobre paisano lloraba
tanto más cuanto que, decía, en su vida se había llamado
Cornifiche.

La tarde del mismo día que tuvo lugar esta demanda,
Blondin acudió a buscar a su querida en los escombros
conocidos: "¡Todo se ha perdido!, exclamó ésta así
como le vio: el monstruo ha dado a luz tres ángeles.
¡Mira, Gaspar!, en vano, en vano te amo... Pero has hecho bien en traerme a mi chiquilla. ¡Aureliana, Aureliana!, decía rompiendo la cara a besos a la niña que Blondin acababa de presentarle; el gato maúlla, el mono grita,
la olla hierve... ¡Ven, ven, Gaspar!, añadió y arrastró a
su amante al interior de un cuarto hundido y sin culata,
en donde largo tiempo había que murciélagos tenían sus
hogares.

Blondin encontró la cama fría como nieve: guardaba
silencio su querida, y a la luz de un mechero que alumbraba la estancia turbiamente, echó de ver que lo que
tenía en sus brazos era el cadáver sangriento de su esposa. Volvió a correr horrorizado, y desde entonces ni más
se ha vuelto a ver al tal Blondin.»

—¿Cómo le hubieran visto? —dijo a esta sazón uno
de los oyentes, el cual, habiendo entrado mientras el tambero recitaba su tragedia, se dejó estar a la sombra en
un rincón del comedor—; ¿cómo le hubieran visto?; le
ahorcaron en Turín hace dos meses.

—¡Yo lo sé muy bien! —repuso el tambero medio
enojado—. *Capo di Dio!*, ¿por qué no me deja usted
concluir la relación de mi historia? Huéspedes hay muy
indiscretos.

—No tenga usted cuidado, señor alojero —replicó el

desconocido—; va usted a concluirla en términos mejores.

Y levantándose de su rincón se acercó a nosotros, al mismo tiempo que se alzaba su gran sombrero auberniano de ancha ala. Miróle el tambero con ojos azorados, palideció, y gritó cayendo para atrás: ¡Blondin!..., él es.

Juana Manuela Gorriti
(Salta, 1818-Buenos Aires, 1892)

Cabe considerarla una figura relativamente menor del romanticismo. Lo curioso es que su vida agitada y peregrina tiene una cualidad novelesca en general superior a la de su obra. A los trece años se ve obligada a emigrar a Bolivia, pues su padre, militar, había sido derrotado por Facundo Quiroga, el bárbaro gaucho que inmortalizaría Sarmiento. A los quince se casa con un oficial del ejército boliviano, quien luego la abandona a ella y a sus dos hijas; con el tiempo ese hombre, el sanguinario Manuel Isidoro Belzú, se convertiría en dictador de Bolivia. La autora va a vivir a Lima, donde se dedica a actividades educativas y a escribir folletines para ganarse la vida. Buena parte de su producción es peruana. Publica leyendas y narraciones en *La Revista de Lima,* un conocido órgano de difusión del romanticismo, que Ricardo Palma (quien fue su amigo y la apreciaba como escritora) dirigió por un tiempo; entre ellas, su novela corta *La quena,* en 1848. Esas colaboraciones se reproducían en otros periódicos y revistas de Argentina, Chile, Co-

lombia y Ecuador, y así la Gorriti fue estableciendo su
prestigio literario. En 1874 vuelve a la Argentina; pero
retorna pronto a Lima, donde abre un salón literario (al
que concurren dos escritoras peruanas, Mercedes Cabello
de Carbonera y Clorinda Matto de Turner, con las que
comparte algunas preocupaciones), y una vez más a Buenos Aires, donde morirá a los setenta y cuatro años.

Por sus temas literarios y ciertos gestos audaces de su
vida, la Gorriti ha sido vista como una precursora de
ciertas tendencias feministas, como una especie de George
Sand argentina. Su fervor americanista, su adhesión por
lo indígena, su gusto por la leyenda y la historia, el tono
romántico confesional, caracterizan su obra. El problema
es que, como escritora, la Gorriti no siempre tenía un
estilo reconocible y que sus relatos solían estar agobiados
por el sentimentalismo y la grandilocuencia más conven-
cionales. Pero entre las novelas cortas, leyendas y narraciones que publicó en Buenos Aires (*Sueños y realidades*,
Panoramas de la vida), hay una línea de mayor interés: las
historias de tema fantástico o sobrenatural, que demuestran una imaginación a veces sorprendente y que permiten
considerarla una lejana antecesora de esa corriente en Hispanoamérica.

Uno de esos relatos es «Quien escucha su mal oye»,
escrito hacia 1864 e incluido en *Sueños y realidades*. El
cuento está estructurado sobre un juego de múltiples en-
cuadres narrativos, que brindan sorpresa tras sorpresa. El
sistema de «cajas chinas» o de narración-dentro-de-la-
narración comienza en las primeras líneas; la narradora
cede de inmediato su función a una voz narrativa mascu-
lina, un «conspirador» perseguido que cuenta una historia increíble y morbosa que tiene todos los elementos del
relato gótico: pasajes secretos, pecaminosa curiosidad, sugerencias sacrílegas, amoríos prohibidos que llevan a una
monja a la tumba, un fiel sirviente que guarda discreto
silencio durante años, voces misteriosas, diabólicas ceremonias de hipnosis y ocultismo, etc. Dentro de cada historia hay siempre otra historia, y así pasamos de los

amores del abuelo, a la extraña mujer que ahora habita
el malhadado lugar y los perversos encuentros con su
amante; a la comunicación espiritista de éste con el alma
del licencioso abuelo; a la fulminante seducción de la
que es víctima el narrador; y aun a esa enigmática y
«bella Cristina» del final, que ha estado escuchando furtivamente todo lo que hemos estado leyendo. En medio
de esas macabras escenas, hay leves toques de humor,
que las alivian: el breve diálogo del narrador con su huésped, la conclusión anticlimática con sus referencias al ambiente de provincia y a la agitación política. En el corazón del texto existe una ambigüedad insalvable: si la
«excéntrica» es en realidad la monja muerta (lo que parece la versión más plausible), todo lo que el narrador
cuenta es fruto de su delirante fantasía; si es una de las
amantes del abuelo, lo que presencia es una ceremonia
de amor insano, más patológica que sobrenatural. Hay
que destacar otro elemento importante: el erotismo del
cuento es muy infrecuente en su época, no sólo por el
flagrante voyeurismo del personaje masculino, doblemente pasivo, sino por el papel de dominación física y psíquica que la mujer cumple con el auxilio de la ciencia.
Y el final, que deja deliberadamente algo sin resolver,
¿no parece un eco del impulso sexual no consumado que
reitera la historia? Los interesados en el feminismo y el
psicoanálisis tienen aquí un buen motivo para reflexionar.
Compararlo con otros cuentos de H. G. Wells, Edgar
Allan Poe, Bioy Casares o Cortázar, y hasta con el filme
Metrópolis (1926), de Fritz Lang, es también sugestivo.

OBRA NARRATIVA

Sueños y realidades, Buenos Aires: La Revista de Buenos Aires, 1865, 2 vols.; 2.ª ed., 1907; *El pozo de
Yocci,* 1869; 2.ª ed., Buenos Aires: Instituto de Literatura Argentina, 1929; *Panoramas de la vida,* Buenos
Aires: Casavalle, 1876, 2 vols.; *El tesoro de los Incas,*

Buenos Aires: Instituto de Literatura Argentina, 1929;
Narraciones, pról. y ed. W. G. Weyland, Buenos Aires:
Biblioteca de Clásicos Argentinos, 1946; *Relatos,* ed. Antonio Pagés Larraya, Buenos Aires: Eudeba, 1962; *La hija del mashorquero,* La Paz: Ediciones Isla, 1983.

CRITICA

Oscar Hahn *, pp. 28-35. Consúltese también el trabajo de Weyland en la edición arriba citada.

Quien escucha su mal oye

(Confidencia de una confidencia)

—Cuando hemos caído en una falta —me dijo un día cierto amigo—, si la reparación es imposible, réstanos, al menos, el medio de expiarla por una confesión explícita y franca. ¿Quiere usted ser mi confesor, amiga mía?

—¡Oh!, sí —me apresuré a responder.

—¿Confesor con todas sus condiciones?

—Sí, aceptando una.

—¿Cuál?

—El secreto.

¡Oh!, ¡mujeres!, ¡mujeres!, ¡no podéis callar ni aun a precio de vuestra vida!; ¡mujeres que profesáis, por la charla idólatra, culto!; ¡mujeres que..., mujeres a quienes es preciso aceptar como sois!

—Acúsome, pues —comenzó él, resignado ya a mi indiscreta restricción—, acúsome de una falta grave, enorme, y me arrepiento hasta donde puede arrepentirse un curioso por haber satisfecho esta devorante pasión.

93

I

Conspiraba yo en una época no muy lejana y denunciado por los agentes del gobierno, vime precisado a ocultarme. Asilóme un amigo, por supuesto en el paraje más recóndito de su casa. Era un cuarto situado en el extremo del jardín y cuya puerta desaparecía completamente bajo los pámpanos de una vid.

Sus paredes tapizadas con damasco carmesí, tenían el aspecto de una grande antigüedad. Ha servido de alcoba al abuelo de la casa, cuyo inmenso lecho dorado, vacío por la muerte, ocupaba yo..., mas ¡de cuán diferente manera! El anciano caballero dormía —pensaba yo— un sueño bienaventurado entre las densas cortinas de terciopelo verde, agitadas ahora por el tenaz insomnio que circulaba con mi sangre de conspirador y de algo más: de curioso. Juzgue usted.

Desde mi primera noche, en aquel cuarto, oía sin que me fuera posible determinar dónde, una voz, una suave y bella voz de mujer que hablaba mezclándose con voces de hombres; después de parecer sola, leía prosa y versos como hubiera declamado Rachel, y cantaba como Malibrán los trozos más sublimes del repertorio moderno, entre ellos una serenata de Schubert cuyas notas graves tenían una melodía celestial.

Pasé varios días en investigaciones, escuchando entre las molduras doradas que ajustaban la tapicería, tentando las paredes y buscando por todas partes el sitio por donde me llegaba el eco de aquella voz.

Parecióme, al fin, que acercándome a un grande armario colocado en un ángulo, oía más clara y cercana la voz, y no me preocupaba. Mas era aquel mueble tan pesado que juzgué inútil el intentar removerlo yo solo; pero de ninguna manera renuncié a la idea de conocer lo que había detrás.

Así, cuando por la noche el viejo negro encargado de servirme en mi escondite me hubo traído el té, puse en su mano un doblón y le rogué me ayudara a cambiar de sitio a aquel armario.

Al escucharme, el negro abrió grandes ojos y palideció.

—¡Ay! no, señor —exclamó con voz sorda—, ni por todo el oro de este mundo. La señora vieja está viva todavía; y si llegara a saber que por ahí ha pasado la infidelidad de su marido, sería capaz de adivinar también que yo, ¡ay Jesús!, que yo fui quien abrió esa puerta para que el amo, ¡pobre señor!, entrara al monasterio... ¡María Santísima! No, no, señor. Además, el armario está incrustado en la pared, y es imposible moverlo.

Costóme gran trabajo para calmar su espanto: y cuando le hube prometido un profundo secreto, me refirió cómo la casa vecina hizo en otro tiempo parte de un convento de monjas donde su amo tuvo la temeridad de amar a una esposa del Señor y cómo, no contento con la enormidad de ese crimen, había profanado la casa de Dios con el auxilio de su esclavo albañil y carpintero, abriendo en la pared una puerta que correspondía al interior del armario.

—Así es, señor —concluyó el negro—, que desde que el amo murió, este armario es mi pesadilla. Siempre temiendo que tire el diablo de la manta, siempre temblando de que una innovación a la casa descubra esta puerta y el nombre de su artífice, pues la señora sin duda me asaría vivo.

—No temas, Juan —le dije para tranquilizarlo—. ¿Quién se lo diría? Yo seré callado como la muerte; y cuando me haya ido de aquí, el secreto se habrá ido conmigo para siempre.

—¡Ah, señor! —repuso el negro, cediendo a pesar suyo al deseo de charlar—, ¡qué tiempos aquellos! El amor del amo duró toda la vida entera de la monjita, que por otra parte no fue larga. La pobre tortolilla (así la llamaba el amo, y así llamaban entonces los galanes a su amada), la tortolilla cautiva amaba demasiado, y su amor no pudiendo respirar más la mefítica atmósfera del claustro, llevó su alma a otra región.

El amo estuvo primero inconsolable; pero luego hizo lo que todos: olvidó a su tórtola y fue a casa de otras

que amó no menos, pero en cuyos amores no intervino
ya su esclavo.

—Juan —le dije, interrumpiendo sus confidencias—,
recuerda que debes ayudarme y marcharte en seguida.

Entonces el antiguo Mercurio del seductor de monjas,
como quien lo entendía bien, abrió el armario; y quitan-
do el tablero del fondo, dejó descubierta una puertecita
cerrada por un postigo en el lado opuesto de la pared.

El negro me mostró el resorte que le abría, y huyó de
allí con terror.

Al encontrarme solo y dueño de aquella misteriosa
puerta, mi corazón latió con violencia, no sé si de gozo
o de temor. Tenía ya en mi mano la extremidad del velo
que tanto deseaba levantar.

Pero ¿cómo hacerlo?, ¿con qué derecho iba yo a intro-
ducirme en la vida íntima de la persona que dormía con-
fiada, a dos pasos de mí?

La mano en el resorte y el oído atento, dudé largo
tiempo entre la curiosidad y la discreción.

De repente oí en el cuarto vecino el roce de un vestido, y la voz de siempre murmuró cerca de mí:

—¡Dos meses sin noticia suya! El ingrato partió sin
darme un adiós. ¿Dónde está ahora? En su helada indiferencia no ha creído necesario decirme el paraje donde
mi amor podía ir a buscarlo; mas yo lo sabré. Esa ciencia
cuyo poder niegan los hombres sin fe, y él entre ellos,
esa ciencia me lo dirá. ¡Sí, yo lo quiero! —añadió con
enérgico acento.

Cerróse una puerta, y todo quedó en silencio.

¿Cómo resistir a la invencible curiosidad que se apoderó de mí al oír la expresión de aquel amor singular,
revelado en esas misteriosas palabras? Nada pudo ya detenerme; todo cedió ante el deseo de tocar con las manos
los secretos de esa extraña existencia.

Con la frente apoyada en el postigo, esperé un cuarto
de hora. El mismo silencio: nada se movía allí. Entonces, arrojando lejos de mí todas las ideas que pudieran
intimidarme, comprimí resueltamente el resorte que me
había indicado el negro.

El resorte, olvidado durante medio siglo, me asustó con un agudo chillido; pero cediendo al mismo tiempo abrió un postiguillo angosto como la portezuela de un carruaje; y yo, dando un paso, me encontré en la morada de mi vecina.

II

La alcoba de una excéntrica

La pálida luz de una lamparilla alimentada con espíritu de vino y puesta sobre un velador a la cabecera de un pequeño lecho adornado con cortinas blancas, alumbraba suavemente un cuarto cerrado y desierto. Al pie del lecho y sobre el mármol de una cómoda había una pequeña biblioteca cuya nomenclatura, en la que figuraban los nombres de Andral, Huffeland, Raspail y otros autores, entre cráneos de estudio y grabados anatómicos, habría hecho creer que aquella habitación pertenecía a un hombre de ciencia, si una simple mirada en torno no persuadiera de lo contrario; y aquí, sobre una canasta de labor, una guirnalda a medio acabar; allí, un velo pendiente de una columna del tocador; más allá, una falda de gasa cargada de cintas y arrojada de prisa sobre un cojín; flores colocadas con amor en vasos de todas dimensiones, el suave perfume de los extractos ingleses, el azulado humo del sahumerio exhalándose de un pebetero de arcilla, todo revelaba el sexo de su dueño.

A la cabecera del lecho y al pie de un cuadro que representaba al niño Dios, estaba el retrato de un bello joven, y estas imágenes de las dos edades en que tanto amor se prodiga al hombre, parecían presidir en aquella sencilla y pobre morada artística.

Las paredes de aquel cuarto desaparecían completamente bajo sombríos tableros de maderas esculpidas; y el misterioso postiguillo era un medallón oblongo, cercado de una corona de rosas en relieve. Hallábame, pues, en la antigua celda de la monja: era el santuario de sus

amores, templo ahora de un amor no menos apasionado.
Había en esta coincidencia motivo para que la fantasía
se echara a volar en pos de las escenas pasadas, ante los
ojos inmóviles de las robustas cariátides y los mofletudos
querubines de aquella vetusta escultura. Pero yo no tenía
tiempo que perder. Pues que era criminal, no quería serlo
a medias y había resuelto abrir un pasaje para que mis
miradas pudieran penetrar a toda hora en la morada de
mi excéntrica vecina.

Fuime, pues, a su canasta de labor, que, dicho sea de
paso, estaba en un espantoso desorden. Dedos nerviosa-
mente crispados habían enredado las madejas de seda, al
arrancar, más bien que cortar, las hebras; y más de diez
agujas, que se revoloteaban entre blondas y cintas, me
picaron los dedos al buscar las tijeras que encontré al fin,
y con las que hice un agujero en el centro de una de
las rosas esculpidas en el medallón.

Era ya tiempo; pues apenas cerré la puerta y me encontré en mi cuarto, saliendo del armario, mi huésped entró
a hacerme la compañía ordinaria de la noche.

Confieso que nunca la presencia del ser más antipático
me fue tan insoportable como la de mi amigo en aquella
ocasión. Su plática tan interesante y animada, pues era
un hombre de talento y de vastos conocimientos, parecíame pesada y monótona. Mi malestar creció cuando sentí
que en el cuarto vecino se abría una puerta. Sin duda era
ella, su misteriosa habitadora. ¿Había cumplido su designio? ¿Cuál era esa ciencia de que hablaba y qué le
habían revelado sus arcanos?

El silencio que sucedió me parecía de mal agüero; ¡y
yo, que clavado en un sillón delante de mi amigo, no podía averiguarlo! Consumíame de ansiedad, y respondía a
mi amigo con una distracción de la que éste se apercibió
al fin.

—¿Sufres? —me preguntó.

—No, de ninguna manera —me apresuré a contestarle.

—Pareces preocupado. En todo caso, duerme.

—¡Hasta mañana!

—¡Hasta mañana! —dije con una efusión tan pronunciada, que lo sorprendió y se alejó sonriendo.

Apenas me vi solo, corrí a encerrarme en el armario y miré por el agujero hecho por la tijera.

Todo se hallaba en el mismo estado; pero el cuarto no estaba ahora solo. En el centro, y sentado en un sillón, un hombre paseaba en torno una mirada de asombro. Nada más decía esa mirada, nada tampoco la expresión de su grande boca de labios delgados y pálidos. Sólo su frente, ancha y elevada, habría preocupado mucho a un observador frenólogo.

Abrióse de repente una pequeña puerta que cubría un tapiz encarnado, y en su fondo oscuro se dibujó la figura de una mujer. Era alta y esbelta. Cubierta de un largo peinador blanco, cuyos undosos pliegues sujetaba a medio lazo un cinturón azul, con sus negros cabellos arrojados en largos rizos sobre la espalda, con su paso rápido y su ademán ligero, habríasele creído el ser más feliz de la tierra; pero mirándola con más detención se conocía que había lágrimas tras de su sonrisa, y que *Le nuage au coeur laissait son front serein.*

Entrando en el cuarto, sus ojos posaron en los del hombre que allí se encontraba una mirada suave, fija y profunda que lo hizo estremecer. Muy luego los ojos del joven, como fascinados por aquella mirada, permanecieron clavados en ella, mientras una extraña languidez los fue cerrando por grados hasta sombrear con el párpado la mejilla.

Entonces aquella mujer, acercándose a él, con paso lento pero seguro, elevó tres veces sobre sus ojos cerrados la mano derecha, haciéndola descender otras tantas a lo largo del rostro y desviándola en seguida hacia el hombro, para elevarla de nuevo. Después, alargando horizontalmente la izquierda a la altura de la región posterior del pecho, dijo con blando, pero imperioso acento:

—¡Samuel!

—¿Qué me quieres? —respondió el joven con voz oprimida.

Ella alzó de nuevo y repetidas veces la mano sobre su pecho, y él añadió entonces:

—¿Qué me quieres? Pronto estoy a obedecerte.

—Pues bien —dijo ella colocando sobre la frente de aquél el pulgar y el índice de su mano derecha—, penetra ahora en mi corazón y busca en él una imagen.

El joven inclinó la cabeza sobre el pecho y pareció dormir profundamente. Después, una convulsión violenta sacudió su cuerpo y sus labios murmuraron un nombre. Ella sonrió con tristeza, enviando al retrato que tenía enfrente una tierna mirada. Luego, asiendo la mano del dormido:

—¡Samuel! —dijo—, penetre tu vista el inmenso horizonte en esta dirección (su mano señaló el Norte) y busque a aquel cuyo nombre acabas de pronunciar.

La cabeza del hombre, dormido, cayó otra vez sobre su pecho; su respiración se volvió por grados anhelante, fatigosa, y copioso sudor bañó sus sienes.

La mujer, de pie y con los brazos cruzados, seguía con una mirada tenaz e imperiosa las emociones que rápida y sucesivamente se pintaban sobre aquellos ojos cerrados.

La hora, el lugar y los objetos que allí se presentaban, todo contribuía para dar a esa escena un carácter verdaderamente fantástico, y al contemplar a aquel ser débil dominando con una influencia misteriosa al ser fuerte, al mirar a esa mujer envuelta en los largos pliegues de su flotante y vaporosa túnica, de pie y la mano extendida sobre la cabeza de ese hombre sometido al poder de su mirada, habríasele creído una maga celebrando los misterios de un culto desconocido.

La misma convulsión vino a interrumpir la inmovilidad del dormido.

—Hele allí —exclamó.

—¿Dónde?

—Los rayos plateados de la luna juegan con las olas del inmenso río que pasea su plácida corriente entre un bosque y una ciudad fantástica cual un febril ensueño. A sus pies, y sujeto por pesadas anclas, un navío suavemente mecido por blandas oleadas, envía hasta las frondas de la opuesta ribera los reflejos de una brillante iluminación. Sobre su ancha cubierta, adornada con banderas y perfumadas guirnaldas, cien hermosas mujeres, vestidas de blanco y coronadas de flores, se abandonan lánguidamente en los brazos de sus compañeros de placer a las ardientes emociones de la danza. ¡Oh!, ¡cuán bellos son sus ojos! Diríase que han robado al sol de los trópicos su deslumbrante fulgor.

—Pero él, él, ¿dónde está?

—¡Oh! —replicó el dormido con acento suplicante—, déjame ver el cuadro mágico de esta danza sobre las aguas y bajo un cielo de fuego. ¡Cuán hermosas son!..., ¡cuán hermosas!... He allí una que se aparta del encantado torbellino. Aléjase hacia la proa con su caballero, e inclinándose sobre la borda tiende la mano para mostrarle la trémula imagen de las estrellas reflejada en el agua profunda. ¡Ah!

—Samuel —dijo ella interrumpiéndolo, porque una convulsión violenta contrajo de repente las facciones inmóviles del dormido—. Samuel, ¿qué ves?

—Es él, él, quien la acompaña.

—¿Y por qué tiemblas?

—¡Oh! —repuso el dormido con sordo acento—, no lo preguntes..., tú no debes saberlo.

—No importa: ¡quiero que lo digas! ¡Dilo!

Entonces, él bajó la cabeza con pesarosa resignación; pero al hablar empleó una lengua extranjera, quizá para que sus palabras sonaran menos dolorosas al corazón de aquella a quien obedecía con tan visible pesar.

Mientras hablaba, una nube oscureció la frente de aquella mujer. Sus ojos brillaron como relámpagos de una tempestad y sus labios murmuraron palabras confusas e inarticuladas. Pero serenándose de repente:

—Samuel —dijo—, lee en el corazón de ese hombre.

El joven se reconcentró profundamente; habríase dicho que su espíritu había descendido a un abismo.

Después, sus labios vertieron lentamente, como gotas de plomo, estas palabras:

—Ama a esa mujer.

Pero una nueva convulsión ahogó sus palabras cual
si lo hubiere herido el mismo golpe que acababa de asestar al alma de aquella mujer.

Ella, sin embargo, permaneció inmóvil y silenciosa; ni
un solo músculo de su rostro se contrajo; y sin la extre-
ma palidez que cubrió su semblante, nada habría revelado
el dolor en ese corazón de extraña fortaleza.

Paseóse dos o tres veces a lo largo del cuarto, acercóse
al retrato, lo contempló largo tiempo con una mirada indefinible, y luego, cual si se arrancara un recuerdo querido, se llevó la mano a la frente, se echó hacia atrás los
rizos de la cabellera, cubrió el retrato con un velo negro,
y yendo a abrir una puerta enfrente de aquella por donde
había entrado, volvióse al dormido tendiendo la mano y
replegándola hacia sí, mientras él se levantaba y seguía
la dirección que aquella mano le imprimía.

Cuando hubo traspuesto el umbral, la puerta se cerró
tras él, y oí la voz de aquella mujer que decía:

—¡Samuel, despierta!

Vila después sentarse al pie del lecho y ocultarse el
rostro entre las manos.

Nada tenía ya que ver ni averiguar allí; la lamparilla
se había apagado, yo no veía a esa mujer, y permanecía
aún pegado a aquel postigo que me separaba de ella; el
silencio reinaba en torno; no obstante, en mi cerebro
zumbaba un ruido tumultuoso como el de las olas del mar
en una borrasca. Eran los latidos de mi corazón, era una
rabia inmensa, desesperada, que rugía en mi alma, era...,
eran los celos, era que yo amaba a esa mujer que amaba
a otro con el amor ardiente que inspira un imposible;
que la codiciaba para mí, en tanto que otro poseía su alma.

—«Quien escucha su mal oye» —dije yo con el aire
sentencioso de un confesor.

La luz del día, penetrando en su cuarto, me la mostró
en el mismo sitio. Ni ella ni yo habíamos cambiado de
actitud...

—Pero... ¿no oye usted? —dijo mi penitente, inte-
rrumpiéndose de improviso—. ¿No oye usted?

—¿Qué?

—El pito del tren. Hoy llega el vapor del Sur y debemos tener noticias interesantes de Arequipa.

Dijo, y sin escuchar mis ruegos, mis gritos, mis protestas y la formal amenaza de negarle la absolución, el impío tomó su sombrero y en seguida la calle, embarcándose luego para Islay, de donde dirigiéndose a Arequipa se deslizó furtivamente en la plaza, batióse en las trincheras el siete de marzo, y librándose milagrosamente de la carlanca «libertadora», pasó a Chile, donde es fama que por no perder la costumbre tomó parte activa en la revolución que poco después estalló en aquel país. Cuando la revolución fracasó, fuese a Europa, acompañó a Garibaldi en su expedición a Sicilia, siguióle también y cayó con él en Aspromonte, no muerto sino prisionero. Evadióse, y ahora anda extraviado como una aguja en esos mundos de Dios.

¡Incorregible conspirador! Guárdelo el cielo para que un día termine su confesión, y podamos saber, bella Cristina, el fin de su culpable y bien castigado espionaje.

José María Roa Bárcena
(Xalapa, 1827-México, 1908)

La vida y la obra de Roa Bárcena fueron largas y fecundas, a pesar de que en la provincia natal era un comerciante que sólo escribía en sus ratos libres. Cultivó la poesía, la novela, el ensayo, la biografía, la crónica histórica y otros géneros, pero lo que lo haría famoso fue su obra cuentística, especialmente por el relato titulado «Lanchitas», que es seguramente el mejor de todos los suyos. Por ése y otros cuentos, ha sido llamado por algunos críticos «el Poe mexicano». Más que exagerado, el calificativo es inexacto: aunque trata temas de misterio y de suspenso, su mundo imaginario no tiene esa nota de sangriento horror del norteamericano. Pero sí es cierto que Roa Bárcena es un buen cuentista, uno de sus primeros cultores «modernos», con cierta idea de estructura y tensión narrativas.

A los veintiséis años se instaló en la capital mexicana, donde se dedicó al periodismo y continuó su tarea literaria con mayor ahínco. Era un conservador visceral, tanto que apoyó entusiastamente al emperador Maximiliano (tal vez por un sentimiento contra Estados Unidos, que ya

había arrebatado a México buena parte de su territorio)
y luego lo abandonó por considerarlo demasiado liberal.
Cuando cayó Maximiliano, Roa Bárcena fue a parar a la
cárcel, de la que lo sacó la presión de los admiradores
de su obra literaria. Tradujo, entre otros, a Dickens y
E. T. A. Hoffmann, con el último de los cuales tiene ciertas analogías.

«Lanchitas», publicado en 1878, es un relato romántico cuyo tema se sitúa en la frontera entre lo legendario
y lo puramente fantástico. Su historia parece una reela-
boración de un motivo de orígenes remotos e imprecisos,
y que persiste, con variantes, todavía hoy: el encuentro
inesperado con lo desconocido, con el más allá, del que
el personaje trae un testimonio material irrefutable pero
inexplicable. Detrás del tratamiento de ese motivo hay
una idea de advertencia o lección moral: no debemos
tener tratos con lo extraño, cualquiera que sea la forma
que adopte; no debemos ser desprevenidos si no queremos sufrir sorpresas desagradables. Aunque no lo parezca, la actitud conservadora de Roa Bárcena se deja tras-
lucir en esta fábula, cuya sutil insinuación es que las
normas deben respetarse y que el afán de saber es peligroso: la razón del hombre tiene límites y mejor es reco-
nocerlos. El cuento comienza engañosamente, revelando
de inmediato la pista falsa del título pero sugiriendo en
los cuatro primeros párrafos una historia teñida de costumbrismo y color local. En realidad, el personaje se des-
dobla en dos distintas entidades: por un lado, el cura
Lanzas, tal como se llamaba en su juventud, algo bohe-
mio o excitado por los estímulos perniciosos de la literatura de ficción, los filósofos modernos y el juego; por
otro, «Lanchitas», el cura ya maduro que renuncia a todo
eso y prefiere pasar por pueril, candoroso e intelectual-
mente amorfo para no complicarse la vida y ejercer mejor su ministerio. El origen de esa ruptura con el pasado
tiene que ver con el suceso que un testigo de esa época
confía al narrador, y que es sin duda perturbador. El
pobre moribundo al que el protagonista va a dar los últimos auxilios cristianos, no parece estar ya en el mundo

de los vivos, sino ser una proyección de otro pecador, muerto hace mucho tiempo, situación que el cura relaciona con *La devoción de la cruz,* de Calderón. Si esto es verdad (y allí está el pañuelo que prueba que el cura estuvo en ese lugar con el presunto moribundo), su aventura es nada menos que un viaje en el tiempo, un encuentro escalofriante con el mundo de los muertos; o tal vez sea una horrible pesadilla, o una alucinación, o una manifestación de locura que es «el deplorable efecto de las lecturas»... Aunque el estilo de Roa Bárcena es algo insípido y anticuado a nuestro gusto, el cuento transmite su extrañeza con bastante convicción. Ciertos detalles, como el breve paréntesis que abre el testigo-narrador en medio de su historia para hacer más ambiguo el encuentro del cura con el agonizante, y la conclusión que envuelve en un lenguaje meramente informativo lo más estridente del suceso, son rasgos que demuestran la considerable habilidad narrativa de un escritor autodidacta como Roa Bárcena.

OBRA NARRATIVA

Novelas originales y traducidas, México: Imprenta de F. Díaz de León y S. White, 1870; *Lanchitas,* México: Imprenta de I. Escalante, 1878; *Varios cuentos,* México: Tipografía de Gonzalo A. Esteva, 1883; *Relatos,* ed. Julio Jiménez Rueda, México: UNAM, 1955; *Noche al raso,* México: Cía. General de Ediciones, 1950; pról. Jorge Rufinelli, Tlahuapán México: Universidad Veracruzana, 1984; *La quinta modelo,* Tlahuapán: Premiá, 1984.

CRITICA

Oscar Hahn *, pp. 28-35. Consúltese también el prólogo de Julio Jiménez Rueda a la edición arriba citada.

El título puesto a la presente narración no es el diminutivo de *lanchas,* como a primera vista ha podido figurarse el lector; sino —por más que de pronto se le resista creerlo— el diminutivo del apellido «Lanzas», que a principios de este siglo llevaba en México un sacerdote muy conocido en casi todos los círculos de nuestra sociedad. Nombrábasele con tal derivado, no sabemos si simplemente en señal de cariño y confianza, o si también en parte por lo pequeño de su estatura; mas sea que militaran entrambas causas juntas, o aislada alguna de ellas, casi seguro es que las dominaba la sencillez pueril del personaje, a quien, por su carácter, se aplicaba generalmente la frase vulgar de «no ha perdido la gracia del bautismo». Y, como por algún defecto de la organización de su lengua, daba a la *t* y a la *c,* en ciertos casos, el sonido de la *ch,* convinieron sus amigos y conocidos en llamarle «Lanchitas», a ciencia y paciencia suya; exponiéndose de allí a poco los que quisieran designarle por su verdadero nombre, a malgastar tiempo y saliva.

¿Quién no ha oído alguno de tantos cuentos, más o menos salados, en que Lanchitas funge de protagonista, y que la tradición oral va transmitiendo a la nueva generación? Algunos me hicieron reír más de veinte años ha, cuando acaso aún vivía el personaje; sin que las preocupaciones y agitaciones de mi malhadada carrera de periodista me dejaran tiempo ni humor de procurar su conocimiento. Hoy que, por dicha, no tengo que ilustrar o rectificar o lisonjear la opinión pública, y que por desdicha voy envejeciéndome a grandes pasos, qué de veces al seguir en el humo de mi cigarro, en el silencio de mi alcoba, el curso de las ideas y de los sucesos que me visitaron en la juventud, se me ha presentado, en la especie de linterna mágica de la imaginación, Lanchitas, tal como me lo describieron sus coetáneos: limpio, manso y sencillo de corazón, envuelto en sus hábitos clericales, avanzando por esas calles de Dios con la cabeza siempre descubierta y los ojos en el suelo: no dejando asomar en sus pláticas y exhortaciones la erudición de Fenelón, ni la elocuencia de Bossuet; pero pronto a todas horas del día y de la noche a socorrer una necesidad, a prodigar los auxilios de su ministerio a los moribundos, y a enjugar las lágrimas de la viuda y el huérfano: y en materia de humildad, sin término de comparación, pues no le hay, ciertamente, para la humildad de Lanchitas.

Y, sin embargo, me dicen que no siempre fue así; que si no recibió del cielo un talento de primer orden, ni una voluntad firme y altiva, era hombre medianamente resuelto y despejado, y por demás estudioso e investigador. En una época en que la fe y el culto católico no se hallaban a discusión en estas comarcas, y en que el ejercicio del sacerdocio era relativamente fácil y tranquilo, bastaban la pureza de costumbres, la observancia de la disciplina eclesiástica, el ordinario conocimiento de las ciencias sagradas y morales, y un juicio recto para captarse el aprecio del clero y el respeto y la estimación de la sociedad. Pero Lanzas, ávido de saber, no se había dado por satisfecho con la instrucción seminarista; y en los ratos que el desempeño de sus obligaciones de capellán le dejaba libres, profundizaba las investigaciones teológicas, y, con autorización de sus prelados, seguía curiosamente las controversias entabladas en Europa entre adversarios y defensores del catolicismo; no siéndole extrañas ni las burlas de Voltaire, ni las aberraciones de Rousseau, ni las abstracciones de Spinoza; ni las refutaciones victoriosas que provocaron en su tiempo. Quizá hasta se haya dedicado al estudio de las ciencias naturales, después de ejercitarse en el de las lenguas antiguas y modernas; todo en el límite que la escasez de maestros y de libros permitía aquí a principios del siglo. Y este hombre, superior en conocimientos a la mayor parte de los clérigos de su tiempo, consultado a veces por obispos y oidores, y considerado, acaso, como un pozo de ciencia por el vulgo, cierra o quema repentinamente sus libros; responde a las consultas con la risa de la infancia o del idiotismo; no vuelve a cubrirse la cabeza ni a levantar del suelo sus ojos, y se convierte en personaje de broma para los chicos y para los desocupados. Por rara y peregrina que haya sido la transformación, fue real y efectiva; y he aquí cómo, del respetable Lanzas, resultó Lanchitas, el pobre clérigo que se me aparece entre las nubes de humo de mi cigarro.

No ha muchos meses, pedía yo noticias de él a una persona ilustrada y formal, que le trató con cierta intimidad; y, como acababa de figurar en nuestra conversación el tema del espiritismo, hoy en boga, mi interlocutor me tomó del brazo, y, sacándome de la reunión de amigos en que estábamos, me refirió una anécdota más rara todavía que la transformación de Lanchitas, y que acaso la explique. Para dejar consignada tal anécdota, trazo estas líneas, sin meterme a calificar. Al cabo, si es absurda, vivimos bajo el pleno reinado de lo absurdo.

No recuerdo el día, el mes, ni el año del suceso, ni si mi interlocutor los señaló; sólo entiendo que se refería a la época de 1820 a 30; y en lo que no me cabe duda es en que se trataba del principio de una noche oscura, fría y lluviosa, como suelen serlo las de invierno. El Padre Lanzas tenía ajustada una partida de malilla o tresillo con algunos amigos suyos, por el rumbo de Santa Catalina Mártir; y, terminados sus quehaceres del día, iba del centro de la ciudad a reunírseles esa noche, cuando, a corta distancia de la casa en que tenía lugar la modesta tertulia, alcanzóle una mujer del pueblo, ya entrada en años y miserablemente vestida, quien, besándole la mano, le dijo:

—¡Padrecito! ¡Una confesión! Por amor de Dios, véngase conmigo Su Merced, pues el caso no admite espera.

Trató de informarse el Padre de si se había o no acudido previamente a la parroquia respectiva en solicitud de los auxilios espirituales que se le pedían; pero la mujer, con frase breve y enérgica, le contestó que el interesado pretendía que él precisamente le confesara, y que si se malograba el momento, pesaría sobre la conciencia del sacerdote; a lo cual éste no dio más respuesta que echar a andar detrás de la vieja.

Recorrieron en toda su longitud una calle de Poniente a Oriente, mal alumbrada y fangosa, yendo a salir cerca del Apartado, y de allí tomaron hacia el Norte, hasta torcer a mano derecha y detenerse en una miserable accesoria del callejón del Padre Lecuona. La puerta del cuartucho estaba nada más entornada, y empujándola simplemente, la mujer penetró en la habitación llevando al Padre Lanzas de una de las extremidades del manteo. En el rincón más amplio y sobre una estera sucia y medio desbaratada estaba el paciente, cubierto con una frazada; a corta distancia, una vela de sebo puesta sobre un jarro boca abajo en el suelo, daba su escasa luz a toda la pieza, enteramente desamueblada y con las paredes llenas de telarañas. Por terrible que sea el cuadro más acabado de la indigencia, no daría idea del desmantelamiento, desaseo y lobreguez de tal habitación, en que la voz humana parecía apagarse antes de sonar, y cuyo piso de tierra exhalaba el hedor especial de los sitios que carecen de la menor ventilación.

Cuando el Padre, tomando la vela, se acercó al paciente y levantó con suavidad la frazada que le ocultaba por completo, descubrióse una cabeza huesosa y enjuta, ama-

rrada con un pañuelo amarillento y a trechos roto. Los
ojos del hombre estaban cerrados y notablemente hundidos, y la piel de su rostro y de sus manos, cruzadas sobre
el pecho, aparentaba la sequedad y rigidez de la de las
momias.

—¡Pero este hombre está muerto! —exclamó el Padre
Lanchas dirigiéndose a la vieja.

—Se va a confesar, Padrecito —respondió la mujer,
quitándole la vela, que fue a poner en el rincón más distante de la pieza, quedando casi a oscuras el resto de ella;
y al mismo tiempo el hombre, como si quisiera demostrar la verdad de las palabras de la mujer, se incorporó
en su petate, y comenzó a recitar con voz cavernosa, pero
suficientemente inteligible, el *Confiteor Deo*.

Tengo que abrir aquí un paréntesis a mi narración,
pues el digno sacerdote jamás a alma nacida refirió la
extraña y probablemente horrible confesión que aquella
noche le hicieron. De algunas alusiones y medias palabras
suyas se infiere que al comenzar su relato el penitente,
se refería a fechas tan remotas que el Padre, creyéndole
difuso o divagado, y comprendiendo que no había tiempo que perder, le excitó a concretarse a lo que importaba; que a poco entendió que aquél se daba por muerto
de muchos años atrás, en circunstancias violentas que no
le habían permitido descargar su conciencia como había
acostumbrado pedirlo diariamente a Dios, aun en el olvido casi total de sus deberes y en el seno de los vicios, y
quizá hasta del crimen; y que por permisión divina lo
hacía en aquel momento, viniendo de la eternidad para
volver a ella inmediatamente. Acostumbrado Lanzas, en
el largo ejercicio de su ministerio, a los delirios y extra-
vagancias de los febricitantes y de los locos, no hizo mayor aprecio de tales declaraciones, juzgándolas efecto del
extravío anormal o inveterado de la razón del enfermo;
contentándose con exhortarle al arrepentimiento y expli-
carle lo grave del trance a que estaba orillado, y con
absolverle bajo las condiciones necesarias, supuesta la
perturbación mental de que le consideraba dominado. Al
pronunciar las últimas palabras del rezo, notó que el hom-

bre había vuelto a acostarse; que la vieja no estaba ya
en el cuarto, y que la vela, a punto de consumirse por
completo, despedía sus últimas luces. Llegando él a la
puerta, que permanecía entornada, quedó la pieza en profunda oscuridad; y, aunque al salir atrajo con suavidad
la hoja entreabierta, cerróse ésta de firme, como si de
adentro la hubieran empujado. El Padre, que contaba con
hallar a la mujer en la parte de afuera, y con recomen-
darle el cuidado del moribundo y que volviera a llamarle
a él mismo, aun a deshora, si advertía que recobraba aquél
la razón, desconcertóse al no verla, esperóla en vano durante algunos minutos; quiso volver a entrar en la accesoria, sin conseguirlo, por haber quedado cerrada, como
de firme, la puerta; y, apretando en la calle la oscuridad
y la lluvia, decidióse, al fin, a alejarse, proponiéndose
efectuar, al siguiente día muy temprano, nueva visita.

Su compañeros de malilla o tresillo le recibieron amistosa y cordialmente, aunque no sin reprocharle su tardanza. La hora de la cita había, en efecto, pasado ya con
mucho, y Lanzas, sabiéndolo, o sospechándolo, había ve-
nido aprisa y estaba sudando. Echó mano al bolsillo en
busca del pañuelo para limpiarse la frente, y no le halló.
No se trataba de un pañuelo cualquiera, sino de la obra
acabadísima de alguna de sus hijas espirituales más con-
sideradas de él; finísima batista con las iniciales del Padre, primorosamente bordadas en blanco, entre laureles
y trinitarias de gusto más o menos monjil. Prevalido de
su confianza en la casa, llamó al criado, le dio las señas
de la accesoria en que seguramente había dejado el pañuelo, y le despachó en su busca, satisfecho de que se le
presentara, así, ocasión de tener nuevas noticias del enfermo, y de aplacar la inquietud en que él mismo había
quedado a su respecto. Y con la fruición que produce en
una noche fría y lluviosa llegar de la calle a una pieza
abrigada y bien alumbrada, y hallarse en amistosa compañía cerca de una mesa espaciosa, a punto de comenzar
el juego que por espacio de más de veinte años nos ha
entretenido una o dos horas cada noche, repantigóse nuestro Lanzas en uno de esos sillones de vaqueta que se

hallaban frecuentemente en las celdas de los monjes, y
que yo prefiero al más pulido asiento de brocatel o terciopelo; y encendiendo un buen cigarro habano, y arrojando bocanadas de humo aromático, al colocar sus cartas
en la mano izquierda en forma de abanico, y como si no
hiciera más que continuar en voz alta el hilo de sus reflexiones relativas al penitente a quien acababa de oír,
dijo a sus compañeros de tresillo:

—¿Han leído ustedes la comedia de Don Pedro Calderón de la Barca intitulada *La devoción de la cruz?*

Alguno de los comensales la conocía, y recordó al vuelo las principales peripecias del galán noble y valiente,
al par que corrompido, especie de Tenorio de su época,
que, muerto a hierro, obtiene por efecto de su constante
devoción a la sagrada insignia del cristiano el raro privi-
legio de confesarse momentos u horas después de haber
cesado de vivir. Recordado lo cual, Lanzas prosiguió diciendo, en tono entre grave y festivo:

—No se puede negar que el pensamiento del drama de
Calderón es altamente religioso, no obstante que algunas
de sus escenas causarían positivo escándalo hasta en los
tristes días que alcanzamos. Mas, para que se vea que
las obras de imaginación suelen causar daño efectivo aun
con lo poco de bueno que contengan, les diré que acabo
de confesar a un infeliz, que no pasó de artesano en sus
buenos tiempos, que apenas sabía leer y que, indudablemente, había leído o visto *La devoción de la cruz,*
puesto que, en las divagaciones de su razón, creía repro-
ducido en sí mismo el milagro del drama...

—¿Cómo? ¿Cómo? —exclamaron los comensales de
Lanzas, mostrando repentino interés.

—Como ustedes lo oyen, amigos míos. Uno de los mayores obstáculos con que, en los tiempos de ilustración
que corren, se tropieza en el confesionario es el deplorable efecto de las lecturas, aun de aquellas que a primera
vista no es posible calificar de nocivas. No pocas veces
me he encontrado, bajo la piel de beatas compungidas
y feas, con animosas Casandras y tiernas y remilgadas
Atalas; algunos delincuentes honrados, a la manera del

de Jovellanos, han recibido de mi mano la absolución; y en el carácter de muchos hombres sesudos he advertido fuertes conatos de imitación de las fechorías del *Periquillo,* de Lizardi. Pero ninguno tan preocupado ni porfiado como mi último penitente; loco, loco de remate. ¡Lástima de alma, que a vueltas de un verdadero arrepentimiento, se está en sus trece de que hace quién sabe cuántos años dejó el mundo, y que por altos juicios de Dios... ¡Vamos! ¡Lo del protagonista del drama consabido! Juego...

En estos momentos se presentó el criado de la casa, diciendo al Padre que en vano había llamado durante media hora en la puerta de la accesoria; habiéndose acercado, al fin, el sereno, a avisarle caritativamente que la tal pieza y las contiguas llevaban mucho tiempo de estar vacías, lo cual le constaba perfectamente, por razón de su oficio y de vivir en la misma calle.

Con extrañeza oyó esto el Padre; y los comensales que, según he dicho, habían ya tomado interés en su aventura, dirigiéronle nuevas preguntas, mirándose unos a otros. Daba la casualidad de hallarse entre ellos nada menos que el dueño de las accesorias, quien declaró que, efectivamente, así éstas, como la casa toda a que pertenecían, llevaban cuatro años de vacías y cerradas, a consecuencia de estar pendiente en los tribunales un pleito en que se le disputaba la propiedad de la finca, y no haber querido él entre tanto hacer las reparaciones indispensables para arrendarla. Indudablemente, Lanzas se había equivocado respecto a la localidad por él visitada, y cuyas señas, sin embargo, correspondían con toda exactitud a la finca cerrada y en pleito; a menos que, a excusas del propietario, se hubiera cometido el abuso de abrir y ocupar las accesorias, defraudándole su renta. Interesados igualmente, aunque por motivos diversos, el dueño de la casa y el Padre en salir de dudas, convinieron esa noche en reunirse al otro día, temprano, para ir juntos a reconocer la accesoria.

Aún no eran las ocho de la mañana siguiente, cuando llegaron a su puerta, no sólo bien cerrada, sino mostran-

do entre las hojas y el marco, y en el ojo de la llave, telarañas y polvo que daban la seguridad material de no
haber sido abierta en algunos años. El propietario llamó
sobre esto la atención del Padre, quien retrocedió hasta
el principio del callejón, volviendo a recorrer cuidadosamente, y guiándose por sus recuerdos de la noche anterior, la distancia que mediaba desde la esquina hasta
el cuartucho, a cuya puerta se detuvo nuevamente, ase-
gurando con toda formalidad ser la misma por donde había entrado a confesar al enfermo, a menos que, como
éste, no hubiera perdido el juicio. A creerlo así se iba
inclinando el propietario, al ver la inquietud y hasta la
angustia con que Lanzas examinaba la puerta y la calle,
ratificándose en sus afirmaciones y suplicándole hiciese
abrir la accesoria a fin de registrarla por dentro.

Llevaron allí un manojo de llaves viejas, tomadas de
orín, y probando algunas, después de haber sido necesario
desembarazar de tierra y telarañas, por medio de clavo
o estaca, el agujero de la cerradura, se abrió al fin la
puerta, saliendo por ella el aire malsano y apestoso a humedad que Lanzas había aspirado allí la noche anterior.
Penetraron en el cuarto nuestro clérigo y el dueño de la
finca, y a pesar de su oscuridad, pudieron notar, desde
luego, que estaba enteramente deshabitado y sin mueble
ni rastro alguno de inquilinos. Disponíase el dueño a salir, invitando a Lanzas a seguirle o precederle, cuando
éste, renuente a convencerse de que había simplemente
soñado lo de la confesión, se dirigió al ángulo del cuarto
en que recordaba haber estado el enfermo, y halló en el
suelo y cerca del rincón su pañuelo, que la escasísima
luz de la pieza no le había dejado ver antes. Recogióle
con profunda ansiedad, y corrió hacia la puerta para exa-
minarle a toda la claridad del día. Era el suyo, y las mar-
cas bordadas no le dejaban duda alguna. Inundados en
sudor su semblante y sus manos, clavó en el propietario
de la finca los ojos, que el terror parecía hacer salir de
sus órbitas; se guardó el pañuelo en el bolsillo, descubrióse la cabeza y salió a la calle con el sombrero en la
mano, delante del propietario, quien, después de haber

cerrado la puerta y entregado a su dependiente el manojo de llaves, echó a andar al lado del Padre, pregun-
tándole con cierta impaciencia:

—Pero ¿cómo se explica usted lo acaecido?

Lanzas le vio con señales de extrañeza, como si no
hubiera comprendido la pregunta; y siguió caminando con
la cabeza descubierta a sombra y a sol, y no se la volvió
a cubrir desde aquel punto. Cuando alguien le interro-
gaba sobre semejante rareza, contestaba con risa como de
idiota, y llevándose la diestra al bolsillo, para cerciorarse
de que tenía consigo el pañuelo. Con infatigable constancia siguió desempeñando las tareas más modestas del ministerio sacerdotal, dando señalada preferencia a las que
más en contacto le ponían con los pobres y los niños, a
quienes mucho se asemejaba en sus conversaciones y en
sus gustos. ¿Tenía, acaso, presente el pasaje de la Sagrada
Escritura relativo a los párvulos? Jamás se le vio volver
a dar el menor indicio de enojo o de impaciencia; y si
en las calles era casual o intencionalmente atropellado o
vejado, continuaba su camino con la vista en el suelo y
moviendo sus labios como si orara. Así le suelo contemplar todavía en el silencio de mi alcoba, entre las nubes
de humo de mi cigarro; y me pregunto si a los ojos de
Dios no era Lanchitas más sabio que Lanzas, y si los que
nos reímos con la narración de sus excentricidades y sim-
plezas no estamos, en realidad, más trascordados que el
pobre clérigo.

Diré, por vía de apéndice, que poco después de su
muerte, al reconstruir algunas de las casas del callejón
del Padre Lecuona, extrajeron del muro más grueso de
una pieza, que ignoro si sería la consabida accesoria, el
esqueleto de un hombre que parecía haber sido empare-
dado mucho tiempo antes, y a cuyo esqueleto se dio se-
pultura con las debidas formalidades.

Ricardo Palma fue uno de los escritores más populares y celebrados del siglo XIX, y llegó a ser considerado como un verdadero clásico de la prosa en toda Hispanoamérica y España. Esa fama está íntimamente ligada a la extraordinaria difusión de sus *tradiciones,* un género popularizado por el romanticismo al que él dio un perfil artístico inconfundible. No es ése poco mérito: había muchísimos tradicionistas en todo el continente, y los hubo antes y después de él, a pesar de su pretensión de haber «inventado» el género. Lo que Palma sí inventó fue una fórmula para asegurar a la narración historicista una gracia y amenidad singulares, que superaron largamente el repentinismo y el estilo amorfo frecuentemente asociados al género: fue un prosista con conciencia de estilo y un lenguaje rico y jugoso. Trenzando caprichosamente los hilos de la leyenda romántica, el artículo de costumbres y la anécdota tradicional. Palma obtuvo viñetas o estampas cuyo atractivo colorido e intencionada ironía todos reconocen fácilmente. Sus tradiciones producen una sugestiva vivencia histórica gracias a la poética idealización del pasado, el gusto por el suceso curioso o pintoresco y la crítica burlona de los hábitos de la sociedad criolla. Escritor agudo y entretenido, de superficies cuidadosamente pulidas, es, sin embargo, un narrador menor, de alcances limitados, no por el sesgo gracioso de sus historias, sino por el tono complaciente y la trivialidad de sus anécdotas: hay una casi completa ausencia de conflictos humanos intensos en lo que nos cuenta.

La vida de Palma fue larga, fecunda y variada; imposible resumirla toda aquí. De humildes y oscuros orígenes (existen dudas sobre quién fue su verdadera madre), Palma comenzó muy joven su carrera periodística y literaria. Pertenecía a la tardía generación romántica peruana, activa hacia mediados de siglo, a la que él puso el nombre de «la bohemia de mi tiempo» y de la que era el mejor exponente. Paradójicamente, su obra madura de tradicionista supone un apartamiento bastante marcado del rumbo que siguieron sus demás compañeros; en realidad, sus tradiciones son a la vez una expresión —la mejor— del romanticismo peruano y un ejemplo de la transición que llevará la prosa hispanoamericana hacia el realismo, corrigiendo los desvaríos exotistas y medievalistas de la primera hora romántica, a las que él contribuyó con obras teatrales y poéticas. Su destierro político en Chile (1860-1863) señala el comienzo de su madurez y su apasionado interés por los «papeles viejos» de la historia, las crónicas, memoriales, anales y documentos de la etapa colonial con los que su imaginación se estimulaba. Aunque empezó a publicar sus tradiciones en periódicos y revistas cuando tenía poco más de veinte años, la primera serie de *Tradiciones peruanas* en forma de libro data de 1872; numerosas series y ediciones seguirán apareciendo desde entonces hasta 1910, dentro y fuera del Perú. Activo político y hombre público, su etapa más dolorosa, y también la más abnegada, fue la que siguió a la Guerra del Pacífico (1879-1883), en la que Chile derrotó a Bolivia y el Perú; destruida por la invasión chilena la valiosa Biblioteca Nacional, Palma fue nombrado director y cumplió con creces la dura misión

de rehabilitarla mediante donativos que él personalmente
gestionó. Aparte de sus tradiciones, Palma tuvo veleida-
des de lexicógrafo, historiador y crítico literario. Rodeado
de honores y recuerdos, Palma murió a los ochenta y seis
años en su retiro de Miraflores.

En propiedad, Palma no es cuentista. Más precisamente: no quiso serlo; la tradición tenía para él una dignidad
estética y una forma que se adecuaba a su humor: ligera,
chispeante, amable. Estaba convencido de que eran el mejor vehículo para popularizar la historia y así «educar al
pueblo» sobre los hechos del pasado nacional. La tradición es fundamentalmente literatura historicista, y esa dependencia se hace explícita en lo que Palma llamaba el
«consabido parrafillo histórico» de sus relatos: una instancia digresiva (estigma del romanticismo) en la que el
autor nos recuerda que su fantasía se apoya en hechos
diligentemente investigados. Entre los centenares de tradiciones, apenas unas cuantas escapan a tal molde; en
ésas la imaginación de Palma vuela libremente, la referencia extratextual está casi ausente y el marco legendario
es más sutil que de costumbre. Más que «tradiciones»,
éstos son «cuentecillos» en los que Palma se burla ma-
liciosamente de los temas religiosos, del diablo y del más
allá, tal como hace la mente popular. Uno de esos ejemplos es «Traslado a Judas», que apareció en la tercera
serie de tradiciones publicada en 1883. Como la «abuela»
de otras tradiciones del mismo tipo, la «tía Catita» de
ésta es una figura ficticia a la que Palma atribuye historias que tienen algo de candorosas y de pícaras, sin base
documental. La oralidad del tono es muy visible aquí: la
prosa de Palma es una mímesis perfecta del habla de
la vieja que, al calor del hogar, cuenta una fábula entre-
tenida para hacer dormir a los niños. Pero la inocencia
del relato —una versión alegre y familiar de la traición
de Judas— esconde una intención muy aguda e irreve-
rente, que muestra el anticlericalismo de Palma. Más que
un traidor, Judas es un simpático bribón, un personaje
de la picaresca española de la que tanto tomó prestado
el autor. Algo más: si uno deja de lado el tono humorís-

tico del relato y atiende a su idea central —la delación
de Judas como instrumento para revelar la divinidad de
Cristo—, esta tradición podría verse como un antecedente de la análoga interpretación que hace Borges de la
teología en «Tres versiones de Judas»: el apóstol infame
era, en realidad, su mejor discípulo.

OBRA NARRATIVA

Tradiciones peruanas, ed. y pról. Edith Palma, 5.ª ed.,
Madrid: Aguilar, 1964; *Cien tradiciones peruanas,* pról.,
selec. y cronol. José Miguel Oviedo, Caracas: Biblioteca
Ayacucho, 1977.

CRITICA

Angel Flores, ed., *Orígenes del cuento hispanoamericano. Ricardo Palma y sus «Tradiciones»,* México: Premiá Editora, 1979; Luis Loayza, «Palma y el pasado»,
en su *El sol de Lima,* Lima: Mosca Azul Editores, 1974,
pp. 89-115; José Miguel Oviedo, *Genio y figura de Ricardo Palma,* Buenos Aires: Eudeba, 1965.

Traslado a Judas

(Cuento disparatado de la tía Catita)

Que no hay causa tan mala que no deje resquicio para defensa, es lo que querían probar las viejas con la frase: «Traslado a Judas.» Ahora oigan ustedes el cuentecito: fíjense en lo sustancioso de él y no paren mientes en pormenores; que en punto a anacronismos, es la narradora anacronismo con faldas.

Mucho orden en las filas, que la tía *Catita* tiene la palabra. Atención, y mano al botón. *Ande la rueda y coz con ella.*

Han de saber ustedes, angelitos de Dios, que uno de los doce apóstoles era colorado como el ají y rubio como la candela. Mellado de un diente, bizco de mirada, narigudo como ave de rapiña y alicaído de orejas, era su merced feo hasta para feo.

En la parroquia donde lo cristianaron púsole el cura Judas por nombre, correspondiéndole el apellido de Iscariote, que, si no estoy mal informado, hijo debió de ser de algún *bachiche* [1] pulpero.

---

[1] *Bachiche:* peruanismo por «italiano».

Travieso salió el nene, y a los ocho años era el primer mataperros de su barrio. A esa edad ya tenía hecha su reputación como ladrón de gallinas.

Aburrido con él su padre, que no era mal hombre, le echó una repasata y lo metió por castigo en un barco de guerra, como quien dice *anda, mula, y piérdete.*

El capitán del barco era un gringo borrachín, que le tomó cariño al pilluelo y lo hizo su pajecico de cámara.

Llegaron al cabo de años a un puerto; y una noche en que el capitán, después de beber setenta y siete *grogs,* se quedó dormido debajo de la mesa, su engreído Juditas lo desvalijó de treinta onzas de oro que tenía al cinto, y se desertó embarcado en el *chinchorro,* que es un botecito como una cáscara de nuez, y... ¡la del humo!

Cuando pisó la playa, se dijo: «Pies, ¿para qué os quiero?», y anda, anda, no paró hasta Europa.

Anduvo Judas la Ceca y la Meca y la Tortoleca, visitando cortes y haciendo pedir pita[2] a las treinta onzas del gringo. En París de Francia casi le echa guante la policía, porque el capitán había hecho parte telegráfico pidiendo una cosa que dicen que se llama extradición, y que debe de ser alguna trampa para cazar pajaritos. Judas olió a tiempo el ajo, tomó pasaje de segunda en el ferrocarril, y ¡abur!, hasta Galilea. Pero *¿adónde irá el buey que no are?,* o lo que es lo mismo, *el que es ruin en su villa, ruin será en Sevilla.*

Allí, haciéndose el santito y el que no ha roto un plato, se presentó al Señor, y muy compungido le rogó que lo admitiese entre sus discípulos. Bien sabía el pícaro que a buena sombra se arrimaba para verse libre de persecuciones de la policía y requisitorias del juez, que los apóstoles eran como los diputados en lo de gozar de inmunidad.

Poquito a poco fue el hipocritonazo ganándole la voluntad al Señor, y tanto que lo nombró limosnero del apostolado. A peores manos no podía haber ido a parar el caudal de los pobres.

---

[2] *Pedir pita:* peruanismo por «pedir tregua o piedad».

Era por entonces no sé si prefecto, intendente o gober-
nador de Jerusalén un caballero medio bobo, llamado don
Poncio Pilatos el catalán, sujeto a quien manejaban como
un zarandillo un tal Anás y un tal Caifás, que eran dos
bribones que se perdían de vista. Estos, envidiosos de las
virtudes y popularidad del Señor, a quien no eran dignos
de descalzar una sandalia, iban y venían con chismes y
más chismes donde Pilatos; y le contaban esto, y lo otro,
y lo de más allá, y que el Nazareno había dado proclama
revolucionaria incitando al pueblo para echar abajo al
gobierno. Pero Pilatos, que para hacer una alcaldada tenía
escrúpulos de Marigargajo, les contestó: Compadritos, la
ley me ata las manos para tocar ni un pelo de la túnica
del ciudadano Jesús. Mucha andrómina es el latinajo aquel
del *habeas corpus*. Consigan ustedes del Sanedrín (que así
llamaban los judíos al Congreso) que declare la patria en
peligro y eche al huesero las garantías individuales, y entonces dense una vueltecita por acá y hablaremos.»

Anás y Caifás no dejaron eje por mover, y armados ya
de *extraordinarias* [3], le hurgaron con ellas la nariz al go-
bernante, quien estornudó *ipso facto* un mandamiento
de prisión. Líbrenos Dios de estornudos tales *per omnia
saecula saeculorum. Amén,* que con *amén* se sube al Edén.

A fin de que los corchetes no diesen golpe en vago, resolvieron aquellos dos canallas ponerse al habla con Judas,
en quien por la pinta adivinaron que debía ser otro que
tal. Al principio se manifestó el rubio medio ofendido y
les dijo: «¿Por quién me han tomado ustedes, caballeros?»
Pero cuando vio relucir treinta monedas, que le trajeron
a la memoria reminiscencias de las treinta onzas del gringo, y a las que había dado finiquito, se dejó de melindres
y exclamó: «Esto ya es otra cosa, señores míos. Tratán-
dome con buenos modos, yo soy hombre que atiendo a
razones. Soy de ustedes, y manos a la obra.»

La verdad es que Judas, como limosnero, había metido
cinco y sacado seis, y estaba con el alma en un hilo tem-

---

[3] *Armados ya de extraordinarias:* alude a «facultades extraordinarias», para seguir las referencias irónicas a la política criolla.

blando de que, al hacer el ajuste de cuentas, quedase en transparencia el gatuperio.

El pérfido Judas no tuvo, pues, empacho para vender y sacrificar a su Divino Maestro.

Al día siguiente, y muy con el alba, Judas, que era extranjero en Jerusalén y desconocido por el vecindario, se fue a la plaza del mercado y se anduvo de grupo en grupo, ganoso de averiguar el cómo el pueblo comentaba los sucesos de la víspera.

—Ese Judas es un pícaro que no tiene coteja —gritaba uno que en sus mocedades fue escribano de hipotecas.

—Dicen que desde chico era ya un peine —añadía un tarambana.

—Se conoce. ¡Y luego, cometer tal felonía por tan poco dinero! ¡Puf, qué asco! —argüía un jugador de gallos con coracita.

—Hasta en eso ha sido ruin —comentaba una moza de trajecito a media pierna—. *Balandrán de desdichado, nunca saldrá de empeñado.*

—¡Si lo conociera yo, de la paliza que le arrimaba en los lomos lo dejaba para el hospital de tísicos! —decía, con aire de matón, un jefe de club que en todo bochinche se colocaba en sitio donde no llegasen piedras—. Pero por las *aleluyas* lo veremos hasta quemado.

Y de corrillo en corrillo iba Judas oyéndose poner como trapo sucio. Al cabo se le subió la pimienta a la nariz de pico de loro, y parándose sobre la mesa de un carnicero, gritó:

—¡Pido la palabra!

—La tiene el extranjero —contestó uno que, por la prosa que gastaba, sería lo menos vocal de junta consultiva.

Y el pueblo se volvió todo oídos para escuchar la arenga.

—¿Vuesas mercedes conocen a Judas?

—¡No! ¡No! ¡No!

—¿Han oído sus descargos?

—¡No! ¡No! ¡No!

—Y entonces, pedazos de cangrejo, ¿cómo fallan sin oírlo? ¿No saben vuesas mercedes que las apariencias suelen ser engañosas?

—¡Por Abraham, que tiene razón el extranjero! —exclamó uno que dicen que era regidor del Municipio.

—¡Que se corra traslado a Judas!

—Pues yo soy Judas.

Estupefacción general. Pasado un momento, gritaron diez mil bocas:

—¡Traslado a Judas! ¡Traslado a Judas! ¡Sí, sí! ¡Que se defienda! ¡Que se defienda!

—Contesto al traslado. Sepan vuesas mercedes que en mi conducta nada hay de vituperable, pues todo no es más que una burleta que les he hecho a esos mastuerzos de Anás y Caifás. Ellos están muy sí señor y muy en ello de que no se les escapa Jesús de Nazareth. ¡Toma tripita! ¡Flojo chasco se llevan, por mi abuela! A todos consta que tantos y tan portentosos milagros ha realizado el Maestro, que naturalmente debéis confiar en que hoy mismo practicará uno tan sencillo y de piripao como el salir libre y sano del poder de sus enemigos, destruyendo así sus malos propósitos y dejándolos con un palmo de narices, gracias a mí, que lo he puesto en condición de ostentar su poder celeste. Entonces sí que Anás y Caifás se tirarán de los pelos al ver la sutileza con que le he birlado sus monedas, en castigo de su inquina y mala voluntad para con el Salvador. ¿Qué me decís ahora, almas de cántaro?

—Hombre, que no eres tan pícaro como te juzgábamos, sin dejar por eso de ser un grandísimo bellaco —contestó un hombre de muchas canas y de regular meollo, que era redactor en jefe de uno de los periódicos más *populares* de Jerusalén.

Y la turba, después de oír la opinión del Júpiter de la prensa, prorrumpió en un: «¡Bravo! ¡Bravo! ¡Viva Judas!»

Y se disolvieron los grupos sin que la gendarmería

hubiese tenido para qué tomar cartas en esa manifestación plebiscitaria, y cada prójimo entró en casita diciendo para sus adentros:

—En verdad en verdad que no se debe juzgar de ligero. Traslado a Judas.

Eduardo Wilde

(Tupiza, Bolivia, 1844-Bruselas, 1913)

El sesgo ingenioso y humorístico con el que generalmente lo ha caracterizado la crítica argentina (Wilde es
muy poco conocido fuera de su país) ha originado una
errónea percepción de su obra literaria: el elegante humor de Wilde (muy distinto del gracejo de Ricardo Palma, *véase*) no es sino un aspecto de una visión que tiene
una profundidad y una originalidad no muy comunes en
su época. De hecho, releer hoy a Wilde y considerarlo
desde la perspectiva de la narrativa contemporánea, podría mostrarnos que es un precursor de ciertas preocupaciones filosóficas y formas anómalas de imaginación que
sólo pueden encontrarse mucho después en Felisberto
Hernández, Macedonio Fernández y en el heredero más
notable de éste, Borges. Precisamente Borges lo llama «un
gran imaginador de realidades experienciales y hasta fantásticas» y, siguiendo a Ricardo Rojas, lo asocia a Gómez
de la Serna.

Wilde pertenecía a la llamada «generación del 80»,
junto con Lucio V. Mansilla y Miguel Cané, un grupo
de escritores que se distinguió por la pluralidad de acti-

vidades que desarrollaron. Aparte de escritor y periodista,
Wilde era médico, profesor universitario, hombre público y diplomático. Viajó por Europa, Asia Menor y Estados Unidos. Esa dispersión de su quehacer (en el que la
literatura a veces parece ocupar una posición lateral)
quizá explique su predilección por las formas literarias
breves: el cuento, el ensayo, la prosa periodística; su
única novela, *Aguas abajo,* quedó inconclusa y se publicó
póstumamente. Esa brevedad no debe desorientarnos: tras
el fragmentarismo y la rapidez de impresiones que distingue su obra narrativa, hay una visión hondamente
personal, casi del todo extemporánea. Aunque escribió
en una época en la que el romanticismo llegaba a su fin
y el naturalismo empezaba a dominar, su obra no pertenece en verdad a ninguno de los dos. A Wilde no le
interesa la descripción del mundo objetivo ni los datos
del contorno social por sí mismos, sino como una retícula
a través de la cual observa fenómenos sutiles o extraños,
como si mirase la realidad a través de un microscopio.
Pero no procede como un científico, sino como un poeta
o filósofo que divaga melancólicamente sobre el misterio
esencial de la existencia, y en eso parece coincidir con
(o anticipar) el sutil mundo interior de los modernistas.
Mundo de vagas y etéreas sensaciones el suyo, que nos
recuerda las teorías de Bergson, pues en él la conciencia
humana parece disolverse en estados discontinuos y visiones erráticas. Hay un discreto escepticismo en Wilde, una
tristeza y una ternura impalpables que él a veces conjura
con un erotismo refinado o una salida irónica: nada sabemos de los misterios del espíritu humano salvo a través
de fugaces iluminaciones que nos son concedidas en situaciones triviales o absurdas. Wilde ausculta el mundo con
una sensibilidad aguda y atenta a esos estados interme-
dios del acontecer cotidiano, esos intersticios por donde
lo cómico, lo extraño o lo sobrenatural pueden asomar-
se. Literariamente, Wilde es una especie de *flâneur,* alguien que cultiva el ocio o la observación casual (una
de sus colecciones de prosa varia se titula *Tiempo perdido)* como una forma superior del arte y de la vida.

No es fácil elegir un cuento que pueda «representar» debidamente ese arte porque sus cuentos usan los más diversos patrones, tonos y temas narrativos: no hay un núcleo en su excéntrico mundo imaginario. Se seleccionan aquí dos del libro *Prometeo & Cía.*, que pueden mostrar los extremos de esa diversidad. El primero es «La lluvia», uno de los más célebres del autor. Como otros en su obra, es un relato no-argumental, una poética meditación en la que la imaginación divaga libremente sobre un simple fenómeno natural y lo despliega en una sucesión de escenas. Así, el motivo se convierte en un elemento de cósmica unidad entre el presente y el pasado, la aldea apacible y la ciudad hormigueante, la melancolía del alma y las urgencias del cuerpo. La desconcertante sensación de ser otro, la anómala percepción del tiempo, la súbita concreción de lo abstracto, suelen producir imágenes de fulgurante intensidad: «me despertaba oyendo llover como si el agua hubiera trasnochado para estar ya lista en esa hora»; «un libro con tapas de pergamino se aburre de sí mismo entre las manos de un padre también de pergamino», etc. Escrito en 1880, «La lluvia» es un cuento modernísimo. «Novela corta y lastimosa» es de 1897 y tiene una sorprendente intención experimental e irónica. Es una «novela sintética», una reducción paródica (escrita con la brevedad y velocidad del cuento) que los vanguardistas intentarán más tarde. Las secuencias capitulares están quebrantadas por el ritmo ansioso y discontinuo de la narración: las escenas oníricas del comienzo dan paso a una anécdota galante en sí misma extraña (quizá mero fruto de su exaltada fantasía fáustica); luego se produce una brusca suspensión del relato, cuyo efecto es paralelo a la afasia temporal que el narrador sufre al encontrar a Margarita. La moraleja es también una inversión de su función habitual: el narrador afirma que su comportamiento fue caballeroso, pero que «no metería las manos en el fuego por mi causa». Lo que el relato *no* dice, los datos ausentes y el carácter autorreflexivo de su composición aluden a algo lateral al texto que leemos

y sugieren que su verdadero tema es la mente del creador
y su febril imaginación erótica.

OBRA NARRATIVA

La lluvia y Tini, Buenos Aires: Librería de Mayo,
1886; *Prometeo & Cía.,* Buenos Aires: Peuser, 1899;
Buenos Aires: Anaconda, 1938; Buenos Aires: Peuser,
1939; *Obras completas,* Buenos Aires: Peuser, 1914-
1939, vols. 16-17; *Aguas abajo,* Buenos Aires: Peuser,
1914; La Paz: Paredes-Candia, 1975; [*y sus mejores
cuentos*], prólogo de Fanny Palcos, Buenos Aires, 1944;
ed. Guillermo Ara, Buenos Aires: Huemul, 1964; *Páginas escogidas,* ed. José María Monner Sans, Buenos
Aires: Estrada, 1939, 1952 y 1955; *Páginas muertas,*
pról. del autor y estudio-epíl. de Jorge Luis Borges, Buenos Aires: Minerva, s. f.; *Tini,* Buenos Aires: Sociedad
de Bibliófilos Argentinos, 1948; [*y otros relatos*], Buenos Aires: Eudeba, 1960 y 1961; *Escritos literarios,*
ed. Félix Weinberg, Buenos Aires: Hemisferio, 1952;
Cuentos y otras páginas, ed. T. Frugoni de Fritzsche,
Buenos Aires: Plus Ultra, 1965.

CRITICA

Jorge Luis Borges, *El idioma de los argentinos,* Bue-
nos Aires: M. Gleizer, 1928, pp. 155-178; Florencio
Escardó, *Eduardo Wilde,* 2.ª ed., Buenos Aires: San-
tiago Rueda, 1959; María H. Lacau y Mabel Mana-
corda de Rosetti, «Eduardo Wilde y el modernismo»,
Expresión, núm. 4, marzo de 1947; pp. 16-29; Adolfo
Prieto, *La literatura autobiográfica argentina,* Buenos
Aires: Facultad de Filosofía y Letras, Universidad de
Buenos Aires, 1966, pp. 172-175; Noemí Vergara de
Bietti, «Eduardo Wilde, padre del humorismo argenti-
no», en su *Humoristas del 80,* Buenos Aires: Plus Ultra,
1976, pp. 19-38; Pedro Orgambide y Roberto Yahni, eds.,
Enciclopedia de la literatura argentina, Buenos Aires:
Sudamericana, 1970, pp. 631-634.

No hay tal vez un hombre más amante de la lluvia que yo.

La siento con cada átomo de mi cuerpo, la anido en mis oídos y la gozo con inefable delicia.

La primera vez que según mis recuerdos vi en conciencia llover, fue después de una grave enfermedad, en mi infancia.

Había tenido la grandiosa, la terrible fiebre tifoidea, ese modelo de infección simpática a pesar de sus horrores.

Me acuerdo todavía de la tarde en que me sentí ya mal, de la situación de mi cama, del aspecto del cuarto vacío de muebles, de su aire frío y del número de tirantes del techo sin cielo raso.

Estuve cerca de cuarenta días enfermo y mis percepciones fueron, por lo que recuerdo, confusas y sin ilación. Me quemaba sin poder sudar, y pasaba horas enteras en pellizcarme los labios cubiertos de costras, sacándome sangre al arrancarlas. Percibía todo, pero como si fuera yo otra persona siendo ante mi juicio un desterrado de mí mismo. El tiempo era eterno y en sus marchas infinitas yo tomaba brebajes perdurables todos con igual gusto, siempre amargo. Soñaba cosas increíbles, siendo a mi juicio sueños las realidades y realidades los sueños. Oía los ruidos con mis propios oídos, pero como si éstos me hubieran sido prestados y no supiera manejarlos. Veía los objetos o muy lejos o muy cerca; cuando me sentaba todo daba vueltas y cuando me acostaba mi cama se movía como un buque. Paseaban en mi cuarto animales silenciosos y muebles con vida. Las personas de mi casa me parecían recién llegadas y extrañas. Un día me sangraron; al sentir la picadura de la lanceta y ver la sangre, me desmayé. Cuando volví en mí, cerca de mi cama estaba parada mi madre con su cara pálida y seria; era una estatua.

El médico me miraba con aquella dulce atención tan propia de su oficio; su fisonomía no expresaba nada; yo lo tomé por un hombre tallado en madera, como un santo sin pintar que había en la iglesia. No me acuerdo haber tenido dolores durante mi enfermedad. La naturaleza en los graves estados nos dota sin duda de una melancólica y suave insensibilidad destinada a mitigar los sufrimientos.

Poco a poco me fui restableciendo.

Apenas tuve permiso para dejar la cama me miré en un espejito redondo como esos que usan los viajeros (siempre he sido un poco presumido) y, en lugar de las mejillas abultadas y coloradas que tenía antes, encontré dos huecos pálidos y chocantes; fui a pararme y me faltaron las fuerzas; llevé las manos a mis pantorrillas y no hallé nada, no tenía tales pantorrillas. ¿Y mi pelo rubio y ensortijado, qué se había hecho?

No tenía muslos, ni vientre, ni estómago; no tenía nada; todo se había llevado la fiebre. ——«Pero que la busquen a la fiebre y le pidan que me devuelva mis cosas», me dio ganas de decir.

La fiebre me había dejado, sin embargo, un apetito insaciable, una hambre homérica y mortificantemente deliciosa, como pude observarlo en los días siguientes.

Si durante mi convalecencia hubiera oído a cualquier individuo decir que no tenía apetito, lo habría tenido por un audaz impostor y un gran hipócrita.

Yo soñaba con comidas y componía platos imaginarios con todo lo que uno podía llevarse a la boca. Si alguna vez tuve una idea clara de la eternidad, fue entonces, al considerar los millones de siglos que había entre el almuerzo y la comida.

El que no ha sido convaleciente no sabe lo que es bueno, como el que no tiene callos no conoce las delicias de sacarse las botas. Yo no he tenido nunca ni callos ni botas, pero admito el testimonio de personas fidedignas y experimentadas.

La convalecencia es una nueva vida. Uno nace de la edad que tiene al salir de su enfermedad y se siente vivir, bebiendo, aspirando, absorbiendo la fuerza que retoña; la vida tiene sabor, perfume, música y color; la vida es sólida, puede uno tocarla y alimentarse con ella.

La luz es más luz, el aire más puro, más fresco, más joven; la naturaleza es pródiga, risueña, alegre, coqueta, sabrosa, encantadora.

Los órganos asimilan el alimento con incomparable rapidez y se apoderan de su jugo con la energía del hambre para llenar las necesidades de la vida.

¡Convalecer es una suprema delicia!

La debilidad nos vuelve a la infancia y nuestros sentidos hallan en cada cosa la novedad y el atractivo que los niños le encuentran.

Ninguna mala pasión, ninguna de esas ideas insanas que son el sustento de la sociedad, germina en la cabeza de un convaleciente; ¡él no quiere sino vivir, comer y descansar!

Se levanta tan pronto como puede para tomar el día por la punta, vive con gusto su vida durante unas cuantas horas y se acuesta después para dormir con un sueño profundo, robusto, intenso, dormido de una pieza.

Y luego las gentes son buenas, compasivas; las caras amables; hay sonrisas en todas las bocas para el restablecido que se deja adular, regalar, felicitar y cuidar sin inquietarse siquiera con la sospecha de que sus contemporáneos no esperan sino verlo en buen estado para volver a agarrarlo por su cuenta y morderlo, despedazarlo e injuriarlo, como se usa entre hombres que se quieren y viven por eso en sociedad.

En fin, yo estaba convaleciente, pálido, flaco, sin fuerza.

¡Qué traza la mía! Yo era mi propio abuelo; un abuelito chico, disminuido, como si me hubiera secado y acortado; era mi antepasado en pequeño, un antiguo concentrado que no había comido nada durante muchas generaciones; mi apetito era del tiempo de Sesostris y yo había estado en el sitio de Jerusalén; la conciencia de mi persona se confundía con las más remotas tradiciones y no podía entender cómo pudo llegar hasta mí la noticia de mi existencia, siendo como era una momia mayor que sí misma y contemporánea de los mastodontes.

La enfermedad había retirado en mi memoria las épocas y yo tenía por sensaciones todas esas paradojas disparatadas.

Conforme iba ganando en fuerza, los días eran más plácidos. Durante algunas horas me sentaba a recibir el sol que entraba en la pieza y mi silla lo seguía en sus cambios de dirección hasta la tarde.

Nunca he visto sol más amable, más abrigado ni más cariñoso.

Verdad es que mi gloria se aumentaba con las delicias de una excepción legítima: no iba a la escuela y mis hermanos iban. No ir yo era por sí solo una bienaventuranza; que otros fueran era el colmo de la dicha. ¡Tan cierto es que nada abriga tanto como saber que otros tienen frío!

Un día no hubo sol, pero en cambio llovió; llovió a torrentes. El patio se llenó pronto de agua y las gotas saltaban formando candeleritos que la corriente arrastraba. Estas legiones de existencias fugitivas corrían como si estuvieran apuradas, al son de la música del aguacero, con acompañamiento de truenos y relámpagos. Había en el aire olor a tierra mojada, perfume inimitable que ningún perfumista ha fabricado, y revoloteaban en la atmósfera las luces de cristal de las gotas saltonas, cortejadas por el ruido inmutable, acompasado, monótono, variado, uniforme, caprichoso, metálico y líquido, propio sólo de la lluvia.

Yo habría querido petrificar mis sentidos y que la feria continuara eternamente.

Allá lejos en el horizonte limitado por cerros rojos o grises que punzaban el cielo con sus picos, el agua caía en hilos paralelos a veces o en torbellino, en polvo cuando el viento arreciaba, en bandas o fajas impetuosas, según los sacudimientos de la atmósfera y precipitándose por las hendiduras y las pendientes, llegaba roncando al río para enturbiar su clara corriente.

Las nubes viajaban, en montones arrastradas por caballos invisibles que el vívido relámpago apuraba tocándolos con látigos de fuego.

El cielo en sus confines semejaba un campo de batalla; el oído estremecido recogía el fragor de la pelea y los ojos seguían el fulgor de los disparos de la gran batería meteorológica.

¡Pobres viajeros con semejante lluvia! Mi imaginación los acompañaba en su camino por los desfiladeros, por los bañados, y los veía recibiendo el agua en las espaldas, con el sombrero metido hasta las orejas y llena de inquietud el alma; ¡aquí atraviesan un río cuya corriente hace perder pie a los caballos, allí cae una carga, más allá se despeña un compañero cuya cabalgadura se espantó del rayo!

¡Pobres navegantes con semejante lluvia! Sobre la cubierta de la nave solitaria que toma un baño de asiento en el océano y recibe una ducha al mismo tiempo, corren

los marineros con sus ropas enceradas a recoger las ve-
las, mientras el capitán se moja las entrañas con ron
en su camarote para que todo no sea pura agua. Las
puntas de los mástiles convidan centellas, la lona se muestra indócil, la madera cruje y el buque se ladea hacia las
ondas como si fuera un sombrero de brigadier puesto sobre la oreja del mar irritado.

Solamente los mineros están a sus anchas con un tiempo tan hidráulico; sin ninguna noticia salen de su trabajo, negros de polvo de carbón o de metal y se sorpren-
den del caso acontecido.

¿Y las lavanderas? Nunca he podido explicarme por
qué se apresuran a recoger las ropas, juntarlas en atados
y con ellas correr hasta su casa.

Cuando estaba yo en la escuela, tiempos duros aquellos, y comenzaba a llover, el maestro, un terrible maestro, se distraía o se dormía con el ruido narcótico del
agua y mi Catón, mi Robinson Crusoe y mi plana se
retiraban al infinito. Yo sólo existía para adormecerme
con la elegía de la lluvia; una deliciosa estupidez se apoderaba de mi alma y ya podían pasar sin perturbarme
Robinson y los Catones, mil generaciones de maestros
y todas las planas juntas de la tierra.

Y veía como en sueños a los pobres diablos que pasaban por la calle chapaleando en el barro y pegándose a
las paredes para evitar los chaparrones, o a los provistos
de paraguas que hacían un redoble al enfrentar las ventanas, merced a las gruesas gotas del tejado, que resbalando por la tela estirada iban a colgarse de las varillas
como lágrimas en una pestaña colosal.

¡No obstante, al salir de mi éxtasis me preguntaba por
qué no daban asueto en los días de lluvia!

El aire era libre, los pájaros volaban a su antojo, el
ganado pastaba sin restricciones en los campos, el agua
corría por el suelo, buscando a su albedrío o al de la
gravedad los declives. ¿Por qué todo esto no estaba en
la escuela como yo, o por qué la escuela no era el cam-

po, nosotros las vacas, los libros la yerba y el maestro un buey manso y gordo, semejante a esos aradores incansables e indolentes que miran con estoicismo la picana y con supremo desdén a los transeúntes?

Años más tarde, en el colegio, la lluvia solía venir a embargar mis sentidos y muchas mañanas, antes que sonara la fatídica campana que nos llamaba al estudio, me despertaba oyendo llover como si el agua hubiera trasnochado para estar ya lista a esa hora.

Mi pensamiento volaba entonces a mis primeros años; me cubría la cabeza con las frazadas y mientras la lluvia cantaba en voz baja todas las elegías de la desdicha, mi delicia era representarme mi casa, las personas que conocí y amé primero y mi propia figura correteando sin zapatos por el patio anegado.

Más tarde todavía, en el hospital, mientras estudiaba medicina, en mi cuarto húmedo y sombrío, la lluvia caía mansamente sobre los árboles de los grandes y solemnes patios, acompañando a bien morir a los que expiraban en las salas. La lluvia tristísima aleteaba entre las hojas, y el cráneo de algún pobre diablo, ex número de la sala tal y famosa pieza anónima de anfiteatro, me miraba con sus cuencas triangulares y oscuras como si quisiera entrar en conversación conmigo acerca del mal tiempo.

Alguna vértebra, unas cuantas costillas y otros huesos de difunto amarillentos, adorno indispensable de todo cuarto de estudiante, tiritaban de frío en un rincón, o se estremecían al sentirse trepar por un ratón de hospital, de esos ratones calaveras y descreídos que no saben lo que es la inmortalidad del alma y que viven entre esqueletos y cadáveres contentos de la buena compañía.

Y mientras tanto el agua eterna, siempre agua, viajando de la flor al océano, de la fosa a las nubes y del vapor al hielo, continuaba su ruta, apurada por los fenómenos naturales, entonando su música en los mares, en los ríos, en las peñas, en los valles y por fin en los tejados, ha-

ciendo disparar a los gatos que, como se sabe, tienen una
marcada animadversión contra ese líquido.

El agua eterna siempre agua, sirviendo de espejo a los
pastores en el campo, amontonando nieve en las cordi-
lleras, haciendo trombas en los mares, regando las semen-
teras, hirviendo en algún tacho de cocina o lavando la
cara de cualquier muchacho de cuatro años, pues todos
los de esa edad tienen la cara sucia, continúa su ruta de
la flor al océano, de la fosa a las nubes y del vapor al
hielo.

El agua eterna siempre agua, empujando las locomo-
toras, haciendo navegar a los buques, surgiendo de los
pozos artesianos, vendiéndose a peso de oro en todas las
boticas, lavando las ropas en todo género de vasijas, entrando en la confección de las comidas, sirviendo para
inyecciones higiénicas o ahogando gentes en las inunda-
ciones, continúa su ruta bajo el imperio de las fuerzas
físicas, de la planta a los cielos o del corazón a los ojos
para desprenderse en lluvia de lágrimas sobre las mejillas
abatidas.

No tengo preferencia por determinado género de lluvia; me gusta la fuerte, la torrencial, la continua, la in-
termitente, la mansa y la inopinada, ésa que toma des-
prevenido a todo el mundo en la calle haciendo la delicia
y el negocio de los vendedores de paraguas.

La niebla me encanta y la bruma me enamora. Y es
mi delicia durante un aguacero contemplar el espectáculo
que la ciudad ofrece.

El aire está fresco, la luz es tenue y delicada, no gro-
sera como en los días de sol. Los edificios se lavan, el
agua limpia las calles, los viandantes andan de prisa vestidos de fantasía, los carruajes se ponen en movimiento
y van dando cabezadas a un lado y otro como quien opi-
na de diferente modo; los carros de los vendedores atraviesan despavoridos las bocacalles provistos de su perro
malhumorado, cuya misión es gruñir sin motivo a todo
ser viviente que se acerca; los caballos trotan haciendo
saltar chispas de diamante; las mujeres levantan coque-

tamente sus vestidos y los célibes se enfilan para verlas,
simulando esperar algo en retardo.

Quizá también un coche fúnebre con su acompañamiento correspondiente, se dirige al cementerio seguido de
veinte carruajes con sus cocheros agachados, provistos
de su látigo a modo de pararrayo, todos iguales y dibujando la misma silueta oscura. En la casa mortuoria las
gentes vestidas de luto oyen en silencio la lluvia que
canta acorde con sus sentimientos, cayendo gota a gota,
como si expendiera una plegaria al menudeo.

Los seductores que fomentan el amor de las jóvenes
obreras, hormiguean por los barrios lejanos y van a hacer su visita tierna por no poder emplear mejor su tiempo
con semejante día.

En cualquier casa, junto a la ventana, mirando pasar
la gente y oyendo la lluvia que con sus dedos amantes
golpea los vidrios, cosen distraídas dos hermanas, una
mayor y otra menor (podían ser mellizas); la menor es
más bonita, la mayor más interesante; las dos alzan la
cabeza al oír el más leve ruido y suspiran si es el gato
el causante. Entre ellas está la mesita con su hilo, sus
tijeras, su alfiletero y su pedazo de cera arrugada como
la cara de una vieja, merced a las injurias del hilo, su
mortal enemigo. El cuarto tiene piso de ladrillo, hay un
brasero cerca de la puerta, en el cual murmura suavemente una caldera con aquella melancolía uniforme del
agua que está por hervir, al unísono con las voces interiores del sentimiento. Hay además en la pieza una cómoda de caoba en cuyos cajones moran mezclados los
cubiertos sucios, las ropas, una redecilla, dos o tres abanicos, varias horquillas y añadidos de pelo, una estampa
de modas, la libreta del almacén, un borrador de carta
amorosa que comienza con esta ortografía: «my Cerrido
hamigo de mi qorason», y una multitud más de objetos
de todas las épocas.

Sobre la cómoda se ve una cajita con tapa de espejo
toda desvencijada, un libro de misa con las hojas revuel-

tas que lo asemejan a un repollo, un florero roto con
una vela adentro, un santo de yeso con la cara estro-
peada, un busto de Garibaldi, otro de Pío IX, y en el
contiguo lienzo de pared, clavados con alfileres, los retratos en tarjeta de todos los visitantes de la casa, ostentando una variedad grotesca de modas y de actitudes;
unos con pantalón largo y pelo corto, otros con pantalón
corto y pelo largo; unos con libro en mano y aire sentimental, otros tiesos como si fueran de madera y todos
con aquel aspecto pretencioso que toman las gentes ante
las máquinas fotográficas.

—Cómo llueve —dice la menor.

—Hoy no viene —dice la mayor.

—¿Por qué? Siempre que llueve viene.

La lluvia hace una pausa, y la conversación otra; se
oye ruido de pasos y de gotas de tejado sobre género
tenso.

Y la imagen de la lluvia, con el paraguas cerrado, la
levita cerrada, el cuello cerrado y el corazón y el estómago más cerrados aún, hace su entrada bajo la forma de
un elegante joven, pobre de bienes enajenables, rico de esperanzas y elocuente como cualquier necesitado en trá-
mite de amores.

Una de las niñas, después de los saludos, continúa haciendo silbar su hilo en el bramante nuevo, mientras la
otra abre los oídos a la música siempre adorable del amor
prometido.

Y la lluvia batiendo su compás comienza de nuevo
fuerte, calmada, violenta, bulliciosa, alternativamente,
acompañando con sus tonos dulcísimos las vibraciones de
dos corazones henchidos de amor y de zozobra.

La lluvia lenta y suave canta en tono menor sus tiernas declaraciones, formula esperanzas, prodiga consuelos
y adormece los cuerpos con sus secretas voces misteriosas.

La lluvia furiosa, torrencial, vertiginosa relata batallas,
catástrofes, aparta la esperanza, despedaza el corazón y

hace brotar en los ojos esferas de cristal que balanceándose en las pestañas parece que vacilan antes de soltarse
para regar la tierra maldita.

Más allá en la vieja ciudad, álzase un convento sombrío, pesado, vetusto, como un elefante entre las casas;
una ventana microscópica trepada en la pared enorme
da paso a la luz que penetra sigilosamente en la celda
de un fraile, para insultar con la novedad de sus rayos
una cama vieja, una mesa vieja y una silla vieja también,
tres muebles hermosos en flacura que instalaron allí su
osamenta hace dos siglos y en los cuales mil generaciones
de insectos han llegado en la mayor quietud a la edad
senil. La bóveda amarillenta da atadura a cortinas colosales de telarañas, donde yacen aprisionadas las momias
de las moscas fundadoras y donde merodean silenciosas
arañas calvas y sabandijas bíblicas enclaustradas, aun cuando no siguen la regla de la orden. Allí se han enloquecido de hambre las pulgas más aventureras e ingeniosas,
y las polillas, después de haber roído todas las vidas de
los santos, han entregado su alma al creador bajo los
auspicios de la religión. Un libro con tapas de pergamino
se aburre de sí mismo entre las manos de un padre también de pergamino, que mira desde la altura de sus
ochenta años, con ojos mortuorios de ágata deslustrada,
las letras seculares de las hojas decrépitas e indiferentes.
En el patio del convento crecen los árboles sobre las
tumbas de los religiosos y la lluvia que cae revuelve el
olor a sepulcro de la tierra abandonada.
La mente del padre, huida de su cerebro, vaga por no
sé dónde, mientras él, estúpido de puro santo y sordo
de puro viejo, no oye los salmos que canta el agua des-
plomándose de los campanarios y azotando los claustros.
Las pasiones han abandonado su corazón. Ahí está sobre su silla gastada, vegetando en vida sensible sólo al
tañido de la campana, único motor de su cerebro hecho
a despertarse a su llamado por la costumbre antigua y co-
tidiana; su cuerpo se ha secado y la estéril vejez sin do-

lores ni entusiasmos, marchitando sus sentimientos y despojando de aguijón sus días escasos, niega a su alma, aislada en la oscuridad de sus sentidos, las dulzuras inefables de la lluvia que adormece al desfallecimiento y arrulla al moribundo.

Y mientras el viejo duerme su vida abandonado de sí mismo en su celda helada, la lluvia saltando sobre los tejados, apurada por las calles, chorreando por las rendijas, mandando su agua por los albañales o formando arcoiris en los horizontes, refresca, anima y vigoriza la naturaleza o enferma y destruye los gérmenes de la existencia humana.

Y mientras el viejo reposa sus órganos faltos de acción en su silla fósil, la lluvia, deslizándose por los muros grises, serpentea lentamente por las hendiduras, buscando su tumba al pie del edificio, o, chocando con los obstáculos, produce con sus gotas desarticuladas un sonido de péndulo que convida a morir.

La lluvia redobla en las bóvedas; en la iglesia desierta resuena la voz del religioso que dice sus rezos con murmullos nasales, teniendo la soledad por testigo; las naves están frías, el piso yerto, los altares estáticos como decoraciones enterradas en el teatro de alguna ciudad ahogada por las cenizas de un volcán y las imágenes de los santos, con los ojos fijos y los brazos catalépticos, parecen aterrorizados por la lluvia que asedia, embiste y golpea las dobles puertas claveteadas.

El cuadro de la vida humana es monótono en su conjunto, pero variado en sus detalles.

En una capilla, como prueba de las atracciones sexuales, acaba de desposarse una pareja. El padre ha dirigido su sermón inútil que los novios no han oído. Los invitados al acto y los recién casados se han metido en los coches y han llegado sanos y salvos a la casa preparada; ha habido una despedida en la puerta, la madre ha dado a la esposa un beso en la frente, último beso casto que ésta recibe antes de entrar, llena de estremecimientos y colgada del brazo de su marido, al dormitorio matrimonial. Allí está la cama, una temible cama monumental, preñada de amenazas y misterios; la niña se sienta en ella alarmada y temblorosa; el marido revuelve proyectos en su cabeza inspirados en recientes orgías y con mano vigorosa desprende los azahares de la frente virginal; luego el velo, después las horquillas..., el pelo cae derramándose sobre los hombros blancos..., un corpiño y un corsé se oponen a los proyectos: ¡abajo estos atavíos!; el vestido liviano se instala en una silla ostentando su cola; cae una enagua; la novia se encoge de frío y de vergüenza; ¡en camisa delante de un hombre! ¡Y qué hombre! Un brutal prosaico cuyos botines han atronado al caer sobre el piso de madera. El frac ha ido a extenderse sobre un sofá, donde ofrece el aspecto de un cajón fúnebre, al lado de las demás ropas masculinas; la desposada encuentra que son mejores los novios vestidos que los maridos desnudos. Han sido echados cautelosamente los pasadores de las puertas; los corazones palpitan con violencia; los labios están mudos; se oye el ruido de un beso; la lámpara opaca esparce su luz tímida sobre la escena; hay en la atmósfera perfume de carne joven; las sábanas nuevas dejan escapar esos anchos silbidos de las telas frotadas; la desposada suspira, llora y se queja como un tierno pájaro que expira; el marido, ardiendo en deseos, abraza, acaricia y oprime... De repente el oído percibe un murmullo inquietante, como el de cautelosas llamadas repetidas... Las respiraciones se suspenden y a favor de su silencio se sienten los golpes espaciados de las gotas en los postigos de la ventana, como preludios de la lluvia que comienza; lluvia de lágrimas en delicado homenaje a una virginidad sacrificada y doliente elegía que penetra en el alma de la joven con la melancólica suavidad de un recuerdo lejano ....

En otra escena, en medio de la ciudad bulliciosa, los diarios de la mañana y de la tarde instalan en sus columnas de telegramas la biografía y el itinerario del último aguacero, según noticias venidas de cien leguas a la redonda; los pluviómetros marcan insolentemente la cantidad de agua caída en cada metro cuadrado, con la indiferencia científica de los datos físicos y la poética, la sublime, la encantadora lluvia, pasando por la Bolsa de comercio, experimenta la degradante y final transformación de delicias humanas, convirtiéndose en dato estadístico y objeto de especulación.

Capítulo I. *El sueño*

Me dormí pensando en cuánto había visto en el día y soñé con historias extrañas, fantásticas y trágicas. Los cantos de los labradores, que iban a su trabajo, me despertaron a las cuatro de la mañana.

Me volví a dormir y no soñé nada.

Capítulo II. *Enseres marítimos y terrestres*

Siento ruido en mi cuarto y abro los ojos; miro hacia la puerta y veo dos gruesos cables amarillos terminados, en su extremidad superior, por dos expansiones que semejaban dos escobas nuevas, aplicadas sobre una esfera.

—¿Quién anda? —grito.

(Los cables giran al oeste y, como consecuencia, un perfil humano, alumbrado por un ojo azul intenso, enfrenta al este.)

—¿Qué hay? —pregunto.

145

—Il café —dice una voz celestial—. ¿Lo vuole?
—Voglio tutto —respondo.
(Los cables balanceándose y las escobas fijas en la esfera siguen al perfil y yo veo cerca de mi cama una joven rubia, como de quince años, fresca y robusta; los cables y las escobas eran dos gruesas trenzas y una cabellera compacta colchando su cabeza.)

Capítulo III.   *Recuerdos caligráficos familiares y parlamentarios*

He escrito durante mi vida como cuarenta mil páginas, formato cuarto mayor, y he hablado, contando todas mis frases, palabras y sílabas emitidas de viva voz, cincuenta mil quinientas horas más o menos.

Pues bien, con tales antecedentes no era de esperarse que cuando la joven se acercó con un plato y una taza en una mano y una jarrita de leche en la otra, yo no encontrara en mi cabeza una sola idea expresable.

La taza se movía, metiendo un ruido uniforme al chocar el plato, como si la mano que la sustentaba temblara.

A dieta de palabras recurrí a la acción y tomé con mi izquierda esa mano y con mi derecha la jarrita de leche, que coloqué en la mesa contigua, y luego, la mano izquierda de la niña.

Capítulo IV.   *Tema insuficiente*

Mi esterilidad verbal continuaba, pero al fin era necesario decir algo y yo dije, como en tales casos, una necedad.
—¿Esto es café?
—E! Sí, café!
—¿Y esto leche?
—Ma si, latte!
—Entonces, ¿café con leche?

(La joven me miró asombrada, no entendiendo cómo
yo podía desconfiar de ella, o dudar de que me trajera
café con leche y no otra cosa. Yo noté mi torpeza y volví
a quedarme mudo... ¡Qué conflicto! «No se me ocurrirá nada en un siglo», pensaba. El tema del café con leche
estaba agotado y para dar razón de ser, motivo o pretexto
a la permanencia de la muchacha a mi lado, urgía encontrar otro.)

Capítulo V. *De cómo encontré el nuevo tema*

Las manos de mi camarera no eran un modelo, a menos de serlo de manos gruesas, ásperas y coloradas, pero
estaban articuladas a unos brazos tostados que termina-
ban en unos hombros menos tostados, me lo imagino, los
cuales hombros pertenecían a un cuerpo sin tostar, representado en su parte anterior por una topografía pec-
toral en extremo beligerante, a juzgar por la tracción de
los botones en los ojales de un corpiño con ambiciones
a chaleco de fuerza.

Al ver estas frondosidades juveniles, recordé mi cuadro titulado «La nueva casta Susana» que compré en Flo-
rencia, y el tema salvador apareció.

—¿Cómo te llamas? —le pregunté, temeroso de oírla
decir me llamo Casta.

—Margarita mi chiamo —me responde.

¡Margarita debía llamarse, o Dios me confunda!

Nunca en circunstancias análogas a la presente he pro-
curado averiguar los apellidos de las Margaritas, pero
a falta de otra pregunta y aun a riesgo de traer a la memoria de la joven ideas de respeto filial inconducentes,
continué diciendo:

—Margarita ¿qué?

—Margarita Lontana —dice ella. («¡Diablo de apellido desesperante!», se me ocurre.)

—Lontana, ¿eh?

—Sí, Lontana.

Y Margarita bajó los ojos fijándolos en el suelo con

tal insistencia que, si su mirada hubiera sido un taladro, habría hecho dos agujeros en la tierra.

Yo pasé los dedos meñiques y anulares de Margarita Lontana entre los correspondientes míos y me puse a contemplarla con deliciosa atención ....
... Me parece inútil continuar el relato. Y lo suspendo.

Capítulo VI.   *Epílogo*

Y lo suspendo, no por respeto a la moralidad del lector, en la cual creo medianamente, sino porque el fin es desastroso.

En efecto, mi café con leche se enfrió.

Pero esto no es lo grave.

Si después de un buen rato de recíproco y reflexivo mutismo Margarita, mirándome con inefable, inocente y tranquila dulzura, al retirar sus manos de las mías, diciéndome «vi prego», se hubiera caído muerta, yo habría tenido la ocasión de ver bajar de los cielos una legión de ángeles a recoger su alma, dejándome su cuerpo inmaculado.

Capítulo VII.   *Moralidad*

Margarita se fue; yo me encontré solo y me dije para mis adentros:

«¡Te has conducido como un hombre virtuoso y continente; debes estar contento de ti mismo!»

... Pero no estaba contento de mí mismo; y aun eso de haberme conducido como un hombre virtuoso y continente, tal vez no fue culpa mía.

¡No metería las manos en el fuego por tal causa!

II

Realismo/Naturalismo

Eduardo Acevedo Díaz

(Villa de la Unión, Uruguay, 1851-
Buenos Aires, 1924)

La vida y la obra del uruguayo Acevedo Díaz están traspasadas por su experiencia política y su devoción por el mundo de los gauchos. El, que había comenzado escribiendo una novela como *Brenda* (1886), ejemplo del romanticismo más convencional, madurará como narrador cultivando un realismo gauchesco cuyos desgarrados acentos épicos tienen un temple naturalista. Acevedo Díaz es un fundador de la narrativa histórica de su país, y aun de su literatura nacional, a secas. Ese es un mérito que la crítica uruguaya razonablemente destaca, pero cualquier lector de Acevedo Díaz puede apreciar algo más sustancial: éste es un escritor apasionado y apasionante, capaz de envolvernos en una ola de violencia casi física, cuyos ritmos están dados por imágenes y visiones obsesivas que difícilmente se borran de la mente del lector. Es un narrador algunas veces imperfecto, pero siempre vigoroso y de aliento sostenido.

Antes de haber cumplido los veinte años ya andaba mezclado con los insurgentes que se alzaron contra el presidente Lorenzo Batlle, en la llamada «Revolución de las Lanzas». Desde entonces, su vida alternará la actividad política con la dirección y colaboración en varios periódicos. En 1875 es desterrado a la Argentina, a raíz de unos artículos contra el gobierno, pero regresa a su país al año siguiente para hacerse cargo de la dirección de *La Democracia,* lo que le vale una nueva persecución política. En 1888 publica su novela *Ismael* en Buenos Aires, iniciando así un ciclo de novelas épicas que forman *Nativa* (1890), *Grito de gloria* (1893) y *Lanza y sable* (1914). Este ciclo, que coincide parcialmente con su nuevo exilio en Argentina (1887-1893), corresponde a su período más fecundo como narrador, pues en esa época publica también dos de sus relatos más famosos: «El combate de la tapera» y *Soledad.* En este mismo período su actividad como líder del Partido Blanco (nacionalista) se intensifica, pese a la lejanía física. En 1897 toma parte en un levantamiento contra el gobierno y asume la dirección de *El Nacional.* Es elegido senador en 1899. En 1903 es expulsado del Partido Blanco, abandona la dirección de *El Nacional* y es nombrado por el gobierno como enviado plenipotenciario a Estados Unidos, México y Cuba, y luego a otros países hispanoamericanos y europeos. Su novela *Minés,* que representa un curioso paréntesis sentimental dentro del ciclo histórico, aparece en 1907 en Buenos Aires. Se instala definitivamente en esa ciudad en 1919, ya retirado de la actividad pública, y muere allí en 1921.

«El combate de la tapera», publicado como folletín en 1892 en Buenos Aires (sólo aparecerá como libro en 1931), es un relato brutal, cuya fuerza tempestuosa da la mejor muestra de su arte narrativo, su pasión política, su clara conciencia de la historia nacional y su identificación con el mundo de los gauchos. Es una obra que sintetiza genialmente la exaltación romántica, la precisión realista y la crudeza naturalista. El cuento se inspira en hechos históricos de la vida política uruguaya: el «desastre del Catalán», al que alude el texto en su primera línea, es un episodio de la invasión portuguesa a la Banda Oriental, que comenzó en 1816 y duró más de tres años. El combate del Catalán ocurrió precisamente el 4 de enero de 1817 y fue, como los otros, un encuentro desigual y cruel entre tropas europeas (los «portugos» del texto) bien equipadas, además de superiores en número, y bandas mal armadas de gauchos y resistentes improvisados. Es muy posible que la pasión partidaria de Acevedo tuviese que ver con la elección de ese episodio: hubo otra gran batalla (la de India Muerta), pero él prefirió tomar como modelo la del Catalán quizá para destacar, sin nombrarla, la figura del capitán artiguista Manuel Oribe, que despertaba sus simpatías nacionalistas. No conocer todos estos datos no impide (y ni siquiera disminuye) la abrumadora impresión que el relato produce: es una pequeña obra maestra que en pocas páginas crea un mundo completo, autónomo y convincente en su irresistible horror. Lo que ocurrió «más de setenta años hace» parece otra vez vivo e inmediato para el lector: milagro de la vívida reconstrucción histórica que logra el autor. Por cierto, los detalles y situaciones son imaginarios: lo que parece más real que la realidad misma, es el escenario desolado, la atmósfera ritual de la acción, la visión asqueada de una guerra sin vencedores ni vencidos, pues la violencia humilla y degrada a ambos. La prosa tiene una cualidad maciza y exaltada, idéntica en todo al asunto; la composición es ceñida y precisa en el registro de lo íntimo y lo épico; el tono es de una elevada revulsión moral, pero sin prédica y aun con fugaces brochazos de tipicidad y humor grotesco, que traen ecos del *Martín Fierro*. La narración se divide en seis secuencias, cuya articulación no es exactamente lineal: cada instancia amplía, aclara o cambia el enfoque, suprimiendo las ocurrencias puramente conectivas y concentrándose en lo esencial. La estructura nos parece moderna porque recuerda las técnicas cinematográficas de discontinuidad, multiplicidad de focos narrativos y contrapunto de planos generales y *close-ups*. Pero la fulgurante visualidad del texto (colores vibrantes, juegos de claroscuro) no debe hacernos olvidar, aparte de otros aspectos sensoriales, los equilibrados efectos sonoros de explosiones, aullidos, maldiciones o gritos de odio, y las reacciones de terror o desafío que despiertan. «El combate de la tapera» es un friso sangriento a la vez que una sinfonía bárbara, con melodías, disonancias y movimientos bien calibrados. Todo está recorrido por una onda de violencia desatada, de crueldad pura, de heroicidad absurda y de tronchada grandeza. Ese efecto está subrayado hábilmente por la constante homologación entre seres humanos y animales: los personajes se arrastran en cuatro patas, reptan como serpientes, acechan o liquidan a sus enemigos como fieras sanguinarias. Lo notable es cómo esa degradación moral que describe el relato comunica una experiencia de altísima tragedia, con resonancias homéricas, shakesperianas o tolstoianas, que se hacen explícitas en la breve digresión de la secuencia IV. En este feroz cuadro las mujeres parecen más implacables que los hombres, como el terrible episodio de Cata y el capitán Heitor lo demuestra (secuencia V). Al lado de esa ferocidad animal, el relato destaca otra fuerza ciega y sin belleza: la sexualidad torpe de esos cuerpos moribundos que sin embargo anhelan calmar la fiebre del deseo en una parodia patética del abrazo amoroso; la memorable imagen de Cata mortalmente herida, pero todavía celosa de Ciriaca, buscando el calor del yacente sargento Sanabria, marca el grado más primitivo del impulso erótico, tan extremo aquí como el instinto de destrucción. En el relato, la palabra *carne* tiene un constante doble sentido: carnicería y carnalidad. Por ésa y otras razones el lector evoca el clima de «El matadero», de Echeverría (*véase*), un relato sin duda comparable aunque escrito unos cincuenta años antes. ¿Lo habría leído Acevedo Díaz? Difícil saberlo de seguro, pero la simple semejanza ya es un tema cautivante. Uno piensa también en la proximidad que guarda este mundo espeluznante con el de *Los Caprichos* de Goya, las grandiosas escenas bélicas de David o Delacroix, las sombrías imágenes sociales del expresionismo alemán y, por cierto, el *Guernica* de Picasso.

OBRA NARRATIVA (primeras ediciones y principales
recopilaciones)

Brenda, Buenos Aires, 1886; *Ismael,* Buenos Aires:
Imprenta de La Tribuna Nacional, 1888; *Nativa,* Montevideo: Tip. La Obrera Nacional, 1890; pról. Emir Rodríguez Monegal, Montevideo: Ministerio de Instrucción
Pública y Previsión Social, 1964; *Grito de gloria,* La
Plata, Argentina: E. Richelet, 1893; *Soledad; tradición
de pago,* Montevideo: Barreiro y Ramos, 1894; [*y El
combate de la tapera*], est. de Alberto Lasplaces, Montevideo: Claudio García, 1931; pról. Francisco Espínola,
Montevideo: Ministerio de Instrucción Pública y Previsión Social, 1954; pról. Esteban Otero, Buenos Aires:
Eudeba, 1965; pról. y notas Hugo Riva, Montevideo:
Ed. de la Banda Oriental, 1972; *El combate de la tapera
y otros cuentos,* Montevideo: Arca, 1975, seguido de
«Ideología y arte de un cuento ejemplar», por Angel
Rama; *Minés,* Buenos Aires: Vicente Daroqui, 1907; *Lanza y sable,* Montevideo: Tall. Gráf. El Telégrafo Marítimo, 1914; pról. Emir Rodríguez Monegal, Montevideo:
Ministerio de Instrucción Pública, 1965; *Obras completas,* Buenos Aires: Sociedad Editora Latinoamericana,
1954-1957, 3 vols.

CRITICA

John E. Englekirk y Margaret M. Ramos, *La narrativa uruguaya. Estudio crítico-bibliográfico,* Valencia
España: University of California Press, 1967, pp. 45-
58; Alberto Lasplaces, *Eduardo Acevedo Díaz,* Montevideo: Claudio García, 1931; Emir Rodríguez Monegal,
Vínculo de sangre, Montevideo: Alfa, 1968. Véanse también los trabajos de Emir Rodríguez Monegal, Alberto
Lasplaces, Espínola, Esteban Otero, Hugo Riva y Angel
Rama, en las ediciones arriba citadas.

El combate de la tapera

I

Era después del desastre del Catalán, hace más de setenta años.

Un tenue resplandor en el horizonte quedaba apenas de la luz del día.

La marcha había sido dura, sin descanso. Por las narices de los caballos sudorosos escapaban haces de vapores, y se hundían y dilataban alternativamente sus ijares, como si fuera poco todo el aire para calmar el ansia de los pulmones.

Algunos de los brutos presentaban heridas anchas en el cuello o el pecho, que eran desgarraduras hechas por la lanza o el sable. En los colgajos de piel había salpicado el lodo de los pantanos, estancando la sangre. Parecían jamelgos de lidia embestidos por los toros.

Dos o tres cargaban con un hombre a grupas, además de sus jinetes, enseñando en los cuartos uno que otro surco rojizo, especie de líneas trazadas por un látigo de acero, que eran huellas recientes de las balas recibidas

en la fuga. Otros tantos parecían ya desplomarse bajo el
peso de su carga, e íbanse quedando a retaguardia con
la cabeza gacha, insensible a la espuela.

Viendo esto, el sargento Sanabria gritó con voz pujante:

—¡Alto!

El destacamento se paró. Se componía de quince hombres y dos mujeres. Hombres fornidos, taciturnos y bra-
víos. Mujeres de vincha, sable corvo y pie desnudo.

Dos grandes mastines con la cola barrosa y la lengua
colgante hipaban bajo el vientre de los caballos, pues-
tos los ojos en el paisaje oscuro y siniestro de donde
venían, cual si sintiesen todavía el olor de la pólvora y
el clamoreo de guerra.

Allí cerca, al frente, percibíase una tapera entre las
sombras. Dos paredes de barro batido sobre tacuaras ho-
rizontales, agujereadas y en parte derruidas; las testeras,
como el techo, habían desaparecido.

Por lo demás, varios montones de escombros sobre
los cuales crecía viciosa la hierba, y a los costados, formando un cuadrado incompleto, zanjas semicegadas, de
cuyo fondo surgían saúcos y cicutas, en flexibles bastones
ornados de racimos negros y flores blancas.

—¡A formar en la tapera! —dijo el sargento con ademán imperativo—. ¡Los caballos a retaguardia con las
mujeres, pa' que pellizquen!... ¡Cabo Mauricio: haga
echar cinco tiradores atrás del cicutal! ¡Los otros adentro
de la tapera, a cargar tercerolas y trabucos! ¡Pie a tierra
y listos, canejo!

La voz del sargento resonaba bronca y enérgica en la
soledad del sitio.

Ninguno replicó. Todos traspusieron la zanja y des-
montaron, reuniéndose poco a poco.

Las órdenes se cumplieron. Los caballos fueron ma-
neados detrás de una de las paredes de barro seco, y
junto a ellos se echaron los mastines resollantes. Los
tiradores se arrojaron al suelo a espaldas de la hondonada cubierta de malezas, mordiendo el cartucho; el resto
de la extraña tropa distribuyóse en el interior de las rui-

nas, que ofrecían buen número de troneras por donde asestar las armas de fuego; y las mujeres, en vez de hacer compañía a las transidas cabalgaduras, pusiéronse a desatar los sacos de munición o los pañuelos llenos de cartuchos desechos, que los dragones llevaban atados a la cintura a falta de cananas.

Empezaban afanosas a rehacerlos, en cuclillas, apoyadas en las piernas de los hombres, cuando caía ya la noche.

—Naide pite —dijo el sargento—. Carguen con poco ruido'e baqueta y reserven los naranjeros hasta que yo ordene... ¡Cabo Mauricio: vea que esos maulas no se duerman si no quieren que les chamusque las cerdas!... ¡Mucho ojo y la oreja parada!

—Pierda cuidao, sargento —contestó el cabo con voz ronca—. No hace falta la alvertencia, que aquí hay más corazón que garganta'e sapo.

Transcurrieron breves instantes de silencio. Uno de los dragones, que tenía el oído pegado al suelo, levantó la cabeza y murmuró bajo:

—Se mi hace tropel... Ha de ser caballería que avanza.

Un rumor sordo, de muchos cascos sobre la hierba, empezaba en realidad a percibirse distintamente.

—Armen cazoleta y aguaiten, que áhi vienen los portugos. ¡Va el pellejo, caracho! Y es preciso ganar tiempo pa' que resuellen los mancarrones.

—Ciriaca: ¿te queda caña en la mimosa?

—Está por la mitá —respondió la aludida, que era una criolla maciza vestida de hombre, con las greñas recogidas hacia arriba y ocultas bajo un chambergo incoloro, de barboquejo de lonja sobada—. Mirá, sería güeno darles un trago a los hombres.

—Dales a los de avanzada, china; sin pijotiarles...

Ciriaca se alejó a saltos, evitando las «rosetas», agachóse, y fue pasando el «chifle» de boca en boca.

Mientras esto hacía, el dragón de un flanco le acariciaba las piernas y el del otro le hacía cosquillas en el seno, cuando no le pellizcaba alguna cosa más mórbida, diciendo:

—¡Luna llena!

—¡Te ha de alumbrar muerto, zafao! —contestaba ella riendo al uno.

Y al otro:

—¡Largá lo ajeno, indino!

Y al de más allá:

—¡A ver si aflojás el chifle, mamón!...

Y repartía cachetes.

—¡Poca vara alta quiero yo! —gritó el sargento con voz estentórea—. ¡Estamo'pa clavar el pico y andan a los requiebros, golosos! ¡Apártate, Ciriaca, que aurita no más chiflan las moras!...

En ese momento acrecentóse el rumor sordo, y sonó una descarga entre voceríos salvajes.

El pelotón contestó con brío. La tapera quedó envuelta en una densa humareda sembrada de tacos ardiendo; atmósfera que se disipó bien pronto, para volverse a formar entre nuevos fogonazos y broncos clamoreos.

II

En los intervalos de las cargas y disparos, oíase el furioso ladrido de los mastines haciendo coro a los ternos y a los crudos juramentos.

Un semicírculo de fogonazos indicaba bien a las claras que el enemigo había avanzado en forma de media luna, para dominar la tapera con su fuego graneado.

En medio de aquel tiroteo, Ciriaca se lanzó fuera con un atado de cartuchos, en busca de Mauricio.

Cruzó el corto espacio que separaba a éste de la tapera arrastrándose, entre silbidos siniestros.

Los tiradores se revolvían en el pasto como culebras, en constante ejercicio de baquetas. Uno estaba ya inmóvil, boca abajo. La china le tironeó de la melena y notóla inundada de un líquido caliente.

—¡Mira! —exclamó—, le han dado en la piojera.

—Ya no traga saliva —añadió el cabo—. ¡Trajiste pólvora?

—Aquí hay… Y balas pa' los portugos. ¡Lástima que estea escuro!…

Mauricio descargó su carabina. Mientras extraía el cartucho del saquillo, dijo mordiéndolo:

—Antes qu'éste, ya quisieran ellos otro calor. ¡Mira si te agarran, Ciriaca! ¡En fija que te castigan como a Fermina!

—¡Que vengan por carne! —barbotó ella.

Y así diciendo echó mano a la tercerola del muerto, que se puso a baquetear con gran destreza.

—¡Fuego! —rugía la voz del sargento—. ¡Al que afloje lo degüello con el mellao!

III

Las balas que penetraban en la tapera habían dado ya en tierra con tres hombres. Algunas, perforando el débil muro de lodo, hirieron y derribaron varios de los transidos matalotes.

La segunda de las mujeres, de nombre Catalina, y compañera de Sanabria, cuando más recio era el fuego que salía por las troneras improvisadas, escurrióse a manera de tigre por el cicutal, empuñando la carabina de uno de los muertos.

Era Cata —como la llamaban— una mujer fornida y hermosa, color de cobre, ojos muy negros velados por espesas pestañas, labios gruesos y rojos, abundosa cabellera, cuerpo de un vigor extraordinario, entraña dura y acción sobria y rápida. Vestía blusa y chiripá y llevaba el sable a la bandolera.

La noche estaba muy oscura, llena de nubes tempestuosas; pero los grandes «rejucilos» alcanzaban a iluminar el radio que el fuego de las descargas dejaba en las tinieblas.

Al fulgor del relampagueo, Cata pudo observar que la tropa enemiga había echado pie a tierra, y que los soldados hacían sus disparos de «mampuesta» sobre el lomo de los caballos, no dejando más blanco que sus cabezas.

Algunos cuerpos yacían tendidos aquí y allá. Un caballo moribundo, con los cascos para arriba, se agitaba en convulsiones sobre su jinete difunto. De vez en cuando un trompa de órdenes lanzaba sones precipitados de atención o toques de guerrilla, ora cerca, ora lejos, según la posición que ocupara su jefe.

Una de esas veces, la corneta resonó muy próxima. A Cata le pareció por el eco que el resuello del trompa no era mucho, y que tenía miedo.

Un relámpago vivísimo bañó en ese instante el matorral y la loma, y permitióle ver a pocos metros al jefe del destacamento portugués que dirigía en persona un despliegue sobre el flanco, montado en un caballo tordillo.

Cata, que estaba encogida entre los saúcos, lo reconoció al momento.

Era el mismo; el capitán Heitor, con su morrión de penacho azul, su casaquilla de alamares, botas largas de cuero de lobo, cartera negra y pistoleras de piel de gato.

Alto, membrudo, con el sable corvo en la diestra, sobresalía con exceso de la montura, y hacía caracolear su tordillo de un lado a otro, empujando con los encuentros a los soldados para hacerlos entrar en fila.

Parecía iracundo, hostigaba con el sable y prorrumpía en denuestos. Sus hombres, sin largar los cabestros y sufriendo los arranques y sacudidas de los reyunos alborotados, redoblaban el esfuerzo, unos rodilla en tierra, otros escudándose en las cabalgaduras.

Chispeaba el pedernal en las cazoletas en toda la línea, y no pocas balas caían sin fuerza a corta distancia, junto al taco ardiendo.

Una de ellas dio en la cabeza de Cata, sin herirla, pero derribándola de costado.

En esa posición, sin lanzar un grito, empezó a arrastrarse en medio de las malezas hacia lo intrincado del matorral, sobre el que apoyaba su ala Heitor.

Una hondonada cubierta de breñas favorecía sus movimientos.

En su avance de felino, Cata llegó a colocarse a retaguardia de la tropa, casi encima de su jefe.

Oía distintamente las voces de mando, los lamentos de los heridos y las frases coléricas de los soldados, proferidas ante una resistencia inesperada, tan firme como briosa.

Veía ella en el fondo de las tinieblas la mancha más oscura aún que formaba la tapera, de la que surgían chisporroteos continuos y lúgubres silbidos que se prolongaban en el espacio, pasando con el plomo mortífero por encima del matorral; a la vez que percibía a su alcance la masa de asaltantes al resplandor de sus propios fogonazos, moviéndose en orden, avanzando o retrocediendo, según las voces imperativas.

IV

De la tapera seguían saliendo chorros de fuego entre una humareda espesa que impregnaba el aire de fuerte olor a pólvora.

En el drama del combate nocturno, con sus episodios y detalles heroicos, como en las tragedias antiguas, había un coro extraño, lleno de ecos profundos, de esos que sólo parten de la entraña herida. Al unísono con los estampidos, oíanse gritos de muerte, alaridos de hombre y de mujer unidos por la misma cólera, sordas ronqueras de caballos espantados, furioso ladrar de perros; y cuando la radiación eléctrica esparcía su intensa claridad sobre el cuadro, tiñéndolo de un vivo color amarillento, mostraba al ojo del atacante, en medio del nutrido boscaje, dos picachos negros de los que brotaba el plomo, y deformes bultos que se agitaban sin cesar como en una lucha de cuerpo a cuerpo. Los relámpagos sin serie de retumbos, a manera de gigantescas cabelleras de fuego desplegando sus hebras en el espacio lóbrego, contrastaban por el silencio con las rojizas bocanadas de las armas seguidas de recias detonaciones. El trueno no acompañaba al coro, ni el rayo como ira del cielo la cólera de los hombres. En cambio, algunas gruesas gotas de lluvia caliente golpeaban a intervalos en los rostros sudorosos sin atenuar por eso la fiebre de la pelea.

El continuo choque de proyectiles había concluido por desmoronar uno de los tabiques de barro seco, ya débil y vacilante a causa de los ludimientos de hombres y de bestias, abriendo ancha brecha por la que entraban las balas en fuego oblicuo.

La pequeña fuerza no tenía más que seis soldados en condiciones de pelea. Los demás habían caído uno en pos del otro, o rodado heridos en la zanja del fondo, sin fuerzas ya para el manejo del arma.

Pocos cartuchos quedaban en los saquillos.

El sargento Sanabria empuñando un trabuco, mandó cesar el fuego, ordenando a sus hombres que se echaran de vientre para aprovechar sus últimos tiros cuando el enemigo avanzase.

—Ansí que se quemen ésos —añadió—, monte a caballo el que pueda, y a rumbear por el lao de la cuchilla... Pero antes, naide se mueva si no quiere encontrarse con la boca de mi trabuco... ¿Y qué se han hecho las mujeres? No veo a Cata...

—Aquí hay una —contestó una voz enronquecida—. Tiene rompida la cabeza, y ya se ha puesto medio dura...

—Ha de ser Ciriaca.

—Por lo motosa es la mesma, a la fija.

—¡Cállense! —dijo el sargento.

El enemigo había apagado también sus fuegos, suponiendo una fuga, y avanzaba hacia la «tapera».

Sentíase muy cercano ruido de caballos, choque de sables y crujido de cazoletas.

—No vienen de a pie —dijo Sanabria—. ¡Menudeen bala!

Volvieron a estallar las descargas.

Pero los que avanzaban eran muchos, y la resistencia no podía prolongarse.

Era necesario morir o buscar la salvación en las sombras y en la fuga.

El sargento Sanabria descargó con un bramido su trabuco.

Multitud de balas silbaron al frente; las carabinas portuguesas asomaron casi encima de la zanja sus bocas a

manera de colosales tucos, y una humaza densa circundó
la «tapera» cubierta de tacos inflamados.

De pronto, las descargas cesaron.

Al recio tiroteo se siguió un movimiento confuso en
la tropa asaltante, choques, voces, tumultos, chasquidos
de látigos en las tinieblas, cual si un pánico repentino la
hubiese acometido; y tras esa confusión pavorosa algunos tiros de pistola y frenéticas carreras, como de quienes
se lanzan a escape acosados por el vértigo.

Después un silencio profundo...

Sólo el rumor cada vez más lejano de la fuga se alcanzaba a percibir en aquellos lugares desiertos, y minutos
antes animados por. el estruendo. Y hombres y caballe-
rías parecían arrastrados por una tromba invisible que los
estrujara con cien rechinamientos entre sus poderosos
anillos.

                                    V

Asomaba una aurora gris-cenicienta, pues el sol era
impotente para romper la densa valla de nubes tormen-
tosas, cuando una mujer salía arrastrándose sobre manos
y rodillas del matorral vecino; y ya en su borde, que tre-
pó con esfuerzo, se detenía sin duda a cobrar alientos,
arrojando una mirada escudriñadora por aquellos sitios
desolados.

Jinetes y cabalgaduras entre charcos de sangre, tercerolas, sables y morriones caídos acá y acullá, tacos todavía
humeantes, lanzones mal encajados en el suelo blando de
la hondonada con sus banderolas hechas flecos, algunos
heridos revolviéndose en las hierbas, lívidos, exangües,
sin alientos para alzar la voz; tal era el cuadro en el
campo que ocupó el enemigo.

El capitán Heitor yacía boca abajo junto a un abrojal
ramoso.

Una bala certera disparada por Cata lo había derriba-
do de los lomos en mitad del asalto, produciendo el tiro

y la caída la confusión y la derrota de sus tropas, que en la oscuridad se creyeron acometidas por la espalda.

Al huir aturdidos, presos de un terror súbito, descargaron los que pudieron sus grandes pistolas sobre las breñas, alcanzando a Cata un proyectil en medio del pecho.

De ahí le manaba un grueso hilo de sangre negra.

El capitán aún se movía. Por instantes se crispaba violento, alzándose sobre los codos, para volver a quedarse rígido. La bala le había atravesado el cuello, que tenía todo enrojecido y cubierto de cuajarones.

Revolcado con las ropas en desorden y las espuelas enredadas en la maleza, era el blanco del ojo bravío y siniestro de Cata, que a él se aproximaba en felino arrastre con un cuchillo de mango de asta en la diestra.

Hacia el frente, veíase la tapera hecha terrones; la zanja con el cicutal aplastado por el peso de los cuerpos muertos; y allá en el fondo, donde se manearon los caballos, un montón deforme en que sólo se descubrían cabezas, brazos y piernas de hombres y matalotes en lúgubre entrevero.

El llano estaba solitario. Dos o tres de los caballos que habían escapado a la matanza, mustios, con los ijares hundidos y los aperos revueltos, pugnaban por triscar los pastos a pesar del freno. Salíales junto a las coscojas un borbollón de espuma sanguinolenta.

Al otro flanco se alzaba un monte de talas cubierto en su base de arbustos espinosos.

En su orilla, como atisbando la presa, con los hocicos al viento y las narices muy abiertas, ávidas de olfateo, media docena de perros cimarrones iban y venían inquietos lanzando de vez en cuando sordos gruñidos.

Catalina, que había apurado su avance, llegó junto a Heitor, callada, jadeante, con la melena suelta como un marco sombrío a su faz bronceada: reincorporóse sobre sus rodillas, dando un ronco resuello, y buscó con los dedos de su izquierda el cuello del oficial portugués, apartando el líquido coagulado de los labios de la herida.

Si hubiese visto aquellos ojos negros y fijos; aquella cabeza crinuda inclinada hacia él, aquella mano armada de cuchillo, y sentido aquella respiración entrecortada en cuyos hálitos silbaba el instinto como un reptil quemado a hierro, el brioso soldado hubiérase estremecido de pavura.

Al sentir la presión de aquellos dedos duros como garras, el capitán se sacudió, arrojando una especie de bramido que hubo de ser grito de cólera; pero ella, muda e implacable, introdujo allí el cuchillo, lo revolvió con un gesto de espantosa saña, y luego cortó con todas sus fuerzas, sujetando bajo sus rodillas la mano de la víctima, que tentó alzarse convulsa.

—¡Al ñudo ha de ser! [1] —rugió el dragón-hembra con ira reconcentrada.

Tejidos y venas abriéronse bajo el acerado filo hasta la tráquea, la cabeza se alzó besando dos veces el suelo, y de la ancha desgarradura saltó en espeso chorro toda la sangre entre ronquidos.

Esa lluvia caliente y humeante bañó el seno de Cata, corriendo hasta el suelo.

Soportóla inmóvil, resollante, hoscosa, fiera; y al fin, cuando el fornido cuerpo del capitán cesó de sacudirse quedándose encogido, crispado, con las uñas clavadas en tierra, en tanto el rostro vuelto hacia arriba enseñaba con la boca abierta y los ojos saltados de las órbitas, el ceño iracundo de la última hora, ella se pasó el puño cerrado por el seno de arriba abajo con expresión de asco, hasta hacer salpicar los coágulos lejos, y exclamó con indecible rabia:

—¡Que la lamban los perros!

Luego se echó de bruces, y siguió arrastrándose hasta la tapera.

Entonces, los cimarrones coronaron la loma, dispersos, a paso de fiera, alargando cuanto podían sus pescue-

[1] *¡Al ñudo ha de ser!*: expresión popular que, en el Río de la Plata, equivale a «es inútil» o «es en vano».

zos de erizados pelos como para aspirar mejor el fuerte vaho de los declives.

VI

Algunos cuervos enormes, muy negros, de cabeza pelada y pico ganchudo, extendidas y casi inmóviles las alas, empezaban a poca altura sus giros en el espacio, lanzando su graznido de ansia lúbrica como una nota funeral.

Cerca de la zanja, veíase un perro cimarrón con el hocico y el pecho ensangrentados. Tenía propiamente botas rojas, pues parecía haber hundido los remos delanteros en el vientre de un cadáver.

Cata alargó el brazo, y lo amenazó con el cuchillo.

El perro gruñó, enseñó el colmillo, el pelaje se le erizó en el lomo y bajando la cabeza preparóse a acometer, viendo sin duda cuán sin fuerzas se arrastraba su enemigo.

—¡Vení, Canelón! —gritó Cata colérica, como si llamara a un viejo amigo—. ¡A él, Canelón!...

Y se tendió, desfallecida...

Allí, a poca distancia, entre un montón de cuerpos acribillados de heridas, polvorientos, inmóviles con la profunda quietud de la muerte, estaba echado un mastín de piel leonada como haciendo la guardia a su amo.

Un proyectil le había atravesado las paletas en su parte superior, y parecía postrado y dolorido.

Más lo estaba su amo. Era éste el sargento Sanabria, acostado de espaldas con los brazos sobre el pecho, y en cuyas pupilas dilatadas vagaba todavía una lumbre de vida.

Su aspecto era terrible.

La barba castaña recia y dura, que sus soldados comparaban con el borlón de un toro, aparecía teñida de rojinegro.

Tenía una mandíbula rota, y los dos fragmentos del hueso saltado hacia afuera entre carnes trituradas.

En el pecho, otra herida. Al pasarle el plomo el tronco, habíale destrozado una vértebra dorsal.

Agonizaba tieso, aquel organismo poderoso.

Al grito de Cata, el mastín que junto a él estaba pareció salir de su sopor; fuese levantando trémulo, como entumecido, dio algunos pasos inseguros fuera del cicutal y asomó la cabeza...

El cimarrón bajó la cola y se alejó relamiéndose los bigotes, a paso lento, importándole más el festín que la lucha. Merodeador de las breñas, compañero del cuervo, venía a hozar en las entrañas frescas, no a medirse en la pelea.

Volvióse a su sitio el mastín, y Cata llegó a cruzar la zanja y dominar el lúgubre paisaje.

Detuvo en Sanabria, tendido delante, sobre lecho de cicutas, sus ojos negros, febriles, relucientes, con una expresión intensa de amor y de dolor.

Y arrastrándose siempre llegóse a él, se acostó a su lado, tomó alientos, volvióse a incorporar con un quejido, lo besó ruidosamente, apartóle las manos del pecho, cubrióle con las dos suyas la herida y quedóse contemplándole con fijeza, cual si observara cómo se le escapaba a él la vida y a ella también.

Nublábansele las pupilas al sargento, y Cata sentía que dentro de ella aumentaba el estrago en las entrañas.

Giró en derredor la vista quebrada ya, casi exangüe, y pudo distinguir a pocos pasos una cabeza desgreñada que tenía los sesos volcados sobre los párpados a manera de horrible cabellera. El cuerpo estaba hundido entre las breñas.

—¡Ah!... ¡Ciriaca! —exclamó con un hipo violento.

En seguida extendió los brazos, y cayó a plomo sobre Sanabria.

El cuerpo de éste se estremeció; y apagóse de súbito el pálido brillo de sus ojos.

Quedaron formando cruz, acostados sobre la misma charca, que Canelón olfateaba de vez en cuando entre hondos lamentos.

Federico Gana

(Santiago, 1867-Santiago, 1926)

Suele considerársele el iniciador en Chile del cuento de ambiente campesino, y de la transición del realismo al naturalismo. Curioso destino literario de un hombre adinerado que había nacido en el seno de una de las grandes familias chilenas y cuyas principales experiencias pudieron ser las del confortable medio urbano de Santiago y las capitales de Europa, no las del campo y la sencilla vida criolla.

Hizo estudios de abogado y se graduó en 1890; aunque apenas ejerció esa profesión, el título le ganó un nombramiento diplomático en Londres, cargo que tuvo que dejar un año después. Regresó a Chile en 1892, luego de viajar por Francia, Bélgica y Holanda; descubrió entonces a autores como Balzac y Flaubert, pero sobre todo a Turgenev, lo que se reflejará en su obra. En 1890 había aparecido en un semanario de Santiago su primer cuento, «¡Pobre vieja!». Aunque de manera discontinua, seguirá publicando relatos y las prosas impresionistas que titulará *Manchas de color,* en otras publicaciones chilenas. Los largos períodos de descanso o vacaciones que

pasó en la vasta hacienda familiar «El Rosario», en Lina-
res, le permitieron conocer de cerca la vida campestre de
la región y descubrir su interés literario. Tras la muerte
de su padre en 1906 y la venta de esa propiedad, Gana
compra otra, pero, con característico descuido, olvida sus
obligaciones financieras y la pierde. Inicia así una vida
bohemia y algo anárquica, que quizá explique que sólo
publicase un libro (*Días de campo*) antes de morir, abandonado y arruinado, en un hospital.

La visión que del campo chileno tiene Gana bien puede compararse a la que de la pampa y el mundo gauchesco
tiene Ricardo Güiraldes: una visión algo paternal, de alguien que desde la perspectiva del patrón contempla una
realidad humilde y honestamente interpreta como propio
lo que en verdad le es ajeno. Hay un clima de serenidad
y resignación en ese mundo regido por viejas tradiciones
que ligan al amo y al siervo con lazos casi familiares.
El tono sobrio y siempre transparente produce en sus relatos un moderado efecto idealizador, aun en el caso de
textos como «Un carácter», cuyo tema es un crimen quizá
justificable. Este cuento apareció por primera vez en 1894,
en *El Año Literario*, con el título de «Un perro», y fue
incluido en *Días de campo*. El crimen del que es acusado el reo es una explosión de violencia contra un mundo
dividido entre hombres que todo lo tienen y hombres
que, como él, sólo gozan de la compañía de un perro.
Esta parábola, que bien podría ejemplificar el dilema insalvable del sistema burgués y del régimen casi feudal
que imperaba en el campo chileno, se detiene antes de que
sepamos exactamente qué ocurrirá con el juicio. Es de
presumir que el reo será condenado, pues el cuento termina cuando el juez «se cubre la frente con las manos y
parece reflexionar profundamente», lo que sugiere la impresión que la cruda confesión del acusado le ha producido y tal vez la imposibilidad legal de perdonarlo. La
justicia y la ley no coinciden en el mundo real: un hombre pobre que ha matado a otro rico simplemente para
vengar la muerte de su perro, no puede ser absuelto.
(Gana había confesado ser «un espíritu enfermo de un

ideal supremo que nunca alcanzará», y aquí parece escucharse un eco social de esa íntima frustración.) El gesto de rebeldía acaba allí, trágicamente, y no hay nada más que hacer: las cosas seguirán como siempre. El aspecto físico deforme y grotesco del hombre —un verdadero tipo lombrosiano— no contribuye a hacer su acto más simpático a los ojos del lector; ni siquiera tiene un nombre: es un mero «individuo», alguien sin rostro y por lo tanto fácil de olvidar de inmediato. La total sencillez del relato es engañosa: mucho se dice y mucho se calla entre líneas. Y aunque contemplada desde fuera, la situación está presentada con conocimiento y emoción indudables.

OBRA NARRATIVA

Días de campo, Santiago: Imprenta Universitaria, 1916; *Cuentos completos,* Santiago: Nascimento, 1926; *Manchas de color y nuevos cuentos,* Santiago: Nascimento, 1934; *La señora,* prólogo de J. S. González Vera, Santiago: Cruz del Sur, 1943; *Obras completas,* ed. Alfonso M. Escudero y postfacio de «Alone», Santiago: Nascimento, 1960.

CRITICA

Antología del cuento chileno *, pp. 77-95; Luis Leal, *Historia del cuento hispanoamericano* *, pp. 40-41; Ernesto Montenegro, «El encantamiento de Federico Gana», *Cuadernos Americanos,* núm. 108, enero-febrero de 1960, pp. 260-277; Víctor M. Valenzuela, *Cuatro escritores chilenos,* New York: Las Americas Publishing, 1961, pp. 93-109. Consúltense también los trabajos de González Vera, Escudero y «Alone» en las ediciones arriba citadas.

Esto que hoy relato pasó en la lejana aldea de X, allende el Maule, vecina al pueblo donde yo vivía.

El reo está frente al juez. Es un hombre como de cuarenta y cinco a cincuenta años, de larga y espesa barba negra, nariz aplastada, frente estrecha, carnosa, surcada de arrugas, ojos bizcos y mandíbula inferior saliente y temblorosa. Su cuerpo es fuerte y robusto, aunque deforme; los brazos extremadamente largos, las espaldas anchas y gruesas y las piernas muy cortas, torcidas en forma de arco. Viste un raído y manchado pantalón de mezcla, una camisa de tocuyo y un harapo en forma de manta. Los pies, desnudos. Ha entrado cojeando a causa de los grillos y de su natural deformidad, con la cabeza baja y la frente contraída, como sumergido en una profunda abstracción.

Al llegar al medio de la sala, ha levantado la vista y paseado una larga mirada por toda la habitación.

El juez lo contempla fijamente y le pregunta:

—¿Cómo te llamas?

Tarda un instante en contestar y, al fin, responde con voz ruda y sonora:

—No sé.

—¡Cómo! ¿No sabes?

—En el pueblo me llaman Juan, «Juanito» —contesta con indiferencia.

—¿Y tu padre?

—No tengo padre.

—¿Y tu madre?

—No tengo madre.

—¿No tienes pariente alguno, entonces?

—Soy solo —dice sencillamente y vuelve a inclinar la cabeza sobre el pecho.

El juez permanece un instante en silencio. En seguida le dice:

—¿Tú mataste al señor Gómez?

—¡Sí, señor, yo lo maté! Yo le deshice la cabeza a garrotazos hasta hacerle saltar los sesos y quebrarle todo el cuerpo, con ese palo que hay sobre la mesa. Mucho tiempo lo esperé para matarlo, detrás de la cerca... Ahí me pasé varios días. Bien sabía que al fin había de verlo solo. Y cuando lo vi que venía para su quinta, me le fui encima con ese palo y le pegué hasta dejarlo convertido en una masa. ¡Así lo hice, señor juez!

Al terminar, la mandíbula inferior del reo tiembla ligeramente.

Un largo silencio sigue a estas palabras.

—¿No sabías, entonces, que te habían de fusilar?

—Sí, lo sabía, señor, pero lo que hice, hecho está y ¡ni el mismo Dios lo podría deshacer! Pero antes que me condenen, quiero decir algo a su señoría... Diré lo que tengo aquí, en el pecho. A nadie importa lo que tengo que decir, pero escúcheme, se lo ruego. El era un caballero principal, muy rico. Sí, él tenía mucha plata y casas, y padre, madre, mujer, muchos hijos. Todos lo querían a «él». El comía bien, siempre; andaba abrigado. Debía pasarlo muy bien, digo yo. Yo no he dicho antes nada, por esto. Ahora, yo no tenía qué comer, sino lo que daban; he tenido frío y hambre, y nadie, nadie se ha acordado de mí

Yo he padecido todo sin quejarme. ¿Y qué hubiera conseguido? ¡Nada!

»Pues ahora quiero que su señoría oiga esto que voy a decir y es que yo, que no tenía a nadie, porque como ya lo dije soy solo, había recogido del agua a un perro que se estaba ahogando y le di que comer y lo crié. Diez años vivimos juntos... y me acompañaba por los caminos a pedir limosna, y cuando no había qué comer, él no se separaba de mí hasta que venían los días buenos. Y ahora pregunto yo: ¿Los hombres hacen esto? No. Cuando falta la comida ellos se separan. Mil veces le pegaron a él por defenderme a mí. Me cuidaba y yo lo quería más que a todo en el mundo. Sabía que una vez muerto él, nadie se acordaría ya más de mí, nadie jugaría conmigo, porque todos me odian y me desprecian. Y ahora, dígame su señoría: ¿por qué él, que era un caballero a quien nada le faltaba, y yo un miserable infeliz, que no le había hecho ningún mal, por qué vino y me buscó para matar al animal?... ¿Por qué él, que era tan rico, vino a quitarme mi única riqueza?

»El animal era juguetón y un día que el caballero pasaba frente al camino le salió a ladrar. Entonces él sacó un trabuco y lo hirió, y lo mató. Murió, pues, y ¡quién lo creyera!, al morir me conoció y meneaba la cola como haciéndome cariño...»

Se detiene un instante para tomar aliento; en seguida se inclina hacia adelante, como avergonzado, y toma entre sus manos una de las hilachas de la manta y principia a retorcerla con fuerza entre sus dedos. Después continúa, con voz sorda:

—Ahora yo quedé solo y todo por culpa de ese hombre a quien jamás había hecho daño. ¿Para qué me servía la vida sin mi perro? Para nada. Y entonces creí que lo debía matar como él mató al animal: sin compasión, sin compasión. Y así fue, señor juez, como lo esperé y lo maté a palos.

»Hice mal, lo sé; pero ésa ha sido mi suerte; él mató al animal, yo debía matarlo a él. Porque yo siento aquí —continuó, golpeándose con fuerza el pecho— algo que nadie puede comprender. Yo solo lo sé, y me lo guardo, y me callo. Y no diré más.»

Pronuncia esta especie de discurso, alzando grotescamente sus largos brazos, con voz grave y profunda e iluminado su horrible semblante por una sonrisa forzada.

El juez, entretanto, se cubre la frente con las manos y parece reflexionar profundamente.

Javier de Viana

(Canelones, Uruguay, 1868-Canelones, 1926)

Las simetrías y semejanzas entre la vida y la obra de este escritor uruguayo y su compatriota Acevedo Díaz (*véase*) son notorias; también lo son las diferencias de visión e intención. Diecisiete años más joven que aquél, comparte sus preocupaciones políticas y su temática gauchesca, que, en su caso, provienen de una temprana y directa experiencia de la vida del campo. Curiosamente, esa familiaridad no supone necesariamente una identificación, sino más bien una actitud ambigua: su enfoque crítico, frecuentemente amargo y pesimista, del gaucho, no le impide expresar la exaltación que despierta en él su coraje y el carácter aventurero de su vida.

De Viana descendía de familia estanciera y fue estanciero él mismo. Se forma, sin embargo, en Montevideo, y allí publica, siendo un joven universitario, los primeros ejemplos de su copiosa producción cuentística. En 1886 participa en la Revolución del Quebracho e inicia así su activa vida política, que también se refleja en su obra periodística. En 1896 publica su primer libro de cuentos: *Campo*. Pasa algún tiempo en Buenos Aires. Luego regresa a su país y se dedica a la ganadería. Publica *Gurí* e interviene en la revolución de 1904 contra el gobierno de Batlle y Ordóñez, como consecuencia de la cual es encarcelado; logra escapar y marcha a Buenos Aires. Allí prosigue su obra cuentística y periodística a un ritmo muy intenso. Aparte de estrenar en esa ciudad varias obras teatrales, publica en Montevideo más volúmenes de cuentos: *Macachines, Leña seca, Yuyos*. Regresa a su país en 1918, donde se ve forzado a escribir continuamente para diarios y revistas, con un visible descenso en la calidad de su producción; sólo entre 1918 y 1922 lanza nueve libros. Fue elegido representante a la Legislatura en 1922. Póstumamente, aparecieron varias colecciones más de sus relatos y crónicas.

«En las cuchillas» pertenece a *Gurí* (1901), uno de sus mejores libros de cuentos, que corresponde a la primera etapa del autor, sin duda la más valiosa. El relato, publicado originalmente en 1896, tiene que ver con las feroces guerras políticas que por mucho tiempo dividieron a los gauchos en bandos irreconciliables; verdaderas guerras civiles que se extendieron de la ciudad al campo, prolongando a veces una lucha ya sin sentido. Es un mundo afín al que magistralmente describe Acevedo Díaz en «El combate de la tapera», aunque allí el enemigo es el invasor extranjero. Esa crueldad sanguinaria y primitiva es examinada con morosa precisión en este texto. El cuento presenta dos momentos claramente distintos: primero, la desesperada huida del viejo caudillo «blanco» que constituye, con escasas variantes, una sola escena que ocupa la mayor parte del relato; luego, el corto duelo, con su sangriento final y el macabro epílogo que rebaja el tono épico del sacrificio del héroe. El *leitmotiv* de la fuga de un hombre solitario otorga el principal elemento dramático a la trama, que es mínima: sólo vemos cabalgar a ese hombre que trata desesperadamente de salvar la vida tras haber sido derrotado. Pronto notamos que su salvación es imposible: desorientado en una pampa que se le convierte en laberinto, gira en redondo y topa varias veces con el mismo lugar, sin poder alejarse del grupo de

sus enemigos dirigidos por el indio viejo. La fijeza de la
escena brinda al narrador la oportunidad de concentrarse
en el hosco paisaje que los rodea o en la descripción de
actitudes, pensamientos y sensaciones que comunican una
sombría excitación a la huida. Esas imágenes suelen tener
un carácter impresionista, que nos recuerda la sensitiva
prosa de Güiraldes: sobre el caballo, las piernas del caudillo iban «blanqueando y saltando como maletas de vendedor ambulante» y más arriba había «una mancha oscura, más pequeña y movible, constituida por las melenas
confundidas del hombre y del tordillo». Para él, la huida
es un acto de sobrevivencia que la derrota le impone;
pero para sus perseguidores es una cruda cacería (la imagen del zorro perseguido por perros lo dice todo), estimu-
lada por la codicia del despojo de prendas ajenas con las
cuales cubrir sus desnudeces; eso, y la sarcástica cita en
francés sobre la «tropa harapienta», da un indicio de la
patética realidad de las banderías políticas entre los gauchos. Es irónico que, en su delirio, el caudillo piense en
su compadre Laguna e imagine su cadáver «panza arriba
en las cuchillas», pues éste aparecerá al final para tratar
de salvarle la vida; es también irónico que tras la encar-
nizada pelea final, comparada con la embestida de «un
jabalí [que] ensarta, levanta y arroja a un perro», el caudillo le entregue a Laguna su insignia de partidario «blanco», que reza pomposamente *Oribe: leyes o muerte.*
(Otra coincidencia con el texto de Acevedo Díaz: estas
tropas están compuestas por los mismos gauchos artiguis-
tas leales al capitán Manuel Oribe, a quien alude, sin
mencionarlo, «El combate de la tapera».) El último gesto
que tiene Laguna con el caudillo es objetivamente feroz,
pero al menos está movido por la piedad, en contraste
con el del indio viejo, que sólo expresa supremo desprecio por el adversario. Difícil decir en este texto dónde
la pura violencia se separa del valor guerrero; aunque es
evidente la simpatía del autor por el héroe que encarna
su ideología «blanca», el cuento no parece decir que el
célebre dilema civilización/barbarie corresponda a la op-
ción blancos/colorados. Más bien sugiere que esa ola de

crueldad insensata que ensangrentó la pampa uruguaya es
una etapa negra de la historia nacional, que enloda por
igual a héroes y villanos, como el escupitajo del indio
infama la memoria del caudillo y su propia victoria sobre él.

OBRA NARRATIVA (primeras ediciones y principales
recopilaciones)

Campo, Montevideo: Barreiro y Ramos, 1896; *Gaucha,* Montevideo: Barreiro y Ramos, 1899; *Gurí y otras
novelas,* Montevideo: Barreiro y Ramos, 1901; *Con divisa blanca. Crónica de la guerra uruguaya,* Buenos Aires: Imprenta Tribuna, 1902; *Macachines,* Montevideo:
Bertani, 1910; *Leña seca,* Montevideo: Bertani, 1911;
Yuyos, Montevideo: Bertani, 1912; *Bichitos de luz,* Buenos Aires: V. Matera, 1918; *Abrojos,* Montevideo: Claudio García, 1919; *Sobre el recado,* Montevideo: Claudio
García, 1919; *Cardos,* Montevideo: Claudio García, 1919;
De la misma lonja, Buenos Aires; V. Matera, 1920;
Paisanas, Montevideo: Claudio García, 1920; *Ranchos,*
Montevideo: Claudio García, 1920; *Del campo y de la
ciudad,* Montevideo: Claudio García, 1921; *Potros, toros y aperiases,* Montevideo: Claudio García, 1922; *Tardes del fogón,* Montevideo: Claudio García, 1925; *La
Biblia gaucha,* Montevideo: Claudio García, 1925; *Pago
de deuda, campo amarillo y otros escritos,* prólogo de
Alberto Lasplaces, Montevideo, 1934; *Cardo azul,* Montevideo: G. F. Prado Amor, 1939; *Crónicas de la revolución del Quebracho,* prólogo de Juan E. Pivel Devoto,
Montevideo: Claudio García, 1944; *Selección de cuentos,* ed. Arturo Sergio Visca, Montevideo: Ministerio de
Instrucción Pública y Previsión Social, 1965, 2 vols.; *Sus
mejores cuentos cortos,* ed. Heber Raviolo, Montevideo:
Edics. de la Banda Oriental, 1968; *Los mejores cuentos
de Javier de Viana,* Buenos Aires-Montevideo: Cedal,
1968; *Antología de cuentos inéditos,* pról. y ed. Alvaro
B. Lémez, Montevideo: Editorial Sandino, 1974.

CRITICA

Margarita Assunção, *Aproximación a la obra de Javier de Viana: análisis del cuento «La vencedura»*, Montevideo: Editorial Ciencias, 1982; Hugo Barbagelata *, pp. 43-67; María E. Cantonnet, *Las vertientes de Javier de Viana,* Montevideo: Alfa, 1969; John F. Garganigo, *Javier de Viana,* New York: Twayne, 1972; Renée Sum Scott, *Javier de Viana: un narrador del 900,* Montevideo: Ediciones de la Banda Oriental, 1986; Arturo Sergio Visca, *Tres narradores uruguayos,* Montevideo: Edic. de la Banda Oriental, 1962. Véanse además los trabajos de Lasplaces, Pivel Devoto y Visca en las ediciones arriba citadas.

La primera vez que le bolearon el caballo, tuvo tiempo para tirarse al suelo, cortar las sogas y montar de salto: pingo manso, blando de boca y ligero para partir, el tordillo recuperó de un solo bote el corto tiempo perdido. El segundo tiro de bolas lo paró en el astil de la lanza, donde las *tres marías* [1] se enroscaron a la manera de culebras que juegan en las cuchillas durante el sol de las siestas; y como el jinete viera que las piedras eran bien trabajadas —piedras charrúas, seguramente—, que el «retobo» era nuevo y en piel de lagarto, y las sogas de cuero de potro, delgadas y fuertes, pasó rápidamente bajo los cojinillos la prenda apresada. Y siguió huyendo, con las piernas encogidas, sueltos los estribos que cencerreaban por debajo de la barriga del caballo, y el cuerpo echado hacia adelante, tan hacia adelante, que las barbas largas del hombre se mezclaban con las abundosas crines del bruto. Con la mano izquierda sujetaba las bridas, tomadas cerquita del freno, por la mitad de la

---

[1] *Las tres marías:* nombre dado a los tres ramales de las boleadoras.

segunda «yapa», tocando a veces las orejas del animal.
En la mano derecha llevaba la lanza, cuyo regatón metálico iba arrastrando por el suelo, y cuya banderola blanca,
manchada de rojo, flotaba arriba, castigando el rejón, sacudida por el viento. De la muñeca de la misma mano iba
pendiente —por la manija de cuero sobado— un rebenque corto, grueso, trenzado, con grande argolla de plata
y ancha «sotera» dura.

Alentado por los repetidos ¡hop!... ¡hop!... del jinete, el tordillo se estiraba —«clavaba la uña»— con sordo
golpear de cascos sobre la cuchilla alta, dura, seca, quemada, lisa como un arenal y larga como el río Negro:
todo igual, lo andado y lo por andar.

El hombre no cedía, sin embargo; no disminuía en
nada la celeridad de la carrera: parecía una desesperación
perseguida a bola sobre campo limpio y plano, un campo
triste, pintado de amarillo, pero del amarillo feo de los
pastos secos, tostados por el sol y medio desprendidos
del suelo, de la tierra pardusca y agrietada como revoque
de barro en horno de Estancia. Flores de clase alguna,
no se veían, y, en vez del habitual aroma de las cuchillas,
percibíase un olor áspero, quemante, que las sequías prolongadas arrancan a la tierra removida, allí donde sólo
quedan tallos rotos, raíces blancas y yerbas muertas.

De lejos, caballo y jinete casi se confundían. Los perseguidores veían, en los flancos del bruto, las piernas del
calzoncillo, infladas, blanqueando y saltando como enormes maletas de vendedor ambulante; después una mancha negra: la camiseta de merino, con un triángulo blanco
formado por la golilla que caía sobre la espalda; finalmente, otra mancha oscura, más pequeña y movible, constituida por las melenas confundidas del hombre y del
tordillo.

Los perseguidores eran seis: cinco mocetones fornidos, con barbas ralas y morenas como trigal recién bro-
tado, y caras color de «picana» asada a punto; el sexto
era indio y viejo. Tres de los mozos calzaban bota de potro; dos iban descalzos, al aire la gruesa pantorrilla, al
aire el pie pequeño y negro. Uno de los que llevaban

botas había perdido el sombrero, y, en el otro, no era
blusa la blusa que llevaba. Todos montaban buenos pingos criollos e iban armados de largas lanzas ornadas con
banderolas rojas. Como el perseguido, ellos también talo-
neaban recio, clavando la espuela sin compasión.

No se veía más gente que ellos en el campo; pero se
oían retumbos cercanos, viniendo de varias direcciones,
indicando que la persecución era general, que el exterminio se proseguía a los cuatro vientos. Los mocetones
habían salido juntos, guiados por el indio que corría a
un jefe enemigo. Hacía rato que le tenían cerca, sin po-
derle dar alcance. Cuando el viejo acertó el primer tiro
de bolas, los seis hombres rugieron a un tiempo y las seis
lanzas se blandieron, ganosas de sangre, embriagadas con
la sangre que habían bebido en la pelea, sedientas de
más sangre. Al ver que el fugitivo frustraba sus anhelos,
los talones golpearon los flancos de los caballos y sona-
ron las grupas castigadas por las lonjas de los rebenques.
Y durante un rato los seis perseguidores continuaron así,
«tapándoles la marca» a las pobres bestias transidas. En
el empuje habían ganado terreno y lograron distinguir el
apero y la vestimenta del jefe perseguido.

—¡Las botas son pa mí! —gritó roncamente uno de
los descalzos.

—Una pa mí —agregó el otro descalzo.

—Güeno; y jugamo la'utra —replicó el primero que
había hablado.

Apuraron los pingos, y, al cabo de un tiempo, un tercero exclamó:

—¡Copo el chiripá!...

Y un cuarto, un jovencito petiso y rechoncho, que iba
haciendo fuerza por ganar la punta:

—¡Los estribos son míos, cabayeros! —gritó con una
vocecita aflautada.

Pero el indio, que ibá adelante y revoleaba un nuevo
par de «boleadoras», contestó con energía de jefe y sin
volver la cabeza:

—Chapiao e mío.

Y largó las bolas, que fueron a enroscarse en la lanza
del diestro fugitivo.

No iba asustado aquél. Todavía tenía caballo, y él sabía dónde se salía con el rumbo que llevaba. El continuo
castigar de sus perseguidores le decía que sus cabalgaduras no irían lejos: ¡habían lanceado mucho en ellas
aquella mañana!...

Otras boleadoras picaron cerca, un poco atrás, golpeando los garrones del tordillo y las espaldas del jefe con
pedazos de tierra dura. Y el tordillo dio un balance y el
otro tiro de bolas cayó lejos.

—¡Los tres volidos de la perdiz grande! —murmuró
sonriendo el fugitivo.

El viejo zorro había escapado una vez más a la perrada: el matorral estaba cerca. ¡Dejarlo para otro día, camaradas!...

La tarde empezaba a declinar. De cuando en cuando,
una nube oscura y delgada nublaba el sol y proyectaba
sombra sobre la loma. Y aquellas cortas interrupciones
de la radiación solar producían como un alivio, como un
consuelo en el alma áspera del jefe perseguido. Durante
esos rapidísimos instantes, hacía menos calor, y el viento
azotaba fresco las sienes del caudillo, que tendía siempre
hacia adelante la mirada, con insistencia, con tenacidad,
como si a lo lejos, en el fin de la cuchilla, en el confín
azul, le esperase un auxilio o un refugio, una partida
amiga o un monte espeso. Tanto confiaba en la salvación,
que empezó a examinar la insignificante herida que tenía
en el muslo, un arañazo de lanza, y hasta sintióse fatigado con la postura incómoda que llevaba sobre el caballo. Estiró las piernas y, después de buscar un rato con
la punta del pie, logró estribar fuerte, firme, con satisfacción marcada. Varias veces volvió la cabeza para observar a sus enemigos, y sonrió irónicamente al considerarlos
furiosos e impotentes.

Ellos, en efecto, iban perdiendo terreno y habían re-
nunciado a emplear las boleadoras, convencidos de que el
único resultado era perder tiempo en recogerlas. Por eso
se resignaban a seguir la presa de cerca, sin perderla de

vista un solo instante, calculando que en el campo habían de encontrar algún caballo descansado; y tan pronto
como el indio jefe de la partida hubiese «mudado», la
cosa iría como lista de poncho.

Entre tanto, ¡con qué enconada avidez seguían al fugitivo sus miradas! Jamás aguará[2] alguno se vio acosado
por perrada más inclemente. Era inútil que el perseguido
se ocultara un momento al bajar un vallecito, o que intentara escurrirse por la falda de una cuchilla: bien pronto
advertía que sus enemigos, sin abandonar el rastro, lo
seguían con una constancia de potrillo guacho. Ellos abarcaban el campo, la inconmensurable campaña abierta a
los cuatro vientos; las cuchillas de ancho bombeo, las
amplísimas lomas, desnudas, desiertas, tristes y monóto-
nas con el eterno tapiz trigueño de las gramíneas secas,
deslumbradoras con la ardiente reverberación de un sol
tropical que derramaba torrentes de fuego por entre la
atmósfera diáfana, liviana, cansadamente gris, tediosamen-
te uniforme; ellos abarcaban el campo con sus visuales
inquietas que erraban del suelo al cielo, de la cuchilla
al bajo, contentos con la soledad, satisfechos de no colum-
brar ningún ser humano, ninguna morada humana, obstáculos o enemigos que hubieran podido disputarles o
hacerles extraviar la codiciada presa. ¡Pobre presa!... Desdichado aguará que trotaba confiado, olfateando la gua-
rida, pensando quizá en pegarles el grito burlón —como
el zorro detrás de la maciega— sin imaginarse que a él
también pudiera aplicársele la conocida copla cantada en
honor de otro de sus congéneres:

> Pobrecito el aguará,
> que andaba de cerro en cerro:
> al cabo de tanto andar,
> lo hicieron bostiar los perros...

¿Sería posible?... ¡Oh, cachorros para cazarlo a él,
viejo aguará de las selvas del Río Negro!... ¡Tenían que

---

[2] *Aguará*: zorro.

echar colmillos todavía! ¡Todavía tenían que ser mordidos por muchos zorros y perfumados por muchos zorrillos, para aprender por *dónde se empieza a tragar!*...

Aquellas cuchillas eran una desolación. No se encontraba en ellas ni un caballo enteco ni un vacuno flaco: la vida se había escapado, huyendo a tranco largo de aquellas lomas caldeadas —sin pasto y sin agua—, dejando tan vasto dominio abandonado a los seres ruines, a los escarabajos y a las víboras.

Los perseguidores vieron llegar la tarde, vieron declinar el sol, vieron aparecer las primeras sombras de la noche, sin haber satisfecho su furioso deseo de darle caza al tenaz fugitivo, que había estado haciendo con ellos el juego de la mariposa con el niño. Cuando cerró la noche, lo habían perdido de vista y habían tenido que resignarse a hacer alto, desensillar, atar a soga los caballos y entregarse al sueño para recuperar las fuerzas gastadas en la dura brega de aquel día. Y al siguiente amanecer..., ¡quién sabe!, acaso se podría satisfacer todavía la venganza... y el «carcheo»; el «carcheo», sobre todo, que necesitaban para cubrir sus desnudeces, y que sería siempre escaso botín y menguada recompensa a la fidelidad y el valor con que servían su causa. Sino... otros prisioneros habían de hacer, y no por andar desnudos y descalzos abandonarían las filas. El soldado oriental de todas las épocas escucharía siempre impasible la frase del sargento francés de la República a la tropa harapienta: —«*Le Représentant a dit comme ça: —«Avec du fer et du pain on peut aller en Chine.» —Il n'a pas parlé de chaussures.*» El soldado oriental exigía menos: con el fierro bastaba.

Entre tanto, el jefe vencido trotaba contento por un terreno ligeramente quebrado. Sonreía con placer al imaginarse a sus perseguidores mascando rabia y tragando fuego. Poco a poco fue creyendo que nunca había sentido el miedo, que nunca había dudado de su salvación, que nunca había creído que pudieran apresarlo a él —potro viejo de colmillo retorcido, ñandú arisco acostumbrado a los sogazos— aquellos mocetones inocentes, que, como

los cuzcos, sólo sabían ladrar. ¡Los pobres gurises!... ¡Una
cosa es pialar terneros en la playa de la manguera y otra
enlazar toraje alzado en los riscos de la sierra o en las
dificultades de los potriles!...

Al trote, llegó a una cañada, un arroyuelo de márge-
nes desnudas, pero que debía de tener su origen en ma-
nantiales fecundos, cuando conservaba aguas claras en se-
quía semejante.

El gaucho se apeó, se quitó el sombrero y, ahuecan-
do la palma de la mano, sirvióse de ella como de reci-
piente para beber con fruición de la linfa pura y fresca
que corría sobre lecho de pedrezuelas blancas y arenas
finas. Luego quitó el freno al tordillo, que se abalanzó
sediento y estuvo largo rato con el sudoroso hocico sumergido en el agua; después levantó la cabeza para pala-
dear el último buche, que empezó a caer a chorros por
los lados de la boca, y tornó a beber, a beber con ansia
insaciable, «como pa secar el arroyo».

El fugitivo «bajó el recado» para que el pingo se re-
frescara, lo dejó tirar una docena de mordiscos «pa enga-
ñar el hambre», ensilló de nuevo y volvió a montar,
marchando al trote, con el rumbo «bien escrito en su
mente y en el tino», como dice el galano cantor de las
cosas nuestras, de las taperas y de los tréboles.

Había cerrado la noche, una noche oscura, sin luna,
sin estrellas, una de esas noches que, en la inmensidad
desierta, en lo ilimitado del campo, donde no se distingue una sola luz ni se oye un solo ruido, oprimen el
corazón y despiertan el miedo en todo aquel que no ha
nacido y crecido en el despoblado. Pero el viejo caudillo,
que no conocía otra vida y que había hecho mil veces
esas travesías nocturnas conduciendo huestes armadas en
tiempo de guerra y tropas de vacunos en tiempo de paz,
sentía placer por aquella oscuridad que le ocultaba al ojo
del enemigo y que no le impedía proseguir tranquilamente la marcha hasta un refugio seguro.

La alegría había vuelto a su alma y, olvidando fatigas, se entretenía en pasar revista a los últimos acontecimientos: la noche pasada en vela con el arma al brazo,

frente al enemigo tendido en batalla; el amanecer nublo-
so, las guerrillas, los primeros tiros, y luego las terribles
cargas a lanza, el entrevero, el caos, lo indescriptible del
combate; finalmente, aquel pánico sin explicación que se
apoderó del ala derecha e hizo huir despavoridas a tres
divisiones, una de ellas *de arriba,* sin haber entrado al
fuego; después, la inmediata derrota, una espantosa derrota que impidió toda retirada en orden, deshizo el ejército y forzó el desbande, la huida vergonzosa al grito
desesperado de ¡sálvese quien pueda! Tras esa visión rápida del conjunto, de todo el drama, el caudillo se detenía
a considerar escenas parciales: la actitud de tal jefe, la
bizarría de tal carga, lo horrendo de tal episodio.

Y así fue andando, andando, por colinas y por valles,
hasta que un olor fresco y húmedo le denunció la cercanía de un arroyo. El paisano detuvo su caballo.

—¿Un arroyo aquí? Pu'aquí nu'hay arroyo nenguno.
¡Si andaré sonsiando!...

Unos pasos más, y se encontró con un cañadón de lecho de piedra por delante. Entró en él, observó y sacudió
la cabeza con rabia. ¡El mismo cañadón, el mismo vado,
el mismo sitio de donde había salido horas antes!... No
pudo reprimir su enojo ante aquella malaventura que le
dejaba en situación incierta, que volvía a poner en peligro su vida tan hábilmente disputada al enemigo, y que,
sobre todo, hería en lo hondo su orgullo de gaucho, de
hombre campero, baqueano en todo el país, capaz de
«rumbear», por tino, por instinto, por herencia, aun en
los parajes desconocidos, aun en las comarcas que no había visitado jamás.

Como el caballo, todavía sediento, intentara detenerse
en mitad del arroyuelo, el jefe, enfurecido, le clavó, inclemente, la espuela en el ijar sudoroso, al mismo tiempo
que descargó sobre la grupa un rebencazo tan recio, que
el chasquido repercutió y oyóse fuerte en el silencio de
aquella negra soledad. El noble animal dio un brinco, hizo
saltar con los cascos las piedrezuelas del vado y traspuso
el regato, en la vera del cual detúvole el jinete con brusco
tirón de riendas.

Durante unos minutos el gaucho estuvo pensativo, re-
cordando cuchillas y bajíos, zanjas y cañadas, arroyos y
ríos, ranchos y estancias. Poco después toda aquella inmensidad tenebrosa se dibujaba clara y precisa en su
mente de rastreador, y tornaba a emprender la marcha,
reanudando el hilo de sus recuerdos. Otra vez renació la
confianza en su espíritu y de nuevo sonrió al peligro pasado y a las amenazas burladas.

¿Dónde estaría a esas horas su amigo Basilio Laguna,
quien tanto se había empeñado para que se quedara tranquilo? Recordaba bien sus palabras: «No se meta, compadre, que esta guerra va'ser como el juego del lobo con
la oveja; mire, compadre, que más vale ser terutero ³ que
perder el cuero.» Y al verlo reír incrédulo, su compadre
le había dicho muy serio: «Güeno, yo se lo alvierto pa
su bien; dejesé estar en sus ranchos cuidando los anima-
litos, y sepa que amigos semos y ligaos pol sacramento,
y pa serbirlo; pero la guerra es la guerra, y si nos topa-
mos en una, yo he de hacer juerza por lanziarlo, como a
cualisquiera que lleve divisa blanca...»

¡Pobre compadre! ¡Quién sabe si no le había tocado
quedar panza arriba en las cuchillas!... ¡Quién sabe si
los cuervos y los caranchos no estaban cebándose en su
osamenta en aquellos mismos instantes!...

Y la marcha proseguía, al trote, cada vez más lento,
porque el tordillo, con el cuello estirado y la cabeza baja,
comenzaba a ceder, hasta el punto de que a menudo la
espuela del amo tenía que recordarle la necesidad de continuar el esfuerzo.

En tanto, el fugitivo comenzó a extrañarse de no encontrar una cerrillada, que por fuerza debía hallar en su
itinerario; pero como de noche, y sobre todo cuando se
va huyendo, los caminos parecen más largos, esperó. Y al
andar unos metros más, volvió a sentir el olor fresco y
húmedo que anunciaba la proximidad de un arroyo. Hincó espuelas furioso y se encontró en la misma cañada, en
el mismo vado, en el mismo sitio de donde había salido

---

³ *Terutero:* hombre listo, valiente.

horas antes lleno de fe y de confianza. Por su cuerpo pasó como el estremecimiento que produce el inesperado grito de la lechuza oído en las noches de estío, mientras se toma mate en el patio de la estancia, junto a la puerta de la cocina oscura. Fue aquello un presentimiento, un rebencazo dado a su fantasía nativa, que se lanzó al galope por los esterales de la superstición. Anuncio, agüero, presagio: su corazón sereno y bravo ante el peligro real y visible se ablandó —aflojó— ante la sospecha de una intervención misteriosa empeñada en perderle. Sintió que las fuerzas le flaqueaban, que el coraje se le iba, como se le va la sangre a la res degollada: a chorros, a borbotones, por segundos...

Sin embargo —gaucho indomable, alma de acero—, no se rindió aún e intentó luchar, hacer los últimos y desesperados esfuerzos por escapar de aquel círculo terrible e inexplicable que le hacía girar y volver siempre al punto de partida. Anduvo, anduvo, deteniéndose de trecho en trecho, dilatando desesperadamente la pupila en vano intento de rasgar las tinieblas, de arrancar a las sombras su secreto.

Desmontaba de cuando en cuando para palmar el suelo y oler el pasto; sofrenaba el caballo con frecuencia, creyendo ver delante un bulto negro que se le antojaba un animal o una casa y que sólo existía en su exaltada imaginación, y concluyó por encontrarse, por tercera vez, en el vado del cañadón.

No pudo más. Se le llenaron los ojos de lágrimas, y se apeó; se quitó el sombrero y lo arrojó al suelo con rabia; se mesó furiosamente los cabellos y exclamó desesperado:

—¡Parece mentira que un hombre como yo haiga andao tuita la noche dando güeltas lo mesmo que oveja loca!...

Sus dientes castañeteaban, su respiración era un ronquido. Le quitó el freno al tordillo, pero no se preocupó de desensillarlo. En seguida se tiró al suelo, largo a largo, boca abajo, dispuesto a esperar resignadamente el fin que la Providencia le tuviere reservado...

Al día siguiente, muy temprano, al rayar el alba —cuando los teruteros empezaban a gritar en las alturas—, el jefe despertó, más por hábito de madrugar que por sobresalto o precaución; y aquel despertar, tendido sobre el pasto, junto a un paso y cerca de su caballo, que pacía ensillado, causóle infinita pesadumbre.

Durante un largo rato no pudo poner en orden sus recuerdos ni aclarar su situación. Sentía la cabeza pesada, las ideas revueltas, y una gran debilidad en el cuerpo y en el espíritu. Hacía treinta y seis horas que no probaba alimento y había pasado cuarenta y ocho a caballo, ¡y de qué modo!... Los oídos le zumbaban, tenía «como una cerrazón» en los ojos, y lo pasado se le aparecía como una pesadilla. Tantas escenas, tantos episodios, tantas faces del mismo drama, tantas sensaciones, habían concluido por transformar su cabeza en olla de grillos.

Paulatinamente su espíritu fue renaciendo con la luz que blanqueaba el horizonte; los hechos empezaron a encajar uno en otro y la situación concluyó por manifestarse.

Enfrenó, arregló el recado, se lavó la cara, montó y partió, bien orientado esta vez, pero no ya con la confianza que le había animado en la noche. Ahora era imposible errar el camino, sabía perfectamente por dónde iba y adónde iba, pero sentía la fatalidad cernerse sobre su cabeza. Siguió trotando distraído, sin prisa, sin ideas, sin proyectos ni propósitos.

No había avanzado gran trecho, cuando sintió tropel a sus espaldas. Volvió la cabeza, escudriñó el horizonte, y aunque nada pudo divisar, no le quedó duda de que la partida enemiga había logrado mudar caballos y le seguía con el feroz encarnizamiento de los odios partidistas.

Siguió trotando lentamente, sin talonear, sin mirar atrás, pero con el oído atento al ruido seco y continuo que producían en la tierra dura los cascos de los caballos de los perseguidores. El tropel resonaba a cada instante más cercano; el caudillo no se intimidó por ello, parecía no preocuparse. De pronto oyó un grito ronco: los contrarios lo habían visto y aceleraban la carrera.

El caudillo tuvo un instante de debilidad, uno solo —un estremecimiento de animal que olfatea la muerte—, y acto continuo, convencido de que no tenía caballo para huir, de que todo esfuerzo por escapar sería inútil, sofrenó el caballo, dio media vuelta, se echó el sombrero a la nuca e hizo cimbrar la lanza, a cuya resistencia iba a confiar, no la defensa de su vida, pero sí la de su honor de hombre y de partidario.

De lejos, de bastante lejos todavía, el indio, jefe de la partida, lo vio, y, blandiendo la tacuara, espoleó el brioso «pangaré» [4] que montaba, y se adelantó a los cinco mocetones que le seguían a poca distancia.

El caudillo los esperó de frente, alta la cabeza melenuda, erguido el tronco de anchas espaldas y pecho recio, los labios contraídos, los ojos ardientes, la lanza en guardia.

Chocaron, y el choque fue épico. Durante un cuarto de hora, los insultos, los vivas y los mueras se cruzaron tan violentos como los botes de lanza. En una embestida furiosa, el caudillo ensartó, levantó y arrojó hacia atrás a un enemigo, de la misma manera que un jabalí ensarta, levanta y arroja a un perro. En el esfuerzo, la lanza se cimbró, crujió y se partió por el medio con un ruido de vidrio quebrado. ¡Era de uruday!... Dos moharras entraron a un mismo tiempo en aquel pecho de gigante. Pero había mucha vida en aquel bárbaro, y siguió defendiéndose con el pedazo de astil.

En la solemnidad de aquella lucha, ya nadie hablaba. ¡Rostros contraídos, ojos fulgurantes, saltos bruscos, desordenada e incesante contracción de músculos!...

En medio de aquel silencio, sintióse de pronto una detonación: el caudillo saltó por las orejas del caballo y quedó tendido en el suelo. El soldado herido, casi mori-

---

[4] *Pangaré:* caballo de color del venado, conocido por veloz y resistente.

bundo, había logrado, en un postrer esfuerzo, sacar la pistola y le había hecho saltar un pedazo del occipucio con los cortados de la carga. Los otros se quedaron inmóviles, instintivamente avergonzados de una cobardía que ponía un fin indigno a una lucha heroica.

Pero el caudillo no estaba muerto todavía. Mientras duraba el asombro de sus adversarios, se puso en pie, echó mano a la daga y avanzó amenazante. Sin hablar una palabra, aceptando el reto en silencio, el indio «voleó la pierna» y cayó en guardia con el facón en la mano. Los demás no se atrevieron a intervenir: el combate se hizo singular. Diestros y fuertes los dos, la brega hubiera sido larga; pero mientras el indio sólo tenía algunas heridas insignificantes, el otro desangraba por cuatro bocas. Retrocediendo a cada golpe, a cada golpe recibía una puñalada o un hachazo.

—¡Sos duro! —exclamó el indio con admiración.

—¡Como aspa'e güey barcino! —bramó el caudillo.

Ya el jefe retrocedía tambaleando, amagando con la daga golpes que no lograba desarrollar; ya la vida se le iba por múltiples heridas, cuando un jinete llegó a escape y gritó con voz imperativa:

—¡Alto! ¡No maten a ese hombre!

El indio se volvió, bajó el arma y retrocedió con rabia.

El jefe, el comandante Laguna —un viejo grande y fornido, de cuyo rostro, cubierto de pelos blancos, sólo se veían la larga nariz aguileña y los grandes ojos negros—, exclamó:

—¡No se mata ansina a un oriental guapo como éste!...

El caudillo había dado unos pasos más hacia atrás y había caído de espaldas, la muerte pintada en el rostro enérgico y bravío, donde aún se manifestaba altanera su alma indomable. El jefe adversario se acercó, hincó una rodilla, le tomó una mano y le dijo con cariño:

—He llegao tarde, compadre... ¡Qué vamo'hacer: ansina es la vida, mesmo como la taba, unas veces suerte y otras culo!...

—Ansina es —contestó con voz muy débil el herido.

Su rostro palidecía, sus ojos se enturbiaban, su respiración se hacía fatigosa.

—Compadre, ¿tiene algo que encargarme? —preguntóle el comandante Laguna con voz conmovida.

Por respuesta, el gaucho hizo un esfuerzo y arrancó de él la divisa, una divisa blanca, amarillenta a causa de las lluvias y los soles, y que en medio llevaba escrito en letras de oro: *Oribe, leyes o muerte.*

—Quiero —dijo penosamente—, que entriegue esta divisa a mi hijo, pa que se acuerde'e su padre y pa que cuando sea hombre se la ponga y muera con ella defendiendo su partido...

El comandante la dobló cuidadosamente, la guardó y contestó lagrimeando:

—Ta güeno.

Durante un largo cuarto de hora permaneció el comandante de rodillas al lado de su amigo moribundo.

Su faz hirsuta y tostada, en la cual brillaban los grandes ojos negros de mirada mansa y bondadosa, su frente lisa y serena como el cristal de la laguna cortada, su boca contraída, expresaban, con la sinceridad propia del hombre inculto, la pena que embargaba su alma grande y buena.

En tanto el moribundo se agitaba en convulsiones terribles: la agonía empezaba, larga y dolorosa, en aquel gran cuerpo lleno de vida, de una vida potente que se resistía a ser desalojada. El sufrimiento era tan grande, que arrancaba al paciente sordos y terribles rugidos. Las piernas y los brazos se estiraban, los dedos se crispaban, el rostro adquiría expresiones espantosas.

El comandante Laguna —profundamente emocionado— exclamó de pronto:

—¡Es fiero ver penar ansina a un cristiano!...

Y desenvainando su cuchillo, lo degolló de oreja a oreja, con un movimiento rápido.

Se oyó un ruido ronco, se vio una gran sacudida, y el cuerpo quedó inmóvil.

En un momento los soldados desnudaron al muerto, repartiéndose las prendas, mientras el indio viejo ataba la cola «contra el marlo» [5] al pangaré escarceador, que estaba lindo de veras con el «chapiao» de la víctima.

El jefe montó a caballo.

—Mañana, a la güelta, lo enterraremos —dijo—; aura no tenemo tiempo.

Y la partida se puso en movimiento, alejándose para cumplir la comisión de que iba encargado el comandante Laguna.

Cuando regresaron —dos días después—, se detuvieron ante el cadáver que, desnudo e hinchado, estaba tendido en el camino. En el cuello, la espantosa degollación había abierto una boca negra, sombría, repugnante, retraídos los dos labios gruesos y cárdenos. Las moscas y los jejenes formaban enjambre sobre la llaga y sobre las entrañas que habían salido de las brechas abiertas en el tronco por los lanzazos, y que los caranchos y los chimangos habían arrancado y arrastrado a fuerza de pico y garra.

Se detuvieron un momento.

El comandante Laguna, muy triste, contemplando con marcada pena el cadáver de su amigo y compadre:

—Parece un güey muerto —dijo.

Y el indio viejo, mirándose la pata ancha y desnuda desparramada sobre el gran estribo de plata, contestó sonriendo:

—¡Memo!... ¡Parece un güey po lo grandote!...

Después agregó filosóficamente:

—Hombre grandote e sonso.

Y escupió por el colmillo.

---

[5] *Marlo: maslo,* o sea, «tronco de la cola de los cuadrúpedos».

Baldomero Lillo

(Lota, Chile, 1867-Santiago, 1923)

Hijo de minero, nacido en tierra minera, Lillo absorbe desde la cuna el ambiente que será el escenario central de su obra y con el cual se le identifica dentro y fuera de Chile. Después de seguir sus primeros estudios en Lota y Lebú, trata de ingresar a la universidad, pero la falta de dinero se lo impide. Trabaja entonces, él también, como minero y luego como bodeguero en un campamento. Su naturaleza enfermiza lo salva de trabajar en las mismas galerías, pero conoce de modo inmediato el sórdido drama cotidiano que allí se vive. La lectura de Dostoievsky (*La casa de los muertos*), Bret Harte (*Bocetos californianos*) y Zola (*Germinal*) lo estimulan a escribir sobre esas terribles experiencias. Renuncia a su puesto y marcha a Santiago, donde busca la ayuda de su hermano Samuel, hombre de letras y profesor universitario. Este logra conseguirle un puesto en la sección de publicaciones de la universidad, donde permanecerá hasta jubilarse a los cincuenta años, enfermo de tisis. Su contacto con los escritores de la llamada «generación del 900» (Federico Gana, Augusto D'Halmar y Eduardo Barrios, entre otros) fue provechoso para su vida de escritor. La mayor parte de los cuentos que publicó en periódicos y revistas se reunieron en dos libros: *Sub terra* (1904) y *Sub sole* (1905). La redacción de la novela *La huelga,* que trataba un conocido hecho histórico de represión contra los mineros de Iquique, fue interrumpida por su muerte.

De los cuarenta y cinco cuentos que escribió Lillo, «La compuerta número 12» es sin duda el más célebre y leído; es además uno de los primeros que publicó: apareció en la revista *Chile Ilustrado,* en junio de 1904. En esos momentos, la tendencia dominante en las letras chilenas era el modernismo, y el naturalismo era una fuerza todavía incipiente; aunque él mismo escribió algunos cuentos de corte modernista, Lillo supone un cambio radical en ese contexto: su vigoroso y desgarrado lenguaje, que todavía nos sobrecoge, era algo esencialmente nuevo entonces. También dio al tema minero, que el costumbrismo había visto de manera superficial o pintoresco, una dignidad y fuerza convincentes. Es interesante comparar a Lillo con Gana *(véase),* pues ambos son narradores que, desde distintas perspectivas, afines al realismo y al naturalismo, incorporan dos zonas precisas del Chile profundo y olvidado. La visión de Gana es piadosa y comprensiva, aunque discretamente lejana; la de Lillo es pasional e inmediata, desde adentro. El primero se apiada de los peones del campo y sus penurias; el segundo se identifica totalmente con los mineros: en verdad, es uno más de ellos y, al mirarlos, se mira a sí mismo. El tono de Gana es apacible y lento, e invita a la reflexión; el de Lillo tiene una aspereza casi mineral y su distorsión y horror incitan a la rebeldía y quizá a la acción: el mundo de las minas es un infierno intolerable, un escándalo moral, un patente ejemplo de la injusticia del sistema que lo permite. El cuento es un documento y una acusación que difícilmente pueden ser contradichos; el peso de la argumentación no reside en las ocasionales digresiones y prédicas que Lillo dispersa en el texto, sino en la fuerza

imborrable con la que habla la escena que tenemos ante
los ojos. El cuadro es tremendo y aun tremendista, pero
la enorme indignación que lo inspira está como contenida
justo al borde que lo separa del melodrama. Es la situación dramática la que crece, mientras, curiosamente, el
control verbal se hace más estricto; hacia el final, cuando
el conjunto alcanza su punto crítico, sentimos que Lillo
contiene sus propias lágrimas y vela su emoción con so-
breentendidos, alegorías e imágenes que proyectan la historia sobre un marco más vasto: éste es sólo un caso
más de la perenne tragedia humana. La terrible condena
de Sísifo y Prometeo, el laberinto de Minotauro y su
sangriento rito, el bárbaro sacrificio de Abraham, y la
imagen goyesca de Saturno devorando a sus hijos, vienen
aquí a la mente: la mina es un monstruo en cuyas entrañas se celebra cada día una oscura ceremonia en la que
los padres sacrifican a los hijos siguiendo un ciclo fatal,
que se sigue de generación en generación. La pareja del
viejo padre y el niño sintetiza vigorosamente esa cadena
que se impone por sobre los afectos naturales y los des-
figura: el niño grita de terror y el padre sufre porque
sabe lo que le espera al hijo, pero ambos cumplen sus
respectivas partes en el rito consagrado «por el crimen
y la iniquidad de los hombres». La escena final, en la
que el padre, reiterando maquinalmente su gesto de condenado a encierro perpetuo bajo tierra, combate su desesperación golpeando la roca con rabia mientras anhela el
mundo de la luz, es notable. El continuo contrapunto
entre lo elemental y lo sobrecogedor, lo implacable y lo
tierno (por ejemplo, el pasaje que describe cómo el duro
capataz se conmueve ante la presencia del niño) crea una
onda emotiva que alcanza fácilmente al lector. Más que
a las situaciones estereotípicas de la novela minera de la
zona andina (recuérdese *El tungsteno,* de Vallejo), las
imágenes de este cuento pueden compararse con las de
la poesía (ciertos poemas de *Canto general,* de Neruda;
«Los mineros salieron de la mina», del mismo Vallejo) y
con los grabados de Frasconi.

OBRA NARRATIVA

Sub terra. Cuadros mineros, Santiago: Imprenta Moderna, 1904; *Sub sole,* Santiago: Imprenta Universitaria,
1907; *Relatos populares,* prólogo de J. S. González Vera,
Santiago: Nascimento, 1942; *Antología,* prólogo de Ni-
comedes Guzmán, Santiago: Zig-Zag, 1955; *El hallazgo
y otros cuentos,* ed. José Zamudio, Santiago: Ercilla,
1956; *Obras completas,* pról. Raúl Silva Castro, Santiago: Nascimento, 1960; *Pesquisa trágica. Cuentos olvidados,* nota prelim. José Zamudio, Santiago: Luis Riva-
no, 1963.

CRITICA

Fernando Alegría, *Las fronteras del realismo. Literatura chilena del siglo XX,* Santiago: Zig-Zag, 1962,
pp. 19-45; Ruth Sedgwick, *Baldomero Lillo,* New Haven:
Yale University Press, 1956; Víctor M. Valenzuela, *Cuatro escritores chilenos,* New York: Las Americas Publishing, 1961, pp. 69-92; Carmelo Virgilio, «Symbolic Ima-
gery in "La compuerta número 12"», *Revista Canadiense
de Estudios Hispánicos,* 2, 1978, pp. 142-153; John L.
Walker, «Baldomero Lillo, ¿modernista comprometido?»,
Cuadernos Hispanoamericanos, 283, 1974, pp. 131-142.
Véanse además los trabajos de González Vera, Guzmán,
Silva Castro y Zamudio en las ediciones arriba citadas.

Pablo se aferró instintivamente a las piernas de su padre. Zumbábanle los oídos y el piso que huía debajo de sus pies le producía una extraña sensación de angustia. Creíase precipitado en aquel agujero cuya negra abertura había entrevisto al penetrar en la jaula, y sus grandes ojos miraban con espanto las lóbregas paredes del pozo en el que se hundían con vertiginosa rapidez. En aquel silencioso descenso, sin trepidación ni más ruido que el del agua goteando sobre la techumbre de hierro, las luces de las lámparas parecían prontas a extinguirse y sus débiles destellos se delineaban vagamente en la penumbra de las hendiduras y partes salientes de la roca: una serie interminable de negras sombras que volaban como saetas hacia lo alto. Pasado un minuto, la velocidad disminuye bruscamente, los pies asentáronse con más solidez en el piso fugitivo y el pesado armazón de hierro, con un áspero rechinar de goznes y de cadenas, quedó inmóvil a la entrada de la galería.

El viejo tomó en la mano al pequeño y juntos se internaron en el negro túnel. Eran de los primeros en llegar y el movimiento de la mina no empezaba aún. De la galería, bastante alta para permitir al minero erguir su elevada talla, sólo se distinguía parte de la techumbre cruzada por gruesos maderos. Las paredes laterales permanecían invisibles en la oscuridad profunda que llenaba la vasta y lóbrega excavación.

A cuarenta metros del piquete se detuvieron ante una especie de gruta excavada en la roca. Del techo agrietado, de color de hollín, colgaba un candil de hoja de lata, cuyo maciento resplandor daba a la estancia la apariencia de una cripta enlutada y llena de sombras. En el fondo, sentado delante de una mesa, un hombre pequeño, ya entrado en años, hacía anotaciones en un enorme registro. Su negro traje hacía resaltar la palidez del rostro surcado por profundas arrugas. Al ruido de pasos levantó la cabeza y fijó una mirada interrogadora en el viejo minero, quien avanzó con timidez, diciendo con voz llena de sumisión y de respeto:

—Señor, aquí traigo el chico.

Los ojos penetrantes del capataz abarcaron de una ojeada el cuerpecillo endeble del muchacho. Sus delgados miembros y la infantil inconsciencia del moreno rostro en el que brillaban dos ojos muy abiertos como de medrosa bestezuela, lo impresionaron desfavorablemente, y su corazón endurecido por el espectáculo diario de tantas miserias, experimentó una piadosa sacudida a la vista de aquel pequeñuelo arrancado a sus juegos infantiles y condenado como tantas infelices criaturas a languidecer miserablemente en las húmedas galerías, junto a las puertas de ventilación. Las duras líneas de su rostro se suavizaron y con fingida aspereza le dijo al viejo, que, muy inquieto por aquel examen, fijaba en él una ansiosa mirada:

—¡Hombre!, este muchacho es todavía muy débil para el trabajo. ¿Es hijo tuyo?

—Sí, señor.

—Pues debías tener lástima de sus pocos años y antes de enterrarlo aquí, enviarlo a la escuela por algún tiempo.

—Señor —balbuceó la ruda voz del minero en la que

vibraba un acento de dolorosa súplica—, somos seis en casa y uno solo el que trabaja. Pablo cumplió ya los ocho años y debe ganar el pan que come, y, como hijo de minero, su oficio será el de sus mayores, que no tuvieron nunca otra escuela que la mina.

Su voz opaca y temblorosa se extinguió repentinamente en un acceso de tos, pero sus ojos húmedos imploraban con tal insistencia, que el capataz, vencido por aquel mudo ruego, llevó a sus labios un silbato y arrancó de él un sonido agudo que repercutió a lo lejos en la desierta galería. Oyóse un rumor de pasos precipitados y una oscura silueta se dibujó en el hueco de la puerta.

—Juan —exclamó el hombrecillo, dirigiéndose al recién llegado—, lleva a este chico a la compuerta número doce, reemplazará al hijo de José, el carretillero, aplastado ayer por la corrida.

Y volviéndose bruscamente hacia el viejo, que empezaba a murmurar una frase de agradecimiento, díjole con tono duro y severo:

—He visto que en la última semana no has alcanzado a los cinco cajones que es el mínimum diario que se exige de cada barretero. No olvides que si esto sucede otra vez, será preciso darte de baja para que ocupe tu sitio otro más activo.

Y haciendo con la diestra un ademán enérgico, lo despidió.

Los tres se marcharon silenciosos y el rumor de sus pisadas fue alejándose poco a poco en la oscura galería. Caminaban entre dos hileras de rieles, cuyas traviesas hundidas en el suelo fangoso trataban de evitar alargando o acortando el paso, guiándose por los gruesos clavos que sujetaban las barras de acero. El guía, un hombre joven aún, iba delante y más atrás con el pequeño Pablo de la mano seguía el viejo con la barba sumida en el pecho, hondamente preocupado. Las palabras del capataz y la amenaza en ellas contenida, habían llenado de angustia su corazón. Desde algún tiempo su decadencia era visible para todos, cada día se acercaba más el fatal lindero que una vez traspasado convierte al obrero viejo en un trasto

inútil dentro de la mina. En balde desde el amanecer
hasta la noche, durante catorce horas mortales, revolviéndose como un reptil en la estrecha *labor,* atacaba la hulla
furiosamente, encarnizándose contra el filón inagotable
que tantas generaciones de forzados como él arañaban sin
cesar en las entrañas de la tierra.

Pero aquella lucha tenaz y sin tregua convertía muy
pronto en viejos decrépitos a los más jóvenes y vigorosos.
Allí, en la lóbrega madriguera húmeda y estrecha, encor-
vábanse las espaldas y aflojábanse los músculos y, como
el potro resabiado que se estremece tembloroso a la vara,
los viejos mineros cada mañana sentían tiritar sus carnes
al contacto de la veta. Pero el hambre es aguijón más
eficaz que el látigo y la espuela, y reanudaban taciturnos
la tarea agobiadora y la veta entera acribillada por mil
partes por aquella carcoma humana, vibraba sutilmente,
desmoronándose pedazo a pedazo, mordida por el diente
cuadrangular del pico, como la arenisca de la ribera a los
embates del mar.

La súbita detención del guía arrancó al viejo de sus
tristes cavilaciones. Una puerta les cerraba el camino en
aquella dirección, y en el suelo, arrimado a la pared, había un bulto pequeño cuyos contornos se destacaron con-
fusamente heridos por las luces vacilantes de las lámparas: era un niño de diez años, acurrucado en un hueco
de la muralla.

Con los codos en las rodillas y el pálido rostro entre
las manos enflaquecidas, mudo e inmóvil, pareció no percibir a los obreros que traspusieron el umbral y lo dejaron
de nuevo sumido en la oscuridad. Sus ojos abiertos, sin
expresión, estaban fijos obstinadamente hacia arriba, absortos, tal vez en la contemplación de un panorama imaginario, que, como el miraje desierto, atraía sus pupilas
sedientas de luz, húmedas por la nostalgia del lejano resplandor del día.

Encargado del manejo de esa puerta, pasaba las horas
interminables de su encierro, sumergido en un ensimis-
mamiento doloroso, abrumado por aquella lápida enorme
que ahogó para siempre en él la inquieta y grácil movili-

dad de la infancia, cuyos sufrimientos dejan en el alma que los comprende una amargura infinita y un sentimiento de execración acerbo por el egoísmo y la cobardía humanos.

Los dos hombres y el niño, después de caminar algún tiempo por un estrecho corredor, desembocaron en una alta galería de arrastre, de cuya techumbre caía una lluvia continua de gruesas gotas de agua. Un ruido sordo y lejano, como si un martillo gigantesco golpease sobre sus cabezas la armadura del planeta, escuchábase a intervalos. Aquel rumor, cuyo origen Pablo no acertaba a explicarse, era el choque de las olas en las rompientes de la costa. Anduvieron aún un corto trecho y se encontraron, por fin, delante de la compuerta número doce.

—Aquí es —dijo el guía, deteniéndose junto a la hoja de tablas que giraba sujeta a un marco de madera incrustado en la roca.

Las tinieblas eran tan espesas que las rojizas luces de las lámparas, sujetas a las viseras de las gorras de cuero, apenas dejaban entrever aquel obstáculo.

Pablo, que no se explicaba ese alto repentino, contemplaba silencioso a sus acompañantes, quienes, después de cambiar entre sí algunas palabras breves y rápidas, se pusieron a enseñarle con jovialidad y empeño el manejo de la compuerta. El rapaz, siguiendo sus indicaciones, la abrió y cerró repetidas veces, desvaneciendo la incertidumbre del padre, que temía que las fuerzas de su hijo no bastasen para aquel trabajo.

El viejo manifestó su contento, pasando la callosa mano por la inculta cabellera de su primogénito, quien hasta allí no había demostrado cansancio ni inquietud. Su juvenil imaginación impresionada por aquel espectáculo nuevo y desconocido se hallaba aturdida, desorientada. Parecíale a veces que estaba en un cuarto a oscuras y creía ver a cada instante abrirse una ventana y entrar por ella los brillantes rayos del sol, y aunque su inexperto corazoncillo no experimentaba ya la angustia que le asaltó en el pozo de bajada, aquellos mimos y caricias a que no estaba acostumbrado despertaron su desconfianza. Una luz brilló a lo lejos de la galería y luego se oyó el chirrido de las ruedas sobre la vía, mientras un trote pesado y rápido hacía retumbar el suelo.

—¡Es la corrida! —exclamaron a un tiempo los dos hombres.

—Pronto, Pablo —dijo el viejo—; a ver cómo cumples tu obligación.

El pequeño, con los puños apretados, apoyó su diminuto cuerpo contra la hoja que cedió lentamente hasta tocar la pared. Apenas efectuada esta operación, un caballo oscuro, sudoroso y jadeante, cruzó rápido delante de ellos, arrastrando un pesado tren cargado de mineral.

Los obreros se miraron satisfechos. El novato era ya un portero experimentado y el viejo, inclinando su alta estatura, empezó a hablarle zalameramente: él no era ya un chicuelo, como los que quedaban allá arriba, que lloran por nada y están siempre cogidos de las faldas de las mujeres, sino un hombre, un valiente, nada menos que un obrero, es decir, un camarada a quien había que tratar como tal. Y en breves frases le dio a entender que les era forzoso dejarlo solo; pero que no tuviese miedo, pues había en la mina muchísimos otros de su edad, desempeñando el mismo trabajo: que él estaba cerca y vendría a verlo de cuando en cuando, y una vez terminada la faena, regresarían juntos a casa.

Pablo oía aquello con espanto creciente, y por toda respuesta se cogió con ambas manos de la blusa del minero. Hasta entonces no se había dado cuenta exacta de lo que se exigía de él. El giro inesperado que tomaba lo que creyó un simple paseo, le produjo un miedo cerval y dominado por un deseo vehementísimo de abandonar aquel sitio, de ver a su madre y a sus hermanos y de encontrarse otra vez a la claridad del día, sólo contestaba a las afectuosas razones de su padre con un «¡Vamos!» quejumbroso y lleno de miedo. Ni promesas ni amenazas lo convencían y el «¡Vamos, padre!», brotaba de sus labios cada vez más dolorido y apremiante.

Una violenta contrariedad se pintó en el rostro del viejo minero, pero al ver aquellos ojos llenos de lágrimas,

desolados y suplicantes, levantados hacia él, su naciente
cólera se trocó en una piedad infinita: ¡era todavía tan
débil y pequeño! Y el amor paternal adormecido en lo
íntimo de su ser recobró de súbito su fuerza avasalladora.

El recuerdo de su vida, de esos cuarenta años de trabajos y sufrimientos, se presentó de repente a su imaginación, y con honda congoja comprobó que de aquella labor
inmensa sólo le restaba un cuerpo exhausto que tal vez
muy pronto arrojarían de la mina como un estorbo, y al
pensar que idéntico destino aguardaba a la triste criatura, le acometió de improviso un deseo imperioso de
disputar su presa a ese monstruo insaciable, que arrancaba del regazo de las madres los hijos apenas crecidos
para convertirlos en esos parias, cuyas espaldas reciben
con el mismo estoicismo el golpe brutal del amo y las
caricias de la roca en las inclinadas galerías.

Pero aquel sentimiento de rebelión que empezaba a
germinar en él se extinguió repentinamente ante el recuerdo de su pobre hogar y de los seres hambrientos y
desnudos de los que era el único sostén, y su vieja experiencia le demostró lo insensato de su quimera. La mina
no soltaba nunca al que había cogido y, como eslabones
nuevos, que se sustituyen a los viejos y gastados de una
cadena sin fin, allí abajo, los hijos sucedían a los padres
y en el hondo pozo el subir y bajar de aquella marea viviente no se interrumpía jamás. Los pequeñuelos, respi-
rando el aire emponzoñado de la mina crecían raquíticos,
débiles, paliduchos, pero había que resignarse, pues para
eso habían nacido.

Y con resuelto ademán, el viejo desenrrolló de su cintura una cuerda delgada y fuerte, y a pesar de la resistencia y súplicas del niño, lo ató con ella por mitad del
cuerpo y aseguró, en seguida, la otra extremidad en un
grueso perno incrustado en la roca. Trozos de cordel
adheridos a aquel hierro indicaban que no era la primera
vez que prestaba un servicio semejante.

La criatura, medio muerta de terror, lanzaba gritos penetrantes de pavorosa angustia y hubo que emplear la
violencia para arrancarle de entre las piernas del padre,

a las que se había asido con todas sus fuerzas. Sus ruegos
y clamores llenaban la galería, sin que la tierna víctima,
más desdichada que el bíblico Isaac, oyese una voz amiga
que detuviera el brazo paternal armado contra su propia
carne, por el crimen y la iniquidad de los hombres.

Sus voces llamando al viejo que se alejaba, tenían acentos tan desgarradores, tan hondos y vibrantes, que el
infeliz padre sintió de nuevo flaquear su resolución. Mas
aquel desfallecimiento sólo duró un instante, y tapándose
los oídos para no escuchar aquellos gritos que le atena-
ceaban las entrañas, apresuró la marcha apartándose de
aquel sitio. Antes de abandonar la galería, se detuvo un
instante y escuchó una vocecilla tenue como un soplo,
que clamaba allá muy lejos, debilitada por la distancia:
«¡Madre! ¡Madre!»

Entonces echó a correr como un loco, acosado por el
doliente vagido, y no se detuvo sino cuando se halló delante de la veta, a la vista de la cual su dolor se convirtió
de pronto en furiosa ira, y, empuñando el mango del pico,
la atacó rabiosamente. En el duro bloque caían los golpes como espesa granizada sobre sonoros cristales, y el
diente de acero se hundía en aquella masa negra y brillante, arrancando trozos enormes que se amontonaban
entre las piernas del obrero, mientras un polvo espeso
cubría como un velo la vacilante luz de la lámpara.

Las cortantes aristas del carbón volaban con fuerza, hi-
riéndole el rostro, el cuello y el pecho desnudo. Hilos de
sangre mezclábanse al copioso sudor que inundaba su
cuerpo, que penetraba como una cuña en la brecha abierta, ensanchándola con el afán del presidiario que horada
el muro que lo oprime; pero sin la esperanza que alienta
y fortalece al prisionero: hallar al fin de la jornada una
vida nueva, llena de sol, de aire y de libertad.

Augusto D'Halmar

(Valparaíso, 1882-Santiago, 1950)

Es injusto que fuera de Chile el nombre de Augusto
D'Halmar haya caído casi en completo olvido: es un excelente escritor, cuyo mundo imaginario es profundamente personal y enigmático. El reclamo de lo exótico, misterioso o insólito lo seducía con una fuerza obsesiva. Era,
como escritor y como hombre, una personalidad extraña,
difícil de clasificar. Aunque hay en su obra claras huellas de la escuela rusa (Tolstoi, Dostoievski, Turgenev,
Gorki), del naturalismo y del modernismo, no sigue en
verdad ninguno de esos modelos; cultiva una especie de
realismo simbólico, cuyas visiones rozan frecuentemente
con la ensoñación subconsciente, la inquietud metafísica
y la filosofía oriental, actitudes que serán más frecuentes
en la era postmodernista. Al leerlo, descubrimos que sus
preocupaciones y ansiedades de escritor son las de un espíritu completamente moderno.

«Augusto D'Halmar» es el seudónimo de Augusto Jorge Goemine Thomson, hijo natural de un aventurero
francés y una chilena de distinguida ascendencia escoce-
sa, casada con un marino sueco. Comienza a publicar muy

temprano en revistas y periódicos de Santiago, todavía
con su nombre verdadero. En 1902 aparece su primera
novela, *Juana Lucero,* que cuenta la vida de una prosti-
tuta. En 1904 organiza con otros escritores y artistas
chilenos la llamada Colonia Tolstoyana, que, siguiendo
las propuestas del autor ruso, al que tanto admiraba, se
estableció en San Bernardo, cerca de Santiago, como una
comuna agrícola autosuficiente. La experiencia sólo duró
un año, pero D'Halmar siguió viviendo con su familia
en esa localidad. Siendo secretario privado del ministro
de Relaciones Públicas, fue nombrado en 1907 cónsul en
Calcuta, viaje que le permite conocer Londres, París,
Egipto. El impacto que el Oriente produce en su espíritu hambriento de misticismo y religiosidad, es profundo
a pesar de que, enfermo, debe abandonar la India a los
pocos meses. Luego va a parar al pequeño y apartado
puerto Eten, al norte del Perú, que era el único destino
consular entonces vacante. Allí permanece entre 1909
y 1915, aislado de todo y escribiendo la novela corta
Gatita, que aparecerá en 1917. Sólo a los treinta y dos
años, D'Halmar publica su primer libro de cuentos, titulado *La lámpara en el molino.* Tras un breve retorno
a Chile, en 1916 emprende un nuevo viaje, esta vez a
Francia y luego a España, donde vivió hasta 1934. En
Madrid, Barcelona y París aparecieron varias de sus obras
maduras. De vuelta en Santiago y mientras prosigue su
actividad literaria, trabaja en la Biblioteca Nacional. En
1942 ganó el Premio Nacional de Literatura, que se otor-
gaba por primera vez en Chile.

La producción de D'Halmar presenta varias fases —cerca primero de Zola y los novelistas rusos, luego de Rubén
Darío y Loti, más tarde de Andersen e Ibsen— y se
extiende por varios géneros: novela, cuento, poesía, crónica, teatro, ensayo, etc. Es difícil abarcar esa variedad
en pocas líneas; quizá «En provincia» ofrezca una síntesis de su arte que hable por sí misma. Aunque escrito
hacia 1904, este cuento sólo fue publicado en una revista
chilena en agosto de 1914 e incluido ese mismo año en
La lámpara en el molino. Muchas virtudes tiene este re-

lato, pero la primordial es la exactitud de su tono, cuyo
efecto de distanciamiento autoirónico es visible desde las
primeras líneas, que describen la vida trivial y mediocre
de un pequeño empleado. El borroso título sugiere que
vamos a presenciar un cuadro típico de vida provinciana,
pero no lo que en realidad leemos: la tragicómica confesión erótica de un cincuentón que es ahora, tras la única
aventura de su vida, un fantasma deshabitado de pasión
o, como él dice, «un muerto que hojea su vida». El aire
resignado y objetivo del relato hace más patéticas sus
confidencias. Asistimos a los rituales con los que trata de
subsanar el vacío de su vida y su irreparable aislamiento:
las cartas comerciales que escribe, la flauta que toca y
que suena como un sollozo melancólico, los deseos —siempre incumplidos— que formula ante las estrellas fugaces, etc. Todo es triste, desolado, inútil, porque todo está
fijado para siempre por la imagen de esa mujer casada
—con el patrón, además— que lo fascinó y que perdió
sólo por su enfermiza timidez. Astutamente, el relato del
protagonista no nos deja saber con certeza qué es lo que
pasó realmente entre ellos: ¿lo sedujo ella o imaginó él
la aventura erótica? La escena literalmente se apaga en
el momento preciso: quedamos a oscuras y sólo podemos
conjeturar lo que ocurrió antes de que él nos diga: «Salí
tambaleándome.» La extraña reacción de la mujer, que
lo trata luego con frialdad, el sorprendente anuncio que
hace el marido y el aturdimiento gozoso que eso provoca
en el solterón, aumentan la ambigüedad de la historia.
El motivo de la aparente esterilidad de la pareja juega
aquí un papel muy importante —y colorea con un subido
matiz de escándalo el triángulo amoroso. Es posible pensar que el marido no es una víctima, sino un cómplice,
alguien que acepta su propia humillación para obtener
lo que completará su felicidad; quizá el único engañado
sea el solterón, atrapado por su propio deseo de tener
una familia, de reclamar algo como suyo. Su propia duda
nunca se resuelve del todo: «¡Jamás he comprendido qué
fui para ella, capricho, juguete o instrumento!» Y tampoco la del lector, que sólo puede contemplar la situación

a través de la recusable y confusa versión que da el
protagonista veinte años después, cuando ya no queda
como testimonio sino una fotografía. El retrato psicológico que traza D'Halmar es impecable y convincente, pero
las connotaciones sociales —con sus alusiones a la sordi-
dez del trabajo asalariado, la dureza del espíritu burgués,
el poder del patrón extendido hasta la esfera de los sentimientos privados— no están ausentes; en ese nivel, el
cuento puede también leerse como una parábola de la
suprema explotación de las fuerzas del trabajador, que recuerda algunos pasajes de *El señor Puntila y su criado
Matti,* de Brecht. Uno también piensa en el agridulce
clima emocional del poema «El solterón» (1905), de
Lugones, o en «The Love Song of Alfred Prufrock»
(1917), de T. S. Eliot, variantes de la misma tragedia
ridícula de un hombre ordinario. En el conjunto del
cuento hispanoamericano de su tiempo, éste es un texto
ejemplar por la limpieza de su lenguaje y la eficacia de su
técnica.

OBRA NARRATIVA (primeras ediciones y principales
recopilaciones)

Juana Lucero, Santiago: Imprenta Turín, 1902; *La
lámpara en el molino,* Santiago: Imprenta Nueva York,
1914; *Gatita,* Santiago: Imp. Universitaria, 1917; *Pasión
y muerte del cura Deusto,* Berlín-Madrid-Buenos Aires:
Edit. Internacional, 1924; *La sombra del humo en el
espejo,* Madrid: Edit. Internacional, 1924; *Mi otro yo,*
Madrid: La Novela Semanal, 1924; *Capitanes sin barco,*
pról. Ernesto Montenegro, Santiago: Ercilla, 1934; *Obras
completas,* Santiago: Ercilla, 1934-1935, 23 vols.; *Mar,*
pról. J. S. González Vera, Santiago: Cruz del Sur, 1943;
Cristián y yo, pról. Mariano Latorre, Santiago: Nascimento, 1946; *Antología de Augusto D'Halmar, el hermano errante,* pról. y ed. Enrique Espinoza, Santiago:
Zig-Zag, 1963; *Los 21,* pról. «Alone», Santiago: Nascimento, 1969; *Obras escogidas,* pról. Francisco Coloane,

Santiago: Editorial Andrés Bello, 1970; *Canciones con palabras,* Santiago: Editorial del Pacífico, 1972; *Recuerdos olvidados,* pról. Alfonso Calderón, Santiago: Nascimento, 1975.

CRITICA

Julio Orlandi Araya y Alejandro Ramírez Cid, *Augusto D'Halmar: obras, estilo, técnica,* Santiago: Editorial del Pacífico, 1960; Fernando Santiván, *Memorias de un tolstoyano,* Santiago: Zig-Zag, 1955. Consúltense además los trabajos de Montenegro, González Vera, Latorre, Espinoza, «Alone» y Calderón, arriba citados.

La vie est vaine;
un peu d'amour,
un peu de haine,
et puis «bonjour».

La vie est brève;
un peu d'espoir,
un peu de rêve,
et puis «bonsoir».

Tengo cincuenta y seis años y hace cuarenta que llevo la pluma tras la oreja; pues bien, nunca supuse que pudiera servirme para algo que no fuese consignar partidas en el libro *Diario* o transcribir cartas con encabezamiento inamovible:

«En contestación a su grata, fecha... del presente, tengo el gusto de comunicarle...»

Y es que salido de mi pueblo a los dieciséis años, después de la muerte de mi madre, sin dejar afecciones tras de mí, viviendo desde entonces en este medio provinciano, donde todos nos entendemos verbalmente, no he tenido para qué escribir. A veces lo hubiera deseado; me hubiera complacido que alguien, en el vasto mundo, recibiese mis confidencias, pero ¿quién?

En cuanto a desahogarme con cualquiera, sería ridículo. La gente se forma una idea de uno y le duele modificarla. Yo soy, ante todo, un hombre gordo y calvo, y un empleado de comercio: Borja Guzmán, tenedor de libros del «Emporio Delfín». ¡Buena la haría saliendo ahora con revelaciones sentimentales! A cada cual se le asigna, o escoge cada cual, su papel en la farsa, pero precisa sostenerlo hasta la postre.

Debí casarme y dejé de hacerlo. ¿Por qué? No por falta de inclinaciones, pues aquello mismo de que no hubiera disfrutado de un hogar a mis anchas hacía que soñase con formarlo. ¿Por qué entonces? ¡La vida! ¡Ah, la vida! El viejo Delfín me mantuvo un honorario que el heredero aumentó, pero que fue reducido apenas cambió la casa de dueño. Tres ha tenido, y ni varió mi situación, ni mejoré de suerte. En tales condiciones se hace difícil el ahorro, sobre todo si no se sacrifica el estómago. El cerebro, los brazos, el corazón, todo trabaja para él: se descuida Smiles [1] y cuando quisiera establecerse ya no hay modo de hacerlo.

¿Es lo que me ha dejado soltero? Sí, hasta los treinta y un años, que de ahí en adelante no se cuenta. Un suceso vino a clausurar a esa edad mi pasado, mi presente y mi porvenir, y ya no fui, ya no soy sino un muerto que hojea su vida.

Aparte de esto he tenido poco tiempo de aburrirme. Por la mañana, a las nueve, se abre el almacén; interrumpe su movimiento para el almuerzo y la comida, y al toque de retreta se cierra.

Desde ésa hasta esta hora, permanezco en mi piso giratorio con los pies en el travesaño más alto y sobre el bufete los codos forrados en percalina; después de guardar los libros y apagar la lámpara que me corresponde, cruzo la plazoleta y, a una vuelta de llave, se franquea para mí una puerta: estoy en «*mi* casa». Camino a tientas, cerca de la cómoda hago luz; allí, a la derecha, se halla siempre la bujía. Lo primero que veo es una fotografía, sobre el papel celeste de la habitación; después, la mancha blanca del lecho, mi pobre lecho, que nunca sabe disponer Verónica, y que cada noche acondiciono de nuevo. Una cortina de cretona oculta la ventana que cae a la plaza.

---

[1] Autor de una serie de libros que establecen normas de conducta para tener éxito en la vida.

Si no hace demasiado frío, la retiro y abro los postigos, y si no tengo demasiado sueño, saco mi flauta de
su estuche y ajusto sus piezas con vendajes y ligaduras.
Vieja, casi tanto como yo, el tubo malo, flojas las llaves,
no regulariza ya sus suspiros, y a lo mejor deja escapar el
aire con desalentadora franqueza. De pie ante el alféizar,
acometo una serie de trinados y variaciones para tomar la
embocadura y en seguida doy comienzo a la elegía que
le dedico a mis muertos. ¿Quién no tiene los suyos, esperanzas o recuerdos?

La pequeña ciudad duerme bajo el firmamento. Si hay
luna, puede distinguirse perfectamente el campanario de
la parroquia, la cruz del cementerio o la silueta de alguna
pareja que se ha refugiado entre las encinas de la plaza,
aunque los enamorados prefieren mejor el campo, de donde llega el coro de las ranas con rumores y perfumes confusos. El viento difunde los gemidos de mi flauta y los
lleva hasta las estrellas, las mismas que, hace años y hace
siglos, amaron los que duermen en el polvo. Cuando una
cruza el espacio, yo formulo un deseo invariable.

En tantos años se han desprendido muchas y mi deseo
no se cumple.

Toco, toco. Son dos o tres motivos melancólicos. Tal
vez supe más y pude aprender otros; pero éstos eran los
que Ella prefería, hace un cuarto de siglo, y con ellos me
he quedado.

Toco, toco. Al pie de la ventana, un grillo, que se siente estimulado, se afina interminablemente. Los perros
ladran a los ruidos y a las sombras. El reloj de una iglesia da una hora. En las casas menos austeras cubren los
fuegos, y hasta el viento que transita por las calles desiertas pretende apagar el alumbrado público.

Entonces, si penetra una mariposa a mi habitación,
abandono la música y acudo para impedir que se preci-
pite sobre la llama. ¿No es el deber de la experiencia?
Además, comenzaba a fatigarme. Es preciso soplar con
fuerza para que la inválida flauta responda, y con mi
volumen excesivo yo quedo jadeante.

Cierro, pues, la ventana; me desvisto, y en gorro y zapatillas, con la palmatoria en la mano, doy, antes de meterme en cama, una última ojeada al retrato. El rostro de Pedro es acariciador; pero en los ojos de ella hay tal altivez, que me obliga a separar los míos. Cuatro lustros han pasado y se me figura verla así: así me miraba.

Esta es mi existencia, desde hace veinte años. Me han bastado, para llenarla, un retrato y algunos aires antiguos; pero está visto que, conforme envejecemos, nos tornamos exigentes. Ya no me bastan y recurro a la pluma.

Si alguien lo supiera. Si sorprendiese alguien mis memorias, la novela triste de un hombre alegre, *Don Borja. El del Emporio del Delfín*. ¡Si fuesen leídas!... ¡Pero no! Manuscritos como éste, que vienen en reemplazo del confidente que no se ha tenido, desaparecen con su autor. El los destruye antes de embarcarse, y algo debe prevenirnos cuándo. De otro modo no se comprende que, en un momento dado, no más particular que cualquiera, menos tal vez que muchos momentos anteriores, el hombre se deshaga de aquel algo comprometedor, pero querido, que todos ocultamos, y, al hacerlo, ni sufra ni tema arrepentirse. Es como el pasaje, que, una vez tomado, nadie posterga su viaje.

¿O será que partimos precisamente porque ya nada nos detiene? Las últimas amarras han caído..., ¡el barco zarpa!

Fue, como dije, hace veinte años; más, veinticinco, pues ello empezó cinco años antes. Yo no podía llamarme ya un joven y ya estaba calvo y bastante grueso; lo he sido siempre: las penas no hacen sino espesar mi tejido adiposo. Había fallecido mi primer patrón, y el Emporio pasó a manos de su sobrino, que habitaba en la capital; nada sabía yo de él, ni siquiera le había visto nunca, pero no tardé en conocerle a fondo: duro y atrabiliario con sus dependientes, con su mujer se conducía como un perfecto enamorado, y cuéntese con que su unión databa de diez años. ¡Cómo parecían amarse, santo Dios! También conocí sus penas, aunque a simple vista pudiera creérseles felices. A él le minaba el deseo de tener un hijo, y aun-

que lo mantuviera secreto, algo había llegado a sospechar
ella. A veces solía preguntarle: «¿Qué echas de menos?»,
y él le cubría la boca de besos. Pero ésta no era una respuesta, ¿no es cierto?

Me habían admitido en su intimidad desde que cono-
cieron mis aficiones filarmónicas. «Debimos adivinarlo:
tiene pulmones a propósito», tal fue el elogio que él hizo
de mí a su mujer en nuestra primera velada.

¡Nuestra primera velada! ¿Cómo acerté delante de
aquellos señores de la capital, yo que tocaba de oído, y
que no había tenido otro maestro que un músico de la
banda? Ejecuté, me acuerdo, *El ensueño,* que esta noche
acabo de repasar, *Lamentaciones de una joven* y *La go-
londrina y el prisionero;* y sólo reparé en la belleza de la
principala, que descendió hasta mí para felicitarme.

De allí dató la costumbre de reunirnos, apenas se cerraba el almacén, en la salita del piso bajo, la misma
donde ahora se ve luz, pero que está ocupada por otra
gente. Pasábamos algunas horas embebidos en nuestro
corto repertorio, que ella no me había permitido variar
en lo más mínimo, y que llegó a conocer tan bien que
cualquier nota falsa la impacientaba. Otras veces me seguía tarareando, y, por bajo que lo hiciera, se adivinaba
en su garganta una voz cuya extensión ignoraría ella
misma. ¿Por qué, a pesar de mis instancias, no consintió
en cantar? ¡Ah! Yo no ejercía sobre ella la menor influencia; por el contrario, a tal punto me imponía, que,
aunque muchas veces quise que charlásemos, nunca me
atreví. ¿No me admitía en su sociedad para oírme? ¡Era
preciso tocar!

En los primeros tiempos, el marido asistía a los con-
ciertos y, al arrullo de la música, se adormecía; pero acabó por dispensarse de ceremonias y siempre que estaba
fatigado nos dejaba y se iba a su lecho. Algunas veces
concurría uno que otro vecino, pero la cosa no debía pa-
recerles divertida y con más frecuencia quedábamos solos.
Así fue como una noche que me preparaba a pasar de
un motivo a otro, Clara (se llamaba Clara) me detuvo
con una pregunta a quemarropa:

—Borja, ¿ha notado usted su tristeza?

—¿De quién?, ¿del patrón? —pregunté, bajando también la voz—. Parece preocupado, pero...

—¿No es cierto? —dijo, clavándome sus ojos afiebrados.

Y como si hablara consigo:

—Le roe el corazón y no puede quitárselo. ¡Ah Dios mío!

Me quedé perplejo y debí haber permanecido mucho tiempo perplejo, hasta que su acento imperativo me sacudió:

—¿Qué hace usted así? ¡Toque, pues!

Desde entonces pareció más preocupada, y como disgustada de mí. Se instalaba muy lejos, en la sombra, tal como si yo le causara un profundo desagrado; me hacía callar para seguir mejor sus pensamientos y, al volver a la realidad, como hallase la muda sumisión de mis ojos a la espera de un mandato suyo, se irritaba sin causa.

—¿Qué hace usted así? ¡Toque, pues!

Otras veces me acusaba de apocado, estimulándome a que le confiara mi pasado y mis aventuras galantes; según ella, yo no podía haber sido eternamente razonable, y alababa con ironía mi *reserva,* o se retorcía en un acceso de incontenible hilaridad: «San Borja, tímido y discreto.»

Bajo el fulgor ardiente de sus ojos, yo me sentía enrojecer más y más, por lo mismo que no perdía la conciencia de mi ridículo. En todos los momentos de mi vida, mi calvicie y mi obesidad me han privado de la necesaria presencia de espíritu, ¡y quién sabe si no son la causa de mi fracaso!

Transcurrió un año, durante el cual sólo viví por las noches. Cuando lo recuerdo, me parece que la una se anudaba a la otra, sin que fuera sensible el tiempo que las separaba, a pesar de que, en aquel entonces, debe de habérseme hecho eterno... Un año breve como una larga noche. Llego a la parte culminante de mi vida. ¿Cómo relatarla para que pueda creerla yo mismo? ¡Es tan inexplicable, tan absurdo, tan inesperado!

Cierta ocasión en que estábamos solos, suspendido en mi música por un ademán suyo, me dedicaba a adorarla, creyéndola abstraída, cuando de pronto la vi dar un salto y apagar la luz. Instintivamente me puse en pie, pero en la oscuridad sentí dos brazos que se enlazaban a mi cuello y el aliento entrecortado de una boca que buscaba la mía.

Salí tambaleándome. Ya en mi cuarto, abrí la ventana y en ella pasé la noche. Todo el aire me era insuficiente. El corazón quería salirse del pecho, lo sentía en la garganta, ahogándome; ¡qué noche!

Esperé la siguiente con miedo. Creíame juguete de un sueño. El amo me reprendió un descuido, y, aunque lo hizo delante del personal, no sentí ira ni vergüenza.

En la noche él asistió a nuestra velada. Ella parecía profundamente abatida.

Y pasó otro día sin que pudiéramos hallarnos solos; el tercero ocurrió, me precipité a sus plantas para cubrir sus manos de besos y lágrimas de gratitud, pero, altiva y desdeñosa, me rechazó, y con su tono más frío, me rogó que tocase.

¡No, yo debí haber soñado mi dicha! ¿Creeréis que nunca, nunca más volví a rozar con mis labios ni el extremo de sus dedos? La vez que, loco de pasión, quise hacer valer mis derechos de amante, me ordenó salir en voz tan alta, que temí que hubiese despertado al amo, que dormía en el piso superior.

¡Qué martirio! Caminaron los meses, y la melancolía de Clara parecía disiparse, pero no su enojo. ¿En qué podía haberla ofendido yo? Hasta que, por fin, una noche en que atravesaba la plaza con mi estuche bajo el brazo, el marido en persona me cerró el paso. Parecía extraordinariamente agitado, y mientras hablaba mantuvo su mano sobre mi hombro con una familiaridad inquietante.

—¡Nada de músicas! —me dijo—. La señora no tiene propicios los nervios, y hay que empezar a respetarle este y otros caprichos.

Yo no comprendía.

—Sí, hombre. Venga usted al casino conmigo y brindaremos a la salud del futuro patroncito.

Nació. Desde mi bufete, entre los gritos de la parturienta, escuché su primer vagido, tan débil. ¡Cómo me palpitaba el corazón! ¡Mi hijo! Porque era mío. ¡No necesitaba ella decírmelo! ¡Mío! ¡Mío! Yo, el solterón solitario, el hombre que no había conocido nunca una familia, a quien nadie dispensaba sus favores sino por dinero, tenía ahora un hijo, ¡y de la mujer amada! ¿Por qué no morí cuando él nacía? Sobre el tapete verde de mi escritorio rompí a sollozar tan fuerte, que la pantalla de la lámpara vibraba y alguien que vino a consultarme algo se retiró en puntillas.

Sólo un mes después fui llevado a presencia del heredero. Le tenía en sus rodillas su madre, convaleciente, y le mecía amorosamente. Me incliné, conmovido hasta la angustia, y, temblando, con la punta de los dedos alcé la gasa que lo cubría y pude verle; hubiese querido gritar: ¡hijo!, pero, al levantar los ojos, encontré la mirada de Clara, tranquila, casi irónica.

—«¡Cuidado!» —me advertía.

Y en voz alta:

—No le vaya usted a despertar.

Su marido, que me acompañaba, la besó tras de la oreja delicadamente.

—Mucho has debido sufrir, ¡mi pobre enferma!

—¡No lo sabes bien! —repuso ella—; mas ¡qué importa si te hice feliz!

Y ya sin descanso, estuve sometido a la horrible expiación de que aquel hombre llamase «su» hijo al mío, a «mi» hijo. ¡Imbécil! Tentado estuve entre mil veces de gritarle la verdad, de hacerle reconocer mi superioridad sobre él, tan orgulloso y confiado; pero ¿y las consecuencias, sobre todo para el inocente? Callé, y en silencio me dediqué a amar con todas las fuerzas de mi alma a aquella criatura, mi carne y mi sangre, que aprendería a llamar *padre* a un extraño.

Entretanto, la conducta de Clara se hacía cada vez más oscura. Las sesiones musicales, para qué decirlo, no volvieron a verificarse, y, con cualquier pretexto, ni siquiera me recibió en su casa las veces que fui.

Parecía obedecer a una resolución inquebrantable y hube de contentarme con ver a mi hijo cuando la niñera lo paseaba en la plaza. Entonces los dos, el marido y yo, le seguíamos desde la ventana de la oficina, y nuestras miradas, húmedas y gozosas, se encontraban y se entendían.

Pero andando esos tres años memorables, y a medida que el niño iba creciendo, me fue más fácil verlo, pues el amo, cada vez más chocho, lo llevaba al almacén y lo retenía a su lado hasta que venían en su busca.

Y en su busca vino Clara una mañana que yo lo tenía en brazos; nunca he visto arrebato semejante. ¡Como leona que recobra su cachorro! Lo que me dijo más bien me lo escupía al rostro.

—¿Por qué lo besa usted de ese modo? ¿Qué pretende usted, canalla?

A mi entender, ella vivía en la inquietud constante de que el niño se aficionase a mí, o de que yo hablara. A ratos, estos temores sobrepujaban a los otros, y para no exasperarme demasiado, dejaba que se me acercase; pero otras veces lo acaparaba, como si yo pudiese hacerle algún daño.

¡Mujer enigmática! Jamás he comprendido qué fui para ella: ¡capricho, juguete o instrumento!

Así las cosas, de la noche a la mañana llegó un extranjero, y medio día pasamos revisando libros y facturas. A la hora del almuerzo el patrón me comunicó que acababa de firmar una escritura por la cual transfería el almacén; que estaba harto de negocios y de vida provinciana, y probablemente volvería con su familia a la capital.

¿Para qué narrar las dolorosísimas presiones de esos últimos días de mi vida? Harán por enero veinte años y todavía me trastorna recordarlos. ¡Dios mío! ¡Se iba cuanto yo había amado! ¡Un extraño se lo llevaba lejos para gozar de ello en paz! ¡Me despojaba de todo lo mío! Ante esa idea tuve en los labios la confesión del adulterio. ¡Oh!

¡Destruir siquiera aquella feliz ignorancia en que viviría y moriría el ladrón! ¡Dios me perdone!

Se fueron. La última noche, por un capricho final, aquella que mató mi vida, pero que también le dio por un momento una intensidad a que yo no tenía derecho, aquella mujer me hizo tocarle las tres piezas favoritas, y al concluir, me premió permitiéndome que besara a mi hijo. Si la sugestión existe, en su alma debe de haber conservado la huella de aquel beso.

¡Se fueron! Ya en la estacioncita, donde acudí a despedirlos, él me entregó un pequeño paquete, diciendo que la noche anterior se le había olvidado.

—Un recuerdo —me repitió— para que piense en nosotros.

—¿Dónde les escribo? —grité cuando ya el tren se ponía en movimiento, y él, desde la plataforma del tren:

—No sé. ¡Mandaremos la dirección!

Parecía una consigna de reserva. En la ventanilla vi a mi hijo, con la nariz aplastada contra el cristal. Detrás, su madre, de pie, grave, la vista perdida en el vacío.

Me volví al almacén, que continuaba bajo la razón social, sin ningún cambio aparente, y oculté el paquete, pero no lo abrí hasta la noche, en mi cuarto solitario.

Era una fotografía.

La misma que hoy me acompaña; un retrato de Clara con su hijo en el regazo, apretado contra su seno, como para ocultarlo o defenderlo.

¡Y tan bien lo ha secuestrado a mi ternura, que en veinte años ni una sola vez he sabido de él; y probablemente no volveré a verlo en este mundo de Dios! Si vive, debe ser un hombre ya. ¿Es feliz? Tal vez a mi lado su porvenir habría sido estrecho. Se llama Pedro... Pedro y el apellido del otro.

Cada noche tomo el retrato, lo beso, y en el reverso leo la dedicatoria que escribieron por el niño.

«Pedro, a su amigo Borja.»

¡Su amigo Borja!... ¡Pedro se irá de la vida sin saber que haya existido tal amigo!

Roberto J. Payró

(Mercedes, Argentina, 1867-Lomas
de Zamora, 1928)

En la literatura argentina, Payró ocupa un lugar cuya
notoriedad no está, en realidad, respaldada por la importancia intrínseca de la obra. Fue, sin duda, un autor popular (todavía lo sigue siendo en su país), pero el tiempo
ha envejecido considerablemente sus textos, que hoy resultan sólo muestras curiosas de un momento de la narrativa argentina. Su obra representaba ya un desfase en
su propio tiempo, dominado por el naturalismo y el modernismo. Payró escribe como un costumbrista, a veces
como un realista algo periodístico y siempre con un espíritu afín al del sainete criollo, que también cultivó:
prototipos populares, situaciones pintorescas, críticas a
los males de la vida pueblerina, la comedia política y las
pretensiones de los poderosos. Sus cuentos suelen no ser
sino estampas, cuadros someramente trazados, en los que
abundan los dialectismos y los brochazos de color local
para asegurar un reconocimiento inmediato del lector.
Una relectura de Payró prueba que poco se salva de esos
sketches que tan celebrados fueron en su época.

Criado en Buenos Aires por sus abuelos y tías, Payró
muestra desde muy joven un espíritu rebelde e inquieto.
Comienza escribiendo poesía, cuentos, una novela; inicia
una intensa labor periodística, que luego lo llevará a fundar dos diarios; se interesa por la política, interviene en
un movimiento revolucionario en 1890 y más tarde mi-
lita en el Partido Socialista, del que fue uno de los fundadores. Lector de Galdós, Dickens, Zola y Rubén Darío,
el influjo literario y personal más decisivo lo recibe de
José S. Alvarez (1858-1903), el popular «Fray Mocho»,
que lo ayuda y estimula; en verdad, Payró es un conti-
nuador de la vena ligera, satírica y picaresca de los *Cuentos* de aquél. En 1887 pasa a vivir en Bahía Blanca, donde
se lanza a una aventura periodística que fracasa y lo em-
pobrece, y donde encontrará el ambiente característico de
sus cuentos: el reiterado Pago Chico, lleno de personajes
pintorescos y menudas ocurrencias de barrio que testi-
monian una Argentina en formación, con sus tensiones
entre inmigrantes y criollos, entre la provincia y la capital. A fines de siglo, como corresponsal de *La Nación*,
viajó por varias regiones de la Argentina, incluso la remota Patagonia. Estas experiencias se reflejan en libros
como *La Australia argentina* y *En las tierras del Inti*.
Pero su fama proviene principalmente de *El casamiento
de Laucha* (1906), *Pago Chico* (1908) y *Divertidas aventuras del nieto de Juan Moreira* (1910), que son variantes
del mismo pequeño mundo de la aldea. En *Violines y
toneles* (1908) presenta historias fantasiosas en ambien-
tes menos típicos y con un tono naturalista a veces algo
tremebundo. Payró también escribió varias obras escéni-
cas que se suman al movimiento teatral criollo encabezado en Argentina por el uruguayo Florencio Sánchez
(1875-1910). En 1907 hace un viaje por Europa; reside
dos años en Barcelona y luego se establece en Bélgica,
donde vivirá hasta 1922. Allí escribe su novela *Divertidas aventuras del nieto de Juan Moreira* y planeó escribir
otras, a la manera de los *Episodios nacionales,* de las que
sólo logró terminar dos: *El capitán Vergara* y *El mar
dulce*. Cuando regresa a Buenos Aires, reanuda su labor

periodística en *La Nación,* su producción teatral y varios
proyectos narrativos que aparecerán póstumamente.

Todas estas facetas de su actividad intelectual, todas
las estéticas que ensayó (romanticismo, realismo, naturalismo), no borran el perfil literario que mejor lo define:
el costumbrismo apicarado de *Pago Chico* y sus otros
libros en la misma vena de fácil comedia provinciana.
Pago Chico plantea una interesante (e involuntaria) cuestión de género: se presenta como una novela, pero en
realidad no es más que un conjunto seriado de cuentos
unificados por el ambiente y un reparto de personajes
que desfila por sus páginas, como protagonistas o como
comparsas, con la familiaridad de vecinos de barrio. Los
«capítulos» son en verdad cuentos, anécdotas autónomas
pero que van componiendo un cuadro general. Implícita-
mente, el título de su secuela sugiere la verdadera naturaleza del libro: *Nuevos cuentos de Pago Chico* (1928).
Del primer conjunto, algunas piezas se salvan de la simplicidad general y permiten apreciar que el arte de Payró
era capaz de una mayor profundidad, observaciones inci-
sivas, una cierta gracia natural para contar. Un ejemplo
de eso puede ser «Metamorfosis», que es un estudio bastante fino de la psicología del individuo presumido al
punto de ponerse en peligro por satisfacer su vanidad.
Característicamente, Payró hace de su personaje un gallego, prototipo del inmigrante español que por entonces
empezaba a ser una presencia notoria en el medio criollo; es además un periodista, miembro de un grupo con
cierto poder en el ámbito local que aparece con frecuencia en sus relatos. La súbita fama de héroe convierte al
cobarde en valiente y lo impulsa a asumir la conducta
que le atribuyen. «Decile a un sonso que es guapo y lo
verás matarse a golpes», comenta alguien, y eso anuncia
el desenlace. Se trata de una tragedia ridícula y sin grandeza, que moraliza discretamente sobre lo que somos y
lo que imaginamos ser. Al final, vemos llorar al personaje, pero irónicamente su desgracia proclama el prestigio de valiente que había perseguido: su sueño se ha convertido en una pesadilla real. La historia está contada sin

complicaciones, en un lenguaje cuya eficacia reside en la
sencillez y en la concentración en un conjunto mínimo
de escenas para describir la transformación del personaje.
De vez en cuando, Payró se permite alguna imagen poética, como la del revólver humeante en «cuyo extremo
flotaba una vedijita de algodón», que añade gracia e interés a un asunto que en sí mismo es menor. Los lectores
de Payró apreciarán además la ausencia de ciertos rasgos
del autor —el dialectismo abusivo, el carácter anecdótico de sus historias—, que están felizmente moderados
por el proceso de interiorización que domina en el relato.

OBRA NARRATIVA (primeras ediciones y principales
recopilaciones)

   Antígona, Buenos Aires: Imprenta de Sud América,
1885; *Scripta,* Buenos Aires: Peuser, 1887; *Novelas
y fantasías,* Buenos Aires: Peuser, 1888; *El falso Inca,*
Buenos Aires: Cía. Sudamericana de Billetes de Banco,
1905; *El casamiento de Laucha,* Buenos Aires: Cía. Sudamericana de Billetes de Banco, 1906; *Pago Chico,* Buenos
Aires: Rodríguez Giles, 1908; *Violines y toneles,* Buenos Aires: Rodríguez Giles, 1908; *Divertidas aventuras
del nieto de Juan Moreira,* pról. Roberto J. Giusti, Barcelona: Maucci, 1910; *El capitán Vergara,* pról. Alberto
Gerchunoff, Buenos Aires: J. Menéndez, 1925, 2 vols.;
El mar dulce, Buenos Aires: Gleizer, 1927; *Nuevos cuentos de Pago Chico,* Buenos Aires: Minerva, 1928; *Cha-
mijo,* Buenos Aires: Minerva, 1930; *Cuentos del otro
barrio,* Buenos Aires: Anaconda, 1931; *Los tesoros del
rey blanco y por qué no fue descubierta la ciudad de los
Césares,* Buenos Aires-Montevideo: Sociedad de Amigos
del Libro Rioplatense, 1935; *Veinte cuentos,* Buenos
Aires: Poseidón, 1943; *Roberto J. Payró* (antología),
ed. G. Weyland, Buenos Aires: Ediciones Culturales Argentinas, 1962; *Cuentos de Pago Chico,* pról. José Rodríguez Feo, La Habana: Casa de las Américas, 1965.

CRITICA

Enrique Anderson Imbert, *Tres novelas de Payró, con pícaros en tres miras,* Buenos Aires: Universidad Nacional de Tucumán, 1942; Dardo Cúneo *, páginas 51-72; Germán García, *Roberto J. Payró: testimonio de una vida y realidad de una literatura,* Buenos Aires: Nova, 1961; Eduardo Lanuza, *Genio y figura de Roberto J. Payró,* Buenos Aires: Eudeba, 1965; Noemí Vergara de Bietti, *Payró, humorista de la tristeza,* Buenos Aires: Agón, 1980; W. C. Weyland, *Roberto J. Payró,* Buenos Aires: Ediciones Culturales Argentinas, 1962.

Terminada la tarea de los recibos para fin de mes, don Lucas Ortega se dispuso a salir en busca de las noticias municipales y policiales, a pesar de la opinión del regente:

—¡No hay que descuidarse! —le había dicho éste—. Manolito nos la ha jurado, y es capaz de cualquier barbaridad.

Don Lucas púsose el sombrero, tomó como de costumbre su bastón de estoque, y salió a las calles silenciosas de Pago Chico en plena siesta, diciéndose que él no se metía con nadie, y que mal podía nadie meterse con él. Olvidaba el pobre y manso administrador y repórter de *El Justiciero* una malhadada y peligrosa modalidad de su carácter: la inclinación a darse lustre.

Llegado muy joven de La Coruña, don Lucas no había sido siempre «periodista», como se declaraba enfáticamente. La instrucción recibida en una escuela del lugar, no le dio para tanto en los primeros años. Se estrenó con toda modestia en una trastienda de almacén, despachando copas; luego ascendió a vendedor, y más tarde a habilitado; a los diez o doce años de estar en la casa ya era socio, a los quince pudo establecerse por su cuenta, en pequeña escala... Pero de pronto, cuando ya esperaba reunir una fortunita y todo el mundo le llamaba «don Lucas» (el don le quedó para siempre) sobrevino una crisis, los deudores no pagaban, los acreedores se le echaban encima, y desde lo alto del que creyera inconmovible pedestal, rodó nuestro héroe, se encontró en la calle, y rodando, rodando, llegó por fin a Pago Chico, y encalló en la administración de *El Justiciero*.

En tan deslumbrante posición comenzó para él otra era de grandeza, no ya material y pecuniaria, sino social e intelectual, cosa que estimaba muchísimo más, aunque a veces lamentara a sus solas el sueldo escaso y tardo, y la brillante miseria.

Pero, eso sí, había crecido, se había agigantado en su propio concepto, y creía que también en el de los demás. Pago Chico debía considerarlo un personaje, puesto que, como periodista, tenía la facultad de opinar, de juzgar, de condenar ante el tribunal del pueblo.

Afable, atento, servicial, hasta servil mientras fue dependiente, y aun siendo patrón, cuando el parroquiano era considerable, no había perdido estas condiciones, como no perdió tampoco la bondad, que constituía el fondo de su carácter. Pero había cambiado de forma. Ebrio de grandeza, era familiar con aquellos magnates del pago que se lo permitían; risueño y atrevido con las señoras ante las que pavoneaba su pequeña estatura; grave y taciturno con la gente de poca importancia; autoritario y altanero con la plebe; condescendientemente accesible para sus subalternos de la imprenta. Hablaba siempre «en discurso», como decía Silvestre, pero estaba tan lejos de ser malo que, a juicio de todo el mundo, era incapaz de matar una mosca.

No era valiente tampoco; pero la convicción de su insignificancia, persistiendo tan oculta allá en lo íntimo que él mismo apenas la vislumbraba, a veces tenía, si no otra, la virtud de hacerlo tranquilo y confiado. De modo que aquella tarde salió tan sin preocupaciones como

siempre (el estoque era un regalo del director, que le
había dicho al ofrecérselo: «¡Un periodista en campaña
no debe andar nunca desarmado!»), a pesar de que *El
Justiciero* acabase de publicar la siguiente «feroz caída»:

«*Escándalo.*—El Moreirita M. P., que con sus calave-
radas y fechorías ya tiene indignado a todo el mundo de
Pago Chico, promovió ayer un descomunal escándalo en
«cierta casa» de los suburbios, rompiendo vasos y espe-
jos y apaleando mujeres, hasta que por fin intervino la
policía, que haría bien una vez por todas en apretarle
las clavijas al mocito que se prevale de su familia para
hacer cuantas atrocidades le da la gana. Sin embargo, no
fue ni llevado a la comisaría siquiera, y nos extraña mucho que el comisario Barraba, después del atropello de
ayer, todavía no lo haya metido a secar en un calabozo
para que otra vez aprenda, no siga dando mal ejemplo y
fomentando la compadrada de los demás muchachos del
pueblo.»

No extrañará esta filípica del oficialista *Justiciero,* si
se tiene en cuenta que el director andaba otra vez en
coqueterías con las autoridades para ver de sacarles mayor tajada, pues iban a necesitarlo para las elecciones.
Y el suelto era justo, porque la tolerancia para los des-
manes del joven Manuel Pérez pasaba de raya, y era una
amenaza general, pues el rico e ignorante pillete se en-
greía y ensoberbecía con la impunidad.

En cuanto a don Lucas, confiaba demasiado. El no había escrito el suelto, es verdad. Se le permitía lucubrar
muy pocas veces; desde que se inclinó «ante la tumba
del deplorable vecino» don Fulano, y dijo cuando la muerte de la madre de Bermúdez, china nonagenaria, que la
distinguida matrona había fallecido «en la flor de su
edad». Pero él, en cambio, para desquitarse, atribuíase
con desparpajo singular, siempre que le era posible, cuanto artículo, suelto o noticia publicaba *El Justiciero,* de
modo que todo el mundo acabó por creer siquiera en su
colaboración.

Marchaba, pues, con paso deliberado, echándose para
atrás, salido el vientre, la cabeza erguida, agigantada en

su concepto la corta estatura, mientras bajo la espalda evolucionaban burlonamente los largos faldones de su jaquet; y no había andado dos cuadras, cuando se quedó frío, corrióle un cosquilleo de la nuca a los pies, y sólo merced a un heroico esfuerzo pudo llevarse la mano trémula al bigote y erguirse casi hasta caer de espaldas... Manuelito Pérez se adelantaba rápido y colérico hacia él, con un ejemplar de *El Justiciero* en la mano.

—¿Quién ha escrito esta noticia? —preguntó el jovenzuelo con voz reconcentrada y amenazadora en cuanto estuvo a su lado.

Un velo pasó por los ojos de don Lucas; sintió que se le aflojaban las piernas, pero haciendo de tripas corazón:

—¡No sé! —contestó secamente.

—¡Qué no ha de saber!

—¡No sé!

—¡Usté no más será, gallego!

—Y si fuera... —acertó, lívido, a balbucir don Lucas.

—¡Ahora verá!

Y Manuelito, echando atrás la pierna derecha, llevó la mano a la cintura. Trémulo, don Lucas retrocedió y desenvainó el virgen estoque, buscando con la vista una persona que lo auxiliase en la calle solitaria abrasada por el sol, un objeto, el hueco de una puerta en que parapetarse... Pero no tuvo tiempo para nada. Oyó una detonación clara y seca, sintió un golpecito en el pecho, y al rodar por la acera, vio como en un escenario, al bajarse rápidamente el telón, que Pérez corría con un revólver, en cuyo extremo flotaba una vedijita de algodón, y que algunos vecinos se asomaban alarmados. Y se desmayó.

... La grita de los periódicos —«la prensa local»—, y especialmente de *El Justiciero,* fue tan grande, que la policía se vio obligada a proceder, descubriendo, una semana más tarde, el escondite de Manuelito, conocido por todo el mundo desde el primer día. Y el jovenzuelo fue a dar a La Plata, con un sumario que parecía hecho por su mismo abogado defensor...

Ortega era, entretanto, objeto de las más entusiastas manifestaciones. *El Justiciero* narraba extensamente los detalles del combate, en que su administrador, heroico, había perdonado ya la vida al asesino que tenía en la punta del estoque, cuando éste, retirándose vencido, le había alevosa y traidoramente disparado un tiro de revólver. Y en seguida hablaba del sacerdocio de la prensa, de los sacrificios hechos en aras del pueblo, de la ingratitud, que generalmente es la única corona de los mártires que ofrecen en holocausto por el bien público toda la generosa sangre de sus venas, y patatín y patatán... Enorme éxito, indescriptible entusiasmo. La gente se agolpaba a la imprenta.

Al día siguiente, y en cuanto los doctores Fillipini y Carbonero declararon que la herida no era de gravedad y que el paciente podía recibir visitas —no muchas a la vez, ni demasiado charlatanas—, el pobre cuartujo de Ortega, revuelto y sórdido, quedó convertido en sitio de obligada y fervorosa peregrinación. Don Lucas había leído los diarios, se había extasiado con las ditirámbicas apologías de *El Justiciero,* pero nada le produjo tan intensos goces, tan férvido orgullo, como aquella continuada procesión admirativa, en que figuraban los hombres más importantes de Pago Chico, y en que ni siquiera faltaban damas..., como que un día se le apareció misia Gertrudis, la vieja esposa del tesorero municipal, presidenta de las Damas de Beneficencia...

¡Cuánto incienso recibió don Lucas, visitado, asistido, festejado, adulado por aquella muchedumbre, ascendido de repente a la categoría de grande hombre, de prócer, de redentor crucificado!... Nadie le demostraba compasión, sin embargo; todos se derretían de admiración respetuosa. prontos a venerarlo, a idolatrarlo. ¡Tanto valor, tanta abnegación, tanta grandeza de alma! ¡Atreverse a oponer un simple estoque a un arma de fuego, vencer al terrible enemigo, perdonarle la vida!... ¡Y todo por el pueblo!

—Ahora comprendo —pensaba don Lucas— cómo se repiten las hazañas peligrosas. ¡Se puede ser héroe!

El lo era en su concepto. Lo fue algunos días en el de los pagochiquenses. Porque, ¡ay!, nada es eterno, y la herida, tardando demasiado en cicatrizarse a causa de tantas emociones, dio tiempo para que el entusiasmo se enfriara poco a poco antes de que don Lucas pudiera tenerse en pie. Cuando salió a la calle, su aventura era ya un hecho mítico, desleído en las nieblas del pasado; nadie le daba importancia, nadie hacía alusión a él.

Pero Ortega no lo advirtió: la embriaguez de la apoteosis había sido tan intensa, que se convirtió en megalomanía. Pálido, demacrado, se paseaba por el pueblo, pavoneándose, convertido en arco de tanto de echarse atrás, haciendo pininos para erguirse y crecerse. Y miraba a todos con soberanas sonrisas protectoras o con gesto avinagrado y despreciativo, según qué fuera aquel en quien se dignaba detener la vista.

Periodista, sacerdote, mártir, magnánimo, defensor del pueblo, víctima del deber... Sí, todo eso era muy hermoso; pero lo que más lo enorgullecía era su fama de valiente. Ser valiente en la tierra del valor ¡él!... Y se frotaba las manos y sonreía de regocijo, convencido de su gloria.

Desde entonces usó revólver a la cintura, no dejándolo sino bajo la almohada, de noche, al acostarse. Hablaba alto en el taller, en la administración, en la redacción, en la calle, en el café, en el circo, haciéndose notar, demostrando que no abrigaba temor a nada ni a nadie. Cada frase suya era una sentencia, aun ante el mismo director de *El Justiciero*. Tenía ademanes rotundos de caballero andante pronto a lanzarse contra una cuadrilla de malandrines. El manso se había convertido en impulsivo, con el deschavetamiento del amor propio exacerbado.

—Es siempre malo que a un sonso se le aparezca un dijunto —solían decir algunos más avisados, al ver pasear a Ortega con el sombrero en la nuca y haciendo molinetes con el bastón.

Silvestre vaticinaba algún futuro desmán, refunfuñando entre dientes al vislumbrar la silueta del nobilísimo Quijote:

—Decile a un sonso que es guapo y lo verás matarse a golpes —uno de sus refranes favoritos, sólo que «matarse» resultaba en sus labios otra cosa.

Y el boticario criollo no dejaba de tener razón.

Ortega acostumbraba tomar el vermouth vespertino en la confitería de Cármine, con el estanciero Gómez, el angloamericano White, famoso por su fuerza hercúlea, el doctor Fillipini algunas veces, y otros amigos.

Un día que don Lucas se había retardado en la imprenta, el acopiador Fernández se acercó a la mesa, trabando conversación de negocios con Gómez. No estaban conformes en un punto..., discutieron, se acaloraron, pasaron a las injurias... De pronto Fernández, ciego de ira, poniéndose de pie, alzó la mano como para dar una bofetada a su contrincante. White, más rápido, pudo evitar la realización del hecho, asiendo a Fernández por los brazos, de atrás. Gómez, blandiendo una silla, se había puesto en guardia, mientras su adversario forcejeaba por desprenderse de las manos férreas de White. La actitud del grupo era realmente amenazadora; y la desgracia quiso que en ese momento entrara Ortega...

Ver aquello, y sin detenerse a reflexionar ni qué era, ni de parte de quién estaban la ventaja y la razón, sacar el revólver de la cintura, fue todo uno para el héroe novel que sólo soñaba batallas y victorias. Y en menos de lo que se tarda en contarlo, hubo un estampido, un poco de humo, un hombre muerto, y el estupor pasó batiendo las alas, petrificando a los actores y espectadores de aquel drama que sólo había tenido desenlace, y que sería comedia a no mediar un cadáver.

Y cuando se vio solo en la oficina de la comisaría, preso, con un homicidio encima, la prolongada embriaguez del heroísmo se desvaneció en aquel pobre cerebro y don Lucas se echó a llorar como una criatura...

III

Modernismo

El nombre de Gutiérrez Nájera es inmediatamente identificado como uno de esos espíritus refinados, idealistas y atormentados que introdujeron las primeras novedades que Darío convertiría en un programa y en una auténtica revolución literaria: el modernismo. Tuvo, como José Martí o Julián del Casal, una alta conciencia artística, en lo que se nota una fuerte influencia de los escritores franceses que leyó (Musset, Gautier, Baudelaire, Flaubert, entre tantos otros) y que adaptó al español poco antes que Rubén. Aunque interrumpida por su temprana muerte, su obra poética y narrativa es personal, grácil, delicada como pocas. Es un indudable precursor de la era que vendría inmediatamente después.

La vida de Gutiérrez Nájera no sólo es breve, sino casi inexistente: la vida de un lector, volcada hacia dentro y sin mayores aventuras que las de la imaginación. De familia acomodada, tuvo una educación esmerada que estimuló su gusto por los libros. Aprendió el francés de niño y manifestó una temprana inclinación por la mística (visible en su obra) que, cuando era adolescente, entró frecuentemente en conflicto con el ambiente de entonces, dominado por el positivismo. Se casó a los diecinueve años; fue elegido diputado por el Estado de México; antes de los veinte ingresó al periodismo y se mantuvo intensamente activo en ese campo hasta el final. En 1894 fundó la *Revista Azul*, importante órgano de difusión modernista. Murió sin haber salido de su país. El único libro de cuentos que publicó en vida fue *Cuentos frágiles* (1883).

Su aporte a la prosa de su tiempo no es menos decisivo que su contribución como renovador de la poesía. Quizá baste decir que influyó sobre la prosa del Darío de *Azul...* (1888). En realidad, el característico «cuento parisién» de éste —ese juego de fantasía cosmopolita y erótica que es un ambiente más que una historia— aparece ya, en germen, en Gutiérrez Nájera, con la importante diferencia de que sus relatos no ocurren precisamente en París. La atmósfera y la intención, sin embargo, son los mismos: irrealidad, elegancia, abandono, brillo verbal. Este tipo de narración significa un cambio radical en las costumbres narrativas que predominaban entonces en Hispanoamérica: hay que comparar los relatos del mexicano con las tradiciones y los cuentos que Ricardo Palma o Federico Gana escribían aún después que él, para tener idea de la distancia estética que había entre ellos —y de cómo se configuraba el cuento moderno en el continente. La mayoría de los cuentos de Gutiérrez Nájera fueron publicados en periódicos y revistas, formando distintas series: «Cuentos del domingo», «Cuentos vistos», «Cuentos de color de humo»..., títulos que han orientado a sus recopiladores para ordenar lo que quedó disperso a su muerte. En esas series, los cuentos se mezclan con las crónicas, las notas de arte, las adaptaciones de leyendas extranjeras: la diferencia se diluye porque el elemento narrativo de los primeros es mínimo, casi impalpable. «La novela del tranvía» es un texto que ejemplifica ese modelo que trataba de imponer la primera generación modernista. Publicado por primera vez en 1882, con el título «Crónicas color de lluvia» y firmado con su famoso seudónimo «El Duque Job», fue incluido en *Cuentos frágiles*. (De paso: el título definitivo demuestra el uso a veces caprichoso que el término «novela» podía tener en Hispanoamérica todavía a fines del siglo XIX; aquí equivale a «cuento» o «historia».) El relato sigue un curso casual, como si el autor improvisase mientras escribe. Su actitud es la del *flâneur* (en lo que coincide con varios relatos de Eduardo Wilde, *véase),* cuyo observatorio móvil es el tranvía. Desde allí, a la caza de «cuadros vivos», contempla la ciudad, que ya empieza a ser una urbe cosmopolita, y a las gentes que viajan con él. El gusto por los detalles, el sesgo humorístico de sus reflexiones, el fantaseo constante al que somete lo que ve, caracterizan al narrador. Pocos elementos le bastan para elaborar su historia; lo hace sin ninguna sujeción a lo «real» y más bien la usa como pretexto para inventar libremente: la trama del relato es «virtual» (la ficción creando una ficción) y abierta a las diversas hipótesis que la configuran; el efecto es el de un designio narrativo muy tenue, precariamente suspendido de la cambiante voluntad narrativa. El ridículo personaje del paraguas destrozado (que nos recuerda al patético protagonista de *El coronel no tiene quien le escriba,* de García Márquez, cuyo paraguas «sólo sirve para contar las estrellas») excita su curiosidad y pone en marcha el proceso imaginario: «¿Quién sería mi vecino? De seguro era casado, y con hijas. ¿Serían bonitas? La existencia de esas desventuradas criaturas me parecía indisputable.» Indirectamente y con el mismo tono liviano, la reconstrucción ideal de esas vidas le permite al narrador hacer un poco de crítica social, con alusiones a la carestía de la vida y las injustas normas de la sociedad burguesa. Pero la intención juguetona y ligera predomina: para sacar a las niñas de su presunta pobreza, se le ocurre que podría casarse con ellas. Luego aparece la «matrona de treinta años» para quien el narrador imagina un *affaire* sentimental, un marido engañado, unos hijos sacrificados, etc. La alcoba en la que los hipotéticos amantes se encontrarán tiene una decoración reconocible: es el lujoso y recargado interior que el modernismo conver-

tirá en un lugar común. El cuento muestra varias de las
formas que la imaginación modernista incorporará al género: una visión frívola, elegante, no mimética e intensamente trabajada por la sensibilidad, de la realidad. Y,
además, un descubrimiento fundamental del espíritu
moderno: la ciudad, con su ritmo nervioso y sus dramas
anónimos.

OBRA NARRATIVA

Cuentos frágiles, México: Imprenta del Comercio,
1883; Obras (vol. I: Prosa), prólogo de Luis G. Urbina,
México: Tipografía de la Oficina Impresora del Timbre,
1898; Cuentos de color de humo y cuentos frágiles, México: Edit. América, 1917; Cuentos, crónicas y ensayos,
ed. Alfonso Maillefert, México: UNAM, 1940; Cuentos
de color de humo, México: Stylo, 1942; Prosa selecta,
ed. Salvador Novo, México: W. M. Jackson, 1948; Cuentos completos, ed. E. K. Mapes y est. prelim. Francisco
González Guerrero, México: Fondo de Cultura Económica, 1958; Cuentos y cuaresmas, México: Porrúa, 1963.

CRITICA

Boyd G. Carter, Manuel Gutiérrez Nájera y las letras
mexicanas del siglo XIX, México: Botas, 1960; Carlos
Gómez del Prado, Manuel Gutiérrez Nájera. Vida y obra,
México: Edics. de Andrea, 1964; Max Henríquez Ure-
ña *, pp. 67-79. Véase también el estudio de González
Guerrero, arriba citado.

Cuando la tarde se oscurece y los paraguas se abren, como redondas alas de murciélago, lo mejor que el desocupado puede hacer es subir al primer tranvía que encuentre al paso y recorrer las calles, como el anciano Víctor Hugo las recorría, sentado en la imperial de un ómnibus. El movimiento disipa un tanto cuanto la tristeza, y para el observador, nada hay más peregrino ni más curioso que la serie de cuadros vivos que pueden examinarse en un tranvía. A cada paso el vagón se detiene, y abriéndose camino entre los pasajeros que se amontonan y se apiñan, pasa un paraguas chorreando a Dios dar, y detrás del paraguas la figura ridícula de algún asendereado cobrador, calado hasta los huesos. Los pasajeros se ondulan y se dividen en dos grupos compactos, para dejar paso expedito al recién llegado.

Así se dividieron las aguas del Mar Rojo para que los israelitas lo atravesaran a pie enjuto. El paraguas escurre sobre el entarimado del vagón, que, a poco, se convierte en un lago navegable. El cobrador sacude su sombrero y un benéfico rocío baña la cara de los circunstantes, como si hubiera atravesado por enmedio del vagón un sacerdote repartiendo bendiciones e hisopazos. Algunos caballeros estornudan. Las señoras de alguna edad levantan su enagua hasta una altura vertiginosa, para que el fango de aquel pantano portátil no las manche. En la calle, la lluvia cae conforme a las eternas reglas del sistema antiguo: de arriba para abajo. Mas en el vagón hay lluvia ascendente y lluvia descendente. Se está, con toda verdad, entre dos aguas.

Yo, sin embargo, paso las horas agradablemente encajonado en esa miniaturesca arca de Noé, sacando la cabeza por el ventanillo, no en espera de la paloma que ha de traer un ramo de oliva en el pico, sino para observar el delicioso cuadro que la ciudad presenta en ese instante. El vagón, además, me lleva a muchos mundos desconocidos y a regiones vírgenes. No, la ciudad de México no empieza en el Palacio Nacional, ni acaba en la calzada de la Reforma. Yo doy a ustedes mi palabra de que la ciudad es mucho mayor. Es una gran tortuga que extiende hacia los cuatro puntos cardinales sus patas dislocadas. Esas patas son sucias y velludas. Los ayuntamientos, con paternal solicitud, cuidan de pintarlas con lodo, mensualmente.

Más allá de la peluquería de Micoló hay un pueblo que habita barrios extravagantes, cuyos nombres son esencialmente antiaperitivos. Hay hombres muy honrados que viven en la plazuela del Tequesquite y señoras de invencible virtud cuya casa está situada en el callejón de Salsipuedes. No es verdad que los indios bárbaros estén acampados en esas calles exóticas, ni es tampoco cierto que los pieles rojas hagan frecuentes excursiones a la plazuela de Regina. La mano providente de la policía ha colocado un gendarme en cada esquina. Las casas de esos barrios no están hechas de lodo ni tapizadas por dentro de pieles sin curtir. En ellas viven muy discretos caballeros y señoras muy respetables y señoritas muy lindas. Estas señoritas suelen tener novios, como las que tienen balcón y cara a la calle, en el centro de la ciudad.

Después de examinar ligeramente las torcidas líneas y la cadena de montañas del nuevo mundo por que atravesaba, volví los ojos al interior del vagón. Un viejo de levita color de almendra meditaba apoyado en el puño de su paraguas. No se había rasurado. La barba le crecía «cual ponzoñosa hierba entre arenales». Probablemente no tenía en su casa navajas de afeitar... ni una peseta. Su levita necesitaba aceite de bellotas. Sin embargo, la calvicie de aquella prenda respetable no era prematura, a menos que admitamos la teoría de aquel joven poeta, autor de ciertos versos cuya dedicatoria es como sigue:

> A la prematura muerte de mi abuelita,
> a la edad de noventa años.

La levita de mi vecino era muy mayor. En cuanto al paraguas, vale más que no entremos en dibujos. Ese paraguas, expuesto a la intemperie, debía semejarse mucho a las banderas que los independientes sacan a luz el 15 de septiembre. Era un paraguas calado, un paraguas metafísico, propio para mojarse con decencia. Abierto el paraguas, se veía el cielo por todas partes.

¿Quién sería mi vecino? De seguro era casado, y con hijas. ¿Serían bonitas? La existencia de esas desventuradas criaturas me parecía indisputable. Bastaba ver aquella levita calva, por donde habían pasado las cerdas de un cepillo, y aquel hermoso pantalón con su coqueto remiendo en la rodilla, para convencerse de que aquel hombre tenía hijas. Nada más las mujeres, y las mujeres de quince años, saben cepillar de esa manera. Las señoras casadas ya no se cuidan, cuando están en la desgracia, de esas delicadezas y finuras. Incuestionablemente, ese caballero tenía hijas. ¡Pobrecitas! Probablemente le esperaban en la ventana, más enamoradas que nunca, porque no habían almorzado todavía. Yo saqué mi reloj, y dije para mis adentros:

—Son las cuatro de la tarde. ¡Pobrecillas! ¡Va a darles un vahído! Tengo la certidumbre de que son bonitas. El papá es blanco, y si estuviera rasurado no sería tan feote.

Además, han de ser buenas muchachas. Este señor tiene toda la facha de un buen hombre. Me da pena que esas chiquillas tengan hambre. No había en la casa nada que empeñar. ¡Como los alquileres han subido tanto! ¡Tal vez no tuvieron con qué pagar la casa y el propietario les embargó los muebles! ¡Mala alma! ¡Si estos propietarios son peores que Caín!

Nada; no hay para qué darle más vueltas al asunto: la gente pobre decente es la peor traída y la peor llevada. Estas niñas son de buena familia. No están acostumbradas a pedir. Cosen ajeno; pero las máquinas han arruinado a las infelices costureras y lo único que consiguen, a costa de faenas y trabajos, es ropa de munición. Pasan el día echando los pulmones por la boca. Y luego, como se alimentan mal y tienen muchas penas, andan algo enfermitas, y el doctor asegura que, si Dios no lo remedia, se van a la caída de la hoja. Necesitan carne, vino, píldoras de fierro y aceite de bacalao. Pero ¿con qué se compra todo esto? El buen señor se quedó cesante desde que cayó el Imperio, y el único hijo que habría podido ser su apoyo, tiene rotas las dos piernas. No hay trabajo, todo está muy caro y los amigos llegan a cansarse de ayudar al desvalido. ¡Si las niñas se casaran!... Probablemente no carecerán de admiradores. Pero como las pobrecitas son muy decentes y nacieron en buenos pañales, no pueden prendarse de los ganapanes ni de los pollos de plazuela. Están enamoradas sin saber de quién, y aguardan la venida del Mesías. ¡Si yo me casara con alguna de ellas!... ¿Por qué no? Después de todo, en esa clase suelen encontrarse las mujeres que dan la felicidad. Respecto a las otras, ya sé bien a qué atenerme.

¡Me han costado tantos disgustos! Nada; lo mejor es buscar una de esas chiquillas pobres y decentes, que no están acostumbradas a tener palco en el teatro, ni carruajes, ni cuenta abierta en la Sorpresa. Si es joven, yo la educaré a mi gusto. Le pondré un maestro de piano. ¿Qué cosa es la felicidad? Un poquito de salud y un poquito de dinero. Con lo que yo gano, podemos mantenernos ella y yo, y hasta el angelito que Dios nos mande. Nos

amaremos mucho, y como la voy a sujetar a un régimen
higiénico se pondrá en poco tiempo más fresca que una
rosa. Por la mañana un paseo a pie en el Bosque. Iremos
en un coche de a cuatro reales hora, o en los trenes. Después, en la comida, mucha carne, mucho vino y mucho
fierro. Con eso y con tener una casita por San Cosme;
con que ella se vista de blanco, de azul o de color de
rosa; con el piano, los libros, las macetas y los pájaros, ya
no tendré nada que desear.

> Una heredad en el bosque:
> Una casa en la heredad;
> En la casa, pan y amor...
> ¡Jesús, qué felicidad!

Además, ya es preciso que me case. Esta situación no
puede prolongarse, como dice el gran duque en la *Guerra Santa*. Aquí tengo una trenza de pelo que me ha costado cuatrocientos setenta y cuatro pesos, con un pico de
centavos. Yo no sé de dónde los he sacado: el hecho es
que los tuve y no los tengo. Nada; me caso decididamente
con una de las hijas de este buen señor. Así las saco de
penas y me pongo en orden. ¿Con cuál me caso?, ¿con
la rubia?, ¿con la morena? Será mejor con la rubia...,
digo, no, con la morena. En fin, ya veremos. ¡Pobrecillas!
¿Tendrán hambre?

En esto, el buen señor se apea del coche y se va. Si
no lloviera tanto —continué diciendo en mis adentros—
le seguía. La verdad es que mi suegro, visto a cierta distancia, tiene una facha muy ridícula. ¿Qué diría, si me
viera de bracero con él, la señora de Z? Su sombrero alto
parece espejo. ¡Pobre hombre! ¿Por qué no le inspiraría
confianza? Si me hubiera pedido algo, yo le habría dado
con mucho gusto estos tres duros. Es persona decente.
¿Habrán comido esas chiquillas?

En el asiento que antes ocupaba el cesante, descansa
ahora una matrona de treinta años. No tiene malos ojos;
sus labios son gruesos y encarnados: parece que los acaban de morder. Hay en todo su cuerpo bastantes redon-

deces y ningún ángulo agudo. Tiene la frente chica, lo cual me agrada porque es indicio de tontera; el pelo negro, la tez morena y todo lo demás bastante presentable. ¿Quién será? Ya la he visto en el mismo lugar y a la misma hora dos…, cuatro…, cinco…, siete veces. Siempre baja del vagón en la plazuela de Loreto y entra a la iglesia. Sin embargo, no tiene cara de mujer devota. No lleva libro ni rosario. Además, cuando llueve a cántaros, como está lloviendo ahora, nadie va a novenarios ni sermones. Estoy seguro de que esa dama lee más las novelas de Gustavo Droz que el *Menosprecio del mundo,* del padre Kempis. Tiene una mirada que, si hablara, sería un grito pidiendo bomberos. Viene cubierta con un velo negro. De esa manera libra su rostro de la lluvia. Hace bien. Si el agua cae en sus mejillas, se evapora, chirriando, como si hubiera caído sobre un hierro candente. Esa mujer es como las papas: no se fíen ustedes, aunque las vean tan frescas en el agua: queman la lengua.

La señora de treinta años no va indudablemente al novenario. ¿A dónde va? Con un tiempo como éste nadie sale de su casa, si no es por una grave urgencia. ¿Estará enferma la mamá de esta señora? En mi opinión, esta hipótesis es falsa. La señora de treinta años no tiene madre. La iglesia de Loreto no es una casa particular ni un hospital. Allí no viven ni los sacristanes. Tenemos, pues, que recurrir a otras hipótesis. Es un hecho constante, confirmado por la experiencia, que a la puerta del templo, siempre que la señora baja del vagón, espera un coche. Si el coche fuera de ella, vendría en él desde su casa. Esto no tiene vuelta de hoja. Pertenece, por consiguiente, a otra persona. Ahora bien; ¿hay acaso alguna sociedad de seguros contra la lluvia o cosa parecida, cuyos miembros paguen coche a la puerta de todas las iglesias, para que los feligreses no se mojen? Claro es que no. La única explicación de estos viajes en tranvía y de estos rezos, a hora inusitada, es la existencia de un amante. ¿Quién será el marido?

Debe de ser un hombre acaudalado. La señora viste bien, y si no sale en carruaje para este género de entrevistas, es por no dar en qué decir. Sin embargo, yo no me atrevería a prestarle cincuenta pesos bajo su palabra. Bien puede ser que gaste más de lo que tenga, o que sea como cierto amigo mío, personaje muy quieto y muy tranquilo, que me decía hace pocas noches:

—Mi mujer tiene al juego una fortuna prodigiosa. Cada mes saca de la lotería quinientos pesos. ¡Fijo!

Yo quise referirle alguna anécdota, atribuida a un administrador muy conocido de cierta aduana marítima. Al encargarse de ella dijo a los empleados:

—Señores, aquí se prohíbe jugar a la lotería. El primero que se la saque lo echo a puntapiés.

¿Ganará esta señora a la lotería? Si su marido es pobre, debe haberle dicho que esos pendientes que ahora lleva son falsos. El pobre señor no será joyero. En materia de alhajas sólo conocerá a su mujer que es una buena alhaja. Por consiguiente, la habrá creído. ¡Desgraciado!, ¡qué tranquilo estará en su casa! ¿Será viejo? Yo debo conocerle... ¡Ah!..., ¡sí!..., ¡es aquél! No, no puede ser; la esposa de ese caballero murió cuando el último cólera. ¡Es el otro! ¡Tampoco! Pero ¿a mí, qué me importa quién sea?

¿La seguiré? Siempre conviene conocer un secreto de una mujer. Veremos, si es posible, al incógnito amante. ¿Tendrá hijos esta mujer? Parece que sí. ¡Infame! Mañana se avergonzarán de ella. Tal vez alguno la niegue. Ese será un crimen; pero un crimen justo. Bien está; que mancille, que pise, que escupa la honra de ese desgraciado que probablemente la adora.

Es una traición; es una villanía. Pero, al fin, ese hombre puede matarla sin que nadie le culpe ni le condene. Puede mandar a sus criados que la arrojen a latigazos y puede hacer pedazos al amante. Pero sus hijos, ¡pobres seres indefensos, nada pueden! La madre los abandona para ir a traerles su porción de vergüenza y deshonra. Los vende por un puñado de placeres, como Judas a Cristo por un puñado de monedas. Ahora duermen, sonríen, todo lo ignoran; están abandonados a manos mercenarias; van empezando a desamorarse de la madre, que no los ve, ni los educa, ni los mima. Mañana, esos chicuelos serán hombres, y esas niñas, mujeres. Ellos sabrán que su madre fue una aventurera, y sentirán vergüenza. Ellas querrán amar y ser amadas; pero los hombres, que creen en la tradición del pecado y en el heredismo, las buscarán para perderlas y no querrán darles su nombre, por miedo de que no lo prostituyan y lo afrenten.

Y todo eso será obra tuya. Estoy tentado de ir en busca de tu esposo y traerle a este sitio. Ya adivino cómo es la alcoba en que te aguarda. Pequeña, cubierta toda de tapices, con cuatro grandes jarras de alabastro sosteniendo ricas plantas exóticas. Antes había dos grandes lunas en los muros; pero tu amante, más delicado que tú, las quitó. Un espejo es un juez y es un testigo. La mujer que recibe a su amante viéndose al espejo, es ya la mujer abofeteada de la calle.

Pues bien; cuando tú estés en esa tibia alcoba y tu amante caliente con sus manos tus plantas entumecidas por la humedad, tu esposo y yo entraremos sigilosamente, y un brusco golpe te echará por tierra, mientras detengo yo la mano de tu cómplice. Hay besos que se empiezan en la tierra y se acaban en el infierno.

Un sudor frío bañaba mi rostro. Afortunadamente habíamos llegado a la plazuela de Loreto, y mi vecina se apeó del vagón. Yo vi su traje; no tenía ninguna mancha de sangre; nada había pasado. Después de todo, ¿qué me importa que esa señora se la pegue a su marido? ¿Es mi amigo acaso? Ella sí que es una real moza. A fuerza de encontrarnos, somos casi amigos. Ya la saludo.

Allí está el coche; entra a la iglesia; ¡qué tranquilo debe estar su marido! Yo sigo en el vagón. ¡Parece que todos vamos tan contentos!

Rubén Darío

(Metapa, Nicaragua, 1867-León.
Nicaragua, 1916)

Su presencia es fundamental no sólo en la literatura
hispanoamericana, sino en las letras de todo el mundo
hispánico. Gran poeta de su tiempo, es una voz que todavía habla al nuestro. La huella de su paso por la literatura del continente es profunda y duradera: lo que ahora escribimos no es, por cierto, modernista, pero sería
impensable sin esa auténtica revolución de nuestros usos
de sentir, pensar y crear. La obra de Darío no son sólo
sus versos, narraciones y artículos: es también su acción,
su mística, su visión profética, hasta su estilo vital, excesivo y contradictorio.

Por dos razones distintas es impropio tratar de resu-
mir aquí la vida de Darío: es demasiado conocida y demasiado vasta para caber en un párrafo. Sólo anotaremos
dos o tres rasgos de ella que trascienden de modo directo
a su obra: primero, el espíritu ansioso por vencer el pro-
vincianismo que todavía imperaba en las costumbres literarias de América hispana, impulso que lo saca de la remota Metapa natal y lo moverá constantemente de ciudad
en ciudad, buscando siempre el ambiente más cosmopo-

lita: Santiago de Chile, Buenos Aires, Madrid, París; a
esos desplazamientos de su persona corresponden los continuos ajustes de su obra para expresar circunstancias y
preocupaciones que excedían los marcos que él mismo
había establecido. En segundo lugar, el sincretismo de
su visión, que adapta, traduce y dispersa en el ámbito de
la cultura las semillas sembradas por sus lecturas de los
románticos, simbolistas y parnasianos franceses. Lo confirma su interés por el medioevo y el orientalismo, la música, la pintura y la decoración más refinados, la sensualidad pagana y el misticismo cristiano, el prerrafaelismo y
el helenismo, los colores y los sonidos, el alma y el cuerpo, el donjuanismo y el quijotismo... Hay que entender,
por eso, sus sinestesias y los espasmos de su hipersensi-
bilidad no como meros juegos retóricos, sino como formas
de agotar la complejidad del mundo moderno, del que
era uno de los primeros agentes e intérpretes. Esto refleja, por último, la conciencia crítica del hombre respecto
del arte y la vida, las exigencias dispares del reino interior y las urgencias de la realidad sociopolítica, la agonía
sin solución del artista insatisfecho y el intelectual que
presiente la crisis de su misma cultura. Darío está en el
centro mismo de todas esas candentes cuestiones.

Con frecuencia, el fulgor de su obra poética ha contri-
buido a oscurecer la importancia de su aporte al campo
de la prosa, que no es menor. Hay que recordar que en
Azul... (1888), su primer libro que podemos llamar modernista, los avances de la nueva estética eran más visibles
en la prosa que en el verso: la renovación comienza en
verdad en aquel género, gracias, entre otros, a los caminos señalados por Gutiérrez Nájera *(véase)*. Darío no publicó un libro de cuentos (aunque pensó recoger algunos
El oro de Mallorca), pero cultivó el género a lo largo de
bajo el título *Cuentos nuevos* y dejó una novela inconclusa,
casi toda su vida. Para él y los modernistas, el cuento
era un campo de exploración tan intenso como el de la
poesía; en realidad, es algo artificial hablar de esos géneros como realidades opuestas en la era modernista: su

esfuerzo era precisamente el de borrar fronteras, haciendo que la prosa tuviese las vibraciones imaginísticas de la poesía y que ésta albergase cuentecillos de la más pura fantasía. Y, al mismo tiempo, el cuento participaba de las cualidades de la crónica de arte, el ensayo breve y el esmalte descriptivo. El «cuento parisién» ensayado por Gutiérrez Nájera, el relato lírico y el cuento de hadas son formas que el modernismo hace suyas para someter la prosa castellana a un régimen distinto, hecho de estructuras gráciles y aéreas, finos músculos y nervios sensibles. La pesadez discursiva ha desaparecido por completo y casi lo mismo ocurre con la carga narrativa del relato, que es ahora mínima. El cuento modernista es el primer modelo narrativo autorreferencial —una ficción presentada como tal, un objeto de arte con amplia autonomía ante la realidad— que aparece en América. (Que Darío podía también cultivar el relato naturalista, a lo Zola, lo demuestra «El fardo», sombrío aguafuerte de la vida en los muelles de Valparaíso.) En la relectura, las leves fantasías darianas se revelan menos gratuitas de lo que parecen: son verdaderas defensas de ciertos principios estéticos, programas de ataque y defensa que adoptaban la forma de parábolas, alegorías o fábulas con una moral para artistas. «El palacio del sol» es una apasionada propuesta para liberar la vida erótica; «La canción del oro» exalta el supremo sacrificio del poeta, mendigo por entregar sus tesoros a los hombres; «El rey burgués», que aquí se incluye, fustiga la dureza mental y moral de la burguesía. Darío llama a esta historia «cuento alegre» (ése era el título con el que apareció en un diario de Santiago en 1887, antes de ser incluido en *Azul*...), y ése no es el único sarcasmo del texto, que tiene un tono grotesco y una pugnacidad de sensibilidad herida. Escrito, según él mismo admite, bajo el influjo de Daudet, es una temprana «protesta del artista contra el hombre práctico y seco, del soñador contra la tiranía de la riqueza ignara» (*Historia de mis libros*). Las primeras líneas del cuento contienen una invocación o exordio que explíci-

tamente abstrae al lector de todo contexto real, lo que
se confirma también al final: lo que leemos es un sueño,
una arquitectura de la imaginación dominada por visiones
radiantes de luz y color. Lo extraño es que la pasión de-
corativa, con la que tanto se asocia a Rubén, está presentada en este texto como un gesto vacío, carente de sentido, que refleja el alma hueca del burgués, que todo lo
posee, pero que en realidad nada entiende. Indiferente
al lujo aparatoso y a las baratijas de moda que colecciona
el burgués, el poeta que llega a su palacio tiene una visión
solar, potente y profética de la vida y el arte: «Señor
(le dice al poderoso burgués), entre un Apolo y un ganso, preferid el Apolo, aunque el uno sea de tierra cocida
y el otro de marfil.» Inevitablemente, el burgués agrega
el poeta a su corte como un mero entretenimiento, y al
hacerlo así lo condena a la muerte. Como parábola de la
moral filistea y el craso utilitarismo frente a la suprema
exigencia del ideal, el cuento era algo nuevo en el continente; también lo era la forma, con su constante espejeo
de imágenes y ritmos, y el tono de soberbia indignación
con el que Darío hacía la defensa del arte.

El otro texto de Darío que se recoge es mucho menos
conocido: data de 1899, no figura en los *Cuentos completos* y sólo fue recopilado en el volumen *Páginas desconocidas de Rubén Darío* (1970). Es también una alegoría, pero de muy distinta naturaleza que la anterior:
documenta la profunda preocupación de Darío por el destino de la *hispanidad,* especialmente a raíz de la guerra
hispano-americana (1898), que desata en él violentas cen-
suras a los Estados Unidos. La fecha de redacción de
«D. Q.» coincide con su primer año en la península, como
corresponsal de *La Nación,* que lo pone en contacto con
el ambiente de la «crisis» española. El cuento refleja ese
estado de ánimo: sensación de derrota, rabia, impotencia.
Al campamento de las tropas españolas llegan refuerzos
precedidos por un extraño abanderado que «tendría como
cincuenta años, mas también podía haber tenido trescien-

tos». Ese y otros indicios revelan pronto al lector la identidad del misterioso personaje. Símbolo máximo del idealismo y sentido heroico de la cultura española moderna, D. Q. no puede resistir el terrible hecho de que «no queda[se] ya nada de España en el mundo que ella descubriera» y se precipita al abismo sin soltar su bandera. Las alusiones ominosas al «gran diablo rubio» y su escolta de «cazadores de ojos azules» son transparentes y deben leerse en correspondencia con poemas como «Cyrano en España», «Trébol» o «A Roosevelt». El cuento hace un uso bastante original de un personaje libresco, creando un doble fondo narrativo en el que lo literario cobra la consistencia de lo real y se borran las fronteras del tiempo y espacio; esta mezcla de ficciones de primer y segundo grado en un solo discurso narrativo, es un procedimiento que hoy nos parece muy moderno por obra de las novelas de Fuentes, García Márquez y otros, pero no hay que olvidar que es también cervantino. Obsérvese, por último, el contraste entre los amplios y musicales períodos del cuento anterior y el golpeteo de las frases breves y cortantes que predominan en éste.

OBRA NARRATIVA

Cuentos completos, prólogo de Raimundo Lida, edición y notas Ernesto Mejía Sánchez, México: Fondo de Cultura Económica, 1950; *Páginas desconocidas de Rubén Darío,* pról. y ed. Roberto Ibáñez, Montevideo: Biblioteca Marcha, 1970; *El mundo de los sueños,* pról. y ed. Angel Rama, Río Piedras: Editorial Universitaria, Universidad de Puerto Rico, 1973; *Cuentos fantásticos,* pról. y ed. José Olivio Jiménez, Madrid: Alianza Editorial, 1976; *La isla de oro. El oro de Mallorca,* pról. y notas Luis Maristany, Barcelona: J. R. S., 1978; *Cuentos,* introducción y ed. José Antonio Balladares, San José, Costa Rica: Libro Libre, 1986; *Azul. Cuentos. Poemas en prosa,* Madrid: Aguilar, 1987.

CRITICA

Enrique Anderson Imbert, *La originalidad de Rubén Darío,* Buenos Aires: Centro Editor de América Latina, 1970, pp. 215-240; Jaime Concha, *Rubén Darío,* Madrid: Júcar, 1975, pp. 35-39; Oscar Hahn *, pp. 70-80; Cathy Login Jrade, *Rubén Darío y la búsqueda romántica de la unidad,* México: Fondo de Cultura Económica, 1986, pp. 183-194; Ernesto Mejía Sánchez, *Los primeros cuentos de Rubén Darío,* México: Studium, 1951. Véase también el estudio de Raimundo Lida en la edición arriba citada.

El rey burgués

(Cuento alegre)

¡Amigo! El cielo está opaco, el aire frío, el día triste.
Un cuento alegre..., así como para distraer las brumosas
y grises melancolías, helo aquí:

Había en una ciudad inmensa y brillante un rey muy
poderoso, que tenía trajes caprichosos y ricos, esclavas
desnudas, blancas y negras, caballos de largas crines, armas flamantísimas, galgos rápidos y monteros con cuernos
de bronce, que llenaban el viento con sus fanfarrias. ¿Era
un rey poeta? No, amigo mío: era el Rey Burgués.

Era muy aficionado a las artes el soberano, y favorecía
con largueza a sus músicos, a sus hacedores de ditiram-
bos, pintores, escultores, boticarios, barberos y maestros
de esgrima.

Cuando iba a la floresta, junto al corzo o jabalí herido
y sangriento, hacía improvisar a sus profesores de retórica
canciones alusivas; los criados llenaban las copas del vino
de oro que hierve, y las mujeres batían palmas con movimientos rítmicos y gallardos. Era un rey sol, en su Ba-
bilonia llena de músicas, de carcajadas y de ruido de

255

festín. Cuando se hastiaba de la ciudad bullente, iba
de caza atronando el bosque con sus tropeles; y hacía
salir de sus nidos a las aves asustadas, y el vocerío reper-
cutía en lo más escondido de las cavernas. Los perros
de patas elásticas iban rompiendo la maleza en la carrera,
y los cazadores, inclinados sobre el pescuezo de los caballos, hacían ondear los mantos purpúreos y llevaban las
caras encendidas y las cabelleras al viento.

El rey tenía un palacio soberbio donde había acumu-
lado riquezas y objetos de arte maravillosos. Llegaba a
él por entre grupos de lilas y extensos estanques, siendo
saludado por los cisnes de cuellos blancos, antes que por
los lacayos estirados. Buen gusto. Subía por una escalera
llena de columnas de alabastro y de esmaragdita, que tenía a los lados leones de mármol como los de los tronos
salomónicos. Refinamiento. A más de los cisnes, tenía
una vasta pajarera, como amante de la armonía, del arrullo, del trino y cerca de ella iba a ensanchar su espíritu,
leyendo novelas de M. Ohnet, o bellos libros sobre cuestiones gramaticales, o críticas hermosillescas. Eso sí: defensor acérrimo de la corrección académica en letras, y
del modo lamido en artes; alma sublime amante de la lija
y de la ortografía.

¡Japonerías! ¡Chinerías! Por lujo y nada más. Bien podía darse el placer de un salón digno del gusto de un
Goncourt y de los millones de un Creso: quimeras de
bronce con las fauces abiertas y las colas enroscadas, en
grupos fantásticos y maravillosos; lacas de kioto con in-
crustaciones de hojas y ramas de una flora monstruosa, y
animales de una fauna desconocida; mariposas de raros
abanicos junto a las paredes; peces y gallos de colores;
máscaras de gestos infernales y con ojos como si fuesen
vivos; partesanas de hojas antiquísimas y empuñaduras
con dragones devorando flores de loto; y en conchas de
huevo, túnicas de seda amarilla, como tejidas con hilos
de araña, sembradas de garzas rojas y de verdes matas de
arroz; y tibores, porcelanas de muchos siglos, de aquellas

en que hay guerreros tártaros con una piel que les cubre hasta los riñones, y que llevan arcos estirados y manojos de flechas.

Por lo demás, había el salón griego, lleno de mármoles: diosas, musas, ninfas y sátiros; el salón de los tiempos galantes, con cuadros del gran Watteau y de Chardin; dos, tres, cuatro, ¡cuántos salones!

Y Mecenas se paseaba por todos, con la cara inundada de cierta majestad, el vientre feliz y la corona en la cabeza, como un rey de naipe.

Un día le llevaron una rara especie de hombre ante su trono, donde se hallaba rodeado de cortesanos, de retóricos y de maestros de equitación y de baile.

—¿Qué es eso? —preguntó.

—Señor, es un poeta.

El rey tenía cisnes en el estanque, canarios, gorriones, senzontes en la pajarera; un poeta era algo nuevo y extraño.

—Dejadle aquí.

Y el poeta:

—Señor, no he comido.

Y el rey:

—Habla y comerás.

Comenzó:

—Señor, ha tiempo que yo canto el verbo del porvenir. He tendido mis alas al huracán, he nacido en el tiempo de la aurora: busco la raza escogida que debe esperar, con el himno en la boca y la lira en la mano, la salida del gran sol. He abandonado la inspiración de la ciudad malsana, la alcoba llena de perfume, la musa de carne que llena el alma de pequeñez y el rostro de polvos de arroz. He roto el arpa adulona de las cuerdas débiles, contra las copas de Bohemia y las jarras donde espumea el vino que embriaga sin dar fortaleza; he arrojado el manto que me hacía parecer histrión, o mujer, y he vestido de modo salvaje y espléndido: mi harapo es de púrpura. He ido a la selva donde he quedado vigoroso y ahíto de leche fecunda y licor de nueva vida; y en la ribera del mar áspero, sacudiendo la cabeza bajo la fuerte y negra tempestad, como un ángel soberbio, o como un semidiós olímpico, he ensayado el yambo dando al olvido el madrigal.

»He acariciado a la gran Naturaleza, y he buscado, al calor del ideal, el verso que está en el astro en el fondo del cielo, y el que está en la perla de lo profundo del Océano. ¡He querido ser pujante! Porque viene el tiempo de las grandes revoluciones, con un Mesías todo luz, todo agitación y potencia, y es preciso recibir su espíritu con el poema que sea arco triunfal, de estrofas de acero, de estrofas de oro, de estrofas de amor.

»¡Señor, el arte no está en los fríos envoltorios de mármol, ni en los cuadros lamidos, ni en el excelente señor Ohnet! ¡Señor, el arte no viste pantalones, ni habla en burgués, ni pone los puntos en todas las íes! El es augusto, tiene mantos de oro, o de llamas, o anda desnudo, y amasa la greda con fiebre, y pinta con luz, y es opulento y da golpes de ala como las águilas, o zarpazos como los leones. Señor, entre un Apolo y un ganso, preferid el Apolo, aunque el uno sea de tierra cocida y el otro de marfil.

»¡Oh, la poesía!

»¡Y bien! Los ritmos se prostituyen, se cantan los lunares de las mujeres y se fabrican jarabes poéticos. Además, señor, el zapatero critica mis endecasílabos, y el señor profesor de farmacia pone puntos y comas a mi inspiración. Señor, ¡y vos lo autorizáis todo esto!... El ideal, el ideal...»

El rey interrumpió:

—Ya habéis oído. ¿Qué hacer?

Y un filósofo al uso:

—Si lo permitís, señor, puede ganarse la comida con una caja de música; podemos colocarle en el jardín, cerca de los cisnes, para cuando os paseéis.

—Sí —dijo el rey; y dirigiéndose al poeta—: Daréis vueltas a un manubrio. Cerraréis la boca. Haréis sonar una caja de música que toca valses, cuadrillas y galopas, como no prefiráis moriros de hambre. Pieza de música por pedazo de pan. Nada de jerigonzas, ni de ideales. Id.

Y desde aquel día pudo verse a la orilla del estanque de los cisnes al poeta hambriento que daba vueltas al manubrio: tiriririn, tiriririn..., ¡avergonzado a las miradas del gran sol! ¿Pasaba el rey por las cercanías? ¡Tiriririn, tiriririn!... ¿Había que llenar el estómago? ¡Tiriririn! Todo entre las burlas de los pájaros libres que llegaban a beber rocío en las lilas floridas; entre el zumbido de las abejas que le picaban el rostro y le llenaban los ojos de lágrimas..., ¡lágrimas amargas que rodaban por sus mejillas y que caían a la tierra negra!

Y llegó el invierno, y el pobre sintió frío en el cuerpo y en el alma. Y su cerebro estaba como petrificado, y los grandes himnos estaban en el olvido, y el poeta de la montaña coronada de águilas no era sino un pobre diablo que daba vueltas al manubrio: ¡tiriririn!

Y cuando cayó la nieve se olvidaron de él el rey y sus vasallos; a los pájaros se les abrigó, y a él se le dejó al aire glacial que le mordía las carnes y le azotaba el rostro.

Y una noche en que caía de lo alto la lluvia blanca de plumillas cristalizadas, en el palacio había festín, y la luz de las arañas reía alegre sobre los mármoles, sobre el oro y sobre las túnicas de los mandarines de las viejas porcelanas. Y se aplaudían hasta la locura los brindis del señor profesor de retórica, cuajados de dáctilos, de anapestos y pirriquios, mientras en las copas cristalinas hervía el champaña con su burbujeo luminoso y fugaz. ¡Noche de invierno, noche de fiesta! Y el infeliz, cubierto de nieve, cerca del estanque, daba vueltas al manubrio para calentarse, tembloroso y aterido, insultado por el cierzo, bajo la blancura implacable y helada, en la noche sombría, haciendo resonar entre los árboles sin hojas la música loca de las galopas y cuadrillas; y se quedó muerto, pensando en que nacería el sol del día venidero, y con él el ideal..., y en que el arte no vestiría pantalones sino manto de llamas o de oro... Hasta que al día siguiente lo hallaron el rey y sus cortesanos, al pobre diablo de poeta, como gorrión que mata el hielo, con una sonrisa amarga en los labios, y todavía con la mano en el manubrio.

¡Oh, mi amigo! El cielo está opaco, el aire frío, el día triste. Flotan brumosas y grises melancolías...

Pero ¡cuánto calienta el alma una frase, un apretón de manos a tiempo! Hasta la vista.

D. Q.

I

Estamos de guarnición cerca de Santiago de Cuba. Había llovido esa noche; no obstante el calor era excesivo. Aguardábamos la llegada de una compañía de la nueva fuerza venida de España, para abandonar aquel paraje en que nos moríamos de hambre, sin luchar, llenos de desesperación y de ira. La compañía debía llegar esa misma noche, según el aviso recibido. Como el calor arreciase y el sueño no quisiese darme reposo, salí a respirar fuera de la carpa. Pasada la lluvia, el cielo se había despejado un tanto y en el fondo oscuro brillaban algunas estrellas. Di suelta a la nube de tristes ideas que se aglomeraban en mi cerebro. Pensé en tantas cosas que estaban allá lejos; en la perra suerte que nos perseguía; en que quizá Dios podría dar un nuevo rumbo a su látigo y nosotros entrar en una nueva vía, en una rápida revancha. En tantas cosas pensaba...

¿Cuánto tiempo pasó? Las estrellas sé que poco a poco fueron palideciendo; un aire que refrescó el campo todo sopló del lado de la aurora y ésta inició su aparecimiento, entre tanto que una diana que no sé por qué llegaba a mis oídos como llena de tristeza, regó sus notas matinales. Poco tiempo después se anunció que la compañía se acercaba. En efecto, no tardó en llegar a nosotros. Y los saludos de nuestros camaradas y los nuestros se mezclaron fraternizando en el nuevo sol. Momentos después hablábamos con los compañeros. Nos traían noticias de la patria. Sabían los estragos de las últimas batallas. Como nosotros estaban desolados, pero con el deseo quemante de luchar, de agitarse en una furia de venganza, de hacer todo el daño posible al enemigo. Todos éramos jóvenes y bizarros, menos uno; todos nos buscaban para comunicar con nosotros o para conversar, menos uno. Nos traían provisiones que fueron repartidas. A la hora del rancho, todos nos pusimos a devorar nuestra escasa pitanza, menos uno. Tendría como cincuenta años, mas también podía haber tenido trescientos. Su mirada triste parecía penetrar hasta lo hondo de nuestras almas y *decirnos cosas de siglos.* Alguna vez que se le dirigía la palabra, casi no contestaba; sonreía melancólicamente; se aislaba, buscaba la soledad; miraba hacia el fondo del horizonte, por el lado del mar. Era el abanderado. ¿Cómo se llamaba? No oí su nombre nunca.

II

El capellán nos dijo dos días después:

—Creo que no nos darán la orden de partir todavía. La gente se desespera de deseos de pelear. Tenemos algunos enfermos. Por fin, ¿cuándo veríamos llenarse de gloria nuestra pobre y santa bandera? A propósito: ¿ha visto usted al abanderado? Se desvive por socorrer a los enfermos. El no come; lleva lo suyo a los otros. He hablado con él. Es un hombre milagroso y extraño. Parece bravo y nobilísimo de corazón. Me ha hablado de sueños irrealizables. Cree que dentro de poco estaremos en Washington y que se izará nuestra bandera en el Capitolio, como lo dijo el obispo en su brindis. Le han apenado las últimas desgracias; pero confía en algo desconocido que nos ha de amparar; confía en Santiago; en la nobleza de nuestra raza, en la justicia de nuestra causa. ¿Sabe usted? Los otros seres le hacen burlas, se ríen de él. Dicen que debajo del uniforme usa una coraza vieja. El no les hace caso. Conversando conmigo, suspiraba profundamente, miraba el cielo y el mar. Es un buen hombre en el fondo; paisano mío, manchego. Cree en Dios y es religioso. También algo poeta. Dicen que por la noche rima redondillas, se las recita solo, en voz baja. Tiene a su bandera un culto casi supersticioso. Se asegura que pasa las noches en vela; por lo menos, nadie le ha visto dormir. ¿Me confesará usted que el abanderado es un hombre original?

—Señor capellán —le dije—, he observado ciertamente algo muy original en ese sujeto, que creo, por otra parte, haber visto no sé dónde. ¿Cómo se llama?

—No lo sé —contestóme el sacerdote—. No se me ha ocurrido ver su nombre en la lista. Pero en todas sus cosas hay marcadas dos letras: D. Q.

III

A un paso del punto en donde acampábamos había un abismo. Más allá de la boca rocallosa, sólo se veía sombra. Una piedra arrojada rebotaba y no se sentía caer. Era un bello día. El sol caldeaba tropicalmente la atmósfera. Habíamos recibido orden de alistarnos para marchar, y probablemente ese mismo día tendríamos el primer encuentro con las tropas yanquis. En todos los rostros, dorados por el fuego curioso de aquel cielo candente, brillaba el deseo de la sangre y de la victoria. Todo estaba listo para la partida, el clarín había trazado en el aire su signo de oro. Ibamos a caminar, cuando un oficial, a todo galope, apareció por un recodo. Llamó a nuestro jefe y habló con él misteriosamente. ¿Cómo os diré que fue aquello? ¿Jamás habéis sido aplastados por la cúpula de un templo que haya elevado vuestra esperanza? ¿Jamás habéis padecido viendo que asesinaban delante de vosotros a vuestra madre? Aquélla fue la más horrible desolación. Era *la noticia*. Estábamos perdidos, perdidos sin remedio. No lucharíamos más. Debíamos entregarnos como prisioneros, como vencidos. Cervera estaba en poder del yanqui. La escuadra se la había tragado el mar, la habían despedazado los cañones de Norteamérica. *No quedaba ya nada de España en el mundo que ella descubriera.* Debíamos dar al enemigo vencedor las armas, y todo; y el enemigo apareció, en la forma de un gran diablo rubio, de cabellos lacios, barba de chivo, oficial de los Estados Unidos, seguido de una escolta de cazadores de ojos azules. Y la horrible escena comenzó. Las espadas se entregaron; los fusiles también... Unos soldados juraban; otros palidecían, con los ojos húmedos de lágrimas, estallando de indignación y de vergüenza. Y la bandera... Cuando llegó el momento de la bandera, se vio una cosa que puso en todos el espanto glorioso de una inesperada maravilla. Aquel hombre extraño, que miraba profundamente con una mirada de siglos, con su bandera amarilla y roja, dándonos una mirada de la más amarga despedida, sin que nadie se atreviese tocarle, fuese paso a paso al abismo y se arrojó en él. Todavía de lo negro del precipicio devolvieron las rocas un ruido metálico, como el de una armadura.

IV

El señor capellán cavilaba tiempo después:

—«D. Q.»... De pronto, creí aclarar el enigma. Aquella fisonomía, ciertamente, no me era desconocida.

—D. Q. —le dije— está retratado en este viejo libro. Escuchad: «Frisaba la edad de nuestro hidalgo con los cincuenta años; era de complexión recia, seco de carnes, enjuto de rostro, gran madrugador y amigo de la

caza. Quieren decir que tenía el sobrenombre de Quijada
o Quesada —que en esto hay alguna diferencia en los
autores que de este caso escriben—, aunque por conje-
turas verosímiles se deja entender que se llamaba Qui-
jano.»

Manuel Díaz Rodríguez

(Chacao, Venezuela, 1871-Nueva York, 1927)

Es el prosista venezólano más importante del período
modernista. Era de familia acomodada y gozó de una
buena educación. Inició sus estudios de medicina en Caracas, y los continuó en París y Viena. Desde 1895 publicó varios cuentos en la revista caraqueña *El Cojo Ilustrado*. Se estableció en París entre 1899 y 1901. Su
colección *Cuentos de color* y la novela *Idolos rotos* aparecieron respectivamente en esos mismos años. Su éxito
lo indujo a abandonar del todo la medicina y a concentrarse en la literatura. Su segunda novela, *Sangre patricia,*
fue considerada una obra maestra de la literatura nacional. A comienzos de siglo regresa a Venezuela y, tras
una inicial oposición a la dictadura de Gómez, termina
aceptando varios cargos importantes en su gobierno.
En 1921 publicó su novela corta *Peregrina, o el pozo
encantado.*

Díaz Rodríguez era un seguidor fiel de las teorías modernistas sobre el simbolismo e impresionismo cromáti-
co: el título de *Cuentos de color* lo dice todo, pues en
cada uno el color dominante crea la atmósfera caracte-

rística del relato. Pero en sus mejores momentos, como «Rojo pálido», el discípulo era capaz de demostrar una finura y una profundidad estética que no le venían por vía libresca. El relato es una parábola, escrita en un lenguaje a la vez sutil y arrebatado, sobre el destino del artista y su suprema lucha por entregar la obra perfecta y pura. Al cumplimiento de ese ideal, el artista lo sacrifica todo; como un monje, busca el retiro del campo (el autor presenta una visión idealizada del campo venezolano que conocía tan bien) y se aísla de todo contacto externo, tratando de escuchar sólo las altas exigencias de su mundo interior. Pero la naturaleza, al devolverle la salud perdida, viene a perturbarlo también con las fantasías eróticas asociadas al lugar, que agitan su sangre y lo apartan de su proyecto. La alegórica pugna entre el espíritu y el cuerpo se convierte en una verdadera escisión: el protagonista se divide en dos distintas personalidades, el «artista orgulloso» y el «hombre vulgar». El final es ambiguo, porque lo vemos regresando a «la multitud de las ciudades», aparentemente vencido por su propia voluptuosidad, pero acariciando todavía el sueño de «la obra excelsa» en lo más profundo de sí mismo. El «rojo pálido» puede entenderse así como una alusión al erotismo que inevitablemente tiñe las más elevadas empresas del arte; el artista debe renunciar incluso a su propia sensualidad para ejercer el estricto sacerdocio de su misión. El cuento es un testimonio del enorme cambio que el modernismo había introducido en las preocupaciones intelectuales de la época, proponiendo un nuevo ascetismo y una nueva moral.

OBRA NARRATIVA

Confidencias de Psiquis, Caracas: Tipografía El Cojo, 1896; *Cuentos de color,* Barcelona: Nueva Cádiz, 1899; *Idolos rotos,* París: Garnier, 1901; *Sangre patricia,* Caracas: Herrera Irigoyen y Cía., 1902; con *Cuentos de*

color, Madrid: Sociedad Española de Librerías, 1915;
Peregrina, o el pozo encantado, Madrid: Biblioteca Nueva, 1921; *Obras completas,* Barcelona: Nueva Cádiz, 1931-1952; *Manuel Díaz Rodríguez,* pról. Rafael Angarita Arvelo y est. Lowell Dunham, Caracas: Italgráfica, 1964, 2 vols.; *Narrativa y ensayo,* ed. Orlando Araujo, Caracas: Biblioteca Ayacucho, 1982.

CRITICA

Lowell Dunham, *Manuel Díaz Rodríguez,* México: De Andrea, 1959; Luis Monguió, «Manuel Díaz Rodríguez y el conflicto entre lo práctico y lo ideal», en su *Estudios sobre literatura hispanoamericana y española,* México: De Andrea, 1958, pp. 71-77; José Rivera Silvestrini *, pp. 15-18.

Era el momento en que debía entregarse con todas sus
fuerzas a la realización de su más divino sueño de artista. Tenía que poner muy pronto manos en la obra, porque ya empezaba a ser mucho el tiempo malgastado en
cosas vanas. Es cierto que su reputación la envidiaban
amigos y enemigos: grande y pura, la había conquistado
con el esfuerzo más generoso de su inteligencia, trans-
formando por la pluma en novelas, cuentos, versos, pri-
morosas flores de arte. Pero versos, cuentos y novelas
eran cosa baladí, desecho despreciable, comparados con
la idea entrevista en un instante supremo del espíritu,
con la obra excelsa, apenas tímidamente esbozada, escondida en el cerebro como yacimiento de oro en la tierra
profunda.

Esa obra era la única, según él, que podría fijar su
reputación en materia dura y perenne: bronce o mármol.
La había ideado en la ocasión de su primer triunfo. Al
principio fue una sombra muy vaga; luego, en la sombra
empezaron a marcarse líneas y puntos claros. Desde entonces no pasaba un solo día sin que la visión del libro

futuro no llenara su mente, una vez por lo menos. Casi sin que la voluntad interviniera, la idea iba creciendo y madurándose poco a poco. Durante las horas de vagar y en el silencio de la meditación, el pensamiento, desocupado en apariencia, trabajaba, reunía materiales, precisaba contornos, repartía colores, hasta no faltar, con los años, sino la circunstancia oportuna para que el artista, con un solo esfuerzo de la atención, arrancase de las propias entrañas la obra palpitante y viva.

Sin duda alguna, el momento había llegado. La plenitud de la inteligencia requería una labor grande y noble. Con treinta años a la espalda, el escritor, impaciente, comenzaba a divisarse, en el porvenir, encorvado por la vejez y olvidado de los hombres.

La circunstancia era, además, propicia: algo maltrecho de salud, estaba obligado a retirarse por algunos meses a la soledad y el silencio de los campos. Y puesto a buscar, halló un rincón apacible y hermoso, así como lo deseaba él, una villa coquetona, entre el follaje medio oculta, cercada de jardín, vestida de enredaderas. Alegre y discreta, parecía llamada a esconder bajo el espeso cortinaje de sus enredaderas en flor no las tristezas y luchas íntimas del célibe, sino las alegrías del amor sano y feliz, el idilio de los amantes que huyen del mundo para mejor quererse. Y en efecto, al nuevo inquilino dijeron que muchas parejas de reciencasados le habían precedido en la villa, de suerte que muchas lunas de miel habían bañado con su luz perezosa y tibia aquellos contornos, y muchas veces, en el jardín, por entre los rosales florecidos, había pasado cantando la blanda música del epitalamio voluptuoso.

El pedazo de jardín que separaba la casa de la carretera estaba sembrado de rosales. A pocos pasos, a la izquierda, se alzaba una casita de aspecto ruinoso, deshabitada. Lejos, a la derecha, se divisaba la iglesia de una aldea. Enfrente, a algunos metros del camino, brillaban los rieles de la vía férrea. El profundo reposo del paisaje era sólo interrumpido por el paso del tren. Cuatro veces al día pasaba un tren silbando, bufando, dejando caer

entre la hierba una que otra chispa, manchando el azul
del cielo y el verde-azul de la montaña con su columna
de humo blanquecino, semejante a un largo jirón de niebla. Ningún sitio mejor, por su tranquilidad y silencio,
para que todas las bellezas ocultas en el alma aparecieran
en toda su esplendidez y se transformaran en materia
de arte.

Con cierta fruición deliciosa pensaba el artista en el
momento en que daría principio a su trabajo, y mientras
llegaba ese momento se daba al más absoluto descanso.
Toda su actividad se reducía a algunos paseos por los
alrededores. Muy de mañana, se iba siguiendo las veredas
que limitan o cruzan los sembrados, siguiendo las cercas
llenas de maleza, en el seno de la cual abren las campá-
nulas sus grandes ojos curiosos, empapando su cuerpo en
la frescura y fragancia de aquel rincón de tierra besado
por los primeros soles de mayo, para traer, de vuelta a
casa, una sensación cada vez más intensa de bienestar y
alegría.

Insensiblemente la salud recobraba su vigor primitivo,
y con la salud volvían antiguos deseos, aspiraciones y
sueños olvidados de la primera juventud, de esos que
exhalan un suave olor de vino y rosa. Sin que el escritor
lo advirtiera, su individualidad se modificaba en sus más
profundas raíces. Las nuevas energías, nacidas en su organismo regenerado por la vida campestre, eran la causa
de esa modificación. Pero esto no se le reveló sino durante su primer esfuerzo intelectual, o más bien durante
la fatiga que siguió al primer esfuerzo.

Una noche, después de recogerse en sí mismo y de en-
cauzar con mucho cuidado y tino sus ideas, empezó a
escribir. Al principio, todo fue muy bien, pero al primer
tropiezo, a la primera dificultad, se encontró de improviso con la pluma ociosa en la mano derecha, la frente
apoyada en la otra mano, y los ojos en la pared como
distraídos, o absortos en la contemplación de cosas muy
lejanas y confusas. En realidad la atención continuaba tan
firme como antes, pero con rumbo y objeto distintos. En
vez de empeñarse en vencer el obstáculo y continuar la

272 Manuel Díaz Rodríguez

página interrumpida, se abandonaba a la tarea grata y fácil de renovar anteriores reflexiones. Ese día, en la mañana, había empleado algunas horas en registrar todos los escondrijos de la villa, y su curiosidad lo llevó a descubrir, escrito muchas veces en las paredes de una habitación, tal vez en otro tiempo alcoba nupcial, un nombre de mujer seguido de expresiones amorosas, buenas y dulces. Un amante ingenuo se había complacido en grabar, como en testimonio de su amor oscuro, el nombre de la adorada.

Tal descubrimiento lo hizo pensar en los novios que, meses atrás, habitaron la villa, y fingir la existencia que esos novios pudieron llevar, entregados al goce pleno del amor, en aquel sitio casi ignorado de las gentes. Entonces, las palabras, leídas primero con indiferencia, por lo que tenían de vulgares y muy viejas, tomaron para él un sentido mágico. Su fantasía de poeta y de joven reconstruyó mil escenas de transportes apasionados y de arrobos castísimos, vio por donde quiera proyectarse la sombra de abrazos locos e interminables y levantarse el rosal, todo púrpura, de los besos ardientes.

Por la noche, al quedarse con la pluma ociosa en una mano y los ojos distraídos, como absortos en la contemplación de algo remotísimo, fantaseaba lo mismo que durante el día: imaginaba las caricias, los arrebatos de pasión y los suaves deliquios que habían presenciado seguramente aquellos muros. Evocando una por una las ternezas de los novios, llegó a forjar una visión turbadora, como las visiones de placeres y amor que atormentaban de vez en cuando al solitario de La Tebaida, visiones aún más temibles para el pobre cenobita que la ronda nocturna de las hienas.

Todas las noches siguientes, a la misma hora, se reprodujo esa visión, cada vez con un hechizo nuevo y con igual fuerza de seducción y hermosura. Como esos lugares que la credulidad y el miedo pueblan de aparecidos, así la villa, a ciertas horas, llenábase de sombras y espectros amables, de fantasmas rosados y azules, espíritus errantes de caricias que fueron.

En realidad, el escritor que había llegado maltrecho de salud y ansioso de calma, no era idéntico al que, víctima de tentadores espejismos, esforzábase inútilmente por enlazar dos palabras, tornear una frase o acabar un período. En el seno del mismo hombre se habían encontrado de repente, uno frente a otro, dos seres distintos, de ideales opuestos: de un lado, el artista orgulloso que habita cumbres; del otro, el hombre vulgar que siente de un modo intenso la vida, de sangre fuerte y pasiones ásperas; de un lado, el artista que no acepta cadenas, lazos ni tiranías, que ve en la mujer tentación y esclavitud, no toma de ella sino lo que puede convertir en frase hermosa o verso harmoniosísimo, ni tiene más querida que la gloria; del otro, el hombre vulgar que se forja gustoso cadenas muy pesadas, lo busca todo en el amor de la mujer y en la mujer cree hallar goces, consuelo y apoyo, como si no fuera frágil caña según dice *La Imitación;* de un lado, el artista que anda siempre tras lo original, en persecución de la belleza oculta, de la forma rara, y vive en los dolores y alegrías, hondos y nobles, del que crea; del otro, el hombre vulgar que se contenta con placeres fáciles y no aspira sino a hacerse de un puesto en el banquete y a que sea abundante su ración de pan y amor.

Entre esos dos enemigos irreconocibles trabóse una lucha desesperada y sin tregua. Seguramente el segundo habría alcanzado la victoria, fortalecido como estaba por la misma vida de campo que lo había hecho renacer y por la fuerza de la visión turbadora, nacida de los recuerdos de amor que llenaban la villa. Pero el artista previó los resultados de la lucha y, antes que esperarlos, decidió tomar la retirada, o más bien ponerse en fuga. Los recuerdos de su vida galante comenzaron también a torturarlo, y la tenaz compañía de esos recuerdos contribuyó a convencerlo de que mejor trabajaría por su ideal artístico y más tranquilo y solo podía hallarse en medio a la multitud de las ciudades que en la soledad y el silencio de los campos. Y cierto día, después de haber pasado una noche en la que padeció como nunca, una noche en que el viento remedó hasta la perfección, agitando enredade-

ras y rosales, quejas de voluptuosidad y música de epita-
lamios, emprendió camino hacia la ciudad distante, llevando consigo los mil deseos nacientes del hombre robus-
tecido en una vida sencilla y primitiva, llevando consigo
su gran bagaje de ensueños, ilusiones y propósitos irrealizables, y la obra excelsa entrevista en un instante supremo del espíritu, la obra tímidamente empezada, todavía
informe y misteriosa, escondida en el cerebro como yacimiento de oro en la tierra profunda.

Darío Herrera

(Panamá, 1883-Valparaíso, Chile, 1914)

El cuento panameño tiene un inicio tardío: aparece después de 1890, precisamente como consecuencia del influjo modernista. En ese período, la obra de Darío Herrera supone un aporte decisivo a la historia del género en su pequeño país, por entonces todavía una provincia de Colombia.

Como poeta y narrador, Herrera tenía una obra literaria relativamente conocida cuando en 1898 abandona su tierra, viaja por Ecuador y Chile, y se establece en Buenos Aires, donde conoce y trata a Rubén Darío. Integrado al grupo modernista de esa ciudad, colaboró en *La Nación* y *El Mercurio de América* con crónicas y cuentos, e hizo la primera traducción al castellano de la *Balada de la cárcel de Reading,* de Oscar Wilde. En 1903, mientras estaba en Buenos Aires, publicó su único libro de cuentos: *Horas lejanas.* Al año siguiente fue nombrado cónsul en Saint Nazaire, Francia, pero por motivos de salud (Herrera sufría de una antigua neurosis) tuvo que renunciar al cargo, después de pasar un tiempo en París. Estuvo también en Cuba, México y Guatemala, y desempeñó cargos diplomáticos en el Perú y Chile; murió siendo cónsul en Valparaíso.

«La zamacueca» refleja su experiencia chilena y ofrece una buena muestra de cómo la estética modernista y la naturalista podían conjugarse en un mismo texto. En realidad, el cuento recuerda un poco —y no sólo por retratar el mismo ambiente de Valparaíso— «El fardo», de Rubén Darío *(véase),* esa estampa de los muelles chilenos: Herrera presenta las pasiones elementales y la agreste realidad física y social con nitidez, con trazos simples pero definitorios, que nos permiten verlas y casi tocarlas. Su retrato del *roto* es vigoroso y señala una temprana aparición de un tipo que tendrá una amplia presencia en la literatura chilena de este siglo. Este es un mundo de machos primitivos, y las mujeres están a su lado sólo para confirmarlo: son una presa que ellos defienden a toda costa. El clima de fiesta popular, de peligroso exceso, se centra en la pareja entregada al vértigo fatal del baile. El narrador deja sospechar que la intensidad y el ardor de la muchacha son signos de una psicología morbosa, tal vez de una mujer «histérica» que parece encarnar el aspecto maligno de la fascinación femenina. Mr. Litchman, el inglés compañero del narrador, cumplirá un papel de detonante en la historia, que se resolverá en un final cuya violencia parece contener una velada condenación del código machista. La intervención de un personaje extranjero y ajeno por lo tanto al medio, el carácter ritual de la escena, el modo absurdo y brutal con que el reto viril degenera, son elementos que uno también encuentra en «El sur», de Borges, aunque el texto de Herrera carece, por cierto, de toda especulación metafísica sobre el tiempo. Pero como viñeta sacada «del natural», el relato está escrito con una vibración nerviosa, lacónica y eficaz que lo hace parecer más moderno que modernista.

OBRA NARRATIVA

Horas lejanas, Buenos Aires: Moen, 1903.

CRITICA

Ismael García, *Historia de la literatura panameña,* México: UNAM, 1964, pp. 58-60; Max Henríquez Ureña *, pp. 415-416; Rodrigo Miró, *La literatura panameña,* Panamá, 1970, pp. 134-135; Gloria Luz Mosquera de Martínez, *Darío Herrera, modernista panameño,* Madrid, 1964.

La zamacueca

En Valparaíso, el 18 de septiembre. La ciudad, toda ornamentada con banderas y gallardetes, vibraba sonoramente, en el regocijo de la fiesta nacional. La población entera se había echado a la calle, para aglomerarse en el malecón, frente a la bahía, donde los barcos de guerra y los mercantes engalanados también con las telas simbólicas del patriotismo cosmopolita, simulaban arcos triunfales flotantes y danzantes sobre el oleaje bravío. En el fondo, por encima de los techos de la ciudad comercial, asomaban las casas de los cerros, cual si se empinaran para atisbar a la muchedumbre del puerto. Las regatas de botes atraían a aquella concurrencia heterogénea. Y, en la omnicromía de su indumento, ondulaba compacta y vistosa bajo el sol primaveral, alto ya sobre la transparencia del azul.

Con el inglés, Mr. Litchman, mi compañero de viaje desde Lima, presencié un rato las regatas. Los *rotos,* de piel curtida, de pechos robustos y brazos musculosos, remaban vertiginosamente; y al impulso de los remos los botes, saltando, cabeceando, cortaban, con celeridad ardua, las olas convulsivas.

—¿Hay bailes hoy en Playa Ancha? —me preguntó Litchman.

—Sí, durante toda la semana.

—Entonces, si le parece, vamos... Son más interesantes que las regatas... Estos hombres no saben remar...

Un coche pasaba, y subimos a él. Salvamos rápidamente las últimas casas del barrio sur, y seguimos por una calzada estrecha, elevada algunos metros sobre el mar. El sol llameaba como en pleno estío, y ante el incendio del espacio, la llanura oceánica resplandecía ofuscante, refractando el fuego del astro. Al mismo tiempo, soplaba un viento marino, glacial, por su frescura; y así el ambiente, dulcificado en su calor, amortecido en su frío, hacíase grato como un perfume. A un lado, abajo, el agua reventaba, con hervores estruendosos, con sonoras turbulencias de espuma. Al otro, se alzaba, casi recto, el flanco del cerro, a cuya meseta nos dirigíamos; y lejos, en la raya luminosa del horizonte, se perdía gradualmente la silueta de un buque.

El coche llegó al término de la ruta plana, e inició luego el ascenso de la espiral laborada en el costado del cerro. Ya en la meseta, con amplitud del valle, apareció en toda su magnificencia el paisaje, prestigiosamente panorámico. Frente, el mar, enorme de extensión, todo rizado de olas, reverberante de sol; atrás, la cordillera costeña, recortando sus cumbres níveas en la gran curva del firmamento; a la izquierda, próxima, la playa de arena rubia, y a la derecha, con su puerto constelado de naves, con su aspecto caprichoso, con su singular fisonomía, Valparaíso, alegre hasta por la misma asimetría de su conjunto y radiante bajo el oro del sol.

En la meseta, a través de boscajes, vestidos por la resurrección vernal, aparecía una extraña agrupación de carpas, semejantes al aduar de una tribu nómada. Detrás, dos hileras de casas de piedra constituían la edificación estable del paraje. Y de las carpas y de las casas volaban ritmos de músicas raras, cantares de voces discordantes, gritos, carcajadas: todo, en una polifonía estrepitosa. Cruzamos, con pasos elásticos, los boscajes: bajo los árboles renacientes encontrábamos parejas de mozos y mozas, en agrestes idilios, o bien familias completas, merendando a la sombra hospitalaria de algún toldo. Nos metimos por entre las carpas: alrededor de una, más grande, se apretaba la gente, en turba nutrida, aguardando su turno de baile. Penetramos. Dentro, la concurrencia no era menos espesa. Hombres, trajeados con pantalones y camisas de lana, de colores oscuros, y mujeres con telas de tintas violentas, formaban ancha rueda, eslabonada por un piano viejo, ante el cual estaba el pianista. Junto al piano, un muchacho tocaba la guitarra y tres mujeres cantaban, llevando el compás con palmadas. En un ángulo de la sala levantábase el mostrador, cargado de botellas y vasos con bebidas, cuyos fermentos alcohólicos saturaban el recinto de emanaciones mareantes. Y en el centro de la rueda, sobre la alfombra, tendida en el piso terroso, una pareja bailaba la zamacueca.

Jóvenes ambos, ofrecían notorio contraste. Era él un gañán de tez tostada, de mediana estatura, de cabello y barba negros, un perfecto ejemplar del *roto,* mezcla de campesino y marinero. Con el sombrero de fieltro en una mano, y en la otra un pañuelo rojo, fornido y ágil, giraba zapateando en torno a ella. La muchacha, en cambio, parecía algo exótico en aquel sitio. Grácil y esbelta, bajo la borla de la cabellera broncínea destacábase su rostro, de admirable regularidad de rasgos. Tenía, lujo excéntrico, un vestido de seda amarilla; el busto envuelto por un pañolón chinesco, cuyas coloraciones radiaban en la cruda luz, y en la mano un pañuelo también rojo. Muy blanca, la danza le encendía, con tonos carmíneos, las mejillas. En sus ojos garzos, circuidos de grandes ojeras azulosas, había ese brillo de potencia extraordinaria, ese ardor concentrado y húmedo, peculiares en ciertas histerias; y con la boca entreabierta y las ventanas de la nariz palpitantes, inhalaba ávidamente el aire, como si le fuera rebelde a los pulmones.

Bailaba, ajustando sus movimientos a los compases difíciles, cambiantes, de la música. Y su cuerpo fino, flexible, se enarcaba, se estiraba, se encogía, se cimbraba,
erguíase, vibraba, se retorcía, aceleraba los pasos, impri-
míales lentitudes lánguidas, gestos galvánicos; o se mecía
con balances muelles, adquiriendo posturas de languidez,
de abandono, de desmayos absolutos. Y así, siempre ser-
pentina, rebosante de voluptuosidad turbadora, de inci-
taciones perversas, voltejeaba ante los ojos como una fascinación demoníaca.

¿De qué altura social, por qué misteriosa pendiente
descendió aquella hermosa criatura, de porte delicado, de
apariencia aristocrática? ¿Qué lazos la unían, antiguos o
recientes, con su compañero de baile? ¿Era una degene-
rada nativa, a quien desequilibrios orgánicos aventaron
lejos del hogar, en alguna loca aventura? ¿O la fatalidad
la arrojó al abismo, convirtiéndola en la infeliz histérica,
que ahora, en aquel recinto, daba tan extraña nota, siendo
a la vez una curiosidad dolorosa y una provocación em-
briagante?

La voz del inglés me arrancó a estos pensamientos:

—Voy a bailar..., me gusta mucho la zamacueca... y
esa mujer también. Ayer bailé con ella.

Le miré: su semblante permanecía grave, y sus grandes ojos celtas contemplaban serenamente a la bailadora.
Sacó un pañuelo escarlata, traído sin duda para el caso,
y adelantó hasta el medio de la rueda. La pareja se detuvo: el *roto,* cejijunto, hostil; la muchacha, ondulando
sobre los pies inmóviles, sonriendo a Litchman, quien,
sin perder su gravedad, esbozaba ya un paso de la danza... Pero el suplantado, de un salto, se le colocó delante.
Un puñal pequeño relucía en su mano.

—Hoy no dejo que me la quite... Acaso la traigo para
que usted...

No pudo concluir la frase: el brazo de Litchman se
alzó y tendióse rápido, y un formidable mazazo retumbó
en la frente del *roto.* Vaciló éste, tambaleóse y rodó por
el suelo, con la cara bañada en sangre. La música y el
canto enmudecieron; y la rueda expectante convirtióse

en un grupo, arremolinado alrededor del caído. Ya Litch-
man, impasible siempre, estaba junto a mí y nos preparábamos para salir, cuando, agudo, brotó un grito del grupo.
Hubo otro remolino disolvente, y apareció de nuevo la
primitiva pareja de baile. El hombre se limpiaba con el
pañuelo la sangre de la frente; la muchacha, rígida, como
petrificada, como enclavada en el piso, no trataba de enjugar la ola purpúrea que le manaba de la mejilla. La
herida debía de ser grande; pero desaparecía bajo la mancha roja, cada vez más invasora. Y el *roto,* con voz silbante como un latigazo, le gritó a aquella faz despavorida
y sangrienta:

—Creías, pues, que sólo yo iba a quedar marcado...

Amado Nervo

(Tepic, México, 1870-Montevideo, 1919)

La fecundidad y variedad de la obra de Nervo (publicó
en su corta vida más de 30 libros), así como la enorme
fama que gozó en su tiempo (tras la muerte de Darío, se
le consideraba el mejor poeta de la lengua), no han favo-
recido la comprensión de esta interesante figura literaria
del modernismo mexicano: su propia leyenda ha oscurecido su aporte. Aunque más recordado hoy como poeta,
su obra de prosista es digna de consideración y quizá de
mayor actualidad, por sus preocupaciones místicas y es-
peculativas, que a veces se acercan a las de la ciencia-
ficción.

Después de abandonar sus estudios como seminarista
en Michoacán, Nervo publicó a los veinticinco años la
novela corta *El bachiller,* que le brindó su primer éxito
literario. Dos años después fundó la *Revista Moderna,*
para reemplazar a la *Revista Azul,* que había desaparecido
en 1896. De 1897 es su primer libro de poemas, *Místicas,* que inicia una copiosa serie en la que figuran *Perlas
negras, Poemas, Lira heroica, Los jardines interiores.* Fue
enviado como corresponsal (era periodista en la ciudad

de México desde 1894) a la famosa Exposición Universal
de París de 1900. Ese viaje le permitió conocer y ganar
la amistad de Darío y de otros importantes escritores
hispanoamericanos y europeos. También en París conoce
a Cecilia Luisa Daillez, la mujer cuya pasión le inspirara
tantos versos y a la que inmortalizó como «la amada inmóvil». Cuatro años más tarde vuelve a México y después de un tiempo ingresa al servicio diplomático. Es
nombrado secretario de la Legación mexicana en Madrid,
donde pasará unos tres años. En 1914 fue declarado cesante en su puesto y se vio obligado a vivir de su trabajo
periodístico hasta 1916. Dos años después fue rehabili-
tado y ascendido a Ministro Plenipotenciario en Argentina, Uruguay y Paraguay. Este último período es rico
en obras en prosa: *El diablo desinteresado, El diamante
de la inquietud, Plenitud, El sexto sentido, Amnesia.* Su
muerte en Montevideo fue una ocasión de numerosos y
solemnes homenajes en todo el continente.

«El diamante de la inquietud», publicado en 1917, es
un relato característico del arte de Nervo, tanto por sus
virtudes como por sus ingenuidades. En él trata temas
asociados con sus mayores preocupaciones personales: el
amor perturbado por la presencia constante de la muerte, la existencia gobernada por el capricho de fantasmas
y fuerzas del más allá. Eso, y las alusiones ocasionales
a la reencarnación y la cartomancia, dan a esta elucubra-
ción filosófica de intelectual *à la mode* su tono de elegante
angustia y decadente morbosidad. Buscar la felicidad erótica no es suficiente para el personaje-narrador de Nervo;
es necesario además gozar del riesgo de perderla, sentir
la inquietud de que en cualquier momento puede arreba-
társela la muerte: hedonismo y masoquismo, frivolidad
y misticismo. El ambiente es previsiblemente cosmopolita
(un Nueva York descrito con cierta ironía latina) y la pareja protagónica, dos desarraigados que se encuentran
por azar. El nudo central es la historia de amor que viven
y el extraño secreto que ella guarda. La demorada revelación convierte esa pasión en una desesperada lucha entre las potencias de la vida y la muerte. Sorprendente-

mente, el héroe descubre que su aparente derrota es una
secreta victoria: al perder a su amada, él pasa a conver-
tirse en un ausente, un muerto en vida al que nadie
puede disputar ya su amor. El relato está constantemente
interrumpido por apartes, digresiones y abundantes citas
literarias (Diderot, Sor Juana, Hugo, Nietzsche, Lamartine, Maeterlink...) que, si bien lo alargan innecesaria-
mente, también enriquecen la historia con un pertinaz
cuestionamiento intelectual y moral. (En general, puede
decirse que buena parte de las ficciones de Nervo no eran
sino pretextos para divagar y filosofar.) Dentro de la narración principal fluyen otras pequeñas narraciones o
anécdotas que contribuyen a encuadrar aquélla como una
nueva parábola del dilema humano de siempre: placer y
sufrimiento, vida y muerte. Más interesante es el aspecto
estructural del relato, contado en primera persona (muchos años después de haber ocurrido la historia) a un
lector inserto en el texto. El narrador sostiene con él un
continuo debate que afecta la marcha del relato, criti-
cándolo, poniéndolo en duda, subrayando que es una ficción pura, con la consistencia irreal de los sueños. Esos
diálogos intratextuales crean, por un lado, un efecto de
disonancia (que bien podría compararse con lo que ciertos músicos, como Satie, estaban explorando por esa
misma época) y, por otro, una especie de teatro íntimo,
de drama mental: esas voces representan concepciones
opuestas sobre la existencia. Y hay todavía un anuncio
de la indagación en los motivos del subconsciente que
haría el cuento contemporáneo: en el parágrafo VIII el
narrador revela que, mientras su esposa dormía y hablaba
en sueños, él sostenía con ella una conversación interior
u onírica, en la que «hablaba yo despierto y ella respondía, traspuesta o dormida del todo». El surrealismo iba
a habituarnos, en pocos años más, a extrañas formas de
comunicación como ésta. Lector de Nietzsche, H. G. Wells
y la filosofía oriental, Nervo se interesaba en toda clase
de experiencia existencial profunda, capaz de hacernos
ver que, como dice aquí, «los espíritus que pueblan el
aire rondan la tierra deseando encarnar». Es un presenti-

miento que recorría toda la literatura decadente de entonces.

OBRA NARRATIVA

Obras completas (vol. I: *Prosas,* est., notas y ed. Francisco González Guerrero), Madrid: Aguilar, 1962; *Cuentos y crónicas,* pról. y ed. Manuel Durán, México: UNAM, 1971.

CRITICA

Manuel Durán, *Genio y figura de Amado Nervo,* Buenos Aires: Eudeba, 1968; Roland Grass, «Notas sobre los comienzos de la novela simbolista-decadente en Hispanoamérica (Amado Nervo y Carlos Reyles)», en José Olivio Jiménez, ed., *El simbolismo,* Madrid: Taurus, 1979, pp. 313-327; Amada Marcela Herrera y Sierra, *Amado Nervo: su vida, su prosa,* México: Centro Cultural Universitario, 1952; Concha Meléndez, *Amado Nervo,* Nueva York: Instituto de las Españas, 1926; Alfonso Reyes, «Tránsito de Amado Nervo», en sus *Obras completas,* México: Fondo de Cultura Económica, 1955-1968, vol. VIII, pp. 9-49. Véanse también los trabajos de Durán y González Guerrero, en las ediciones arriba citadas.

Amigo, yo ya estoy viejo. Tengo una hermosa barba blanca, que sienta admirablemente a mi cabeza apostólica; una cabellera tan blanca como mi barba, ligeramente ensortijada; una nariz noble, de perfil aguileño; una boca de labios gruesos y golosos, que gustó los frutos mejores de la vida...

Amigo, soy fuerte aún. Mis manos sarmentosas podrían estrangular leones.

Estoy en paz con el Destino, porque me han amado mucho. Se les perdonarán muchas cosas a muchas mujeres, porque me han amado en demasía.

He sufrido, claro; pero sin los dolores ¿valdría la pena vivir? Un humorista inglés ha dicho que la vida sería soportable... sin los placeres. Yo añado que sin los dolores sería insoportable.

Sí, estoy en paz con la vida. Amo la vida. Como Diderot, sufriría con gusto diez mil años las penas del infierno, con tal de renacer. La vida es una aventura maravillosa. Comprendo que los espíritus que pueblan el aire ronden la tierra deseando encarnar.

—No escarmientan, dirán.

—No, no escarmientan. Las hijas de los hombres los seducen, desde los tiempos misteriosos de que habla el *Génesis;* una serpiente invisible les cuchichea: «¿Quieres empezar de nuevo?»

Y ellos responden al segundo, al tercero, al décimo requerimiento: «¡Sí!»..., y cometen el pecado de vivir:

> porque el delito mayor
> del hombre es haber nacido.

Yo, amigo, seré como ellos. Ya estoy viejo, moriré pronto..., ¡pero la vida me tienta! La vida prometedora no me ha dado aún todo lo suyo. Sé yo que sus senos altivos guardan infinitas mieles... Sólo que la nodriza es avara y las va dando gota a gota. Se necesitan muchas vidas para exprimir algo de provecho. Yo volveré, pues, volveré... Pero ahora, amigo, no es tiempo de pensar en ello. Ahora es tiempo de pensar en el pasado. Conviene repasar una vida antes de dejarla. Yo estoy repasando la mía y, en vez de escribir memorias, me gusta desgranarlas en narraciones e historias breves. ¿Quieres que te cuente una de esas historias?

—Sí, con tal de que en ella figure una hermosa mujer.

—En todas mis historias hay hermosas mujeres. Mi vida está llena de dulces fantasmas. Pero este fantasma de la historia que te voy a contar, mejor dicho, de la confidencia que te voy a hacer, es el más bello.

—¿Qué nombre tenía entre los humanos?

—Se llamaba Ana María...

—Hermoso nombre.

—Muy hermoso... Oye, pues, amigo, la historia de Ana María.

I

¿Que dónde la conocí?

Verás: fue en América, en Nueva York. ¿Has ido a Nueva York? Es una ciudad monstruosa, pero muy bella.

Bella sin estética, con un género de belleza que pocos hombres pueden comprender.

Iba yo bobeando hasta donde se puede bobear en esa nerviosa metrópoli, en que la actividad humana parece un Niágara; iba yo bobeando y divagando por la Octava Avenida. Miraba..., ¡oh vulgaridad!, calzado, calzado por todas partes, en casi todos los almacenes; ese calzado sin gracia, pero lleno de fortaleza, que ya conoces, amigo, y con el que los yanquis posan enérgica y decididamente el pie en el camino de la existencia.

Detúveme ante uno de los escaparates innumerables, y un par de botas más feas, más chatas, más desmesuradas y estrafalarias que las vistas hasta entonces, me trajeron a los labios esta exclamación:

—¡Parece mentira!...

—¿Parece mentira qué? —dirás.

—No sé; yo sólo dije: ¡Parece mentira!

Y entonces, amigo, advertí —escúcheme bien—, advertí que muy cerca, viendo el escaparate contiguo (dedicado a las botas y zapatos de señora), estaba una mujer, alta, morena, pálida, interesantísima, de ojos profundos y cabellera negra. Y esa mujer, al oír mi exclamación, sonrió...

Yo, al ver su sonrisa, comprendí, naturalmente, que hablaba español: su tipo, además, lo decía bien a las claras (a las oscuras más bien, por su cabello de ébano y sus ojos tan negros que no parecía sino que llevaban luto por los corazones asesinados, y que los enlutaba todavía más aún el remordimiento).

—¿Es usted española, señora? —le pregunté.

No contestó, pero seguía sonriendo.

—Comprendo —añadí— que no tengo derecho para interrogarla..., pero ha sonreído usted de una manera... Es usted española, ¿verdad?

Y me respondió con la voz más bella del mundo:

—Sí, señor.

—¿Andaluza?

Me miró sin contestar, con un poquito de ironía en los ojos profundos.

Aquella mirada parecía decir:

«¡Vaya un preguntón!»

Se disponía a seguir su camino. Pero yo no he sido nunca de esos hombres indecisos que dejan irse, quizá para siempre, a una mujer hermosa. (Además: ¿no me empujaba hacia ella mi destino?)

—Perdone usted mi insistencia —la dije—; pero llevo más de un mes en Nueva York, me aburro como una ostra (doctos autores afirman que las ostras se aburren, ¡ellos sabrán por qué!). No he hablado, desde que llegué, una sola vez español. Sería en usted una falta de caridad negarme la ocasión de hablarlo ahora... Permítame, pues, que con todos los respetos y consideraciones debidas, y sin que esto envuelva la menor ofensa para usted, la invite a tomar un refresco, un *ice cream soda,* o, si a usted le parece mejor, una taza de té...

No respondió, y echó a andar lo más de prisa que pudo; pero yo apreté el paso y empecé a esgrimir toda la elocuencia de que era capaz. Al fin, después de unos cien metros de «recorrido» a gran velocidad, noté que alguna frase mía, más afortunada que las otras, lograba abrir brecha en su curiosidad. Insistí, empleando afiladas sutilezas dialécticas, y ella aflojó aún el paso... Una palabra oportuna la hizo reír... La partida estaba ganada... Por fin, con una gracia infinita, me dijo:

—No sé qué hacer: si le respondo a usted que no, va a creerme una mujer sin caridad; y si le respondo que sí, ¡va a creerme una mujer liviana!

Le recordé en seguida la redondilla de sor Juana Inés:

> Opinión ninguna gana;
> pues la que más se recata,
> si no os admite, es ingrata,
> y, si os admite, es liviana...

—¡Eso es, eso es! —exclamó—. ¡Qué bien dicho!

—Le prometo a usted que yo me limitaré a creer que sólo es usted caritativa, es decir, santa, porque, como dice el catecismo del padre Ripalda, el mayor y más santo para Dios es *el que tiene mayor caridad, sea quien fuere...*

—En ese caso, acepto una taza de té.

Y buscamos, amigo, un rinconcito en una pastelería elegante.

II

Ocho días después nos habíamos ya encontrado siete veces (¡siete veces, amigo: el número por excelencia, el que, según el divino Vallés, no produce ni es producido; el rey de los impares, gratos a los dioses!); y, en cierta tarde de un día de mayo, a las seis, iniciada ya una amistad honesta, delicada, charlábamos en un frondoso rincón del Central Park.

En ocho días se habla de muchas cosas.

Yo tenía treinta y cinco años y había amado ya por lo menos cuarenta veces, con lo cual dicho está que había ganado *cinco años,* al revés de cierto famoso avaro, el cual murió a los ochenta y tantos, harto de despellejar al prójimo, y es voz pública que decía: «Tengo ochenta y dos años y sólo ochenta millones de francos; he perdido, pues, dos años de mi vida.»

Aquella mujer tendría, a lo sumo, veinticinco.

A estas edades el dúo de amor empieza blando, lento, reflexivo; es una melodía tenue, acompasada; un *andante maestoso...*

Estábamos ya, después de aquella semana, en el capítulo de las confidencias.

—Mi vida —decíame ella— no tiene nada de particular. Soy hija de un escultor español que se estableció en los Estados Unidos hace algunos años, y murió aquí. Me casé muy joven. Enviudé hace cuatro años; no tuve hijos, desgraciadamente. Poseo un modesto patrimonio, lo suficiente para vivir sin trabajar... o trabajando en lo que me plazca. Leo mucho. Soy... relativamente feliz. Un poquito melancólica...

—¿No dijo Víctor Hugo que la melancolía es el placer de estar triste?

—Eso es —asintió sonriendo.

—¿De suerte que no hay un misterio, un solo misterio en su vida? Creo que sí, porque nunca he visto ojos que más denuncien un estado de ánimo doloroso y excepcional.

—¡Qué vida no tiene un misterio! —me preguntó a su vez... misteriosamente—. Pero ¿es usted, por desgracia, poeta, o por ventura, que «a serlo, forzosamente, había de ser por ventura», como dice el paje de *La Gitanilla?*

—Ni por ventura, ni por desgracia; pero me parece imposible que unos ojos tan negros, tan profundos y tan extraños como los de usted, no recaten algún enigma.

—¡Uno esconden!

—*Eureka!* Ya lo decía yo...

—Uno esconden, y es tal que más vale no saberlo; quien me ame será la víctima de ese enigma.

—¿Pues?

—Sí, óigalo usted bien para que no se le ocurra amarme; yo estaré obligada por un destino oculto, que no puedo contrarrestar, a irme de Nueva York un día para siempre, dejándolo todo.

—¿Adónde?

—A un convento.

—¿A un convento?

—Sí, es una promesa, un deber..., una determinación irrevocable.

—¿A un convento de España?

—A un convento de... no sé dónde.

—Y ¿cuándo se irá usted?

—No puedo revelarlo. Pero llegará un día, debe llegar forzosamente un día en que yo me vaya. Y me he de ir repentinamente, rompiendo todos los lazos que me liguen a la tierra... Nadie..., nada, óigalo usted bien, podrá detenerme; ni siquiera mi voluntad, porque *hay otra voluntad* más fuerte que ella, que la ha hecho su esclava.

—¿Otra voluntad?

—¡Sí, otra voluntad invisible!... [1]. Escaparé, pues, una noche de mi casa, de mi hogar. Si amo a un hombre, me arrancaré de sus brazos; si tengo fortuna, la volveré la espalda, y, calladamente, me perderé en el misterio de lo desconocido.

—Pero, ¿y si yo la amara a usted, si yo la adorara, si yo consagrara mi vida a idolatrarla?

—Haría lo mismo: una noche usted se acostaría a mi lado, y por la mañana encontraría la mitad del lecho vacía..., ¡vacía para siempre!... ¡Ya ve usted —añadió sonriendo— que no soy mujer a quien debe amarse!

—Al contrario, es usted una mujer a quien no se debe dejar de amar.

—¡Allá usted! No crea que esto que le digo es un artificio para encender su imaginación. Es una verdad leal y sincera. Nada podrá detenerme.

—¡Qué sabe usted —exclamé—, qué sabe usted si una fuerza podría detenerla: el amor, por ejemplo! ¡Si el destino para castigarle hace que enloquezca usted de amor por otro hombre!...

—Es posible que yo enloquezca de amor (ya que los pobres mortales siempre estamos en peligro de enloquecer de algo); pero aun cuando tuviese que arrancarme el corazón, me iría.

—¿Y si yo me jurase a mi vez amarla y hacerla que me amase, de tal modo que faltara usted a su promesa?

—Juraría usted en vano.

—¡Me provoca usted a intentarlo!

—¡Ay de mí! Yo no; yo le ruego, le suplico, al contrario, que no lo intente...

—¿Cómo se llama usted? Creo que ocho días de amistad me dan el derecho de preguntarle su nombre.

—Ana María.

—Pues bien: ¡Ana María: yo la amaré como nadie la ha amado; usted me amará como a nadie ha amado, por-

---

[1] Y si, lector, dijeres que todas las voluntades son «invisibles», te diré que no; que el hombre, el mundo, el universo, no son —según ciertos filósofos— más que la visibilidad de la voluntad.

que lo mereceré a fuerza de solicitud incomparable, de ternura infinita!

—Es posible, pero aun así, desapareceré; ¡desapareceré irrevocablemente!

III

Nuestro idilio siguió su curso apacible y un poco eglógico bajo las frondas, y un mes después de lo relatado, en otra tarde tan bella como la que con sus luces tenues acarició nuestras primeras confidencias, yo me presenté a Ana María de levita y sombrero de copa.

—¿De dónde viene usted tan elegante? —me preguntó.

—De casa: no he visto a nadie; no he hecho visita ninguna.

—¿Entonces?

—Vengo con esta indumentaria, relativamente ceremoniosa, porque voy a realizar un acto solemne...

—¡Jesús! ¡Me asusta usted!

—No hay motivo.

—¿Va usted a matarse?

—Algo más solemne aún. Moratín coloca las resoluciones extremas en este orden: primera, meterse a traductor; segunda, suicidarse; tercera, casarse; yo he adoptado la más grave, la tercera resolución.

—¡Qué atrocidad! ¿Y con quién va usted a casarse?

—Con usted: vengo a pedirla su mano, y por eso me he vestido como para una solemnidad vespertina.

—¡Qué horror! Pero ¿habla usted en serio?

—¡Absolutamente!

—Ya voy creyendo que no es usted tan cuerdo como lo asegura.

—¿Por qué?

—Hombre, porque casarse con una mujer desconocida, con una extranjera a quien acaba usted de encontrar, de quien no sabe más que lo que ella ha querido contarle, me parece infantil, por no decir otra cosa...

—¿Por no decir tonto? Suelte usted la palabra. ¿Hay acaso matrimonio que no sea una tontería?

—A menos —añadió ella sin hacer hincapié en mi frase— que me conozca usted por referencias secretas, que se haya valido de la policía privada, de un detective ladino, y haya usted obtenido datos tranquilizadores... Por lo demás, en los Estados Unidos casarse es asunto de poca monta. ¡Se divorcia uno tan fácilmente! ¡Con hacer un viaje a Dakota del Norte... o del Sur, todo está arreglado en unas cuantas semanas!

—Yo estoy dispuesto, señora, a casarme con usted a la española: en una iglesia católica, con velaciones, música de Mendelssohn o Wagner, padrinos, testigos, fotografía al magnesio, etc.

—¡Qué ocurrente!

—He dicho que vengo a pedirle su mano, esa incomparable mano, que parece dibujada por Holbein en su retrato de la duquesa de Milán, o por Van Dyck...

—¿Quiere usted que hablemos de otra cosa?

—¡Quiero que hablemos de esto y nada más que de esto!

—Pero...

—No hay pero que valga, señora; supongamos que lo que voy a hacer es una simpleza; lo diré más rudamente aún y con perdón de usted; una primada. ¿No tengo derecho a los treinta y cinco años, soltero, rico, libre, de correr mi aventura, tonta o divertida, audaz o vulgar?

—Usted tiene ese derecho; pero yo tengo el mío de rehusar.

—¿Y por qué?

—Porque lo que le insinué la otra tarde es una verdad; porque en determinada hora de mi vida debo irremisiblemente romper los lazos que me unen a la tierra, quebrantar los apegos todos, hasta el último... y desaparecer.

—¡Quién sabe si usted, señora, es la que no está cuerda, y el amor, la locura... o la cordura por excelencia, va a sanarla! «Si quieres salvar a una mujer —ha dicho Zaratustra—, hazla madre.» Usted no ha sido madre. Una madre no se va a un convento dejando a su hijo.

—Santa Juana Francisca Frémiot y Chantal se fue, pasando por sobre el cuerpo de su hijo Celso Benigno, quien, para impedírselo, se había tendido en el umbral de la puerta.

—Tiene usted cierta erudición piadosa.

—Piadosamente me educaron.

—Piadosa quiero yo que sea mi mujer.

—Vuelve usted a las andadas.

—¿No la he dicho que vengo a pedirla su mano? Ana María —añadí, y, a mi pesar, en mi voz sonaba ya el metal de la emoción—, Ana María, aunque parezca mentira, yo la quiero a usted más de lo que quisiera quererla..., Ana María, sea usted mi mujer...

—By and by! —me respondió con una sonrisa adorable.

—Sea usted mi mujer..., vamos, ¡responda! ¡Se lo suplico! Necesito saberlo ahora mismo.

—¿Aun cuando un día me vaya y le abandone?

—¡Aunque!

—Mire usted que ese «aunque» es muy grave...

—¡Aunque!

—¡Pues bien, sea!

Y aquella tarde ambos volvimos del brazo, pensativos y afectuosos, por las febriles calles de la Cartago moderna, a tiempo que los edificios desmesurados se iluminaban fantásticamente.

IV

Una mañana que, comprenderás, amigo, debió ser necesariamente luminosa, cumplidas todas las formalidades del caso, celebramos Ana María y yo nuestro matrimonio.

Hicimos después registrar el acta en nuestros respectivos consulados, y santas pascuas.

Un espléndido tren, uno de esos vastos y confortables trenes de la *New-York Central and Hudson River,* nos llevó a Buffalo —ciudad que siempre me ha sido infinitamente simpática—, y de allí nos fuimos en tranvía eléctrico al Niágara.

Queríamos pasar nuestros primeros días de casados al borde de las cataratas, haciendo viajes breves a las simpáticas aldeas vecinas del Canadá.

Parecíame que el perenne estruendo de las aguas había de aislar nuestras almas, cerrando nuestros oídos a todo rumor que no fuese su monótono y divino rumor milenario.

Parecíame que el perpetuo caer de su linfa portentosa habría de sumirnos en el éxtasis propicio a toda comunión de amor.

Y así fue.

A veces, forrados de impermeables oscuros, excursionábamos Ana María y yo, acompañados de un guía silencioso y discreto (¿y dónde habéis encontrado esa perla de los guías?, preguntarás), excursionábamos, digo, «bajo las cataratas». La móvil cortina líquida, toda vuelta espuma, nos segregaba del mundo. Un estruendo formidable nos envolvía, sumergiéndonos en una especie de éxtasis «monista». Millones de gotas de agua nos azotaban el rostro, y ella y yo, cogidos de la mano, ajenos a todo lo que no fuese aquel milagro, nos sentíamos en un mundo sin dimensiones de tiempo, en el cual éramos dos gotas de agua cristalinas y conscientes, que se despeñaban, se despeñaban con delicia, sin cesar, en un abismo verde, color de tecali mexicano, con florones de espumas fosforescentes.

Si yo fuera músico, te describiría, amigo, nuestra vida durante aquellos días prodigiosos. Sólo un Beethoven y un Mozart podrían hacerte comprender nuestros éxtasis. La palabra —ya lo sabemos— es de una impotencia ridícula para hablarnos de estas cosas *que no están en su plano*. Más allá de ciertos estados del alma, apenas una sonata de Beethoven es capaz de expresiones coherentes y exactas.

Ana María me amaba con un amor sumiso, silencioso, de intensidad no soñada, pero sin sobresaltos. Eramos el uno del otro con toda la mansa plenitud de dos arroyos que se juntan en un río, y que caminan después copiando el mismo cielo, el propio paisaje.

Muchas mujeres, amigo, como te dije al principio, me hicieron el regalo de sus labios; pero ahora, cuando las veo desfilar como fantasmas por la zona de luz de mis recuerdos, advierto que ninguna de aquellas visiones tiene la gracia melancólica, la cadencia remota, el prestigio misterioso de Ana María.

Nunca, amigo, en ninguna actitud, alegre o triste, enferma o lozana, fue vulgar. Siempre hubo en sus movimientos, en sus gestos, en sus palabras musicales un sortilegio celeste, y en la expresión general de su hermosura, esa *extrañeza de proporciones,* sin la cual, según el gran Edgardo, no hay belleza exquisita.

Tres encantos por excelencia, que a muy pocos embelesan porque no saben lo que son, había yo soñado siempre en una mujer:

El encanto en el andar, el encanto en el hablar y el encanto de los largos cabellos.

Una mujer que anda bien, que anda con un ritmo suave y gallardo, es una delicia perpetua, amigo; verla ir y venir por la casa es una bendición.

Pues, ¿y la música de la voz? La voz que te acaricia hasta cuando en su timbre hay enojo, la voz que añade más música a la música eterna y siempre nueva de los *te quiero.*

En cuanto a los cabellos abundantes, que, en el sencillo aliño del tocado casero, caen en dos trenzas rubias o negras (las de Ana María eran de una negrura sedosa, incomparable), son, amigo, un don para las manos castas que los acarician, como pocos dones de la tierra.

Puede un hombre quedar ciego para siempre, y, si su mujer posee estos tres encantos, seguirlos disfrutando con fruición inefable.

Oirá los pasos cadenciosos, ir y venir, familiarmente, por la casa.

En su oído alerta y aguzado por la ceguera, sonará la música habitual y deliciosa de la voz amada.

Y las manos sabias, expertas, que han adquirido la delicadeza de las antenas trémulas de los insectos, alisarán los cabellos de seda, que huelen a bosque virgen, a agua y a carne de mujer.

Pues con ser tanto, no eran estas tres cosas las solas que volvían infinitamente amable a Ana María; toda su patria, toda Andalucía, con su tristeza mora, recogida y religiosa, con su grave y delicado embeleso, estaba en ella. Y además ese no sé qué enigmático que hay en la faz de las mujeres que han peregrinado asaz por tierras lejanas.

Yo dije en alguna ocasión, hace muchos años: «Eres misteriosa como una ciudad vista de noche.»

¡Así era Ana María!

V

En cierta ocasión, después de un paseo ideal a la luz de la luna, que hacía de las cataratas un hervidero de ópalos, yo, cogiendo la diestra de Ana María y oprimiéndola amorosamente contra mi corazón, pregunté a mi amada:

—No te irás, ¿verdad? No te irás nunca... Es falso que un día, al despertarme, he de encontrar la mitad de mi lecho vacío.

¿Por qué hice aquella pregunta?

La idea fija, la horrible y fatal idea fija, que dormía en su espíritu, se despertó de pronto y se asomó a sus ojos.

Todo su rostro se demudó. Su frente se puso pálida y un sudor frío la emperló trágicamente.

Se estremeció con brusquedad; y acercando su boca a mi oído, me dijo con voz gutural:

—¡Sí, me iré; será fuerza que me vaya!

—¡No me quieres, pues!

Y repegándose a mí, con ímpetu, respondió casi sollozando:

—Sí, te quiero; te quiero con toda mi alma. Y eres

mejor de lo que yo creía, eres más bueno y más noble de lo que yo pensaba; ¡pero es fuerza que me vaya!

—¿Qué secreto es ése tan poderoso, Ana María, que te puede arrancar de mis brazos?

—Mi solo secreto: lo único que no te he dicho. Un día, ¿lo recuerdas?, la víspera de nuestro matrimonio, te pedí que no me preguntases nada... ¡Y tú me lo prometiste!

—Es cierto... ¡No te preguntaré más!

Y los dos permanecimos silenciosos, escuchando el estruendo lejano de las cataratas.

Después de algunos momentos de silencio, ella inquirió tímidamente:

—¿Me guardas rencor?

—No...

—¿Te arrepientes de haberte casado conmigo?

—No, nunca.

—¿Estás triste?

—Sí; pero descuida: no te preguntaré más.

Reclinó su cabeza sobre mi hombro, y dijo:

—¡Te quiero, te quiero! Lo sabes... Pero ¿es culpa mía si la vida ha puesto sobre mi alma el fardo de una promesa?

Y púsose a llorar dulcemente, muy dulcemente.

En el estruendo del Niágara, aquel delicado sollozo de mujer parecía perderse, como parecen perderse todas nuestras angustias, en el seno infinito del abismo indiferente.

Cuántas veces, mirando la noche estrellada, me he dicho: Cada uno de esos soles gigantescos alumbra mundos, y de cada uno de esos mundos surge un enorme grito de dolor, el dolor inmenso de millones de humanos... Pero no lo oímos; la noche permanece radiante y silenciosa. ¿Adónde va ese dolor inconmensurable, en qué oreja invisible resuena, en qué corazón sin límites repercute, en qué alma divina se refugia? ¿Seguirá surgiendo así inútilmente y perdiéndose en el *abismo*?

Y una voz interior me ha respondido: «¡No, nada se pierde: ni el delicado sollozo de Ana María dejaba de vibrar en el éter, a pesar del ruido de las cataratas, ni un solo dolor de los mundos deja de resonar en el corazón del Padre!»

VI

Yo.—Te estoy leyendo en los ojos una ironía, amigo; paréceme como que dice: «¡Vaya un tonto de encargo y de remate! ¡Vaya un sentimental marido!... ¡Vaya uno más

> *De la vieille boutique*
> *Romantique!*

EL AMIGO.—¡En efecto, eso pienso, y te lo mereces! ¡Ponerse triste, sentirse inquieto porque una mujer le dice a uno que un día se irá! ¡Cuántos solterones empedernidos se casarían si ellas les hiciesen esta dulce promesa!...

¿Quién, por otra parte, no se irá en este mundo? Tan pueril aprensión me recuerda a cierto monomaníaco, tonto de solemnidad, de mi pueblo natal. Había en mi pueblo una dama caritativa que se llamaba doña Julia, quien, harta al fin de socorrer a aquel hombre, que se lo gastaba todo en vicios, un día le negó terminantemente e irrevocablemente su auxilio.

El monomaníaco se vengó, escribiendo en el panteón municipal, en la parte más visible del sepulcro de familia de la dama (muy ostentoso, por cierto): «¡¡Doña Julia de X. *Morirá!!*

Llegó a poco el día de Difuntos, y la señora fue, como de costumbre, a ornar de flores el mausoleo familiar. Lo primero que hirió sus ojos fue el consabido letrero:

«¡¡Doña Julia de X. *Morirá!!*

Su emoción no tuvo límites. Ni el *Mane Thecel Phares* produjo igual consternación en el festín de Baltasar.

Llegó a su casa enferma y tuvo que encamarse. ¡Por poco se muere de aquel *Morirá!*

Afortunadamente supe el origen de la profecía, y mandó llamar al semiloco, a quien le reprochó amargamente su acto.

—Yo he dicho *Morirá* —respondió el tonto tontamente, como convenía a un simple—, pero no he dicho cuándo... Si a la señora le parece, y me sigue dando socorros, añadiré abajo del letrero: *lo más tarde posible.*

Yo.—Ni el tonto era tan tonto, ni veo la paridad; pero, en fin, acepto tu ironía y la sufro pacientemente, amigo, recordándote sólo que esta historia pasó hace veinticinco años.

Te he dicho que estaba enamorado de Ana María, para que encuentres naturales todas las apreciaciones, todos los temores, ya que estar enamorado es navegar por los mares de la inquietud. Y has de saber más: has de saber que, a medida que transcurrían los días, esta inquietud se iba acrecentando en mí de una manera alarmante.

Mi angustia era continua...; pero, si he de ser justo, mi deleite era, en cambio, desmesurado. Cada beso que robaba a aquella boca tenía el sabor intenso, la voluptuosidad infinita del último beso... ¡Cada palabra tierna podía ser la postrer palabra oída!

Pues ¡y mis noches! ¡Si tú supieras de qué deliciosa zozobra estaban llenas mis noches!

¡Cuántas veces me despertaba con sobresalto repentino, buscando a mi lado a Ana María! ¡Con qué alivio veíala y contemplábala durmiendo apaciblemente! ¡Con qué sensación de bienestar estrechaba su mano larga y fina, inerte sobre su cuerpo tibio!

A veces ella se despertaba también; comprendía, al sorprenderme despierto, mi drama interior, se replegaba contra mí, y me decía dulcemente: «¡No pienses en eso..., todavía no! ¡Duerme tranquilo!»

Una noche, el horror, la angustia, fueron terribles. Vivíamos ya en nuestra casa, en Sea Girt, en New Jersey, donde había yo alquilado una pequeña villa frente al mar. Hacía calor. Yo dormía con sueño ligero, un poco nervioso. De pronto me desperté, y al extender la siniestra sentí que la mitad del lecho estaba vacío... Encendí la

luz... Ana María no se hallaba a mi lado. Di un grito y
salté de la cama... Entonces, de la pieza inmediata, vino
a mí su voz musical, llena de ternura:

—Aquí estoy, no te alarmes. No dormía y he salido
a la ventana... Ven y verás el mar lleno de luna... Reina
un silencio magnífico... Dan ganas de rezar... Las flores
trascienden... Ven, pobrecito mío, a que te dé un beso
(y me atraía dulcemente hacia el hueco de la ventana).
Tuviste miedo, ¿verdad? Pero no hay razón. Todavía no,
todavía no...

VII

¡Un hijo! ¡Un hijo podía detenerla, para que no se
fuese, para que no dejase en mitad vacío mi lecho una
noche, aquella espantosa noche que tenía que llegar! Un
hijo, el amor infinito de un hijo, remacharía el eslabón
de la cadena.

Pero el destino se negó a traernos aquella alma nueva
que apretase más nuestras almas, que fuese a modo de
Espíritu Santo: relación dulcísima de amor entre dos
seres que en él se adorasen.

Sí, el destino me negó ese bien; ha sido mi *fatum*
ir al lado de las mujeres amadas, sin ver jamás entre
ellas y yo la cabeza rubia o morena de un ángel.

La soledad de dos en compañía ha tenido para conmigo todas las crueldades... Pero me apresuraré a decirlo: si lamenté con Ana María la ausencia angustiosa del
que debiera venir, nunca sentí a su lado esa soledad de
dos: sentí siempre la plenitud, y parecióme que, poseyén-
dola a ella, lograba yo dulcemente mi fin natural.

EL AMIGO.—¡Ah!, sin aquel temor, sin aquel sobresalto, que me hacen sonreír ahora que me lo cuentas,
amigo, quizá porque ya no veo sobre tu faz, arada por
los lustros lentos, más que la sombra del dolor vencido;
¡ah!, sin aquel sobresalto, sin aquel temor, sólo un Dios
pudiera lograr la máxima ventura por ti lograda en los
brazos de Ana María, ¿no es esto?

Sólo un Dios, sí, ya que no más que ellos son capaces de gozar sin miedo, con la mansa confianza de la perennidad de su goce.

Yo.—Pero ¿vale la pena gozar así?... «¡Bendita sea la juventud —dijo Lamartine en el prólogo de las poesías de Alfredo de Musset—, con tal de que no dure toda la vida!» La felicidad sin dolor que la contraste, es inconcebible... ¡Se necesita un poco de amargo para dar gusto al vermut!

Por eso yo nunca he podido imaginarme el paraíso, y acaso me lo imaginara si en él pudiese colocar un poco de nuestra inquietud, un *¡quién sabe!*, un solo *¡quién sabe!* tenue y vago: «*Quién sabe* si un día, en el curso mudo de las eternidades, esta contemplación beatífica cesará...»

El amigo.—¡Infeliz! ¡Querrías, pues, la inquietud eterna! Aquí, en esta misérrima vida, sólo el temor de perderlas da un precio a las cosas; pero allá no sucederá así; la beatitud será apacible: la conciencia de su perpetuidad no le restará nada al éxtasis, por una simplísima razón.

Yo.—¿Cuál?

El amigo.—Porque nunca contemplaremos el mismo espectáculo en la insondable hondura de Dios, y nos pasaremos las eternidades aprendiendo a cada instante algo nuevo en el *panorama místico* de la *conciencia divina*...

Yo.—Acaso estés en lo justo...; pero ya volveremos dentro de unos momentos a este sabroso tema de la inquietud, como claroscuro de la dicha. Ahora prosigo mi relato.

VIII

El amor es más fuerte que todos los secretos.

Ana María me amaba demasiado para sellar despiadamente su boca.

Un día mis besos reiterados de pasión y de súplica, rompieron el sigilo de sus labios.

—¿Por qué, por qué ha de ser preciso que te vayas? —le pregunté con más premura y más angustia que nunca.

—Es un secreto muy sencillo —me contestó... sencillamente.

Habrás notado, amigo, y si no lo has notado te lo haré notar, que para Ana María todo era muy sencillo en este mundo.

Las cosas más bellas, más hondas, más complejas que pasaban en el interior de su alma selecta, de su corazón exquisito, y que yo leía, descubría (porque no era —aparte de su secreto— disimulada ni misteriosa), en cuanto se las hacía notar, que eran *muy sencillas*.

Por ejemplo: cuando dormía, sobre todo en las primeras horas de la noche, solía soñar en voz alta y sus palabras eran tan claras que podían percibirse distintamente. Entonces, me divertía en hablarla, intervenía, me mezclaba en su monólogo o diálogo, terciaba en su «conversación» interior, sin levantar la voz... Y ella conversaba conmigo, durmiendo; me introducía insensiblemente en su sueño. A veces la conversación se prolongaba por espacio de algunos minutos. Hablaba yo despierto y ella respondía, traspuesta o dormida del todo, siempre, naturalmente, que acertase yo a colarme por una rendija misteriosa en el recinto de su visión.

Al despertarnos al día siguiente, referíala yo la escena, y ella, sonriendo, respondíame:

—Es muy sencillo: aun cuando esté dormida tu voz me llega «desde lejos» porque te quiero, y como la escucho, pues... te respondo.

«Es muy sencillo...»

Su secreto, pues, era muy sencillo.

—¿Cuál?

—Te lo voy a revelar ya que te empeñas —me dijo al fin—; pero de antemano te repito que no esperes nada extraordinario; yo me casé muy joven con un hombre muy bueno a quien adoraba, como que fue mi primer amor. Ese hombre, bastante mayor que yo, era muy celoso, infinitamente celoso. ¿Tú sabes lo que son los celos?

Pues es muy «sencillo»: desconfías hasta de la sombra de tu sombra... Yo era incapaz de engañarle; pero precisamente por eso estaba celoso. Los celos no provienen nunca de la realidad.

—«¡Puesto que sois verdad ya no sois celos!» —le recordé yo.

—¡Eso es!... Muy celoso era, sí; y vivía perpetuamente atormentado. Anhelaba siempre complacerme. Iba yo vestida como una princesa (si es que las princesas van bien vestidas, que suelen no irlo). Mas cada nuevo atavío era para él ocasión de tormento. «Qué bella estás —me decía—; vas a gustar mucho.» Y una sonrisa amarga plegaba sus labios.

A medida que pasaban los años, el alma de aquel hombre se iba oscureciendo y encapotando. Y era una gran alma, te lo aseguro, una gran alma, pero enlobreguecida por la enfermedad infame... En vano extremaba yo mis solicitudes, mis ternuras, mis protestas, que no hacían más que aumentar su suspicacia. En la calle iba yo siempre con los ojos bajos o distraídos, sin osar clavarlos en ninguna parte. En casa, jamás recibía visitas. Todo inútil: los celos aumentaban, se volvían obsesores.

Aquel hombre enloquecía, enloquecía de amor, de un amor desconfiado, temeroso, del más genuino amor, ¡que es, en suma, el que tiene miedo de perder al bien amado!

Estaba enfermo de una neurastenia horrible. Cada día se levantaba más pálido, más sombrío.

¿Eran los celos un efecto de su enfermedad, según yo creo?

¿Era, por el contrario, su enfermedad el resultado de sus celos? No lo sé, pero aquella vida admirable (admirable, sí, porque había en ella mil cosas excelentes) se iba extinguiendo.

Me convertí en enfermera. No salía más de casa. El, por su parte, se negaba a tomar un alimento que yo no le diera, a aceptar los servicios de esas expertísimas ayudantas americanas, que por cinco dólares diarios cuidan «técnicamente» a los enfermos y saben más medicina que muchos médicos. Todo había de hacérselo yo.

¿Creerás, acaso, que para mí aquello era una prueba? Sí, era una gran prueba, mas no por los cambios bruscos de carácter del enfermo, no por mis desvelos, no por mi reclusión, no por mi faena de todos los minutos; era una gran prueba porque le amaba, le amaba con un amor inmenso, ¡como se ama la primera vez!

Ni sus desconfianzas ni su suspicacia me herían: no podían herirme, porque eran amor; no eran más que amor, un amor loco, insensato, desapoderado, delirante, como deben ser los grandes amores.

Agonizó dos días, dos días de una torturante lucidez. Y una tarde, dos horas antes de morir, cuando empezaba la luz a atenuarse en la suavidad del crepúsculo y adquiría tonos místicos en la alcoba, él, con una gran ansia, con una ternura infinita, me cogió una mano, atrajo con su diestra mi cabeza y me dijo al oído:

—Voy a pedirte una gracia, una inmensa merced...

—Pídela, amor mío, pídela; ¿qué quieres?

—¡Júrame que si muero te irás a un convento!

Yo tuve un instante de vacilación; él lo advirtió.

—¡Te irás cuando quieras!, cuando puedas..., pero antes de los treinta años; todavía joven, todavía bella. Te irás a ser únicamente mía, mía y de Dios; a orar por mí, que bien lo necesito; a pensar en mí; a quererme mucho... ¡Júramelo!

Y con todo el ímpetu, con toda la entereza de mi alma, de mi pobre alma romántica y enamorada, de mi sencilla y dulce alma andaluza, se lo juré.

IX

EL AMIGO *(burlón)*.—Esos juramentos que se hacen a los moribundos son la mejor garantía de todo lo contrario. ¿Te acuerdas de cierto cuentecito de Anatole France? Pues este delicioso y zumbón Anatolio refiere que, en un cementerio japonés, sobre una tumba recién cerrada, un viajero vio a .una mujercita nipona que, con el más coqueto de los abanicos, soplaba sobre la tierra húmeda aún.

—¿Qué rito es ése? —preguntó el viajero—. ¿Qué extraña ceremonia?

Y le fue explicado el caso.

Aquella mujercita acababa de perder a su marido: el más amante y el más amado de los hombres.

En la agonía habíale hecho él jurar que no amaría a ningún otro mortal *mientras no se secase la tierra de su fosa.*

La mujercita amante, entre lágrimas y caricias, lo había prometido... Y para que la tierra se secara más pronto ¡soplaba con su abanico!

Yo.—No se trata de un alma japonesa, sino andaluza, amigo. No me interrumpas. Sigue escuchando...

X

—Ese juramento es una niñería —exclamé—. No te obliga, en absoluto... Egoísmo de moribundo a quien se miente por piedad; promesa de la que no debe hacerse el menor caso. El ya desapareció. *On ne peut pas vivre avec les morts* (No se puede vivir con los muertos), dice el proverbio francés.

—¿Qué sabes tú? —me respondió con voz temerosa y con una extraña vehemencia—. ¿Qué sabes tú?... ¡Los muertos se empeñan a veces en seguir viviendo con nosotros?

—¿Qué quieres decir?

—Es muy sencillo: que no se van. Hay algunos *que se quedan.* Escucha —añadió—: cuando te conocí, aquella tarde, sentí por ti una de esas simpatías súbitas, inexplicables, que nos hacen pensar a veces en que ya hemos vivido antes de esta vida... Comprendí que iba a quererte con toda mi alma, que iba a amar por segunda vez, y tuve miedo... El muerto, asomado perpetuamente a mi existencia, ¿qué pensaría de mi infidelidad? ¡El muerto! Te aseguro que desde que «él» se volvió invisible, lo

siento con mayor intensidad a mi lado; y, desde que me
casé contigo, más aún. En todo rumor, en el viento que
pasa, en los silbos lejanos de las máquinas, en el choque
de los cristales de las copas y los vasos, ¡hasta en el crujir misterioso de los muebles advierto que hay tonos e
inflexiones de reproche! Y me miran con reproche las
estrellas, y viene cargado de reproches el rayo de luna,
y el hilo de agua que corre, y las ondas del mar que se
desparraman ondulando por la arena, se quejan de mi
inconstancia, dando voz al alma del desaparecido. Tienes
en él un rival implacable...

Mucho vacilé, mucho luché para no amarte; pero en
esa misma lucha había ya amor. Tenía que realizar mi
nueva fatalidad. Tú eras más fuerte que yo, y me ven-
ciste. Pero a mi amor se mezclaba una angustia muy
grande: te quería, te quiero aún con remordimiento...

Recuerdo que una noche, sobre todo, mi congoja fue
tal, los reproches interiores que el muerto parecía hacerme tan amargos, que llena de desolación y al propio tiempo de ternura por aquel amor a mí, que se empeñaba en
sobrevivir a la tumba, le renové mi promesa con toda
la energía de mi voluntad.

—Aunque me case con él —le dije—, te juro de nuevo que un día le dejaré para entregarme en un convento
a Dios y a ti solo, para pensar en ti y orar por ti como
tú querías... Mi cuerpo, en suma, ¡qué te importa! Ya
no puedes poseerlo. *¡Déjaselo a él, pero mi alma seguirá
siendo tuya!*

(Me perdonas, ¿verdad, amor mío?; en realidad mi
alma es de los dos; está dividida. ¡No te enojes! No es
culpa mía: tú tiras de la mitad de mi corazón, pero *su
mano de sombra* tira de la otra mitad, y la pobre entraña
sangra..., sangra...)

Aquella noche, después de la renovación de mi promesa, me sentí repentinamente tranquila, sosegada, ecuáni-
me, como si «él» aceptase el pacto. Dormí bien, después
de muchas vigilias de inquietud... Pero poco a poco fui
advirtiendo que a ti te amaba también; que no sólo mi
cuerpo, sino la mitad de mi alma iba a ser tuya, o mejor

dicho, que toda mi alma iba a ser tuya... sin dejar de
ser del muerto y sin que en esto hubiese contradicción,
amor mío; porque os adoro a los dos, sólo que de distinto
modo, y porque, bien mirado, él, en suma, ya no es un
hombre, ¿verdad? Es algo que no se puede ni definir ni
comprender; ¿es un pensamiento o un haz de pensamientos? ¿Es una voluntad? Me embrollo, amor mío...
Pero es el caso que a él no le place que le quiera así,
no me tolera que comparta con nadie el amor que exige,
exclusivo; y la prueba es que, desde que te quiero, siento
ese remordimiento, roedor, que me atormenta hasta vol-
verme loca... Sobre todo al llegar la noche. Durante el
día, él parece dormitar, parece alejarse, parece tolerar
que yo te quiera; pero la noche es de su dominio. Está
de acuerdo con la oscuridad. Las tinieblas deben darle
una fuerza diariamente renovada. ¡Quizá encarna en la
sombra misma! Y sus reproches insistentes acaban por ser
intolerables...

Yo, pobre de mí, refúgiome en tus brazos, o, febril,
me escapo del lecho y voy a buscar un poco de aire puro,
de paz y de silencio, a la ventana.

Ayúdame tú a luchar con él, bien mío; ¡no quiero dejarte! Ahora siento que te amo más que nunca. Sé fuerte
contra él, como Jacob lo fue contra el espíritu, con quien
luchó por el espacio de una noche... ¡Sálvate y sálvame!

Era tan patético, tan desesperado el acento de Ana
María, que yo, amigo, aunque soy muy señor de mí mismo, me eché a llorar en sus brazos.

EL AMIGO.—Ya pareció aquello, so sentimental.

YO.—¡Todos los fuertes lloran! Tenlo presente. Lloré,
pues, y pagado el tributo al corazón, la voluntad acerada
dijo con firmeza:

—No temas, Ana María: yo te adoro y lucharé con
esa sombra. De sus brazos y de su influjo misterioso he
de arrancarte. Como Orfeo, iría al propio Hades a arre-
batar a·mi Eurídice del poder de Plutón, y con ella en
mis brazos tendría el heroísmo de no mirar hacia atrás...

Pero es preciso que tú te resuelvas a quebrantar ese juramento absurdo.

—No puedo —gimió la infeliz escondiendo su cabecita entre mis brazos—. ¡De veras que no puedo!

—¡Tienes que poder!

—¡Imposible! ¡Siento que me agitaría inútilmente entre las garras invisibles! ¡Ay de mí, y cómo aprietan!

Era preciso salvarla de la locura, a pesar suyo. Había que intentar el combate con aquella sombra, el duelo a muerte…, y no perdí el tiempo. Al día siguiente fui a buscar a uno de los más celebrados especialistas en enfermedades nerviosas, en psicosis raras y tenaces.

La examinó y…

EL AMIGO.—No me lo digas: la recetó ejercicio moderado al aire libre, reconstituyentes, baños templados, distracciones, viajes…

YO.—Eso es.

EL AMIGO.—Pobres médicos, ¿verdad? ¡Y pobres de nosotros que tenemos que consultarles!

XI

EL AMIGO.—El remedio más sencillo para el mal de Ana María hubiese sido convencerla de que los muertos ya no pueden nada contra los vivos, de que se mueven en un plano desde el cual nuestro plano es inaccesible. La convicción de tu esposa era todo en su dolencia. No ya fenómenos psíquicos, sino hasta fenómenos materiales, pueden producirse por la creencia en ellos. «Hay casos —dice William James— en que no puede producirse un fenómeno, si no va precedido de una fe anterior en su realización.» La vida está llena de estos casos. Para vencer a aquella sombra, para «matarla», bastaba, naturalmente, que Ana María dejase de creer en ello. La duda es un proyectil del 75 contra los fantasmas; la negación sincera es un proyectil del 42.

Yo.—Pero Grullo y monsieur de La Palice hubieran sido de tu opinión, amigo... Pero la raíz de una creencia se pierde en las lobregueces del subconsciente, y no puede nadie desceparla tan aína, mucho menos de un alma de mujer.

XII

Yo.—Pero volvamos a nuestro tema de hace un rato, sobre la inquietud como excitante de la dicha: aquella ansiedad perenne en que yo vivía, aquel miedo de todos los instantes acrecentaban mi amor a Ana María.

Si ella, cediendo a mis súplicas, me hubiese dicho: «¡Ya no me voy! Has vencido al muerto; me quedaré contigo para siempre...», quizá habría yo acabado por envidiar al difunto.

Nos irritamos contra la vida, porque no nos da nada definitivo, porque la muerte o la desgracia están siempre detrás de la cortina esperando entrar, o a nuestras espaldas, mirándonos a hurtadillas. Y en cuanto la suerte nos depara un goce relativamente seguro, nos ponemos a bostezar como las carpas...

El amigo.—Así acontece, en efecto, y el autor del *Pragmatismo,* a quien te citaba hace un momento, nos dice en su ensayo sobre si *La vida vale la pena o no de ser vivida:* «Es un hecho digno de notarse que ni los sufrimientos ni las penas mellan en principio el amor a la vida: parecen al contrario, comunicarle un sabor más vivo. No hay fuente de melancolía más grande que la satisfacción. Nuestros verdaderos aguijones son la necesidad, la lucha, y la hora del triunfo nos aniquila de nuevo. Las lamentaciones de la Biblia no emanan de los judíos en cautividad, sino de la época gloriosa de Salomón. En el momento en que era aplastada Alemania por las tropas de Bonaparte fue cuando produjo la literatura más optimista y más idealista que haya habido en el mundo...» Y sigue citando casos por el estilo. El dolor, amigo mío, es, pues, la sola fuente posible de felicidad. ¿Sabes tú cómo definió un humorista la *ausencia? La ausencia es un ingrediente que devuelve al amor el gusto que la costumbre le hizo perder.* Y otro tanto puede afirmarse del temor que a ti te atenaceaba. Ana María era como un diamante montado en una sortija de miedo, que lo hacía valer infinitamente: ¡tu miedo de perderla!

Yo.—Tienes razón... Tienes hartísima razón.

EL AMIGO.—Egoísta: me das la razón porque opino como tú.

Yo.—Me parece que te la daría aun en el caso contrario. Pero puesto que, por rara felicidad, coincidimos en esta tesis, voy a contarte tres hechos que la corroboran:

A un millonario amigo mío, que, además de millonario es hombre sano, de carácter alegre, le preguntaba yo en cierta ocasión:

—¿Desearía usted vivir eternamente, así como está? ¿Con la misma mujer a quien adora, el mismo hotel en la Avenida del Bosque, los mismos amigos que encuentra tan simpáticos?

Y me contestó: «Sí; pero a condición de temer fundadamente de cuando en cuando perderlo todo.»

Qué sencilla y admirable filosofía, ¿verdad?

Ser inmortales, pero temiendo a cada paso no serlo: he aquí la suprema felicidad, en el marco de la suprema inquietud.

Amar a una mujer como yo a Ana María, pero temiendo perderla: he aquí la voluptuosidad por excelencia.

Vais a besarla y os decís: «Acaso este beso será el último», con lo cual el deleite llega a lo sobrehumano.

Estáis al lado de ella, leyendo, en una velada de invierno, cerca de la chimenea, y pensáis: «¡Quizá mañana ya no se halle aquí! ¡Tal vez haya huido para siempre!»

Entonces sentís todo lo que valen el sosiego divino, la paz amorosa de aquellos instantes...

¿Por qué adoramos tanto a las personas que se nos han muerto?

EL AMIGO.—¡Toma, porque se nos han muerto!

Yo.—Pues una mujer que ha de irse de un momento

a otro, irrevocablemente, una mujer que temes perder a cada instante, tiene más prestigio, más extraño y misterioso embeleso que una muerta. ¿Estás de acuerdo, amigo?

EL AMIGO.—Claro que estoy de acuerdo.

YO.—El conde José de Maistre, para comprender y saborear el tibio embeleso, la muelle y deliciosa caricia de su lecho en las más crudas mañanas del invierno, ¿sabes lo que hacía? El nos lo cuenta con mucha gracia: ordenaba desde por la noche a su criado que, a partir de las seis de la mañana, le despertase... cada hora.

A las seis, por ejemplo, el criado le tocaba suavemente en el hombro:

—¡Señor conde, son las seis de la mañana!

El conde se despertaba a medias, estiraba los brazos, se daba cuenta, fíjate, se daba cuenta de lo bien que estaba en su cama... y se volvía del otro lado. La inquietud, el miedo momentáneo de tener que levantarse (ya que en el primer momento no se acordaba de su orden de la víspera) avaloraban infinitamente su dicha de volverse a dormir.

—¡Señor conde, que son las siete!

Y se repetía la misma escena.

Pues te diré que yo me he imaginado la muerte como un sueño delicioso en invierno; un sueño muy largo, en un lecho muy blando, durante un invierno sin fin, al lado de los seres que amé... Y he pensado que allá, cada millón de años, por ejemplo, un ángel llega, me toca en el hombro y me dice: «¿Quieres levantarte?»

Y yo me desperezo; siento la suavidad maternal de mi lecho, el deleite de mi sueño, el calor blando que emana de los que amo y que duermen conmigo, el consuelo infinito de tenerlos tan cerca, y, volviéndome del otro lado, respondo al ángel:

—No, te lo ruego, déjame dormir...

El miedo de perder lo que amamos, sí, es la verdadera sal de la dicha. ¿Te acuerdas, amigo —y éste será el tercer cuento de los que prometí contarte—, de aquel divertido libro de Julio Verne que se intitula: *Las tribulaciones de un chino en China?* El filósofo Wang, que lo posee todo en el mundo, tiene un tedio horrible. ¡Para ser feliz sólo le falta... la inquietud! Y se la proporciona merced a un curioso pacto con un hombre que, cuando menos lo piense, ¡habrá de asesinarle!

Wang no sabe de qué recodo de sombra, a qué hora del día o de la noche surgirá el asesino...

¡Y desde entonces vive en una vibración perenne, en una emoción temblorosa, y saborea la vida!

El amigo.—Tienes razón: tenemos razón, mejor dicho. Aun cuando a veces se me ocurre que acaso la condición por excelencia de la felicidad es no pensar en ella. ¡En cuanto en ella piensas, piensas también que no hay motivo para ser feliz! Y, por tanto, ya no lo eres. La conciencia plena y la felicidad son incompatibles. Por eso cuando Thetis, antes de metamorfosear en mujer a la sirena enamorada de que nos habla en uno de sus encantadores *En marge* Julio Lemaître, la pregunta si para vivir con un hombre renunciaría a la inmortalidad, la sirena responde: *Il faut ne penser à rien pour être immortelle avec plaisir!*... Pero aguarda y no digas que tengo el espíritu de contradicción; comprendo contigo que se adora infinitamente a un ser que está a punto de desaparecer, a una criatura que en breve ha de dejarnos; a todo lo que es alado, fugaz, veleidoso, y sé de sobra que el amor no crece si no lo riega la diaria inquietud.

Yo.—Pues así se agitaba el mío, merced a la obsesión de que Ana María estaba resuelta a irse. Mi corazón temblaba día y noche al lado de ella, como una pobre paloma asustada, y saboreaba yo, como pocos la han saboreado, esa copa del amor en cuyo fondo hay toda la amargura del ruibarbo, de la cuasia y de la retama...

El amigo.—¿No dijo Shakespeare que un dracma de alegría debe tener una libra de pena? *(One dram of joy must have a pound of care...)*

Yo.—Antes había dicho Ovidio: *Nulla est sincera voluptas, sollicitum que aliquid laetis advent.*

XIII

No en vano, empero, se lucha con un muerto, amigo. Es posible acaso vencerle, porque los muertos no son invencibles, no *mandan* tanto como se cree; pero la pugna es muy ruda y se van dejando en ella pedazos del alma.

Nuestro delicioso y angustioso idilio, nuestro doloroso placer, nos agotaba visiblemente. Como poníamos en cada caricia una vida, ¿qué extraño es que por la brecha de un beso la vida se escapase?

En aquella lucha debía, como es natural, sucumbir más pronto el más débil, y el más débil era Ana María.

Ana María, que se me iba poniendo pálida, delgada, que languidecía de un modo alarmante, cuyos divinos ojos adquirían una expresión más honda de misterio, de vesania, de melancolía, de desolación.

¡Con qué encarnizamiento intenté hacer olvidar! Pero hay fantasmas que no nos dejan comer la flor de loto, que nos la arrebatan de los labios ávidos.

Le souvenir des morts —dice Maeterlinck— *est même plus vivant que celui des vivants, comme s'ils y aidaient, comme si de leur côte ils faisaient un effort mystérieux pour rejoindre le nôtre.*

Y aquel muerto hacía un esfuerzo verdaderamente formidable. Se agarraba con sus uñas negras al alma de Ana, y la perseguía con el puñal implacable de la idea fija:

«¡Huye de ese hombre, huye de ese hombre!», le repetía dentro de su pobre cerebro enloquecido.

Resolví viajar.

Vinimos a Europa y recorrimos todos esos sitios que hay que recorrer: navegamos en una góndola vieja y negruzca por los sucios canales de Venecia; subimos en funicular a unas montañas de Suiza, que parecían de estampería barata; paseamos por las playas de Niza; comimos *bouillabaisse,* con mucho azafrán, en una polvorosa avenida de Marsella, donde soplaba el mistral; contemplamos en una tarde, naturalmente de lluvia, las piedras negras de la Abadía de Westminster; confirmamos, en suma, con un bostezo digno del *Eclesiástico,* que «lo que fue es lo mismo que será, y nada hay nuevo bajo el sol»; y, un poquito más aburridos que antes, volvimos a Yanquilandia *los tres:* Ana María, el muerto y yo.

EL AMIGO.—¿Sabes que tu historia me va pareciendo tonta e inverosímil?

YO.—Lo de tonta es una opinión: habrá quien la encuentre bella; lo de inverosímil lo dices porque no te acuerdas del proverbio francés: *Le vrai est parfois invraisemblable.* En suma, ¿a qué llamamos verosímil? A lo vulgar, a lo común y corriente, a lo que sucede tal como lo preveíamos y sin sorpresa de lo preestablecido... Pues yo sostengo que eso es lo inverosímil justamente, porque dada la infinita variedad de causas y concausas que no conocemos, el entreveramiento de influencias, de relaciones, de actos en que nos movemos, lo natural en la vida, lo verosímil debe ser justamente aquello que nos sorprende, que nos choca, que no obedece a las reglas caseras que, en nuestra ignorancia, queremos fijar a los sucesos.

Tú, amigo, que eres un hombre normal, o que crees serlo, quisieras que Ana María hubiese olvidado a su muerto, que le importasen un comino sus reproches, que procurase vivir feliz conmigo y no turbase esta felicidad con su descabellada idea de irse, de acudir a esa cita misteriosa que el difunto le daba en la soledad de un claustro... Pues precisamente porque esto hubiera sido lo lógico, no era lo natural y lo verosímil, ya que la naturaleza ni tiene nuestra lógica ni, como digo, obra conforme a nuestra verosimilitud.

También te oigo decir: «En suma, se trataba de un simple caso de neurastenia...» Bueno, volvemos a las andadas: ¿y qué es la neurastenia? La neurastenia, óyelo bien, no es una enfermedad; es una evolución. Si el hombre no anda aún con taparrabo, si salió de la animalidad, lo debe sólo al predominio de su sistema nervioso. El sistema nervioso le ha hecho rey de la creación, ya que su sistema muscular es bien inferior al de muchos animales. Ahora bien: cada ser que en la sucesión de los

milenarios ha avanzado un poco en relación con la horda,
con la masa, ha sido en realidad un neurasténico... Sólo
que antes no se les llamaba así. No pronunciéis, pues,
nunca con desdén esta palabra. Los neurasténicos se co-
dean con un plano superior de la vida; son progenerados,
candidatos a la superhumanidad.

El amigo.—*Also sprach Zarathustra.*

Yo.—¿Te burlas? Me alegro; ¡así pondrás unos gra-
nitos de sal en estas páginas!

XIV

Pero bueno estoy para discutir o filosofar, amigo, cuando llego al punto más angustioso de mi relato: Ana María se me iba muriendo.

Mírala, amigo, en qué estado está: los lirios parecerían
sonrosados junto a su palidez.

La asesina, sobre todo, la ausencia de sueño.

Siempre con los ojos abiertos y los párpados amora-
tados... Cuando me despierto en la noche a la luz de la
veladora, lo primero que encuentro son sus ojos, sus ojos
agrandados desmesuradamente, como dos nocturnas flores
de misterio.

Los médicos se niegan a darla narcóticos.

Le temen al corazón, a veces ya arrítmico.

El trípode de la vida —me dice el doctor... doctoral-
mente— está formado por el pulso, la respiración, la
temperatura... Deben marchar los tres de acuerdo: cuidado sobre todo con el pulso.

—Doctor, ¡si yo pudiera dormir...!

Este es el estribillo eterno de la enferma.

Pide el sueño con una voz dulce, infantil, como un
niño pediría un juguete.

¡Ay! ¿No es por ventura el sueño el juguete por excelencia de los hombres, el regalo mejor que nos ha hecho
la Naturaleza?

Pero el muerto no quiere que duerma.

Los muertos nos vencen así. Ellos saben que en el día son más débiles que nosotros. Con cada rayo de sol podemos apuñalar su sombra... Pero se agazapan en los rincones oscuros, y aguardan a que llegue la noche.

«El día es de los hombres; la noche, de los dioses», decían los antiguos.

La noche no es sólo de los dioses: también es de los muertos.

¡Cómo van adquiriendo corporeidad, apelmazándose en las tinieblas...! El silencio es su cómplice, y nuestro miedo les presta una realidad poderosa. *Primus in orbe Deos fecit timor.*

De día, pues, yo vencía al fantasma; Ana María se animaba un poco, sonreía, me llenaba de caricias, que tenían ya —¡ay de mí!— esa majestad dulce y melancólica de un adiós. De noche, el muerto, desalojado de sus «trincheras» lóbregas, «contraatacaba» para recobrarlas.

Ella, estremecida de espanto, se asía a mí con angustia infinita, y yo, rabioso, insultaba —óyelo bien, amigo—, insultaba a aquel espectro, que se había empeñado en llevársela, que no se resignaba a compartir conmigo su posesión, y que se metía furiosamente por un resquicio del espacio y del tiempo para inmiscuirse en nuestras vidas y darles el sabor del infierno.

XV

Si estas cosas que te cuento, amigo, fuesen una novela, yo las arreglaría de cierto modo para dejarte satisfecho. Ana María, con quien, a lo mejor, has simpatizado, no se moriría. La haríamos vivir feliz unos cuantos años. Tendría dos hijos, un niño y una niña. El niño sería moreno, como conviene a un hombre; la niña sería rubia, como conviene a un ángel.

Yo comprendo muy bien el cariño de un autor de teatro o de novela por los personajes que ha creado, y me explico perfectamente el desconsuelo de Alejandro Dumas padre, a quien Alejandro Dumas hijo encontró llorando

cierto día, porque en el curso de *Los tres mosqueteros*
había tenido que matar a Porthos, el más simpático de sus
héroes.

Y, si comprendo de sobra este desconsuelo, tratándose
de seres de ficción (que acaso en otro mundo, en otro
plano, existen gracias a sus creadores y acaban por pedir
cuenta a éstos de los vicios y pasiones que les han atri-
buido), imagínate, amigo, lo que me dolerá tener por
fuerza que «matar» en esta historia a una mujer que tan
intensamente vive en mi corazón... ¡Pero qué remedio
si se murió, amigo!

Estábamos en Sea Girt. Era un día de principios de
septiembre. Entraba por nuestras ventanas un fulgor vivo
y rojizo. El mar tenía manchas trágicas. Un cercano y
potente faro empezaba a encender y apagar su estrella
milagrosa... Lo recuerdo: su pálido haz de luz barría en
sentido horizontal la alcoba de la enferma y a cada minuto transfiguraba su cara.

Quise cerrar las maderas, pero ella se opuso; «no la
molestaba aquella luz; al contrario...».

Yo estaba sentado al borde de la cama y acariciaba su
diestra, apenas tibia.

Ella se mostraba tranquila, muy tranquila. El muerto,
como ya tenía segura su presa, la dejaba en paz.

—Ahora siento irme —decíame Ana María con voz
apacible y dulce, en la cual no había la menor fatiga—.
Siento irme porque te quiero y por lo solo que vas a que-
darte; pero estoy contenta por dos cosas: lo uno, porque
ya no fue preciso escapar, escapar una noche impelida
por una voluntad todopoderosa y extraña, a la cual en
vano hubiera intentado resistir; lo otro, porque, ahora
que repaso los breves años que nos hemos amado, veo que
fueron lo mejor de mi vida. A él le amé mucho, pero
con reposo, y a ti te he amado mucho, pero con inquietud. Esa certidumbre de que era preciso abandonarte
pronto, daba un precio infinito a tus caricias. El destino
tuvo para nosotros, disponiendo así las cosas, una suprema coquetería... Imagínate que nuestra vida hubiese sido
serena, permanente, monótona, con la íntima seguridad

de su prolongación indefinida: ¿me habrías amado lo mismo?... Cállate —interrumpió, retirando su mano de la mía y poniéndola dulcemente sobre mi boca—, vas a decirme que sí; vas a hacerme protestas de ternura. Pero bien sabes que no hubiera sido de esta suerte... Mientras que ahora estoy segura de ser llorada, de ser más querida aún después de la muerte que lo fui antes; y esta certidumbre —¡perdóname!— satisface sobremanera mi egoísmo de mujer cariñosa, sentimental, romántica, que leyó mucho a los poetas y soñó siempre con ser muy amada... Ya ves, pues, que no debemos quejarnos. En suma, ¿qué es la vida sino *un relámpago entre dos largas noches?*... Ya te tocará tu vez de irte a dormir, y entonces, ¡qué bien reposarás a mi lado!... Dame un beso largo..., largo... ¡Ay, me sofocas! Dame otro, pero en la frente; ahora siento que en ella está mi alma, porque el corazón se va cansando...

Amigo, ¡no quiero describirte más esta escena! Ana María murió sobre mi pecho, blanda, muy blandamente, y recuerdo que el faro varias veces iluminó con su haz lívido nuestras cabezas juntas, como con luz de eternidad.

XVI

Dirás acaso que el fantasma me venció en toda la línea. No, amigo; ¡yo vencí al fantasma!

Le vencí, porque Ana María no se fue al dichoso convento a vivir exclusivamente para él, y por otra razón esencial: porque ahora iba yo a ser para el alma de mi amada el verdadero *ausente,* en vez del difunto...; ¡iba yo a ser para ella el muerto! (*Vivants, vous êtes des fantômes; c'est nous qui sommes les vivants,* dijo Víctor Hugo.) ¡Y los ausentes y los muertos *siempre tienen razón!* Una dorada perspectiva los transfigura, los torna sagrados... ¡Ah!, si algo llevamos de nuestras pasiones, de nuestros apegos al otro lado de la sombra, si la muerte no nos deshumaniza y nos descasta por completo, el fantasma aquél, que tanto daño me hizo, habrá tenido a su vez celos de mí en su lobreguez silenciosa. De mí, el *ausente* de su mundo, el amado después que él, el verdadero *muerto*...

Sesenta años he cumplido, amigo, como te expuse al empezar, y he amado muchas, muchas veces... ¡Pero en verdad te digo que es aquélla la vez en que amé más!

IV

Del postmodernismo al criollismo

Clemente Palma

(Lima, 1872-Lima, 1946)

Esta es una figura extraña en el panorama del modernismo peruano, que no deja de tener interés a pesar de su decidida minoridad. Clemente era hijo del tradicionalista Ricardo Palma (*véase*) y comenzó su actividad literaria colaborando en revistas y periódicos locales con crónicas y cuentos. Se doctoró en Letras (1897) y Derecho (1899) en la Universidad de San Marcos, de la que luego fue profesor por breve tiempo. Durante varios años trabajó como funcionario de la Biblioteca Nacional, en la que su padre era director; allí leyó abundantemente y descubrió la literatura rusa y francesa, que tuvieron en él un entusiasta discípulo. Tenía una inclinación por lo exótico, lo morboso y lo esotérico; eso se advierte en sus *Cuentos malévolos*, cuya primera edición trae un amistoso prólogo de Unamuno. En la literatura peruana, Clemente Palma es quizá más recordado por un penoso episodio que demuestra los límites de su sensibilidad literaria: en 1917, siendo director de la revista limeña *Variedades*, escribió un burlón e insultante comentario sobre un poema de César Vallejo, que se había negado a publi-

car. (Cuando el poeta llega a Lima y conoce a Palma, la
actitud de éste ya era otra y lo trató cordialmente, según
consta en una carta de Vallejo.) Tuvo la misma incom-
prensión por la obra de otro importante poeta peruano,
José María Eguren. A pesar de ello, su actividad de cro-
nista de la actualidad literaria, política o taurina, en la
que popularizó el grotesco seudónimo de «Juan Apapucio
Corrales», fue intensa e influyente, y testimonia además
su innato criollismo. Aparte de *Variedades* (1908-1931),
dirigió *El Iris* (1893), *Prisma* (1906-1908) y *La Crónica* (1911-1930); colaboró también en *Ilustración Peruana*
y *El Comercio*. Fue cónsul en Barcelona entre 1902 y
1904, y diputado por Lima (1919-1930). El gobierno del
general Sánchez Cerro lo encarceló y deportó a Chile
(1930-1933). En 1925 publicó sus *Historietas malignas*.
Aparte de una novela inconclusa, titulada *La hija del oidor*,
cuyo tema fue tratado por su padre, es autor de la novela
corta *Mors ex vita* y de una extraña «novela grotesca»
titulada *XYZ*, a la que, a pesar de su notoria torpeza narrativa, cabe considerar como un antecedente de *La invención de Morel* (1940), la célebre novela de Adolfo
Bioy Casares.

Aparte de los rusos, como Gorki o Andreiev, cuyo influjo se nota en el cuento «Los canastos», que tiene
un decorado eslavo, la huella de Poe y los narradores
del decandentismo francés (especialmente Huysmans y
Villiers de L'isle-Adam) resulta más visible. El título
mismo de sus dos colecciones de cuentos recuerda los
Contes cruels (1883), de Villiers, que fue precisamente
celebrado por Huysmans en su *À rebours* (1884). El gusto
por el satanismo, el esoterismo y los tipos de psicología
anormal, algo ingenuos a ratos, distingue al joven Palma
y explica la notoriedad que sus relatos le ganaron en su
tiempo: ese escalofrío de horror y esa sombría delecta-
ción criminal, casi nunca habían aparecido en la literatura peruana. «Los ojos de Lina» es, junto con el arriba
mencionado, su cuento más famoso. Fue incluido en las
dos ediciones de *Cuentos malévolos* y desde entonces ha
sido recogido en numerosas antologías nacionales. Para

asegurar el clima exótico, el personaje es un marino que canta «lindas baladas escandinavas» y cuyo (erróneo) nombre es «Jym». En una rueda de amigos en la que cada uno cuenta sus aventuras e historias, el marino cuenta la suya, que resulta terrible: amó a una muchacha pero sentía que los ojos de ella eran odiosos, diabólicos; eran como «una caja de alfileres en el cerebro», como «tocar una fruta peluda, o... ver el filo de una navaja». En esos ojos, el marino podía ver mágicamente la sombra de las ideas de Lina, buscando la respuesta de las suyas. Como además sus labios «eran tan rojos que parecían acostumbrados a comer fresas o a beber sangre», el personaje sospecha que en Lina hay extrañas fuerzas satánicas que quieren esclavizarlo y destruirlo. La situación se hace insostenible, hasta que Lina hace un espeluznante sacrificio para probarle la bondad de su amor. El breve epílogo, aparte de introducir una discutible explicación «realista», es muy ambiguo: aunque el marino se burla de la credulidad de sus oyentes y afirma que ha inventado la historia, el aspecto del licor que bebe («parecía una solución concentrada de esmeraldas») sugiere algo siniestro; y es también posible que la historia quiera encubrir o justificar no un sacrificio, sino un acto criminal del que la cuenta. La narración es tremebunda y sus imágenes algo enfáticas, pero alcanza el efecto que persigue: entretenernos y fascinarnos con un caso de obsesión, de locura o de simple imaginación enfermiza. Clemente Palma se solazaba en este tipo de historias de horror que describen un mundo imaginario en el que lo más chirriante solía ocurrir con la mayor frialdad moral, un mundo tenebroso y cruel como una pesadilla. Quería ser chocante y con frecuencia lo consiguió.

OBRA NARRATIVA

Cuentos malévolos, prólogo de Miguel de Unamuno, Barcelona: Salvat, 1904; 2.ª ed. ampliada, prólogo de Ventura García Calderón, París: Ollendorf, s. f., 1923;

Mors ex vita, Lima: La Novela Peruana, 1923; *Historie-
tas malignas,* Lima: Garcilaso, 1925; *XYZ,* Lima: Perú
Actual, 1934; *La nieta del oidor,* pról. Ricardo Silva-
Santisteban, Lima: Kuntur, 1986.

CRITICA

Harry Belevan *, pp. 4-5; Nancy M. Kason, *Breaking
traditions: the fiction of Clemente Palma,* Lewisburg-Lon-
dres: Bucknell University Press-Associated University
Presses, 1988; Luis Alberto Sánchez, *La literatura peruana,* Lima: Ed. de Ediventas, 1966, vol. IV, pp. 1218-
1220. Donald A. Yates, «Clemente Palma: *XYZ* y otras
letras fantásticas», en *Literatura de la emancipación hispanoamericana,* ed. Augusto Tamayo Vargas, Lima: Universidad de San Marcos, 1972, pp. 194-199. Véase también el pról. de Silva-Santisteban en la edición arriba
citada.

El teniente Jym, de la armada inglesa, era nuestro amigo. Cuando entró en la Compañía Inglesa de Vapores le veíamos cada mes y pasábamos una o dos noches con él en alegre francachela. Jym había pasado gran parte de su juventud en Noruega, y era un insigne bebedor de whisky y de ajenjo; bajo la acción de estos licores le daba por cantar con voz estentórea lindas baladas escandinavas, que después nos traducía. Una tarde fuimos a despedirnos de él a su camarote, pues al día siguiente zarpaba el vapor para San Francisco. Jym no podía cantar en su cama a voz en cuello, como tenía costumbre, por razones de disciplina naval, y resolvimos pasar la velada refiriéndonos historias y aventuras de nuestra vida, sazonando las relaciones con repetidos sorbos de licor. Serían las dos de la mañana cuando terminamos los visitantes de Jym nuestras relaciones; sólo Jym faltaba y le exigimos que hiciera la suya. Jym se arrellanó en un sofá; puso en una mesita próxima una pequeña botella de ajenjo y un aparato para destilar agua; encendió un puro y comenzó a hablar del modo siguiente:

No voy a referiros una balada ni una leyenda del Norte, como en otras ocasiones; hoy se trata de una historia verídica, de un episodio de mi vida de novio. Ya sabéis que, hasta hace dos años, he vivido en Noruega; por mi madre soy noruego, pero mi padre me hizo súbdito inglés. En Noruega me casé. Mi esposa se llama Axelina o Lina, como yo la llamo, y cuando tengáis la ventolera de dar un paseo por Cristianía, id a mi casa, que mi esposa os hará con mucho gusto los honores.

Empezaré por deciros que Lina tenía los ojos más extrañamente endiablados del mundo. Ella tenía dieciséis años y yo estaba loco de amor por ella, pero profesaba a sus ojos el odio más rabioso que puede caber en corazón de hombre. Cuando Lina fijaba sus ojos en los míos me desesperaba, me sentía inquieto y con los nervios crispados; me parecía que alguien me vaciaba una caja de alfileres en el cerebro y que se esparcían a lo largo de mi espina dorsal; un frío doloroso galopaba por mis arterias, y la epidermis se me erizaba, como sucede a la generalidad de las personas al salir de un baño helado, y a muchas al tocar una fruta peluda, o al ver el filo de una navaja, o al rozar con las uñas el terciopelo, o al escuchar el *frufrú* de la seda o al mirar una gran profundidad. Esa misma sensación experimentaba al mirar los ojos de Lina. He consultado a varios médicos de mi confianza sobre este fenómeno y ninguno me ha dado la explicación; se limitaban a sonreír y a decirme que no me preocupara del asunto, que yo era un histérico, y no sé qué otras majaderías. Y lo peor es que yo adoraba a Lina con exasperación, con locura, a pesar del efecto desastroso que me producían sus ojos. Y no se limitaban estos efectos a la tensión álgida de mi sistema nervioso; había algo más maravilloso aún, y es que cuando Lina tenía alguna preocupación o pasaba por ciertos estados psíquicos o fisiológicos, veía yo pasar por sus pupilas, al mirarme, en la forma vaga de *pequeñas sombras fugitivas coronadas por puntitos de luz* las ideas; sí, señores, las ideas. Esas entidades inmateriales e invisibles que tenemos todos o casi todos, pues hay muchos que no tienen ideas en la cabeza, pasaban por las pupilas de Lina con formas inexpresables. He dicho sombras porque es la palabra que más se acerca. Salían por detrás de la esclerótica, cruzaban la pupila y al llegar a la retina destellaban, y entonces sentía yo que en el fondo de mi cerebro respondía una dolorosa vibración de las células, surgiendo a su vez una idea dentro de mí.

Se me ocurría comparar los ojos de Lina al cristal de la claraboya de mi camarote, por el que veía pasar, al anochecer, a los peces azorados con la luz de mi lámpara, chocando sus estrafalarias cabezas contra el macizo cristal, que, por su espesor y convexidad, hacía borrosas y deformes sus siluetas. Cada vez que veía esa parranda de ideas en los ojos de Lina, me decía yo: «¡Vaya! ¡Ya están pasando los peces!» Sólo que éstos atravesaban de un modo misterioso la pupila de mi amada y formaban su madriguera en las cavernas oscuras de mi encéfalo.

Pero ¡bah!, soy un desordenado. Os hablo del fenómeno sin haberos descrito los ojos y las bellezas de mi Lina. Lina es morena y pálida: sus cabellos undosos se rizaban en la nuca con tan adorable gracia, que jamás belleza de mujer alguna me sedujo tanto como el dorso del cuello de Lina, al sumergirse en la sedosa negrura de sus cabellos. Los labios, casi siempre entreabiertos, por cierta tirantez infantil del labio superior, eran tan rojos que parecían acostumbrados a comer fresas, a beber sangre o a depositar la de los intensos rubores; probablemente esto último, pues, cuando las mejillas se le encendían, palidecían aquéllos. Bajo esos labios había unos dientes diminutos tan blancos, que le iluminaban la faz cuando un rayo de luz jugaba sobre ellos. Era para mí una delicia verla morder cerezas; de buena gana me hubiera dejado morder por aquella deliciosa boquita, a no ser por los ojos endemoniados que habitaban más arriba. ¡Esos ojos! Lina, repito, es morena, de cabello, cejas y pestañas negras. Si la hubiérais visto dormida alguna vez, yo os hubiera preguntado: ¿De qué color creéis que tiene Lina los ojos? A buen seguro que, guiados por el color de su cabellera, de sus cejas y pestañas me habríais respondido:

negros. ¡Qué chasco! Pues no, señor; los ojos tenían
color, es claro, pero ni todos los oculistas del mundo, ni
todos los pintores habrían acertado a determinarlo ni a
reproducirlo. Eran de un corte perfecto, rasgados y grandes; debajo de ellos una línea azulada formaba la ojera
y parecía como la tenue sombra de sus largas pestañas.
Hasta aquí, como veis, nada hay de raro; éstos eran los
ojos de Lina cerrados o entornados; pero una vez abiertos y lucientes las pupilas, allí de mis angustias. Nadie
me quitará de la cabeza que Mefistófeles tenía su gabi-
nete de trabajo detrás de esas pupilas. Eran ellas de un
color que fluctuaba entre todos los de la gama, y sus
más complicadas combinaciones. A veces me parecían dos
grandes esmeraldas, alumbradas por detrás por luminosos
carbunclos. Las fulguraciones verdosas y rojizas que des-
pedían se irisaban poco a poco y pasaban por mil cambiantes, como las burbujas de jabón; luego venía un color
indefinible, pero uniforme, a cubrirlos todos, y en medio
palpitaba un puntito de luz, de lo más mortificante por
los tonos *felinos* y diabólicos que tomaba. Los hervores
de la sangre de Lina, sus tensiones nerviosas, sus irrita-
ciones, sus placeres, los alambicamientos y juegos de su
espíritu, se denunciaban por el color que adquiría ese
punto de luz misteriosa.

Con la continuidad de tratar a Lina llegué a traducir
algo los resplandores múltiples de sus ojos. Sus sentimen-
talismos de muchacha romántica eran verdes; sus alegrías,
violáceas; sus celos, amarillos, y rojos sus ardores de mujer apasionada. El efecto de estos ojos en mí era desastroso. Tenían sobre mí un imperio horrible, y en verdad
yo sentía mi dignidad de varón humillada con esa especie
de esclavitud misteriosa, ejercida sobre mi alma por esos
ojos que odiaba como a personas. En vano era que tratara de resistir; los ojos de Lina me subyugaban, y sentía
que me arrancaban el alma para triturarla y carbonizarla
entre dos chispazos de esas miradas de Luzbel. Por último, con el alma ardiente de amor y de ira, tenía yo que
bajar la mirada, porque sentía que mi mecanismo nervioso
llegaba a torsiones desgarradoras, y que mi cerebro sal-

taba dentro de mi cabeza, como un abejorro encerrado
dentro de un horno. Lina no se daba cuenta del efecto
desastroso que me hacían sus ojos. Todo Cristianía se los
elogiaba por hermosos y a nadie causaban la impresión
terrible que a mí: sólo yo estaba constituido para ser la
víctima de ellos. Yo tenía reacciones de orgullo; a veces
pensaba que Lina abusaba del poder que tenía sobre mí,
y que se complacía en humillarme; entonces mi dignidad
de varón se sublevaba vengativa reclamando imaginarios
fueros, y a mi vez me entretenía en tiranizar a mi novia,
exigiéndola sacrificios y mortificándola hasta hacerla llorar. En el fondo había una intención que yo trataba de
realizar disimuladamente; sí, en esa valiente sublevación
contra la tiranía de esas pupilas estaba embozada mi cobardía: haciendo llorar a Lina la hacía cerrar los ojos, y
cerrados los ojos me sentía libre de mi cadena. Pero la
pobrecilla ignoraba el arma terrible que tenía contra mí;
sencilla y candorosa, la buena muchacha tenía un corazón
de oro y me adoraba y me obedecía. Lo más curioso es
que yo, que odiaba sus hermosos ojos, la quería por ellos.
Aun cuando siempre salía vencido, volvía siempre a luchar contra esas terribles pupilas, con la esperanza de
vencer. ¡Cuántas veces las rojas fulguraciones del amor
me hicieron el efecto de cien cañonazos disparados contra
mis nervios! Por amor propio no quise revelar a Lina mi
esclavitud.

Nuestros amores debían tener una solución como la
tienen todos: o me casaba con Lina o rompía con ella.
Esto último era imposible, luego tenía que casarme con
Lina. Lo que me aterraba de la vida de casado, era la per-
duración de esos ojos que tenían que alumbrar terriblemente mi vejez. Cuando se acercaba la época en que
debía pedir la mano de Lina a su padre, un rico armador,
la obsesión de los ojos de ella me era insoportable. De
noche los veía fulgurar como ascuas en la oscuridad de mi
alcoba; veía el techo y allí estaban terribles y porfiados;
miraba a la pared y estaban incrustados allí; cerraba los
ojos y los veía adheridos sobre mis párpados con una tenacidad luminosa tal, que su fulgor iluminaba el tejido

de arterias y venillas de la membrana. Al fin, rendido,
dormía, y las miradas de Lina llenaban mi sueño de redes
que se apretaban y me estrangulaban el alma. ¿Qué hacer? Formé mis planes; pero no sé si por orgullo, amor,
o por una noción del deber muy grabada en mi espíritu,
jamás pensé en renunciar a Lina.

El día en que la pedí, Lina estuvo contentísima. ¡Oh,
cómo brillaban sus ojos y qué endiabladamente! La es-
treché en mis brazos delirante de amor, y al besar sus
labios sangrientos y tibios tuve que cerrar los ojos casi
desvanecido.

—¡Cierra los ojos, Lina mía, te lo ruego!

Lina, sorprendida, los abrió más, y al verme pálido y
descompuesto me preguntó asustada, cogiéndome las
manos:

—¿Qué tienes, Jym!... Habla. ¡Dios Santo!... ¿Estás
enfermo? Habla.

—No..., perdóname; nada tengo, nada... —la respondí
sin mirarla.

—Mientes, algo te pasa...

—Fue un vahído, Lina..., ya pasará...

—¿Y por qué querías que cerrara los ojos? ¿No quieres que te mire, bien mío?

No respondí y la miré medroso. ¡Oh!, allí estaban esos
ojos terribles, con todos sus insoportables chisporroteos
de sorpresa, de amor y de inquietud. Lina, al notar mi
turbado silencio, se alarmó más. Se sentó sobre mis rodillas, cogió mi cabeza entre sus manos y me dijo con violencia:

—No, Jym, tú me engañas, algo extraño pasa en ti
desde hace algún tiempo: tú has hecho algo malo, pues
sólo los que tienen un peso en la conciencia no se atreven
a mirar de frente. Yo te conoceré en los ojos, mírame,
mírame.

Cerré los ojos y la besé en la frente.

—No me beses; mírame, mírame.

—¡Oh, por Dios, Lina, déjame!...

—¿Y por qué no me miras? —insistió casi llorando.

Yo sentía honda pena de mortificarla y a la vez mucha vergüenza de confesarle mi necedad: «No te miro, porque tus ojos me asesinan; porque les tengo un miedo cerval, que no me explico, ni puedo reprimir.» Callé, pues, y me fui a mi casa, después que Lina dejó la habitación llorando.

Al día siguiente, cuando volví a verla, me hicieron pasar a su alcoba: Lina había amanecido enferma con angina. Mi novia estaba en cama y la habitación casi a oscuras. ¡Cuánto me alegré de esto último! Me senté junto al lecho y la hablé apasionadamente de mis proyectos para el futuro. En la noche había pensado que lo mejor para que fuéramos felices era confesarla mis ridículos sufrimientos. Quizá podríamos ponernos de acuerdo... Usando anteojos negros... quizá. Después que la referí mis dolores, Lina se quedó un momento en silencio.

—¡Bah, qué tontería! —fue todo lo que contestó.

Durante veinte días no salió Lina de la cama y había orden del médico de que no me dejaran entrar. El día en que Lina se levantó me mandó llamar. Faltaban pocos días para nuestra boda, y ya había recibido infinidad de regalos de sus amigos y parientes. Me llamó Lina para mostrarme el vestido de azahares, que la habían traído durante su enfermedad, así como los obsequios. La habitación estaba envuelta en una oscura penumbra en la que apenas podía yo ver a Lina; se sentó en un sofá de espaldas a la entornada ventana, y comenzó a mostrarme brazaletes, sortijas, collares, vestidos, unas palomas de alabastro, dijes, zarcillos y no sé cuánta preciosidad. Allí estaba el regalo de su padre, el viejo armador: consistía en un pequeño yate de paseo, es decir, no estaba el yate, sino el documento de propiedad; mis regalos también estaban y también el que Lina me hacía, consistente en una cajita de cristal de roca, forrada con terciopelo rojo.

Lina me alcanzaba sonriente los regalos, y yo, con galantería de enamorado, la besaba la mano. Por fin, trémula, me alcanzó la cajita:

—Mírala a la luz —me dijo—, son piedras preciosas, cuyo brillo conviene apreciar debidamente.

Y tiró de una hoja de la ventana. Abrí la caja y se
me erizaron los cabellos de espanto: debí ponerme mons-
truosamente pálido. Levanté la cabeza horrorizado y vi
a Lina que me miraba fijamente con unos ojos negros,
vidriosos e inmóviles. Una sonrisa, entre amorosa e
irónica, plegaba los labios de mi novia, hechos con zumos
de fresas silvestres. Salté desesperado y cogí violentamente a Lina de la mano:

—¿Qué has hecho, desdichada?

—¡Es mi regalo de boda! —respondió tranquilamente.

Lina estaba ciega. Como huéspedes azorados estaban
en las cuencas unos ojos de cristal, y los suyos, los de
mi Lina, esos ojos extraños que me habían mortificado
tanto, me miraban amenazadores y burlones desde el fondo de la caja roja, con la misma mirada endiablada de
siempre...

Cuando terminó Jym, quedamos todos en silencio, profundamente conmovidos. En verdad que la historia era
terrible. Jym tomó un vaso de ajenjo y se lo bebió de
un trago. Luego nos miró con aire melancólico. Mis amigos miraban, pensativos, el uno la claraboya del camarote
y el otro la lámpara que se bamboleaba a los balances
del buque. De pronto, Jym soltó una carcajada burlona,
que cayó como un enorme cascabel en medio de nuestras
meditaciones.

—¡Hombres de Dios! ¿Creéis que haya mujer alguna
capaz del sacrificio que os he referido? Si los ojos de una
mujer os hacen daño, ¿sabéis cómo lo remediará ella?
Pues arrancándoos los vuestros para que no veáis los suyos. No; amigos míos, os he referido una historia inverosímil cuyo autor tengo el honor de presentaros.

Y nos mostró, levantándola en alto, su botellita de ajenjo, que parecía una solución concentrada de esmeraldas.

Leopoldo Lugones

(Villa de María, Argentina, 1874-
Tigre, Argentina, 1938)

Lugones es una gran presencia literaria argentina, cuya autoridad intelectual se deja sentir por toda América en el primer tercio del siglo. Aunque su arte se desplaza en la órbita de transición que lleva del modernismo al postmodernismo e influye en poetas como Vallejo, su obra poética escapa por la tangente y se acerca, por su ironía y los dones de su invención verbal, a la trayectoria de la vanguardia (Girondo, Güiraldes), pero también al modelo clásico que seguiría la poesía madura de Borges, quien lo atacó de joven. Lugones es un gran arco bajo el cual se cobija mucha literatura de su tiempo y del nuestro. Pero es también una figura difícil y hasta ingrata por sus posiciones políticas cambiantes y agresivas; había algo autodestructivo en él y es difícil comprender cómo un hombre de su saber enciclopédico pudo ser a veces tan ciego e intolerante.

Educado en Córdoba, Lugones llega a Buenos Aires en 1896, donde tiene un encuentro providencial: conoce a Darío, de quien se convierte en entusiasta discípulo. En 1897 publica su primer libro importante de poesía:

337

Las montañas de oro. Como la creación fue siempre una pasión al lado de otras, el conjunto de su obra como poeta, prosista, ensayista, filósofo, historiador y polemista resultara muy vasto. Fue un activo defensor del socialismo y del anarquismo, pero siempre lleno de contradicciones y hondas crisis morales, abandonará estos ideales bastante pronto. En 1903 viaja a Misiones, junto con Horacio Quiroga *(véase),* en busca del «imperio jesuítico», viaje que en 1904 dará como fruto el libro de ese título. En 1905 aparecen sus relatos *La guerra gaucha* y en 1906 su primer libro de cuentos, *Las fuerzas extrañas.* Fue funcionario educativo y trató de aplicar una radical reforma que sólo le ganó conflictos y polémicas. Como corresponsal de *La Nación* viaja a Europa en 1911. La experiencia de la Primera Guerra Mundial estimula su vigorosa campaña por la causa de la democracia y los aliados, que prosigue al volver a Buenos Aires. Pero en su segundo viaje europeo (1921), se advierte un brusco viraje ideológico que le hace perder la fe en la democracia y lo acerca al nacionalismo fascista, entonces en ascenso en Europa. Ese proceso se completa en 1923, cuando Lugones encabeza una «liga patriótica» con matices ultranacionalistas y xenófobos. Sus *Cuentos fatales* aparecen en 1924, y dos años después su única novela, *El ángel de la sombra.* En 1930 se alínea con el gobierno del general Uriburu y defiende abiertamente el militarismo. La crisis política argentina tras el fracaso de Uriburu y la animadversión que sus vaivenes ideológicos le ganaron, tuvieron un impacto negativo en su espíritu. Incapaz de superarlo, Lugones se suicidó en 1938. El mayor elogio que puede hacerse de su obra es decir que, hasta los que no simpatizaron con ella, le son deudores.

La narrativa de Lugones revela una curiosidad intelectual insaciable y omnívora, que lo llevó a interesarse por todo, desde las matemáticas hasta la helenística, desde las ciencias naturales hasta la cultura árabe. En realidad, Lugones era un devoto de la teosofía y colaboró en *Philadelphia,* una rara revista de Buenos Aires que difundía ese pensamiento. En sus cuentos, el ocultismo, los estados parapsicológicos, los experimentos científicos y, en general, las manifestaciones de lo extraño, son motivos constantes. (La segunda parte de *Las fuerzas extrañas* contiene su «Ensayo de una cosmogonía en diez lecciones», que desarrolla algunas de las ideas que constituyen la base de sus cuentos, y que bien podría compararse con *Eureka: an Essay on the Material and Spiritual Universe,* de Poe.) Estas preocupaciones esotéricas, que no deben parecer insólitas en un heredero de Rubén Darío, se conciliaban con un alto sentido artístico de la prosa narrativa, que es lo que otorga validez a sus especulaciones: la frialdad de la reflexión cientificista alcanza una intensidad radiante y mágica gracias a la fuerza y robustez de las formas que la expresan. Lugones es un adelantado de la ciencia-ficción, de la estética llamada «realismo mágico» y un ejemplo notable de la rica tradición argentina del relato fantástico.

«La lluvia de fuego», de *Las fuerzas extrañas,* es un texto indispensable en la historia del cuento hispanoamericano. Se trata de un relato sobrenatural, no precisamente fantástico, pues lo que ocurre es real, pero racionalmente inexplicable. Aunque Lugones añadió, en la segunda edición de 1926, un epígrafe sacado del Levítico, en verdad el pasaje bíblico del epígrafe se refiere sólo a la esterilidad de los campos con la que Dios amenaza al pueblo judío, como puede verse en: «Serán vanas vuestras fatigas, pues no os dará la tierra sus productos ni los árboles sus frutos» (Levítico, 26:20). El castigo de la lluvia de fuego está más bien mencionado en el Génesis: «Entonces Jehová hizo llover sobre Sodoma y sobre Gomorra azufre y fuego» (29:24). La época y el ambiente no están reconstruidos como algo distante o arqueológico: la perspectiva es inmediata y coloca al lector *frente* (y aun *dentro*) del momento en que el milagroso incidente ocurre. A eso contribuye el narrador en primera persona, que es nada menos que «un desencarnado de Gomorra», es decir, un espíritu que ha sobrevivido la destrucción de su cuerpo, lo que agrega un elemento metempsíquico al relato. La actitud del narrador, un hedonista cínico e in-

diferente que se niega a aceptar las consecuencias fatales
de la lluvia, y el ritmo creciente del fenómeno (apenas
interrumpido por breves pausas que marcan los tres días
del suceso), crean un efecto contrastante que constituye la primera virtud del cuento. El lector se da cuenta
de la gravedad de la situación antes que el narrador y
contempla las vanas reflexiones de éste como una tragedia
que no puede evitar. La tensión del *tempo* va aumen-
tando muy gradualmente, con cortos pasajes retrospectivos
que describen la vida y costumbres del sibarita, testigo
y víctima del diluvio ígneo, pero más preocupado por la
lectura y la buena mesa. Su pretensión es ser dueño absoluto de su muerte, así como lo fue de su vida; por eso
planea envenenarse antes de que el apocalipsis de su ciudad lo alcance —lo que guarda una curiosa simetría con
la decisión que el autor tomaría más de treinta años después. Pero más adelante lo vemos flaquear y llorar «sin
rubor alguno»; y las líneas finales del relato («Llevé el
pomo a mis labios, y...») implican que la furia de las
llamas le arrebata en ese mismo instante la realización de
su desafío. Lugones parece decirnos que el castigo es implacable pero justo; recuérdense las reiteradas menciones
a la limpidez o transparencia del cielo: el fuego es una
purificación divina, una purga para combatir la plaga moral de Gomorra. Las cuestiones que el final del cuento
plantea son de fondo: la incapacidad para penetrar los
designios de Dios, el supremo misterio de la vida y de la
muerte, la ceguera del hombre y la videncia de los animales que parecen conocer «el horrendo secreto de la catástrofe», etc. Si el arte de la composición es riguroso, el
del lenguaje es fastuoso y rotundo. La prosa tiene una
acentuada calidad visual: *vemos* los objetos y los sucesos
con una nitidez fulgurante, que destaca plásticamente los
perfiles, los colores, la rica materialidad del escenario. Esa
precisión subraya el clima alucinante que rodea al fenómeno: lo insólito y lo cotidiano ocurren de modo natural, pero imborrable; hay una perturbadora fijeza de apocalipsis, de fin de los tiempos. El lenguaje tiene una honda

nobleza en el tono y en el ritmo; ciertos cultismos o tecnicismos («glabras» por «sin vello»; «lenón» por «alcahuete»; «adaraja» por «dentellones de un muro») crean
una poderosa sugerencia del mundo sensual y decadente
(más alejandrino que hebreo, en verdad) encarnado por el
narrador. Es fácil ver las semejanzas y contactos que el
arte visionario de Lugones tiene no sólo con algunos textos de Nervo, Clemente Palma, Quiroga (véanse), Borges, Carpentier, Cortázar y Fuentes —si uno piensa en
las últimas páginas de Cambio de piel o en las primeras
de Terra nostra—, sino también con Loti, Anatole France,
el Flaubert de Salammbô, y aun con Kafka. Sus imágenes
comparten el carácter luminoso y escultórico de ciertos
cuadros en los que David e Ingres tratan de recrear el
mundo antiguo o exótico —una precisión deslumbrante
de detalle que nos hace ver lo que está más allá de lo real.

OBRA NARRATIVA (primeras ediciones y principales
recopilaciones)

La guerra gaucha, Buenos Aires: A. Moen y Hnos.,
1905; Las fuerzas extrañas, Buenos Aires: A. Moen y
Hnos., 1906; estudio preliminar y notas Pedro Luis
Barcia, Buenos Aires: Ediciones del 80, 1981; Cuentos,
Buenos Aires: Ediciones Mínimas, 1916; Los caballos de
Abdera, México: Lecturas Selectas, 1919; Cuentos fatales, Buenos Aires: Babel, 1924; Filosofícula, Buenos
Aires: Babel, 1924; El ángel de la sombra, Buenos Aires:
Gleizer, 1926; Antología de la prosa, ed. Leopoldo Lugones, hijo, Buenos Aires: Centurión, 1949; Obras en
prosa, pról. y ed. Leopoldo Lugones, hijo, Madrid: Aguilar, 1962; El payador y antología de poesía y prosa, pról.
Jorge Luis Borges, ed. Guillermo Ara, Caracas: Biblioteca Ayacucho, 1979; Cuentos desconocidos, est. prelim.,
ed. y notas Pedro Luis Barcia, Buenos Aires: Ediciones
del 80, 1982; Cuentos fantásticos, ed. Pedro Luis Barcia,
Madrid: Castalia, 1987.

CRITICA

Guillermo Ara, *Leopoldo Lugones,* Buenos Aires: Mandrágora, 1958; Jorge Luis Borges, *Leopoldo Lugones,* Buenos Aires: Pleamar, 2.ª ed., 1965; Alberto A. Conil Paz, *Leopoldo Lugones,* Buenos Aires: Huemul, 1985; Gaspar P. del Corro, *El mundo fantástico de Lugones,* Córdoba: Universidad Nacional de Córdoba, 1971; Dardo Cúneo *, pp. 33-47; Angel Flores, ed., *El realismo mágico en el cuento hispanoamericano *, pp. 25-98; Juan Carlos Ghiano, *Lugones escritor. Notas para un análisis estilístico,* Buenos Aires: Raigal, 1955; Juan Carlos Ghiano, *Análisis de la Guerra Gaucha,* Buenos Aires: Centro Editor, 1967; Julio Irazusta, *Genio y figura de Leopoldo Lugones,* Buenos Aires: Eudeba, 2.ª ed., 1973; José Olivio Jiménez, ed. *, pp. 237-253. Véanse también los trabajos de Leopoldo Lugones, hijo, y de Pedro Luis Barcia, arriba citados.

La lluvia de fuego

(Evocación de un desencarnado de Gomorra)

> *Y tornaré el cielo de hierro y la tierra de
> cobre.* Levítico, XXVI, 19.

Recuerdo que era un día de sol hermoso, lleno del hormigueo popular, en las calles atronadas de vehículos. Un día asaz cálido y de tersura perfecta.

Desde mi terraza dominaba una vasta confusión de techos, vergeles salteados, un trozo de bahía punzado de mástiles, la recta gris de una avenida...

A eso de las once cayeron las primeras chispas. Una aquí, otra allá —partículas de cobre semejantes a las morcellas de un pabilo; partículas de cobre incandescente que daban en el suelo con un ruidecito de arena. El cielo seguía de igual limpidez; el rumor urbano no decrecía. Unicamente los pájaros de mi pajarera cesaron de cantar.

Casualmente lo había advertido, mirando hacia el horizonte en un momento de abstracción. Primero creí en una ilusión óptica formada por mi miopía. Tuve que esperar largo rato para ver caer otra chispa, pues la luz solar anegábalas bastante; pero el cobre ardía de tal modo, que se destacaban lo mismo. Una rapidísima vírgula de

343

fuego, y el golpecito en la tierra. Así, a largos intervalos.

Debo confesar que al comprobarlo experimenté un vago terror. Exploré el cielo en una ansiosa ojeada. Persistía la limpidez. ¿De dónde venía aquel extraño granizo? ¿Aquel cobre? ¿Era cobre...?

Acababa de caer una chispa en mi terraza, a pocos pasos. Extendí la mano; era, a no caber duda, un gránulo de cobre que tardó mucho en enfriarse. Por fortuna la brisa se levantaba, inclinando aquella lluvia singular hacia el lado opuesto de mi terraza. Las chispas eran harto ralas, además. Podía creerse por momentos que aquello había ya cesado. No cesaba. Uno que otro, eso sí; pero caían siempre los temibles gránulos.

En fin, aquello no había de impedirme almorzar, pues era el mediodía. Bajé al comedor atravesando el jardín, no sin cierto miedo de las chispas. Verdad es que el toldo, corrido para evitar el sol, me resguardaba...

¿Me resguardaba? Alcé los ojos; pero un toldo tiene tantos poros, que nada pude descubrir.

En el comedor me esperaba un almuerzo admirable; pues mi afortunado celibato sabía dos cosas sobre todo: leer y comer. Excepto la biblioteca, el comedor era mi orgullo. Ahíto de mujeres y un poco gotoso, en punto a vicios amables nada podía esperar ya sino de la gula. Comía solo, mientras un esclavo me leía narraciones geográficas. Nunca había podido comprender las comidas en compañía; y si las mujeres me hastiaban, como he dicho, ya comprenderéis que aborrecía a los hombres.

¡Diez años me separaban de mi última orgía! Desde entonces, entregado a mis jardines, a mis peces, a mis pájaros, faltábame tiempo para salir. Alguna vez, en las tardes muy calurosas, un paseo a la orilla del lago. Me gustaba verlo, escamado de luna al anochecer, pero esto era todo y pasaba meses sin frecuentarlo.

La vasta ciudad libertina era para mí un desierto donde se refugiaban mis placeres. Escasos amigos; breves visitas; largas horas de mesa; lecturas; mis peces; mis pájaros; una que otra noche tal cual orquesta de flautistas, y dos o tres ataques de gota por año...

Tenía el honor de ser consultado para los banquetes, y por ahí figuraban, no sin elogio, dos o tres salsas de mi invención. Esto me daba derecho —lo digo sin orgullo— a un busto municipal, con tanta razón como a la compatriota que acababa de inventar un nuevo beso.

Entre tanto, mi esclavo leía. Leía narraciones de mar y de nieve, que comentaban admirablemente, en la ya entrada siesta, el generoso frescor de las ánforas. La lluvia de fuego había cesado quizá, pues la servidumbre no daba muestras de notarla.

De pronto, el esclavo que atravesaba el jardín con un nuevo plato no pudo reprimir un grito. Llegó, no obstante, a la mesa; pero acusando con su lividez un dolor horrible. Tenía en su desnuda espalda un agujerillo, en cuyo fondo sentíase chirriar aún la chispa voraz que lo había abierto. Ahogámosla en aceite, y fue enviado al lecho sin que pudiera contener sus ayes.

Bruscamente acabó mi apetito; y aunque seguí probando los platos para no desmoralizar a la servidumbre, aquélla se apresuró a comprenderme. El incidente me había desconcertado.

Promediaba la siesta cuando subí nuevamente a la terraza. El suelo estaba ya sembrado de gránulos de cobre; mas no parecía que la lluvia aumentara. Comenzaba a tranquilizarme, cuando una nueva inquietud me sobrecogió. El silencio era absoluto. El tráfico estaba paralizado a causa del fenómeno, sin duda. Ni un rumor en la ciudad. Sólo, de cuando en cuando, un vago murmullo de viento sobre los árboles. Era también alarmante la actitud de los pájaros. Habíanse apelotonado en un rincón casi unos sobre otros. Me dieron compasión y decidí abrirles la puerta. No quisieron salir; antes se recogieron más acongojados aún. Entonces comenzó a intimidarme la idea de un cataclismo.

Sin ser grande mi erudición científica, sabía que nadie mencionó jamás esas lluvias de cobre incandescente. ¡Lluvias de cobre! En el aire no hay minas de cobre. Luego

aquella limpidez del cielo no dejaba conjeturar la procedencia. Y lo alarmante del fenómeno era esto. Las chispas venían de todas partes y de ninguna. Era la inmensidad desmenuzándose invisiblemente en fuego. Caía del
firmamento el terrible cobre; pero el firmamento permanecía impasible en su azul. Ganábame poco a poco una
extraña congoja; pero, cosa rara: hasta entonces no había
pensado en huir. Esta idea se mezcló con desagradables
interrogaciones. ¡Huir! ¿Y mi mesa, mis libros, mis pájaros, mis peces que acababan precisamente de estrenar
un vivero, mis jardines ya ennoblecidos de antigüedad,
mis cincuenta años de placidez, en la dicha del presente,
en el descuido del mañana...?

¿Huir...? Y pensé con horror en mis posesiones (que
no conocía) del otro lado del desierto, con sus camelleros
viviendo en tiendas de lana negra y tomando por todo
alimento leche cuajada, trigo tostado, miel agria...

Quedaba una fuga por el lago, corta fuga después de
todo, si en el lago como en el desierto, según era lógico,
llovía cobre también; pues no viniendo aquello de ningún
foco visible, debía de ser general.

No obstante el vago terror que me alarmaba, decíame
todo eso claramente, lo discutía conmigo mismo, un poco
enervado a la verdad por el letargo digestivo de mi siesta
consuetudinaria. Y después de todo, algo me decía que
el fenómeno no iba a pasar de allí. Sin embargo, nada
se perdía con hacer armar el carro.

En ese momento llenó el aire una vasta vibración de
campanas. Y casi junto con ella advertí una cosa: ya no
llovía cobre. El repique era una acción de gracias, coreada
casi acto continuo por el murmullo habitual de la ciudad.
Esta despertaba de su fugaz atonía, doblemente gárrula.
En algunos barrios hasta quemaban petardos.

Acodado al parapeto de la terraza, miraba con un desconocido bienestar solidario la animación vespertina que
era todo amor y lujo. El cielo seguía purísimo. Muchachos
afanosos recogían en escudillas la granalla de cobre, que
los caldereros habían empezado a comprar. Era todo cuanto quedaba de la grande amenaza celeste.

Más numerosa que nunca, la gente de placer coloría las calles; y aun recuerdo que sonreí vagamente a un equívoco mancebo, cuya túnica recogida hasta las caderas en un salto de bocacalle dejó ver sus piernas glabras, jaqueladas de cintas. Las cortesanas, con el seno desnudo según la nueva moda, y apuntalado en deslumbrante coselete, paseaban su indolencia sudando perfumes. Un viejo lenón, erguido en su carro, manejaba como si fuese una vela una hoja de estaño, que con apropiadas pinturas anunciaba amores monstruosos de fieras: ayuntamientos de lagartos con cisnes; un mono y una foca; una doncella cubierta por la delirante pedrería de un pavo real. Bello cartel, a fe mía; y garantida la autenticidad de las piezas. Animales amaestrados por no sé qué hechicería bárbara, y desequilibrados con opio y con asafétida.

Seguido por tres jóvenes enmascarados pasó un negro amabilísimo, que dibujaba en los patios con polvos de colores derramados al ritmo de una danza, escenas secretas. También depilaba al oropimente y sabía dorar las uñas.

Un personaje fofo, cuya condición de eunuco se adivinaba en su morbidez, pregonaba al son de crótalos de bronce, cobertores de un tejido singular que producía el insomnio y el deseo. Cobertores cuya abolición habían pedido los ciudadanos honrados. Pues mi ciudad sabía gozar, sabía vivir.

Al anochecer recibí dos visitas que cenaron conmigo. Un condiscípulo jovial, matemático cuya vida desarreglada era el escándalo de la ciencia, y un agricultor enriquecido. La gente sentía necesidad de visitarse después de aquellas chispas de cobre. De visitarse y de beber, pues ambos se retiraron completamente borrachos. Yo hice una rápida salida. La ciudad, caprichosamente iluminada, había aprovechado la coyuntura para decretarse una noche de fiesta. En algunas cornisas alumbraban perfumando lámparas de incienso. Desde sus balcones, las jóvenes burguesas, excesivamente ataviadas, se divertían en proyectar de un soplo a las narices de los transeúntes distraídos tripas pintarrajeadas y crepitantes de cascabeles. En cada esquina se bailaba. De balcón a balcón cambiábanse flores y gatitos de dulce. El césped de los parques palpitaba de parejas...

Regresé temprano y rendido. Nunca me acogí al lecho con más grata pesadez de sueño.

Desperté bañado en sudor, los ojos turbios, la garganta reseca. Había afuera un rumor de lluvia. Buscando algo, me apoyé en la pared, y por mi cuerpo corrió como un latigazo el escalofrío del miedo. La pared estaba caliente y conmovida por una sorda vibración. Casi no necesité abrir la ventana para darme cuenta de lo que ocurría.

La lluvia de cobre había vuelto, pero esta vez nutrida y compacta. Un caliginoso vaho sofocaba la ciudad; un olor entre fosfatado y urinoso apestaba el aire. Por fortuna, mi casa estaba rodeada de galerías y aquella lluvia no alcanzaba las puertas.

Abrí la que daba al jardín. Los árboles estaban negros, ya sin follaje; el piso, cubierto de hojas carbonizadas. El aire, rayado de vírgulas de fuego, era de una paralización mortal; y por entre aquéllas se divisaba el firmamento, siempre impasible, siempre celeste.

Llamé, llamé en vano. Penetré hasta los aposentos famularios. La servidumbre se había ido. Envueltas las piernas en un cobertor de biso, acorazándome espaldas y cabeza con una bañera de metal que me aplastaba horriblemente, pude llegar hasta las caballerizas. Los caballos habían desaparecido también. Y con una tranquilidad que hacía honor a mis nervios, me di cuenta de que estaba perdido.

Afortunadamente, el comedor se encontraba lleno de provisiones; su sótano, atestado de vinos. Bajé a él. Conservaba todavía su frescura; hasta su fondo no llegaba la vibración de la pesada lluvia, el eco de su grave crepitación. Bebí una botella, y luego extraje de la alacena secreta el pomo de vino envenenado. Todos los que teníamos bodega poseíamos uno, aunque no lo usáramos ni tuviéramos convidados cargosos. Era un licor claro e insípido, de efectos instantáneos.

Reanimado por el vino, examiné mi situación. Era asaz sencilla. No pudiendo huir, la muerte me esperaba; pero con el veneno aquel, la muerte me pertenecía. Y decidí ver eso todo lo posible, pues era, a no dudarlo, un espectáculo singular. ¡Una lluvia de cobre incandescente! ¡La ciudad en llamas! Valía la pena.

Subí a la terraza, pero no pude pasar de la puerta que daba acceso a ella. Veía desde allá lo bastante, sin embargo. Veía y escuchaba. La soledad era absoluta. La crepitación no se interrumpía sino por uno que otro ululato de perro, o explosión anormal. El ambiente estaba rojo; y a su través, troncos, chimeneas, casas, blanqueaban con una lividez tristísima. Los pocos árboles que conservaban follaje retorcíanse, negros, de un negro de estaño. La luz había decrecido un poco, no obstante la persistencia de la limpidez celeste. El horizonte estaba, esto sí, mucho más cerca, y como ahogado en ceniza. Sobre el lago flotaba un denso vapor, que algo corregía la extraordinaria sequedad del aire.

Percibíase claramente la combustible lluvia, en trazos de cobre que vibraban como el cordaje innumerable de un arpa, y de cuando en cuando mezclábanse con ella ligeras flámulas. Humaredas negras anunciaban incendios aquí y allá.

Mis pájaros comenzaban a morir de sed y hube de bajar hasta el aljibe para llevarles agua. El sótano comunicaba con aquel depósito, vasta cisterna que podía resistir mucho al fuego celeste; mas por los conductos que del techo y de los patios desembocaban allá habíase deslizado algún cobre, y el agua tenía un gusto particular, entre natrón y orina, con tendencia a salarse. Bastóme levantar las trampillas de mosaico que cerraban aquellas vías, para cortar a mi agua toda comunicación con el exterior.

Esa tarde y toda la noche fue horrendo el espectáculo de la ciudad. Quemada en sus domicilios, la gente huía despavorida, para arderse en las calles, en la campiña desolada; y la población agonizó bárbaramente, con ayes y clamores de una amplitud, de un horror, de una variedad estupendos. Nada hay tan sublime como la voz humana.

El derrumbe de los edificios, la combustión de tantas mercancías y efectos diversos, y más que todo la quemazón de tantos cuerpos acabaron por agregar al cataclismo el tormento de su hedor infernal. Al declinar el sol, el aire estaba casi negro de humo y polvaredas. Las flámulas que danzaban por la mañana entre el cobre pluvial eran ahora llamaradas siniestras. Empezó a soplar un viento ardentísimo, denso, como alquitrán caliente. Parecía que se estuviese en un inmenso horno sombrío. Cielo, tierra, aire: todo acababa. No había más que tinieblas y fuego. ¡Ah, el horror de aquellas tinieblas que todo el fuego, el enorme fuego de la ciudad ardida no alcanzaba a dominar; y aquella fetidez de pingajos, de azufre, de grasa cadavérica en el aire seco que hacía escupir sangre; y aquellos clamores que no sé cómo no acababan nunca, aquellos clamores que cubrían el rumor del incendio, más vasto que un huracán, aquellos clamores en que aullaban, gemían, bramaban todas las bestias con un inefable pavor de eternidad...!

Bajé a la cisterna, sin haber perdido hasta entonces mi presencia de ánimo, pero enteramente erizado con todo aquel horror; y al verme de pronto en esa oscuridad amiga, al amparo de la frescura, ante el silencio del agua subterránea, me acometió de pronto un miedo que no sentía —estoy seguro— desde cuarenta años atrás, el miedo infantil de una presencia enemiga y difusa; y me eché a llorar, a llorar como un loco, a llorar de miedo, allá en un rincón, sin rubor alguno.

No fue sino muy tarde, cuando al escuchar el derrumbe de un techo, se me ocurrió apuntalar la puerta del sótano. Hícelo así con su propia escalera y algunos barrotes de la estantería, devolviéndome aquella defensa alguna tranquilidad; no porque hubiera de salvarme, sino por la benéfica influencia de la acción. Cayendo a cada instante en modorras que entrecortaban funestas pesadillas, pasé las horas. Continuamente oía derrumbes allá cerca. Había encendido dos lámparas que traje conmigo, para darme valor, pues la cisterna era asaz lóbrega. Hasta llegué a comer, bien que sin apetito, los restos de un pastel. En cambio, bebí mucha agua.

De repente mis lámparas empezaron a amortiguarse, y junto con eso el terror, el terror paralizante esta vez, me asaltó. Había gastado, sin prevenirlo, toda mi luz, pues no tenía sino aquellas lámparas. No advertí, al descender esa tarde, traerlas todas conmigo.

Las luces decrecieron y se apagaron. Entonces advertí que la cisterna empezaba a llenarse con el hedor del incendio. No quedaba otro remedio que salir; y luego, todo, todo era preferible a morir asfixiado como una alimaña en su cueva.

A duras penas conseguí alzar la tapa del sótano que los escombros del comedor cubrían...

... Por segunda vez había cesado la lluvia infernal. Pero la ciudad ya no existía. Techos, puertas, gran cantidad de muros, todas las torres yacían en ruinas. El silencio era colosal, un verdadero silencio de catástrofe. Cinco o seis grandes humaredas empinaban aún sus penachos; y bajo el cielo que no se había enturbiado ni un momento, un cielo cuya crudeza azul certificaba indiferencias eternas, la pobre ciudad, mi pobre ciudad, muerta, muerta para siempre, hedía como un verdadero cadáver.

La singularidad de la situación, lo enorme del fenómeno, y sin duda también el regocijo de haberme salvado, único entre todos, cohibían mi dolor reemplazándolo por una curiosidad sombría. El arco de mi zaguán había quedado en pie, y asiéndome de las adarajas pude llegar hasta su ápice.

No quedaba un solo resto combustible y aquello se parecía mucho a un escorial volcánico. A trechos, en los parajes que la ceniza no cubría, brillaba con un bermejor de fuego el metal llovido. Hacia el lado del desierto resplandecía hasta perderse de vista un arenal de cobre. En las montañas, a la otra margen del lago, las aguas evaporadas de éste condensábanse en una tormenta. Eran ellas las que habían mantenido respirable el aire durante el cataclismo. El sol brillaba inmenso, y aquella soledad empezaba a agobiarme con una honda desolación, cuando

hacia el lado del puerto percibí un bulto que vagaba entre
las ruinas. Era un hombre, y habíame percibido ciertamente, pues se dirigía a mí.

No hicimos ademán alguno de extrañeza cuando llegó,
y trepando por el arco vino a sentarse conmigo. Tratábase
de un piloto, salvado como yo en una bodega, pero apu-
ñaleando a su propietario. Acababa de agotársele el agua
y por ello salía.

Asegurado a este respecto, empecé a interrogarlo. Todos los barcos ardieron, los muelles, los depósitos; y el
lago habíase vuelto amargo. Aunque advertí que hablábamos en voz baja, no me atreví —ignoro por qué— a
levantar la mía.

Ofrecíle mi bodega, donde quedaban aún dos docenas
de jamones, algunos quesos, todo el vino...

De repente notamos una polvareda hacia el lado del desierto. La polvareda de una carrera. Alguna partida que
enviaban, quizá, en socorro, los compatriotas de Adama
o de Seboim.

Pronto hubimos de sustituir esta esperanza por un espectáculo tan desolador como peligroso.

Era un tropel de leones, las fieras sobrevivientes del
desierto, que acudían a la ciudad como a un oasis, furiosos de sed, enloquecidos de cataclismo.

La sed y no el hambre los enfurecía, pues pasaron junto
a nosotros sin advertirnos. Y en qué estado venían. Nada
como ellos revelaba tan lúgubremente la catástrofe.

Pelados como gatos sarnosos, reducida a escasos chi-
charrones la crin, secos los ijares, en una desproporción
de cómicos a medio vestir con la fiera cabezota, el rabo
agudo y crispado como el de una rata que huye, las garras pustulosas, chorreando sangre —todo aquello decía
a las claras sus tres días de horror bajo el azote celeste,
al azar de las inseguras cavernas que no habían conseguido ampararlos.

Rondaban los surtidores secos con un desvarío humano en sus ojos, y bruscamente reemprendían su carrera
en busca de otro depósito, agotado también; hasta que
sentándose por último en torno del postrero, con el cal-

cinado hocico en alto, la mirada vagarosa de desolación
y de eternidad, quejándose al cielo, estoy seguro, pusiéronse a rugir.

Ah... nada, ni el cataclismo con sus horrores, ni el
clamor de la ciudad moribunda era tan horroroso como
ese llanto de fiera sobre las ruinas. Aquellos rugidos tenían una evidencia de palabra. Lloraban quién sabe qué
dolores de inconsciencia y de desierto a alguna divinidad
oscura. El alma sucinta de la bestia agregaba a sus terro-
res de muerte el pavor de lo incomprensible. Si todo
estaba lo mismo, el sol cotidiano, el cielo eterno, el desierto familiar, ¿por qué se ardían y por qué no había
agua...? Y careciendo de toda idea de relación con los
fenómenos, su horror era ciego, es decir, más espantoso.
El transporte de su dolor elevábalos a cierta vaga noción
de provenencia, ante aquel cielo de donde había estado
cayendo la lluvia infernal; y sus rugidos preguntaban
ciertamente algo a la cosa tremenda que causaba su pa-
decer. Ah... esos rugidos, lo único de grandioso que
conservaban aún aquellas fieras disminuidas: cuál comentaban el horrendo secreto de la catástrofe; cómo inter-
pretaban en su dolor irremediable la eterna soledad, el
eterno silencio, la eterna sed...

Aquello no debía durar mucho. El metal candente empezó a llover de nuevo, más compacto, más pesado que
nunca.

En nuestro súbito descenso alcanzamos a ver que las
fieras se desbandaban buscando abrigo bajo los escombros.

Llegamos a la bodega, no sin que nos alcanzaran algunas chispas; y comprendiendo que aquel nuevo chaparrón
iba a consumar la ruina, me dispuse a concluir.

Mientras mi compañero abusaba de la bodega —por
primera y última vez, a buen seguro— decidí aprovechar
el agua de la cisterna en mi baño fúnebre; y después
de buscar inútilmente un trozo de jabón, descendí a ella
por la escalinata que servía para efectuar su limpieza.

Llevaba conmigo el pomo de veneno, que me causaba
un gran bienestar, apenas turbado por la curiosidad de
la muerte.

El agua fresca y la oscuridad me devolvieron a las voluptuosidades de mi existencia de rico que acababa de concluir. Hundido hasta el cuello, el regocijo de la limpieza y una dulce impresión de domesticidad acabaron de serenarme.

Oía afuera el huracán de fuego. Comenzaban otra vez a caer escombros. De la bodega no llegaba un solo rumor. Percibí en eso un reflejo de llamas que entraban por la puerta del sótano, el característico tufo urinoso... Llevé el pomo a mis labios, y...

Abraham Valdelomar

(Ica, Perú, 1888-Ayacucho, Perú, 1919)

En el Perú de comienzos de siglo, Valdelomar es una figura intelectual muy influyente, que caracteriza bien la transición nacional entre el modernismo y el criollismo. Al juzgar su obra hay que tener en cuenta que su prematura muerte, a los treinta y un años, dejó incumplida la promesa anunciada por sus primeros frutos. Eso y sus arrogantes gestos de *dandy* limeño (aunque nacido en la provincia) han dado origen a leyendas y anécdotas que mitifican un poco su significación local; fuera del Perú, en cambio, es casi completamente desconocido.

Oriundo de Ica, en la costa sur, Valdelomar (quien gustaba firmar Val-del-omar o usar el aristocrático seudónimo «El Conde de Lemos») se crió en el vecino pueblo de Pisco, donde pasó una infancia tranquila y en gozoso contacto con el mar y el apacible ambiente campesino. En 1897 estudia en un colegio de Lima; luego ingresa en la Escuela de Ingenieros y en 1911 en la Facultad de Letras de la Universidad de San Marcos. Pero su verdadero interés estaba en el periodismo; colaboró profusamente con poemas, cuentos, crónicas, críticas y hasta con dibujos en *Actualidades, Monos y monadas, Gil Blas, Ilustración Peruana, La Crónica,* etc. Era un talento muy dotado, que fácilmente se convirtió en el *enfant terrible* de una Lima en la que la literatura y el arte parecían girar alrededor del «Palais Concert», cuya tertulia era animada por una orquesta de damas vienesas. Hasta la vida de cuartel era para él motivo de elegante reflexión, como lo prueba «Con la argelina al viento», crónica de su experiencia militar en 1910. Al año siguiente publicó dos novelas cortas, *La ciudad de los muertos* y *La ciudad de los tísicos,* de sabor decadente. Se interesa por la política y apoya activamente la candidatura de Guillermo Billinghurst, quien gana la presidencia del país en 1912 y lo nombra director del diario oficial *El Peruano.* En 1913 viaja a Italia como miembro de la Legación peruana en Roma. Esa experiencia, de la que da cuenta en sus «Crónicas de Italia», afinará su sensibilidad literaria. En Italia escribe «El caballero Carmelo», su cuento más famoso. Derrocado Billinghurst en 1914, Valdelomar renuncia a su cargo y vuelve al Perú. Pasará a trabajar como redactor de *La Prensa* por los siguientes cuatro años. Sigue publicando intensamente crónicas, artículos, cuentos, poemas. En 1916 funda la revista *Colónida,* que a pesar de durar sólo cuatro números, define a su generación y al momento literario que entonces vivía el Perú. Su libro de cuentos *El caballero Carmelo* y su ensayo *Belmonte el trágico* aparecen en 1918. Reinicia su actividad política y, con el gobierno de Leguía, es elegido representante al Congreso Regional. Estando en Ayacucho cumpliendo actividades de congresista, sufre un accidente que le cuesta la vida.

En su corta vida, Valdelomar escribió mucho, pero de modo disperso, oscilando entre la innovación y la tradición. Eso se nota en su obra de cuentista, donde hay muchos tonos e intentos (cuentos criollistas, fantasías modernistas, leyendas incaicas, cuentos «cinematográficos» o «yanquis», «cuentos chinos» de intención satírico-política, etc.) que no pudieron tener continuidad. Es difícil hallar en esa obra un centro, aunque «El caballero Carmelo» es una pieza por todos celebrada. Sin embargo, «Hebaristo el sauce que murió de amor», publicado originalmente en 1907 e incluido en el volumen *El caballero Carmelo,* es narrativamente más ceñido, más sutil que aquél. Aunque el final está anunciado desde el título, el tono, levemente irónico sin dejar de ser emotivo, hace interesante el callado drama amoroso del protagonista, un tímido soltero provinciano que espera pacientemente los favores de Blanca Luz. El tono y el personaje recuerdan un poco los de «En provincia» de Augusto D'Halmar *(véase):* ambos son relatos de vidas insignificantes, cuyas historias eróticas son a la vez tiernas y ridículas. Todavía más precisa es la semejanza con otro relato del mismo D'Halmar: el tiulado «Mar», historia de un niño cuya vida es paralela a la de un pino, convertido luego en mástil del barco en que aquél navegará por los mares del Norte. Puede pensarse también, como hace José Carlos Mariátegui, en los finos juegos psicológicos de Pirandello (aunque es poco probable que Valdelomar conociera su obra en Italia), que nos proponen entidades desdobladas en original y copia, fragmentos de un solo espíritu panteísta o arquetipo jungiano que supera los límites del cuerpo y el alma. En el cuento, el motivo del doble presenta una variante especial, porque homologa los destinos de seres colocados en distintos órdenes de la naturaleza: el hombre y el árbol. Valdelomar ha puesto además su relato en un contexto de simplicidad pueblerina (el inconfundible modelo es Pisco, aludido sólo con una inicial), que modera su pretensión intelectual y le da un sesgo humorístico. La simetría de las vidas de Evaristo el boticario y Hebaristo el sauce está subrayada constantemente por las estructuras paralelas; las reiteraciones de frases como «Debía llamarse Hebaristo y tener treinta años», las reflexiones sobre la semejanza de su origen, actitud psicológica y «la necesidad de un afecto». Con un gesto de delicado humor negro, el narrador lleva esa simetría al momento de la muerte de Evaristo: su ataúd será hecho con la madera de Hebaristo. Y luego disuelve la triste historia en un final anticlimático: la discusión sobre el

discurso fúnebre del alcalde, que hace del humilde ataúd
de sauce un «ataúd de duro roble» —una gastada frase
hecha que escamotea la verdad de los hechos. El soplo
lírico, la irónica visión de la morosa vida provinciana y
la gris melancolía de la ilusión amorosa, dan al cuento
ese suave toque mágico que es característico de Valdelomar.

OBRA NARRATIVA

El caballero Carmelo, Lima: Talleres Gráficos de la
Penitenciaría, 1918; *Los hijos del sol,* Lima: Euforión,
1921; *Obras escogidas,* ed. Jorge Falcón, Lima: Hora del
Hombre, 1947; *La ciudad de los tísicos,* Lima: J. Mejía
Baca, 1958; *Valdelomar. Cuento y poesía,* prólogo, edición
y notas Augusto Tamayo Vargas, Lima: Universidad de
San Marcos, 1959; *La ciudad muerta. Crónicas de Roma,*
pról. y ed. Estuardo Núñez, Lima: Universidad de San
Marcos, 1960; *Cuentos,* pról. Armando Zubizarreta, Lima:
Universo, 1969; *La aldea encantada,* Lima: Los Andes,
1973; *Obras: textos y dibujos,* pról. Luis Alberto Sán-
chez y ed. Willy Pinto Gamboa, Lima: Pizarro, 1979.

CRITICA

Maureen Ahern, *El mar en tres cuentistas inéditos
de nuestro siglo,* Lima: Universidad de San Marcos,
1960; Earl M. Aldrich *, pp. 26-39; José Carlos Mariátegui, «Colónida y Valdelomar», en su *Siete ensayos
de interpretación de la realidad peruana,* Lima: Biblioteca Amauta, 13.ª ed., 1968, pp. 221-228; Luis Alberto
Sánchez, *Valdelomar y la belle époque,* México: Fondo
de Cultura Económica, 1969; Helmut Scheben, *Die Kri-
se des Modernismus in Peru: Gesellschaftliche Aspekte
in der Prosa Abraham Valdelomars,* Frankfurt: Lang,
1980; Luis Fabio Xammar, *Valdelomar: signo,* Lima:

Sphinx, 1940; Armando Zubizarreta, *Perfil y entraña de «El caballero Carmelo». El arte del cuento criollo,* Lima: Universo, 1968. Consúltense además los trabajos de Tamayo Vargas, Núñez, Sánchez, Pinto Gamboa y Zubizarreta, arriba mencionados.

I

Inclinado al borde de la parcela colindante con el estéril yermo, rodeado de «yerbas santas» y «llantenes», viendo correr entre sus raíces que vibraban en la corriente el agua fría y turbia de la acequia, aquel árbol corpulento y lozano aún, debía llamarse Hebaristo y tener treinta años. Debía llamarse Hebaristo y tener treinta años, porque había el mismo aspecto cansino y pesimista, la misma catadura enfadosa y acre del joven farmacéutico de «El amigo del pueblo», establecimiento de drogas que se hallaba en la esquina de la plaza de armas, junto al Concejo Provincial, en los bajos de la casa donde, en tiempos de la independencia, pernoctara el coronel Marmanillo, lugarteniente del Gran Mariscal de Ayacucho[1], cuando presionado por los realistas se dirigiera a dar aquella singular batalla de la Macacona. Marmanillo era el héroe de la aldea de P. porque en ella había nacido

[1] *Gran Mariscal de Ayacucho:* se refiere a Antonio José de Sucre y a la batalla que en 1822 selló la independencia del Perú.

y, aunque a sus puertas se realizara una poca afortunada
escaramuza, en la cual caballo y caballero salieron disparados al empuje de un puñado de chapetones, eso, a juicio
de las gentes patriotas de P., no quitaba nada a su valor
y merecimientos, pues era sabido que la tal escaramuza
se perdió porque el capitán Crisóstomo Ramírez, dueño
hasta el año 23 de un lagar y hecho capitán de patriotas
por Marmanillo, no acudió con oportunidad al lugar del
suceso. Los de P. guardaban por el coronel de milicias
recuerdo venerando. La peluquería llamábase «Salón Marmanillo»; la encomendería de la calle Derecha, que después se llamó calle «28 de julio», tenía en letras rojas y
gordas, sobre el extenso y monótono muro azul, el ró-
tulo «Al descanso de Marmanillo»; y, por fin, en la sociedad «Confederada de Socorros Mutuos», había un retrato
al óleo, sobre el estrado de la «directiva», en el cual
aparecía el héroe con su color de olla de barro, sus ga-
lones dorados y una mano en la cintura, fieles traductores
de su gallardía miliciana.

Digo que el sauce era joven, de unos treinta años y
se llamaba Hebaristo, porque como el farmacéutico tenía
el aire taciturno y enlutado, y como él, aunque durante el
día parecía alegrarse con la luz del sol, en llegando la
tarde y sonando la «oración», caía sobre ambos una tan
manifiesta melancolía y un tan hondo dolor silencioso,
que eran de partir el alma. Al toque de ánimas Hebaristo y su homónimo el farmacéutico, corrían el mismo
albur. Suspendía éste su charla en la botica, caía pesadamente sobre su cabeza semicalva el sombrero negro de
paño, y sobre el sauce de la parcela posaba el de todos
los días, gallinazo negro y roncador. Luego la noche envolvía a ambos en el mismo misterio; y, tan impenetrable
era entonces la vida del boticario cuanto ignorada era
la suerte de Hebaristo, el sauce...

II

Evaristo Mazuelos, el farmacéutico de P., y Hebaristo,
el sauce fúnebre de la parcela, eran dos vidas paralelas;

dos cuerdas de una misma arpa; dos ojos de una misma
misteriosa y teórica cabeza; dos brazos de una misma desolada cruz; dos estrellas insignificantes de una misma
constelación. Mazuelos era huérfano y guardaba, al igual
que el sauce, un vago recuerdo de sus padres. Como el
sauce era árbol que sólo servía para cobijar a los campesinos a la hora cálida del mediodía, Mazuelos sólo servía
en la aldea para escuchar la charla de quienes solían cobi-
jarse en la botica; y así como el sauce daba una sombra
indiferente a los gañanes mientras sus raíces rojas jugue-
teaban en el agua de la acequia, así él oía con desganada
abnegación la charla de los otros, mientras jugaba, el
espíritu fijo en una idea lejana, con la cadena de su reloj,
o hacía con su dedo índice gancho a la oreja de su botín
de elástico, cruzadas, una sobre otra, las enjutas magras
piernas.

Habíase enamorado Mazuelos de la hija del juez de
primera instancia, una chiquilla de alegre catadura, esmi-
rriada y raquítica, de ojos vivaces y labios anémicos,
nariz respingada y cabello de achiote, vestida a pintitas
blancas sobre una muselina azul de prusia, que pasó un
mes y días en P. y que allí los hubiera pasado todos si
su padre, el doctor Carrizales, no hubiera caído mal al
secretario de la subprefectura, un tal De la Haza, que
era, a un tiempo, redactor de *La Voz Regionalista,* singular decano de la prensa de P. El doctor Carrizales,
maguer su amistad con el jefe de la región, hubo de
salir de P. y dejar la judicatura a raíz de un artículo
editorial de *La Voz Regionalista* titulado «¿Hasta cuándo?», muy vibrante y tendencioso, en el cual se recor-
daban entre otras cosas desagradables, ciertos asuntos
sentimentales relacionados con el nombre, apellido y costumbres de su esposa, por esos días ya finada, desgraciadamente. La hija del juez había sido el único amor del
farmacéutico, cuyos treinta años se deslizaron esperando
y presintiendo a la bienamada. Blanca Luz fue para Mazuelos la realización de un largo sueño de veinte años y
la ilustración tangible y en carne de unos versos en los
cuales había concretado Evaristo toda su estética.

Los versos de Mazuelos eran, como se verá, el presentido retrato de la hija del doctor Carrizales; y empezaban de esta manera:

Como una brisa para el caminante ha de ser
la dulce dama a quien mi amor entregue;
quiera el fúnebre Destino que pronto llegue
a mis tristes brazos, que la están esperando, la dulce mujer...

Bien cierto es que Mazuelos desvirtuaba un poco la cuestión técnica en su poesía; que hablando de sus brazos en el tercer pie del verso los llama «tristes», cosa que no es aceptable dentro de un concepto estricto de la poética; y que la frase «que la están esperando», está íntegramente de más en el último verso; pero ha de considerarse que sin este aditamento la composición carecería de la idea fundamental que es la idea de *espera,* y que el pobre Evaristo había pasado veinte años de su vida en este ripio sentimental: esperando.

Blanca Luz era, pues, al par, un anhelo de farmacéutico y la realización de un viejo sueño poético. Era el ideal hecho carne, el verso hecho verdad, el sueño transformado en vigilia, la ilusión que, súbitamente, se presentaba a Evaristo, con unos ojos vivaces, una nariz respingada, una cabellera de achiote; en suma: Blanca Luz era, para el farmacéutico de «El amigo del pueblo», el amor, vestido con una falda de muselina azul con pintitas blancas y unas pantorrillas, con medias mercerizadas, aceptables desde todo punto de vista...

III

Hebaristo, el melancólico sauce de la parcela, no fue, como son la mayoría de los sauces, hijo de una necesidad agrícola; no. El sauce solitario fue hijo del azar, del capricho, de la sinrazón. Era el fruto arbitrario del Destino. Si aquel sauce, en vez de ser plantado en las afueras de P..., hubiera sido sembrado, como era lógico, en los grandes saucedales de las pequeñas pertenencias, su vida

no resultara tan solitaria y trágica. Aquel sauce, como
el farmacéutico de «El amigo del pueblo», sentía, desde
muchos años atrás, la necesidad de un afecto, el dulce
beso de una hembra, la caricia perfumada de una unión
indispensable. Cada caricia del viento, cada ave que venía
a posarse en sus ramas florecidas hacían vibrar todo el
espíritu y el cuerpo del sauce de la parcela. Hebaristo,
que tenía sus ramas en un florecimiento núbil, sabía que
en alas de la brisa o en el pico de los colibríes, o en las
alas de los chucracos [2] debía venir el polen de su amor,
pero los sauces que el destino le deparaba debían estar
muy lejos, porque pasó la primavera y el beso del dorado
polen no llegó hasta sus ramas florecidas.

Hebaristo, el sauce de la parcela, comenzó a secarse,
del mismo modo que el joven y achacoso farmacéutico
de «El amigo del pueblo». Bajo el cielo de P..., donde
antes latía la esperanza cirnió sus alas fúnebres y estériles la desilusión.

                              IV

Envejeció Evaristo, el enamorado boticario, sin tener
noticias de Blanca Luz. Envejeció Hebaristo, el sauce de
la parcela, viendo secarse, estériles, sus flores en cada
primavera. Solía, por instinto, Mazuelos hacer una excur-
sión crepuscular hasta el remoto sitio donde el suace, al
borde del arroyo, enflaquecía. Sentábase bajo las ramas
estériles del sauce, y allí veía caer la noche. El árbol amigo, que quizá comprendía la tragedia de esa vida paralela, dejaba caer sus hojas sobre el cansino y encorvado
cuerpo del farmacéutico.

Un día el sauce, familiarizado ya con la muda compañía doliente de Mazuelos, esperó y esperó en vano. Mazuelos no vino. Aquella misma tarde un hombre, el carpintero de P..., llegó con tremenda hacha e hizo temblar
de presentimientos al sauce triste, enamorado y joven. El

---

[2] *Chucracos:* localismo por «pájaros».

del hacha cortó el hermoso tronco de Hebaristo, ya seco, y despojándolo de ramas lo llevó al lomo de su burro hacia la aldea, mientras el agua del arroyo lloraba, lloraba, lloraba: y el tronco rígido, sobre el lomo del asno se perdía por los baches y lodazales de la «Calle Derecha» para detenerse en la «Carpintería y confección de ataúdes de Rueda e hijos»...

V

Por la misma calle volvían, ya juntos, Mazuelos y Hebaristo. El tronco del sauce sirvió para el cajón del farmacéutico. *La Voz Regionalista,* cuyo editorial «¿Hasta cuándo?» fuera la causa de esta muerte prematura, lloraba ahora la desaparición del «amigo noble y caballeroso, empleado cumplidor y ciudadano integérrimo cuyo recuerdo no moriría entre los que tuvieron la fortuna de tratarlo y sobre cuya tumba (el joven De la Haza), ponía las siemprevivas, etc.».

El alcalde municipal, señor Unzueta, que era a un tiempo el propietario de «El amigo del pueblo», tomó la palabra en el cementerio, y su discurso, que se publicó más tarde en *La Voz Regionalista,* empezaba: «Aunque no tengo las dotes oratorias que otros, agradezco el honroso encargo que la Sociedad de Socorros Mutuos ha depositado en mí, para dar el último adiós al amigo noble y caballeroso, al empleado cumplidor y al ciudadano integérrimo, que en este ataúd de duro roble...», y concluía: «¡Mazuelos! Tú no has muerto. Tu memoria vive entre nosotros. Descansa en paz.»

VI

Al día siguiente el dueño de la «Carpintería y confección de ataúdes de Rueda e hijos» llevaba al señor Unzueta una factura:

«El señor N. Unzueta a Rueda e hijos... Debe... Por
un ataúd de roble... soles 18.70.»

—Pero si no era de roble —arguyó Unzueta—. Era
de sauce...

—Es cierto —repuso la firma comercial «Rueda e hijos»—, es cierto, pero entonces ponga usted sauce en su
discurso... y borre el duro roble...

—Sería una lástima —dijo Unzueta pagando—, sería
una lástima; habría que quitar toda la frase: «al ciudadano integérrimo que en este ataúd de duro roble...».
Y eso ha quedado muy bien, lo digo sin modestia..., ¿no
es verdad, Rueda?

—Cierto, señor alcalde —respondió la voz comercial
de «Rueda e hijos».

Rafael Arévalo Martínez

(Ciudad de Guatemala, 1884-1975)

Para la gran mayoría de lectores, el nombre de Arévalo Martínez sigue asociado al cuento que lo hizo célebre:
«El hombre que parecía un caballo»; el resto de su obra
permanece semioculta por la misma notoriedad de ese
texto, hecho que llegó a incomodar al propio autor. Y, sin
embargo, esa obra es extensa, compleja y cubre diversos
géneros. Como cuentista, su mayor contribución es la de
ser creador de un tipo de ficción que podría llamarse
«psicozoológica», un arte alegórico, lleno de oscuras alusiones y morbosas introspecciones en la zona profunda
de los instintos. Antes de él no había en Guatemala una
verdadera tradición narrativa; Arévalo Martínez la funda
con sus extrañas obsesiones y búsquedas estéticas que
coinciden con las que, por esas mismas fechas, intentan
Lugones y Quiroga (véanse).

Educado en su ciudad natal, Arévalo Martínez publica
en 1911 Maya, su primer libro de poesía, que demuestra
el influjo del modernismo. Colabora como periodista en
diversas publicaciones. A los treinta años publica Una
vida, que es una temprana autobiografía novelada (habrá

otras más, lo que es insólito), y *Los atormentados,* libro
de poemas. *El hombre que parecía un caballo* aparece
en 1915 y lo consagra como escritor. Viaja a los Estados
Unidos en 1920, de donde la falsa noticia de su muerte
llega a Hispanoamérica. Otro relato autobiográfico (*Manuel Aldano*) y un segundo libro de cuentos (*El señor
Monitot*) aparecen en 1922. Su intensa actividad contra
la dictadura en su país y el intervencionismo norteamericano da origen a un ciclo de novelas políticas: *Oficina
de Paz de Orolandia,* «novela del imperialismo yanqui»;
Ecce Pericles!, caricatura del dictador Estrada Cabrera,
y *Honduro.* Por largos años es director de la Biblioteca
Nacional de Guatemala, mientras sigue publicando poesía, cuentos, novelas, dramas y ensayos. Es delegado por
diez años ante la Unión Panamericana en Washington, D. C. Viaja por distintos países de Europa; recibe
importantes premios en Nicaragua y Guatemala; y en
1968 publica su tercera autobiografía, *Narración sumaria
de mi vida.* Un par más de libros de relatos verían la
luz antes de su muerte.

Es notoria la extrañeza del mundo imaginario de Arévalo Martínez: hechos y personajes sombríos, desconcertantes y alucinados, lo pueblan. Sus relatos tienen escasa
acción y están dominados por las abundantes reflexiones
sobre lo que el narrador contempla: son retratos descrip-
tivo-analíticos que interpretan lo fisionómico como una
clave del mundo interior de los personajes. Hay toques
de psicoanálisis, utopismo, mitología y creencias sobrenaturales, cuya enigmática combinación no es fácil de
desentrañar; esa oscuridad está agravada por un lenguaje
recargado, cuyas disonancias expresionistas hacen recordar la prosa de Miguel Angel Asturias, incluso en su
faceta de escritor «comprometido». A pesar de su fama,
«El hombre que parecía un caballo» muestra más los
excesos que las virtudes de esa estética y, leído hoy, su
fama parece menos justificada. Su lenguaje acusa un efec-
tismo subrayado al punto de sonar falso; el simbolismo
de sus imágenes modernistas resulta un poco trasnochado; y el elemento alusivo en el que se apoya el texto

(el retrato psicológico del poeta colombiano Porfirio
Barba-Jacob, cuya semejanza con un caballo es enaltece-
dora en la intención del autor) ha perdido ya buena parte
de su eficacia. (Esas simetrías zoológico-intelectuales son
frecuentes en la obra de Arévalo Martínez: «El trovador
colombiano» prolonga el retrato de Barba-Jacob, y «La
signatura de la esfinge» intenta el de Gabriela Mistral.)
Más válido en todo sentido es «Nuestra Señora de los
locos». Aunque escrito en 1914, el mismo año de «El
hombre...», no tiene casi trazas de la pesada retórica
modernista de éste. Se trata de un estudio psicológico que
se centra en tres personajes: la benefactora Ema de Eguilaz, su pretendiente el licenciado Reinaldo y el narrador-
protagonista. Como todo está visto desde la exclusiva
perspectiva del último y éste es un paciente que parece
sufrir alucinaciones propias de un neurótico esquizoide,
la atmósfera general del relato está teñida por una tenebrosa y patética distorsión. La anormalidad hace más
plausible la habitual asociación de lo humano con lo zoológico: la señorita Eguilaz es una blanca paloma y el
licenciado una tentadora serpiente, mientras el narrador
parece identificarse (de manera algo más tenue) con el
perro. El simbolismo del peculiar triángulo es bastante
obvio: el perro debe fielmente cuidar la pureza de la paloma y librarla de la sensualidad destructora de la serpiente. Pero el tratamiento de esta alegoría de la lucha
entre el bien y el mal no es simple, porque Arévalo Martínez introduce sugerencias, complicaciones y oscurida-
des, que se añaden a un desarrollo narrativo algo confuso
(llamar al licenciado a veces «el doctor» y también «el
señor Arrieta», no hace las cosas más claras). Así, el
estudio psicopatológico se convierte en una reflexión sobre la relación de Dios con los hombres, sobre el misterio
profundo de la vida; como dice el narrador: «Muchas
veces los locos son mensajeros de los dioses.» Esto mismo
permite ver que las lucubraciones de Arévalo Martínez
con la asociación hombre-animal puedan ser más que una
curiosidad psicológica: para un guatemalteco como él,
inmerso en la antigua cultura maya, esa analogía tiene

como base la arraigada creencia del *nahual*, ancestro animal que es un doble o tótem que protege al ser humano. El mundo zoológico representa un nivel de pureza instintiva, que la civilización ha corrompido. Esa perdida inocencia animal parece guiar a los locos de este cuento. Al final, el concepto del *nahual* se integra con una visión religiosa de origen cristiano: si Ema es la Virgen que resiste la tentación de la serpiente, y si su hijo se llama Salvador, ésta puede ser una insólita versión de la inmaculada concepción. A la luz de este sincretismo religioso, la defensa que los locos hacen de su benefactora resulta más ambigua porque incluye el crimen o al menos el deseo del crimen; la inocencia y la abyección se tocan, como ocurre en *Nazarín* o *Viridiana,* de Buñuel; *El señor Presidente,* de Asturias; *El obsceno pájaro de la noche,* de Donoso, o *No una, sino muchas muertes,* del peruano Enrique Congrains Martín. La prosa es algo enfática y densa, con su reiteración de fórmulas triádicas («Yo comprendo... Yo vagamente... Yo sé...»), pero tiene una cualidad nítida, vibrante y obsesiva, que refleja bien el mundo torturado de los locos. La estética del absurdo, el «feísmo» y lo grotesco que las vanguardias iban a establecer pronto, tienen aquí un prototipo que parece anunciarlas.

OBRA NARRATIVA

Una vida, Guatemala: Electra, 1914; *El hombre que parecía un caballo,* Quezaltenango, Guatemala: Tip. Arte Nuevo, 1915; entre las incontables ediciones de este título, la más reciente es: San José, Costa Rica: Educa: 1982; *El señor Monitot,* Guatemala: Sánchez & de Guise, 1922; *Manuel Aldano,* Guatemala: Talleres Gutenberg, 1922; *La oficina de Paz de Orolandia,* Guatemala: Sánchez & de Guise, 1925; Guatemala: Landívar, 1966; *Las noches en el palacio de la nunciatura,* Guatemala: Sánchez & de Guise, 1927; *La signatura de la esfinge,* Guatemala: G. M. Staebler, 1933;

El mundo de los Maharachías, Guatemala: Muñoz Plaza
y Cía., 1938; *Viaje a Ipanda,* Guatemala: Centro Editor,
1939; *Ecce Pericles!,* Guatemala: Tipografía Nacional,
1945; *Honduras,* Guatemala: Diario *La Hora,* 1946;
Obras escogidas, prosa y poesía, Guatemala: Edit. Universitaria, 1959; *El embajador de Torlania,* Guatemala:
Landívar, 1960; *Cuentos y poesías,* México: Edics. Ibe-
roamericanas, 1961; *Cratilo y otros cuentos,* Guatemala:
Universidad de San Carlos, 1968; *Narración sumaria de
mi vida,* Guatemala: Landívar, 1968; *4 contactos con lo
sobrenatural y otros relatos,* Guatemala: Landívar, 1971.

CRITICA

Fernando Alegría, *Nueva historia de la novela hispanoamericana,* Hanover, New Hampshire: Ediciones
del Norte, 1986, pp. 118-121; Mario Alberto Carrera, *Las ocho novelas de Rafael Arévalo Martínez,*
Guatemala: Casa de la Cultura Flavio Herrera, 1975;
Seymour Menton, *Historia crítica de la novela guatemal-
teca,* Guatemala: Editorial Universitaria, 1960, pp. 144-
160; María A. Salgado, *Rafael Arévalo Martínez,* Bos-
ton: Twayne, 1979; Luis Alberto Sánchez, *Escritores re-
presentativos de América,* Madrid: Gredos, 1964, 2.ª serie, vol. II, pp. 175-193.

Me presentaron al licenciado Reinaldo en casa de la señorita de Eguilaz. Su rostro era redondo, fresco e imberbe. Un rostro feamente hermoso. Un rostro desnudo, que daba una sensación de desnudez. Carecía de barba y de bigote, carecía de algo más que viste los rostros de los hombres. Y la sensación de desnudez, por extensión, se trasladaba al cuerpo, que mentalmente desvestía al espectador.

La señorita Ema de Eguilaz fue la presentante. Nos sentamos los tres en la pequeña sala. La blanca paloma, la blanca señorita de Eguilaz quedó frente al licenciado Reinaldo, que la fascinaba con sus grandes ojos llenos de sensualidad, acariciantes como una suave tela de raso claro. He dicho la blanca paloma, la señorita de Eguilaz; y tengo que advertir que mi angustiada hermana Quina siempre la llamaba así. Mi hermana era una pobre muchacha, que participaba de mi extraña visión y veía a todos los hombres con rostros y cuerpos de animales. El señor cura parroquial le había prohibido hablar de estas visiones; pero a pesar de ello, como sucede siempre, algo había trascendido al público. Yo, su hermano, era acaso el que menos sabía del asunto; de común acuerdo evitábamos hablar de ello, porque nos dañaba a los dos. Pero conocía el hecho sin detalles; *mi hermana, cuando iba a la iglesia, veía a todos los concurrentes con figuras de animales.* Lanzaba a veces terroríficos gritos: era que *se había arrodillado a su lado un tigre.* Y entonces ánimas piadosas la sacaban del templo convulsa. Pero otras veces los veía en suaves, bellas formas de animales domésticos. El señor cura párroco tenía el rostro de un ternero; le daba deseo de acariciar su ancho cuello y le gustaba verse en sus ojos mansos. Cuando en las procesiones religiosas agitaba la campanilla, mi hermana gritaba alborozada:

«¡Cómo suena de alegre la esquila!»

Mi pobre hermana era una infeliz criatura. Era jorobada; su barbilla y su picuda nariz casi se unían. De veras que semejaba un esbozo de ser humano; un ensayo animal de ser hombre, casi fracasado. Acaso por esta su primitividad y sencillez, tenía el don de ver las formas animales de los hombres. ¡Pero qué mansa era mi hermana! Los sabios del pueblo la declararon loca. Los labriegos sentían por ella un respetuoso temor y la querían y la reverenciaban. Vivíamos solos mi hermana y yo, nos amábamos mucho y en breve me contagié de su locura o me hice partícipe de su clarividencia: como queráis. Entonces en el pueblo nos llamaron los hermanos locos.

Durante algún tiempo mi hermana no pudo ir a la iglesia. El señor cura no estaba resentido de que, en sus relaciones con ella, lo tratara como a un ternero, con descuidado cariño, exento de todo respeto; pero por defender el sagrado recinto del templo de todo sentimiento ajeno al de una veneración profunda, la prohibió que entrara en la iglesia. Mi hermana se quejó ante la señorita de Eguilaz, su blanca protectora, y el omnipotente amor de ésta la ofreció levantar la prohibición. La blanca señorita Ema ejercía sobre la pobre muchacha una sedante y benéfica influencia, que calmaba sus desarreglos nerviosos. Intercedió la señorita Ema con el señor cura y hubo un arreglo. Irían protectora y protegida a oír la misa de primera hora. La señorita de Eguilaz se comprometía a no separarse de la visionaria y a hacerla retirarse del templo en el caso de una lamentable recaída. Además, se vedaba a mi hermana el concurrir a las ceremonias religiosas de gran gala, pues la concurrencia podía excitarla peligrosamente y esto redundaba en descrédito de nuestra santa religión, en los ánimos de la gente sencilla.

Por fortuna no volvió a repetirse ninguna visión escandalosa desde que la señorita de Eguilaz fue la piadosa compañera de la enferma. Afirmaba ésta que ya no tenía miedo *porque iba con una paloma*.

Por otra parte, a la primera misa *no iban animales feroces*. A lo más iban *garduñas*. Eran éstas, en la especial nomenclatura de mi hermana, honrados labriegos de narices alargadas y miradas sagaces. Cuando la señorita de Eguilaz veía a su paciente inclinarse sobre un gran libro de misa en el que nunca leía —mi hermana no pudo ir al colegio por su degeneración física—, pero que servía de cancel salvador, la tomaba del brazo y la susurraba algo al oído. Entonces los campesinos próximos murmuraban: «la niña Quina vio entrar a algún tigre». Y hacían misteriosos y apagados comentarios sobre quién sería el intruso. En el fondo de sus almas estaban muy agradecidos a mi hermana porque no los veía a ellos mismos en forma de animales feroces. Y el señor cura debiera guardar gratitud por mi familia, pues la proximidad de la niña Quina aumentaba el fervor de los buenos labradores. Muchas veces los locos son mensajeros de los dioses.

Enfrente de la blanca señorita de Eguilaz y del gordo mocetón que me acababan de presentar con todos los respetables ritos sociales, comprendí que mi hermana tenía razón, no obstante el dictamen del médico del lugar. La blanca señorita de Eguilaz era una bellísima paloma. Llena, llena, llena, toda parte de su cuerpo era mórbida. Baja. Blanca, blanca, blanca, toda ella estaba vestida de

plumas blancas. *Y había nacido para el amor conyugal*.
Todo en ella aromaba de castidad sensual. Era arrulladora
y arrullante. Tan casta, tan casta; y tan amorosa, tan
amorosa.

El licenciado Reinaldo era un hombre hermosamente
feo. Llamaban la atención en él dos gorduras: aquella
atrayente redondez del rostro y aquella temerosa redondez del vientre. Después, todo su cuerpo era flácido, ru-
goso y desnudo. Sólo su cabeza estaba vestida de un lacio
y abundante cabello negro. ¿Qué me recordaba aquella
cara? ¡Ah, sí! Me recordaba un viejo mascarón de pila
o uno de esos gordos angelones decorativos. Pero también me recordaba otra cosa. ¡Ah, sí! Me recordaba la
sierpe con rostro humano que en la procesión anual de
Semana Santa recorría el pueblo, edificando a los fieles,
humillada bajo los pies de San Miguel, vencedor del demonio; o la que estaba bajo los pies de la bella madre
virgen, que quebrantaría la cabeza de la serpiente, cumpliendo la predicción mosaica. Y era que el escultor del
pueblo, a pesar de su poco estudio, con innata visión
de artista comprendió que la cabeza humana de la serpiente fascinadora tenía que ser imberbe. Además, la
había hecho grotesca. Era desnuda y grotesca y por eso
me recordaba al licenciado Reinaldo. Viendo a éste comprendí que lo grotesco puede ser hermoso. Porque el licenciado Reinaldo era seductor. Tenía la seducción de
su ancho rostro desnudo; tenía la seducción de sus dos
grandes y rasgados ojos claros. Nunca he visto otros ojos
tan sensuales, tan acariciadores e hipnóticos.

Yo comprendí en el acto que el licenciado Reinaldo
debía de ser uno de esos hombres *que viven para las
mujeres*. De esos hombres que en todo instante piensan
en la mujer, respiran a la mujer, trabajan para la mujer.
De esos hombres que en todo sitio y a toda hora bus-
can con sus ojos acariciadores y sedosos a la mujer, y
si no la ven, la evocan en erótico arrobamiento o hablan
de ella a los amigos, intercalando entre sus palabras en
prosa, versos de los grandes poetas que amaron mucho.

Yo amaba a la señorita Ema con el mismo respetuoso amor que mi hermana. Como yo, otros muchos desgraciados nos agrupábamos en torno de la blanca y tibia alma de la señorita Ema. Los que en la ciudad no eran amados por ninguno; los que no tenían manos que besar; los que poseían pobres almas lastimadas y susceptibles y se habían hecho poco simpáticos a los habitantes del lugar; los escarnecidos, los aislados; todos se agrupaban en redor de la inmaculada mujer. La señorita de Eguilaz parecía buscar a los desgraciados para robarles las almas, prodigándoles consuelos. A su casa íbamos una decena de seres que arrastrábamos algún penoso estigma. Por turno, ocupábamos el tiempo de nuestra consoladora y cuando la casualidad nos reunía a dos en el mismo instante, nos dirigíamos celosas miradas de envidia. Pero los preferidos éramos mi hermana, yo y una pobre chica delgaducha e histérica, que tenía el don de lágrimas de no saber captarse las simpatías de ninguno. Nosotros, al hablar de la señorita de Eguilaz, la llamábamos con tembloroso respeto la consoladora; y un bachiller poeta que fue a pasar las vacaciones en Santa Rosa —así se llamaba la pequeña población— y a quien la señorita Ema enseñó a querernos, la nombró Nuestra Señora de los locos.

Yo amaba a la blanca señorita de Eguilaz con respetuoso amor de protegido y a pesar de ello no sentí odio contra el licenciado Reinaldo cuando me convencí, a los pocos instantes de conocerlo, de que estaba galanteando a nuestra consoladora. Distinta actitud tomamos los protegidos de la señorita Ema ante sus dos enamorados. Cuando la amó el bachiller, todos excepto yo, quisieron al rubio doncel, que recibió una maternal negativa de nuestra protectora. Ante el insidioso asedio que pronto empezó el licenciado Reinaldo, hubo una coalición de locos. Todos los locos de la señorita de Eguilaz se unieron para preservar a ésta del gordo doctor. Anita López, que padecía ataques histéricos, decidió su muerte y se preparó tranquilamente a suprimirlo de este mundo de los vivos. Pero yo, desde el primer instante, sentí la sugestión del licenciado y empecé a girar en torno suyo. Cuando se levantó para marcharse, como movido por interior resorte, yo, aunque hacía poco que había llegado, me levanté también y me despedí de la señorita Ema. Salimos juntos a la calle. Extrañamente atraído por mi acompañante, hube de marchar a su lado hasta dejarlo a la puerta de su suntuosa morada. El licenciado, amable conversador, me miraba fijamente con sus grandes ojos acariciadores; y había tanta sensualidad en su mirada, que no me asombré mucho cuando empezó a contarme una larga serie de aventuras amorosas, en que él figuraba como el feliz protagonista. En sus historias aparecía hasta un punto tal como el más vulgar de los galanteadores, que me pregunté si su franqueza era inverecundia o ingenuidad. Eran ambas cosas, asociadas a un sentimiento primordial; la constante necesidad de hablar de la mujer cuando no la tenía presente.

De su conversación deduje que aquel hombre sensual era prudente, cauto y fríamente previsor como la serpiente. Y a pesar de su cínica e ingenua exposición de principios, yo no podía sentir repugnancia viva, porque su ancho rostro desnudo y sus suaves y sensuales miradas me atraían. Me parecía nada más que un inverecundo sujeto, magníficamente dotado para vivir en este mundo y que era un buen camarada. De pronto comprendí que mi repugnancia no llegaba al máximum que, en mi enfermiza susceptibilidad, me inspiran los hombres malos, porque el licenciado Reinaldo *tenía la pureza de la serpiente*. Era sinceramente voluptuoso.

Ya a la puerta de su lujosa habitación, el licenciado Reinaldo me invitó a entrar con tanta insistencia, que cedí a sus instancias. Parecía querer atraerme y lentamente en mi espíritu fue naciendo la necesidad de responder a una oscura solicitación. Colaboré, así, involuntariamente, con su intento, hasta que éste se vio cumplido y entonces hablamos largamente de la señorita de Eguilaz, finalidad a la que mi interlocutor había querido conducirme.

Comprendía que penetrar en el santuario de la vida íntima de la señorita Ema era cometer una profanación, y a pesar de ello respondía a las arteras preguntas del licenciado. Respondía, vacilante, lentamente; pero respondía al fin, solicitado por una voluntad más fuerte que mi voluntad. Y como en el mismo instante de ceder tenía conciencia de la victoria obtenida sobre mi alma el horror y el dolor que esto me inspiraba empezaron a desdoblar mi personalidad, como a menudo me sucede. Principié a no identificarme con el pensador que había en mí y al que con tanta facilidad obligara a responder el licenciado Reinaldo. Me identificaba con algo más alto, más libre y más fuerte que aquel pobre ser enfermizo y de flébil voluntad que estaba ante el doctor; me identificaba con algo que no era aquel lamentable cuerpo físico ni aquel inerme cuerpo mental, sugestionados por la clara mirada de los claros ojos de mi victorioso enemigo. Y otra mente más sutil, desdoblada de la mente que obedecía al licenciado Reinaldo, empezó a trabajar; y así, durante la larga conversación, se tejieron dos paralelos procesos de conciencia en mi espíritu.

La mente más sutil, veía accionar al licenciado Reinaldo y analizaba, con finísima observación, su rostro, su actitud y sus palabras; los especiales e inconscientes procedimientos que le daban el triunfo. El licenciado hablaba con voz meliflua y siempre del mismo tono, nunca alzado, ni aun cuando más enérgica era su voluntad de acallar a su interlocutor y ser oído; el licenciado hablaba con todo su cuerpo en completo reposo, con todo su rostro en completo reposo, y apenas se veía moverse sus labios delgadísimos; el licenciado tenía esa fuerza sobrenatural de la paciencia; tenía el don de saber esperar. Jamás interrumpía mis, a veces, largas y febriles explicaciones. Pero era tal la sugestión de aquel reposo, que apenas por un suave y sereno movimiento de su boca yo comprendía que quería hablar, callaba inmediatamente y prestaba atención, no empece a la importancia del pensamiento que ya palpitaba en mis labios. El licenciado tenía la seguridad de ser escuchado en el instante en que

deseaba hacerse oír. Y sobre todo esto, constantemente
inmóviles, sus dos ojos luminosos de oro miraban con
prolongada fijeza. Y mi extraña personalidad nueva, de
pronto, llegó a la conclusión de que en el licenciado Reinaldo se ocultaba un intenso poder magnético; de que en
aquel cuerpo inmóvil había poderosos acumuladores de
energía como a veces los hay en ciertos seres orgánicos:
los gimnotos, las serpientes. ¡Ah! ¡Sí! ¡Las serpientes!
El licenciado tenía el mismo poder fascinador de la serpiente. Era como una gruesa, enorme serpiente. Y esta
gruesa serpiente evocada pronto se fijó en el tipo de un
boa constrictor. Y entonces, con la facilidad de ciertas
asociaciones, en mentes vivas hasta el desarreglo, empecé
con arte literario a caracterizar mi visión. La caractericé
tan bien, que mi enfermizo cerebro fue víctima de mi
propia fantasía y ya no vi, ya no pude ver al licenciado
sino como una gran serpiente, como un boa constrictor.
Y entonces el espanto se apoderó de mí. Porque me había
acordado de que *el doctor hacía una sola comida al día;*
porque me fascinaba *su horrible rostro desnudo.*

Y mi extraña visión se prolongó, perfectamente armó-
nica, con toda la unidad de una creación de arte. Porque
me acordé de que mi hermana me veía *con la forma de
un largo y delgado pájaro acuático, y de que ambos veíamos a la señorita de Eguilaz como una blanca paloma.*
La señorita Ema y yo éramos dos aves pequeñas caídas
en la red de fascinación de una serpiente. Y entonces,
inmediatamente, recordé una tercera víctima más. Recordé al alter ego del licenciado, un hermoso tipo de animal
hombre, trigueño, barbado y de negros y bellísimos ojos,
como un moro. Este alter ego desempeñaba en la vida del
doctor un subordinado pero importante papel; vivían
juntos el señor Arrieta y su factotum, y el trigueño moro
era para su amo el más útil de los servidores: secretario,
confidente, mandadero, todo en una pieza: una prolongación de la personalidad del doctor en leyes. Era el secretario un varonil espécimen del hombre físicamente
bien dotado, y por curioso contraste con su debilidad de
carácter afirmaba a cada instante su personalidad espiri-

tual con ingenuas palabrotas fuertes, llamando a los demás niños y ofreciendo continuamente a su joven y bella
esposa corregirla con un fornido bastón, amenaza nunca
cumplida. A pesar de todas sus bravatas, a pesar de su
hermosa barba negra y de su trigueña cara de árabe, no
era sino un pequeño cuadrúpedo caído en la red de atracción del licenciado Reinaldo.

La señorita de Eguilaz, el alter ego del doctor y yo
éramos tres víctimas que obraban en el área de atracción
del señor Arrieta. Bien estaba que aquella fuerte individualidad pesara sobre el viril tipo de moro y sobre mi
personilla mísera, tan deforme y tan tenue que claramente
pertenecía a las especies absorbibles. Pero la blanca señorita de Eguilaz que tenía toda la sabiduría de la bondad
y tan divino equilibrio moral que se había hecho centro
de todo un sistema de locos; pero la señorita de Eguilaz
que tenía toda la fuerza de su bondad, que por su blanco
amor era como un Sol —porque todos los soles no son
sino grandes centros de amor que giran en derredor del
Sol de Dios—; pero la blanca señorita de Eguilaz, ¿podía
ella también caer presa en las redes del tentador?

En cuanto el doctor supo todo lo que deseaba saber,
pareció interesarse por mi vida e inquirió mil detalles
acerca de ella. Con la facilidad con que los enfermos hablan de sus dolencias, le conté prolijamente mis innarra-
bles noches de angustia y mis frecuentes días de obsesión.
Y entonces el licenciado, con la misma apagada voz con
que llevaba la convicción al ánimo de sus clientes, me
dijo que conocía un medio para curarme. Bastaba que fuese a pasar breves días a una posesión suya, cercana,
donde había unos baños medicinales y donde debía seguir
el tratamiento que él me indicaría. El licenciado decía
todo esto sin levantar la voz, sin insistir; pero apenas oí
sus palabras tuve la firme convicción de que me indicaban
el único camino salvador que curaría mi extraña dolencia. Con aquella misma aparente facilidad el licenciado
convencía a todos los que visitaban su acreditado bufete,

una causa ante los tribunales de la pequeña ciudad, por
alta que levantaran la voz sus impugnadores, llegaba un
instante en que el juez en ejercicio decía invariablemente:
«Sepamos lo que dice el licenciado Reinaldo»; «oigamos
lo que tiene que alegar el licenciado Reinaldo en favor
de su cliente». Todas las miradas entonces se volvían al
licenciado, que hasta ese instante había enmudecido, y
se escuchaban en silencio sus cortas alocuciones, que generalmente inclinaban el platillo de la balanza en que
caían. Los miembros sustentantes de la causa contraria
se iban con la penosa sensación de haber perdido sin saber
por qué, sensación aún más dolorosa que la de ver me-
noscabados sus intereses materiales. Así ganaba todas sus
causas el licenciado Reinaldo y la pequeña ciudad aún
ignoraba cómo sucedía esto. El buen éxito sempiterno
del licenciado no aumentaba el número de sus clientes
en la proporción que era de presumirse: los labriegos parecían sentir una fuerza cohibitiva que los hacía alejarse
del hábil defensor. Siempre que éste alcanzaba un triunfo
jurídico, con su sano instinto de hijos de los campos,
sentían que se había generado un poder que no podía
ser perdurable; que era ejercido en el tiempo. Porque los
labriegos de la pequeña ciudad agrícola, hasta en sus mí-
nimos intereses, vivían en la eternidad.

El licenciado Reinaldo me convenció de que debía ir
a tomar los baños de su posesión. Le agradecí su generosa oferta y únicamente le pedí un plazo para aceptarla.
No me sentía con el valor de alejarme entonces de nuestra consoladora. El licenciado no insistió. Era éste uno
de los hilos que debían atarme y no le importaba que se
rompiese, porque había sabido crear otros muchos que
me vinculaban a él. Y así me despedí confuso y vagamente aterrorizado, pero sin romper ninguna de las dos
influencias que en esos días tiraban de mi alma. La de
la blanca señorita Ema y la de mi nuevo y temeroso protector.

Advertí en mis cotidianas visitas a la señorita Ema que ésta escuchaba con interés todo lo que se refería al licenciado. No había perdido la blanca virgen nada de su serenidad, al menos en la apariencia, y yo tenía tal costumbre de confidenciarle todas las confusas y secretas penas de mi vida, que hablamos a menudo de mis relaciones con su ya declarado pretendiente. Ella jamás en sus palabras se refirió a él; pero oía con vivísimo interés mi atormentada charla. Y si al tener entre labios otros tópicos, me veían siempre sus candorosos ojos, cuando hablábamos del señor Arrieta, su blanco rostro se inclinaba y prestaba atención sin interrumpirme. Yo, en ese tiempo, buscaba la respuesta de una pregunta, ya sin fortuna contestada por esa agudísima percepción que con frecuencia tienen los que padecen enfermedades de la mente. ¿Pretendía el licenciado Reinaldo con seriedad a la señorita de Eguilaz? ¿Lo aceptaría ésta por esposo? Las leves observaciones que hasta entonces me habían hecho tener una casi evidencia de que a ambas preguntas era necesario contestar con un sí por toda la eternidad, pronto se vieron confirmadas. Ya me fue imposible apelar, de mis vagas presunciones, a los hechos reales, porque los hechos reales tuvieron su sentencia sin apelación. Cuando vi al licenciado y a la señorita de Eguilaz, juntos en esos terribles silencios que preceden a los grandes acontecimientos de la vida; cuando observé que el licenciado ya no tenía sus habituales y discretas bromas y que la señorita de Eguilaz callaba por más tiempo, una muda angustia se apoderó de mí. Pero los días siguieron, los silencios de los extraños amantes se prolongaron —mientras yo con las mismas prerrogativas que el falderillo preferido asistía a las confidencias de los novios, confinado en un rincón de la sala—, y al fin a mi espíritu volvió un poco de calma. El temido acontecimiento no podía tener aceptación en mi mente. Ante él todo mi yo se rebelaba, y concluí por negarlo. Así he negado siempre la muerte de mi madre. Hay cosas en la vida cuya

absoluta evidencia nos mataría como un rayo. Si yo creyera en la muerte de mi madre, si yo *tuviese absoluta
conciencia de que mi madre ha muerto, no obstante que
la vi enterrar,* no existiría yo mismo ya. Pero por fortuna
todas esas cosas malas sólo existen engañosamente, y los
pobres hombres, aunque creen estar convencidos de ellas,
saben que no son ciertas. El mal sólo existe como vana
apariencia y esta insospechada sabiduría de los hombres
es la que los permite subsistir. Hay un secreto de todo
el mundo que todos sabemos y que ninguno cree saber
y ninguno confiesa en alta voz, porque no hay en el idioma palabras para expresarlo. Y ese secreto es el gran
secreto de Dios; el secreto del eterno ser que existe en
nosotros. Yo así negaba toda posible unión íntima entre
la señorita de Eguilaz y el licenciado Reinaldo o la transfería a un futuro tan lejano como mi propia muerte, que
está tan distante que me permite subsistir. Así, cuando
supe que se casaban, que se unían por lazos eternos, *al
día siguiente,* la blanca paloma y el torvo reptil, sentí
como si en mi cerebro se hiciese la noche. ¿Qué abrumadora sucesión de hechos se habría verificado para que
pudiera ser cierto tan monstruoso acontecimiento? Mientras el licenciado Reinaldo y la señorita Ema tejían su
silencio en la pequeña sala, ante los mudos testigos del
falderillo y de mi propia exigua personalidad, ¿qué blancas manos de hilanderas componían los vestidos de novia,
qué sastres agitados cosían el negro vestido de gala del
licenciado Reinaldo, qué orífices escogían perlas y zafiros
para las joyas de la desposada?...

He aquí cómo supe la noticia. Un día, al caminar hacia
la casa de la señorita de Eguilaz para hacer mi diaria
visita, un susurro me llamó a una tienda vecina. Al entrar en ella me encontré una agitada reunión de personas,
y, a sus voces, supe que el próximo día se casaban el
licenciado Reinaldo y mi protectora. Los que febrilmente
me lo contaban, con palabras descompuestas, eran los
locos de la señorita de Eguilaz; eran todos los locos de

la señorita de Eguilaz, reunidos en un complot. Todos
los locos, todos, a los que se les había prohibido entrar
en la casa de su protectora. El gordo administrador del
Gran Hotel, constituido a la puerta, les había cerrado
el paso, diciéndoles que la señorita se había marchado a
la vecina aldea. Mas ellos sabían que no era cierto. Ah,
pero...

Los locos callaron. Anita López se adelantó algunos
pasos y ya en el medio de la reunión inclinó su rostro
lívido con ademán de férrea voluntad. Y entonces afirmó
que *aquello* no se llevaría a cabo; que ella sabía la manera de impedirlo.

De vez en cuando alguno de los protegidos se llegaba
a la puerta y asomaba su cabeza a la calle. Comprendí
que esperaban al causante de su agitación, al licenciado
Reinaldo. Y yo mismo me sentí contagiado de su cólera,
invadido de una terrible indignación que llegaba a sus
últimos límites. No; aquello no podía ser: era preciso
evitarlo. Era preciso golpear, alejar al asqueroso reptil
que osaba acercarse a nuestra blanca protectora. Me sentí
empuñando con furia mi bastón y me extrañó mi inquebrantable voluntad de oponer la violencia al licenciado
Reinaldo, pues siempre he sido un ser pusilánime hasta
el extremo, y además, mis sólidas creencias religiosas re-
chazaban todo acto de acometividad. Pero era tal el amor
a nuestra protectora, que no fui dueño de dominar mi
cólera indignada.

Apenas concebí el intento de esperar yo también al
licenciado y ensañarme en él, una vaga atracción me hizo
aproximarme a Anita López. Sentí que ésta tenía idéntico propósito de agredir al doctor. Sentí que ocultaba
un puñal en el seno. Y, al comprenderlo, mi innata hon-
radez se sublevó y me preparé a convencerla de que no
hiciese uso de su arma. Empecé a hablarla y ya los locos
se aproximaban a oír nuestra conversación, pues en el
febril estado en que se hallaban todo los hacía vibrar,
cuando don Panchito, pobre monomaníaco, protegido de
la señorita de Eguiluz, balbuceó trémulo: «Allí viene el
licenciado.» Y aún sonaba su voz, cuando vimos a nues-

tro enemigo en la acera, frente a nosotros, y viéndonos
a su vez con fijeza. El gordo mocetón erguía su alta estatura, echaba hacia atrás su enorme, desnudo rostro, bello,
con extraña belleza, imperativo y orgulloso. Penetró luego
con paso seguro en la tienda, viéndonos siempre con una
sola mirada que nos abarcaba a todos, pero que en particular se detenía sobre Anita López.

—¿Y bien, qué es esto? ¿Qué fantochada están repre-
sentando aquí? Porque parece que me esperaban, ¿no?

Ninguno se atrevió a hablar. Y entonces el licenciado,
sacando tranquilamente su reloj, dijo con voz que por
primera vez oía yo alta en sus labios, con voz clara, que
llegó a todos nosotros, en tono de regaño:

—¿Y bien? ¿Qué hacéis allí en pie? Son las doce y
media en punto. Hace media hora que *la comida está
servida en vuestras casas. Y ya debe estar fría.*

—¡Ya debe estar fría! —clamaron todos los oyentes
del licenciado saliendo con precipitación de la tienda y
dirigiéndose velozmente a sus casas. La más ligera en
partir fue Anita López.

El licenciado Reinaldo los vio irse con una sonrisa en
los labios delgados y se dirigió a mí, que era el único
que había quedado de la agitada reunión. Me saludó cariñosamente.

—¿Qué tal, querido amigo Friend? ¿Quiere acompa-
ñarme a casa de la señorita Ema?

Le agradecí que, en vísperas de casarse, aún la llamase
la «señorita Ema». Ante su amabilidad, toda mi hostil
disposición de ánimo desaparecía. Caminé silenciosamen-
te, a su lado, los pocos pasos que nos separaban de la
morada de mi protectora.

Desde que traspasamos la puerta de calle, pude observar que todo en la casa, en la amada casa de la señorita,
se preparaba para la festividad del día siguiente. Innú-
meros artistas la decoraban de blanco. En los anchos
corredores había largas mesas enmanteladas y la riquísima
cristalería de la casa de Eguilaz empezaba a descender de
los anaqueles. En la pequeña ciudad era imposible que
se verificase una boda sin su correspondiente fiesta.

Se inclinó ante nosotros, con imperceptible sonrisa, el gordo propietario del Gran Hotel, el mismo que cerró el paso a mis compañeros de infortunio, y atravesamos los corredores entre diligentes criados que se apartaban en silencio. Al llegar a la puerta de la sala yo me detuve con respeto, y vi aterrorizado que mi acompañante *continuaba andando, en dirección a la alcoba de la señorita Ema.* Ya tenía derecho para ello. A la mañana siguiente podía llamarse su dueño: pero yo comprendía con claridad que estaba faltando a una ley de orden superior al social, que lo debió detener en la sala hasta el último momento. Y en una iluminada anticipación comprendí, también claramente, que el hombre que así marchaba con paso decidido y silencioso estaba labrando un abismo entre él y la señorita de Eguilaz.

Se detuvo ante la puerta de la alcoba, entornada, y llamó quedamente: Ema.

Oí un ahogado rumor de sobresalto y luego la voz de mi protectora, trémula como no la había oído nunca:

—Un momento, Reinaldo, un momento.

El licenciado retrocedió con visible disgusto hacia la sala, y aún no había llegado a la puerta de ésta, cuando salió la señorita Ema *en traje de desposada.* A la puerta asomaban los sonrientes rostros de amigas suyas, camareras improvisadas.

El rostro de la señorita de Eguilaz estaba cubierto por un vivo rubor; pero su voz era dulcísima cuando murmuró:

—Ya ves, Reinaldo: me probaban mi vestido de boda. ¿Te parece bien?

El licenciado Reinaldo balbuceó una galantería de rigor y todos tres entramos a la sala.

La blanca señorita de Eguilaz se dejó caer en un sofá, sin ningún cuidado porque chafaba su albo vestido de azucena. Sólo yo supe que en aquel instante *se estaba muriendo de angustia,* pues con el hábito adquirido de ocultar su dolor, para darse toda entera a sus locos, sonrió a su futuro esposo.

—Siéntate, Reinaldo.

Yo, en un extremo de la habitación, con la pueril vanidad de los locos, esperaba que la señorita de Eguilaz se disculpase ante mí. Ya no pensaba en su sacrificio. Había adoptado una actitud huraña y esperaba que me dirigiese palabras de cariño *para hacerse perdonar de mí*. La señorita Ema nos había acostumbrado a sus locos a descansar por completo en ella, mimando en nosotros ese cruel egoísmo de los seres débiles. Como un amante engañado, yo esperaba que se disculpase de su traición; como un niño que ve contraer nuevas nupcias a su madre joven, yo esperaba que se disculpase de su traición. Pero la señorita de Eguilaz parecía no fijarse en mí y entonces salí insolentemente, afectando un aire de dignidad ofendida.

¡Ah! Pero al traspasar el umbral de la puerta de su casa, tuve que apoyarme para no caer y sollocé, sollocé como sólo sollozan los niños y los locos. Lejos ya de toda persona humana abdiqué de mi dignidad de loco y sollocé angustiadamente.

Me dirigí a mi casa. Necesitaba refugiarme en el seno de mi hermana Quina —Quina es un diminutivo cariñoso que la dábamos—. Nos amábamos mi hermana y yo, pero pasábanse los días sin que nos dirigiésemos la palabra, porque sentíamos mutua antipatía que nos alejaba; porque teníamos la misma locura y huíamos de la propia imagen de nuestra insensatez al alejarnos el uno del otro. Así los hermanos, procurando nunca estar juntos, suelen huir de sus hereditarias máculas de familia. Huíamos el uno del otro y nos estimábamos profundamente.

Me dijo la sirviente que mi hermana Quina había ido a refugiarse a nuestra bella posesión en la aldea de San Martín. Mi hermana y yo éramos de esos pequeños ricos de pueblo que viven de sus rentas.

Yo no tuve el valor de seguirla. Mi razón se negaba a aceptar la boda de la señorita Ema. Quería ver; quería rendirme a la evidencia.

Y vi. Vi a la señorita Ema salir de la iglesia del brazo del licenciado Reinaldo, que ya era su esposo ante Dios y ante los hombres. La religión acababa de unirlos con indisoluble lazo. Los vi salir del brazo, arrancándome a los cuidados de Anita López, que me mimaba cariñosamente, procurando consolarme y consolarse, tratando de llevarme a su casa y probando así que en nuestro común duelo ella era la mujer.

Pocas veces, acaso nunca, he visto en mi vida hombre más hermoso que el licenciado Reinaldo cuando salió de la iglesia, del brazo de su cándida esposa. La levita negra iba maravillosamente a su alta estatura; el sombrero de copa alta sentaba maravillosamente a su hermoso, a su grotesco rostro desnudo. No sé qué contraste dignificaba y engrandecía el traje del hombre al vestirlo aquel extraño ser. La pechera de su camisa y su corbata eran del más inmaculado blanco de lino que he podido ver nunca. Y entonces me di cuenta de que, a pesar de haber visto siempre al licenciado Reinaldo como una serpiente, *como un boa constrictor,* nunca me había causado asco ni desprecio, acaso porque la señorita Ema me había enseñado a glorificar toda cosa de la naturaleza, o acaso porque el licenciado Reinaldo no era para mí más que el diáfano símbolo de la astucia y la prudencia de los hombres, llevadas a la apoteosis, buenas porque eran fuerzas que movía el buen Dios; y bellas y límpidas porque se encontraban en el seno de la naturaleza.

El licenciado Reinaldo era la eterna serpiente que había seducido a la mujer; la eterna serpiente; de fascinadora frase bíblica, que sabía hacerse oír de la mujer. Una atracción de la tierra haciendo descender algo alado, tal vez para que naciera el hombre sobre el mundo, por una ley que no por desconocida es menos grande. ¿Cómo se multiplicaría el bien sobre la tierra si los senos blancos y puros fueran necesariamente infecundos?

Me retiré sereno, descansado, con el paso elástico que devuelve la salud al manojo de nervios de mi cuerpo cuando toco a la madre sabiduría, como Anteo recobraba la fuerza cuando tocaba a la madre tierra. Ah, pero al llegar a nuestra posesión, cuando estuve encerrado en el cuarto vecino al que encerraba a mi angustiada hermana Quina, fui de nuevo, como ella, el mismo ser condenado a no

tener descendencia, que había perdido su único consuelo
humano. Gemimos uno al lado del otro, separados por
un delgado cancel, acaso el cancel de nuestra propia her-
mandad.

Nuestra posesión en la aldea de San Martín era un pequeño terreno laborable, en manos de una familia arren-
dataria, del que nos habíamos reservado una bellísima
huerta que era al mismo tiempo jardín, con una linda
casita adjunta, a la que nos refugiábamos cada vez que
en la ciudad se apoderaba de nosotros la neurosis. Las
legumbres, los árboles frutales y los cientos de rosas de
mi hermana Quina nos aliviaban las almas.

Toda aquella noche la pasé en el huerto y estuve hu-
medecido como la tierra ante la noche. Mi hermana Quina
también había estado contemplando las estrellas, pero
cuando me vio corrió a ocultarse a su alcoba. Me quedé
solo bajo los naranjos, y toda la noche pregunté a los
astros qué pecado de soberbia o de sensualidad cometía
sobre la tierra para que se me castigara tanto.

Amanecí más enfermo que nunca. Me levanté del rús-
tico banco donde el sueño me venciera y eché a caminar,
sin rumbo fijo. Sin rumbo fijo, o tal vez con el rumbo
más determinado que nunca, porque marchaba camino
de la próxima posesión de la señorita Eguilaz.

Esta quedaba al otro lado del caserío, y atravesé el
pueblo dormido. Ya llegaba a sus orillas, donde los primeros fuegos hacían hervir el desayuno matinal en las
casas de los pobres, cuando oí el ruido de un carruaje
que se aproximaba. Conocí la carretela de la señorita de
Eguilaz y la vi a ella misma conduciéndola, aún con su
blanco vestido de boda, al lado de su anciana ama de cría.
No venía nadie más. La vi a ella, conduciéndola, con su
blanco vestido de boda aún...

El caballo lanzó el relincho amistoso que reservaba para
mí. No cabía duda. Era la señorita de Eguilaz. No cabía
duda. No cabía duda. ¿Cómo confundirla? El coche se
detuvo. Un chiquillo llamó y el arrendatario, presuroso,
corrió a tomar las riendas de *Lobo*. Se apeó rápidamente
la señorita de Eguilaz y al verme, al ver que corría a su

encuentro, con un trágico volver hacia mí su mano blanca, me detuvo en mitad del camino, entró en la casa rústica y cerró violentamente la puerta tras sí, impidiendo el paso a su misma acompañante, contando acaso con la complicidad de ésta para detenerme.

La anciana bajaba penosamente. La ayudé con violencia, más que compasivo, necesitado de que concluyese pronto su tardanza y se explicase. Y me lo explicó todo:

—Váyase, váyase, niño Friend. Se lo suplico por la Santa Madre de Dios. Después lo mandaremos a llamar. No mate a la señorita.

—Pero ¿qué sucede?

—¿Qué sucede? Que viene huyendo de ese hombre...

—Yo le impediré el paso...

—No. Le suplico que se vaya. Es inútil. Ese hombre no osará venir. Yo se lo aseguro. Ese hombre no volverá a ver nunca a la señorita Ema.

No la volvió a ver nunca. El licenciado Reinaldo no volvió a hacer oír sobre la tierra su odiosa palabra dulzona a la señorita de Eguilaz. Hace veinte años que no se ven. Hace veinte años que la señorita de Eguilaz vive la vida más pura que conozco, sola con su hijo Salvador, en su posesión de la aldea.

Así fue como la señorita de Eguilaz fue madre. Yo comprendo algo. Yo vagamente comprendo algo. Yo sé que no pudo ser de otra manera.

Horacio Quiroga

(El Salto, Uruguay, 1878-Buenos Aires, 1937)

Se cierra esta antología con Horacio Quiroga por varias razones. Primero, porque es, sin duda, el primer gran cuentista que elabora en América una teoría moderna del cuento, válida para él y su tiempo pero también para Borges, Cortázar y otros. En segundo lugar, porque es lo que podría llamarse un «cuentista profesional», que tiene un alto concepto del género, lo practica intensamente y hasta lo prefiere a la novela, que también cultivó. Y finalmente, porque, entre los de su generación, incluidos o no en este volumen, es el único cuya evolución estética traza perfectamente el arco que va del módulo modernista a la expresión madura del criollismo, concebido como un arte que no se limita a la descripción de lo propio, sino que ofrece una visión existencial del hombre enfrentado a la muerte, la violencia y el fracaso. Quiroga pone al cuento hispanoamericano en contacto con la mejor tradición europea y norteamericana del género, y lo instala así en el borde mismo de la modernidad (que él cruza con su obra tardía no recogida en esta antología). Cronológicamente está antes que Arévalo Mar-

tínez *(véase)*, pero su obra está «después», más cerca
de nosotros. Apenas un poco más acá en el tiempo, aparece la vanguardia y comienza otra historia: la de nuestros
días. Quiroga es una presencia capital en el desarrollo
del género.

La vida de Quiroga es tan apasionante e intensa como
su obra; en una y otra el constante *leitmotiv* es la muerte y la fatalidad del destino. El recuento de su existencia
podría justificar el título unamuniano: *Del sentimiento
trágico de la vida.* Y el febril entrecruzamiento de su
vida y obra sólo podría compararse con el que caracteriza
a O'Neill. Tiene razón Rodríguez Monegal cuando dice
que Quiroga no es ni uruguayo ni argentino —cuyas respectivas literaturas lo reclaman como propio—, sino rioplatense, hombre y escritor de las dos orillas. En ese
sentido, es un ejemplo eminente de los límites del arrai-
gado concepto de literatura nacional: aunque uruguayo de
nacimiento, su obra es argentina, al menos por el estímu-
lo y la experiencia que la provocan. En uno y otro lado,
Quiroga fue siempre un *desterrado,* como reza el título
de uno de sus libros, un trasplantado, alguien que explora
fronteras ajenas tratando de hacerlas suyas. Al año siguiente de su nacimiento, el padre muere al disparársele
accidentalmente —delante del hijo— un arma de fuego,
y se inicia así el signo de violencia y destrucción que
marcará su vida. Nuevo golpe hacia 1896: su padrastro
se suicida. Mientras tanto, el adolescente Quiroga demuestra intereses y aficiones muy diversas: ciclismo, fotografía, química, mecánica, carpintería... Sin una vocación definida, hace estudios universitarios en Montevideo,
que luego abandona. Por esta época, su inestabilidad lo
lleva a experimentar con drogas y a llevar una desordenada vida de *dandy* y amante algo macabro. En 1897
comienza a colaborar, bajo seudónimo, en revistas juveniles montevideanas. Con un grupo de amigos forma el
llamado «Consistorio del Gay Saber», fraternidad modernista que muchas veces coincidió con la «Torre de los
Panoramas», del poeta Herrera y Reissig. Queriendo ser
fiel a esa forma estridente de modernismo que cultivaba

el grupo, Quiroga parte en 1900 hacia París, pero por
razones económicas está de vuelta en menos de cuatro
meses. Al año siguiente aparece su primer libro: *Los
arrecifes de coral,* dedicado a Lugones. Ese mismo año
mueren dos hermanos suyos, y en 1902 ocurre el más
grave incidente de su vida: por accidente, dispara una
pistola y mata a su mejor amigo, Federico Ferrando. Poco
después empieza a trabajar como maestro en Buenos Aires.
Acompaña a Lugones *(véase)* en la expedición que éste
dirige en 1903 por la región de Misiones, en el norte
argentino. En 1904 ya está instalado como colono en el
Chaco, cultivando algodón. Vuelve a Buenos Aires y sigue publicando sus colecciones de cuentos y escribiendo
para diarios y revistas. Adquiere tierras en San Ignacio,
en la selva misionera. En 1909 se casa con Ana María
Cires, alumna suya, y se establece en San Ignacio, empeñado en proyectos industriales que resultarían infructuosos. En 1915 su esposa se suicida y Quiroga regresa a
Buenos Aires con sus hijos. Es nombrado secretario del
consulado de Uruguay. En 1917 publica *Cuentos de amor,
de locura y de muerte,* que le asegura notoriedad como
cuentista e inicia un período especialmente fecundo. Retorna a Misiones en 1925, acompañado por otra Ana
María, relación que es objetada por la familia de ésta.
Actividad literaria intensa en Buenos Aires a partir
de 1926; hace también crítica de cine, en la que se opone
al cine sonoro. En 1927 se casa con María Elena, amiga
de su hija, y en 1931 se traslada a San Ignacio como
cónsul. El nuevo matrimonio fracasa muy pronto, y poco
después también su gestión consular. Crisis emocional y
literaria; a la angustia y soledad se suman sus problemas
financieros, de los que trata de distraerse con estudios
sobre telepatía y amnesia. Enfermo de cáncer, es recluido
en un hospital, donde se suicida al saber que su dolencia
era incurable.

A pesar de esta vida azarosa, Quiroga era un lector febril y omnívoro: desde joven leyó a Dickens, Verne,
Maupassant, Zola, Andersen, Gogol, Chejov, pero sin
duda el influjo dominante proviene de Poe, Kipling, Con-

rad y G. E. Hudson; en el primer mandamiento de su
«Manual del perfecto cuentista» (1925) menciona a varios de ellos. Este es un texto que revela una admirable
madurez y convicción estética, que él aplicó coherente-
mente a su arte. Al leer preceptos como: «En un cuento
bien logrado, las tres primeras líneas tienen casi la misma
importancia que las tres últimas»; «No abuses del lector.
Un cuento es una novela depurada de ripios. Ten esto
por una verdad absoluta; aunque no lo sea»; o «No es-
cribas bajo el imperio de la emoción. Déjala morir, y evó-
cala luego», cualquiera se da cuenta de que Quiroga coloca al cuento en otra etapa de su evolución histórica: la
de su plena autonomía estética, por completo distinto del
superficial costumbrismo o de la anécdota novelesca. El
cuento es, al fin, un mundo propio, completo y autosuficiente en su brevedad: algo más parecido a un soneto
que a una novela. Borges, entre otros, asumiría esta herencia cuando razona, en su prólogo a *Ficciones,* que
más vale inventar un cuento que resuma un libro de quinientas páginas que escribir ese libro. Con Quiroga el
problema del antólogo no es seleccionar un cuento, sino
en eliminar los otros: aparte de que su obra es extensa,
hay una variedad de formas, tonos y tipos narrativos que
es difícil de representar debidamente. Quiroga cultivó el
cuento de horror (sobrenatural o no); el cuento fantasma-
górico en el que fuerzas o visiones extrañas distorsionan
el plano objetivo; el cuento protagonizado por animales; el cuento psicológico-erótico; el cuento realista de
aventuras y ambiente exótico; el «cuento escénico»; el
cuento infantil, etc. Pero el foco de su creación cuentística tiende a ser siempre el mismo: un hombre (generalmente solo) marcado ya por la muerte y luchando contra
ella. Quiroga es un especialista en elegir destinos ya se-
llados antes de que el relato comience, para mostrar cómo
la terquedad, la imaginación o el mero instinto del individuo tratan de postergar el momento final. Trágico
encuentro entre un hombre indefenso y una naturaleza
hostil, en una situación límite que lleva a una agonía exas-
perada: esos ingredientes son esenciales en el arte de Qui-

roga. Desencadenan una serie de acontecimientos, sometidos a las ciegas reglas de la fatalidad y la destrucción, y subrayan la soterrada noción de que la vida (sobre todo en la selva) es extraordinariamente frágil. Basta un pequeño error (un accidente, un olvido, una ignorancia) para enfrentar una consecuencia inesperada. A veces, lo inevitable triunfa sin que su presa cobre clara conciencia de lo que está pasando, pero más frecuente es lo contrario: en vez de entregarse o resignarse, la víctima responde con lúcido ardor y libra su última batalla como si cumpliese su más alta misión. Es esa intensidad y concentración en un punto de la experiencia humana, lo que hace tan memorables estos cuentos. Aunque destructora, la naturaleza primitiva es para Quiroga un ámbito sagrado de afirmación y aprendizaje de la vida, mientras la civilización es símbolo de inautenticidad y engaño, concepto que tiene un decidido acento romántico. En su obra, la libertad se tiñe de sangre y callado heroísmo, pues es un rito necesario para la regeneración de la naturaleza: como los animales, los hombres deben aprender la suprema lección de morir.

Los dos cuentos que aquí se recogen ilustran esos dos extremos de la conducta ante la muerte. Ambos aparecieron en *Cuentos de amor, de locura y de muerte,* pero fueron escritos con bastante anterioridad. «La insolación» se publicó por primera vez en *Caras y Caretas* (Buenos Aires) en 1908. El texto combina varios elementos característicos: la premonición de la muerte, la presencia dramática de los animales, el personaje solitario y extraño al ambiente, las percepciones alteradas de la realidad. El narrador adopta un punto de vista muy cercano al de los perros que observan a Mr. Jones, su amo, mientras éste se entrega a su habitual jornada alcohólica; esa proximidad (lograda por el estilo indirecto libre) hace más verosímiles los «razonamientos» y «diálogos» de los animales, testigos de la tragedia. El ritmo está cuidadosamente medido por las referencias al creciente calor del monte, que domina todo y limita los movimientos de hombres y animales. Las imágenes son de una precisión fulguran-

te: el «sol calcinante» ponía «el cielo en fusión»; el
aire «vibraba a todos lados, dañando la vista» y la tierra
«exhalaba vaho de horno». Bajo ese sol de fuego, un
perro (es irónico que se llame *Old* y que sea el primero
en tener la experiencia) sufre una visión alucinante: ve
a la Muerte en la figura de Mr. Jones, lo ve *ya muerto.*
La aparición se repite dos veces más, cuyas diferentes
formas y ambiguos significados despistan y estimulan la
débil esperanza de que no ocurra lo peor. Impaciente por
resolver un menudo problema de su maquinaria y envuelto en las brumas del alcohol, Mr. Jones desafía teme-
rariamente los elementos: cruza al pajonal con el sol
cayendo a plomo. La descripción de ese pasaje es magis-
tral: la prosa comunica la atroz situación expandiendo
poderosas y breves ondas de sensaciones y percepciones
cada vez más confusas. La muerte es literalmente una
disolución en la marea agobiante del calor; la realidad es
una experiencia alterada por estados de transición hacia
lo sobrenatural, la alucinación y la videncia parapsicoló-
gica. Pero este intenso drama es sólo la mitad de la historia: hay un contrapunto, que establecen los mismos
perros, en cuya fidelidad a Mr. Jones destaca un elemento de angustiosa preocupación por su ulterior destino de
animales abandonados. La helada lección del cuento es
que éstos saben más del mundo del amo que él mismo,
y que sin embargo nada pueden hacer: los perros son lú-
cidos y Mr. Jones es un ciego ante su propio fin. La tex-
tura conradiana del cuento es notoria: el ambiente tropical y el personaje extranjero son pretextos para un
examen profundo de actitudes y situaciones humanas.
Casi nada sabemos de Mr. Jones, pero podemos entender
que es un personaje atormentado, interiormente destrui-
do por un medio que trata de explotar sin comprender.
Su debilidad moral y física anuncia que es incapaz de
vencer la suprema prueba a la que será sometido; como
el Kurtz de *The Heart of Darkness,* su apuesta por dominar el mundo salvaje fracasa porque, como dice Conrad,
«su alma está vacía».

«A la deriva», originalmente publicado en *Fray Mocho*
(Buenos Aires) en 1912, es una obra maestra de concisión e intensidad. Es un cuento de apenas cuatro páginas, pero la impresión que deja es de absoluta perfección: es difícil imaginar un modo más eficaz de contar
la lucha de un hombre contra su muerte; o mejor: el
proceso de *morir* visto desde dentro. Cuando el relato
comienza, ya la suerte de Paulino está echada: lo ha mor-
dido una serpiente en el pie, está solo y lejos de casa. La
situación es irremediable, pero Paulino no sólo cumple
con el rito de matar a la serpiente, sino que se niega a
aceptar el hecho de que va a morir. Los terribles efectos
del veneno en el cuerpo del hombre están sugeridos literalmente como punzadas de fuerza y extensión progresi-
vas, hasta alcanzar un nivel intolerable: el pie se pone
«lívido y ya con lustre gangrenoso», luego parece «una
monstruosa morcilla», en su boca la bebida alcohólica
tiene gusto a agua. El drama se desarrolla casi estrictamente en soledad, haciendo más grandioso el duelo entre
el hombre, su destino y el inconmovible escenario; su
mujer aparece apenas en unas líneas, antes de esfumarse
para siempre; y el ruego al «compadre Alves» es más patético porque nunca sabemos si éste permanece indiferente o simplemente no puede escucharlo. El ritmo *in
crescendo* del relato es súbitamente interrumpido y la
coloración objetiva y subjetiva del ambiente cambia: cae
la tarde, baja el calor, hay una extraña calma, y el hombre descubre (*cree* descubrir) que la fiebre ha cedido. Una
sensación de serenidad lo invade y el paisaje (precisamente después de haber cobrado un aire funeral) se
ilumina en fastuosos tonos dorados y olores penetrantes
«de azahar y miel silvestre». El infierno de la selva se
ha convertido mágicamente en una visión paradisíaca; entramos en la confusa mente de Paulino y contemplamos
todo, incluso el pasado, desde esa perspectiva apacible
que parece negar la evidencia de la situación central. La
perspectiva narrativa, concentrada antes en la trayectoria
de flecha de la acción y las llamaradas de dolor, se inte-
rioriza ahora y opera desde la mente del hombre, que

trata de asirse de cualquier fragmento de realidad. El
tiempo se deslíe en una dimensión de fronteras inciertas
y recuerdos borrosos que parecen negar la agonía. Los
planos de ilusión, delirio, conciencia y sensorialidad se
entremezclan en un haz de visiones que no pertenecen
propiamente ni a uno ni a otro: hemos tocado el límite
de la realidad, pues del otro lado está la nada de la muerte. Y entonces nos damos cuenta de que el realismo del
cuento es simbólico: que Paulino es cualquier hombre,
que su deseo de sobrevivir es el de todos, y que el río
Paraná es una metáfora del flujo inapresable del tiempo
(Heráclito) y del temible Leteo (Dante). El argumento
mínimo pero cargado de *pathos* y conflictividad, las proporciones cósmicas que alcanza el enfrentamiento hombre-
naturaleza, el oscuro lirismo de una prosa funcional y
lacónica, hacen del cuento una experiencia ejemplar por
su universalidad y actualidad. Podría haber sido escrito
hoy: es contemporáneo directo de los relatos de Faulkner
o Hemingway o Rulfo; y ¿acaso la jornada de Paulino
por el río no nos recuerda la de Fushía por el Marañón,
en *La Casa Verde,* rumbo al leprosorio amazónico donde
acabará sus días?

OBRA NARRATIVA (primeras ediciones y principales
recopilaciones)

Los arrecifes de coral, Montevideo: Imprenta de El
Siglo Ilustrado, 1901; *El crimen del otro,* Buenos Aires: Casa Editora Emilio Spinelli, 1904; *Los perseguidos,* Buenos Aires: A. Moen y Hno., 1905; *Historia de
un amor turbio,* Buenos Aires: A. Moen y Hno., 1908;
Cuentos de amor, de locura y de muerte, Buenos Aires:
Cooperativa Editorial «Buenos Aires», 1917; *Cuentos de
la selva, para los niños,* Buenos Aires: Cooperativa Editorial «Buenos Aires», 1918; *Las sacrificadas,* Buenos
Aires: Cooperativa Editorial «Buenos Aires», 1920; *El
salvaje,* Buenos Aires: Cooperativa Editorial «Buenos
Aires», 1920; *Anaconda,* Buenos Aires: Agencia General

de Librería y Publicaciones, 1921; *El desierto,* Buenos
Aires: Babel, 1924; *La gallina degollada y otros cuentos,* Buenos Aires: Babel, 1925; *Los desterrados,* Buenos
Aires: Babel, 1926; *Pasado amor,* Buenos Aires: Babel,
1929; *Suelo natal,* Buenos Aires: Edit. F. Crespillo,
1931; *Más allá,* est. prelim. Alberto Zum Felde, Montevideo y Buenos Aires: Soc. de Amigos del Libro Rioplatense, 1935; *Cuento terciario y otros cuentos,* Montevideo: C. García, 1945; *Idilio y otros cuentos,* Montevideo:
C. García, 1945; *El regreso de Anaconda y otros cuentos,*
Buenos Aires: Eudeba, 1960; *Cuentos,* est., notas y ed.
Raimundo Lazo, México: Editorial Porrúa, 1968; *Obras
inéditas y desconocidas,* pról. Noé Jitrik y ed. Angel Rama, Montevideo: Arca, 1967-1973, 8 vols.; *Novelas cortas,* La Habana: Editorial Arte y Literatura/Ediciones
Huracán, 1973; *Cuentos completos,* ed. Alfonso Llambías
de Acevedo, Montevideo: Ediciones de La Plaza, 1978,
2 vols.; *Novelas completas,* Montevideo: Ediciones del
Atlántico, 1979; *Horacio Quiroga: Cuentos,* pról. y ed.
Emir Rodríguez Monegal, Caracas: Biblioteca Ayacucho,
1981; *El hombre artificial. El mono que asesinó. Las
fieras cómplices. El devorador de hombres,* Madrid, Val-
demar, 1989.

CRITICA

Peter R. Beardsell, *Horacio Quiroga. Cuentos de amor,
de locura y de muerte,* Valencia, España: Grant &
Cutler/Támesis, 1986; Nicolás Bratosevich, *El estilo de
Horacio Quiroga en sus cuentos,* Madrid: Gredos, 1973;
José Enrique Etcheverry, *Horacio Quiroga y la crea-
ción artística,* Montevideo: Universidad de la Repúbli-
ca, 1957; Angel Flores, ed., *Aproximaciones a Horacio
Quiroga,* Caracas: Monte Avila, 1976; Noé Jitrik, *Hora-
cio Quiroga: una obra de experiencia y riesgo,* Montevi-
deo: Arca, 1967; Ezequiel Martínez Estrada, *El hermano
Quiroga: cartas de Horacio Quiroga a Martínez Estrada,*
Montevideo: Arca, 1968; José Luis Martínez Morales,

Horacio Quiroga: teoría y práctica del cuento, Xalapa: Universidad Veracruzana, 1982; Hanne Gabriele Reck, *Horacio Quiroga: biografía y crítica,* México: De Andrea, 1966; Emir Rodríguez Monegal, *El desterrado. Vida y obra de Horacio Quiroga,* Buenos Aires: Losada, 1968. Consúltense también los trabajos de Lazo, Jitrik y Rodríguez Monegal en las ediciones arriba citadas.

El cachorro *Old* salió por la puerta y atravesó el patio con paso recto y perezoso. Se detuvo en la linde del pasto, estiró al monte, entrecerrando los ojos, la nariz vibrátil y se sentó tranquilo. Veía la monótona llanura del Chaco, con sus alternativas de campo y monte, monte y campo, sin más color que el crema del pasto y el negro del monte. Este cerraba el horizonte, a doscientos metros, por tres lados de la chacra. Hacia el Oeste el campo se ensanchaba y extendía en abra, pero que la ineludible línea sombría enmarcaba a lo lejos.

A esa hora temprana el confín, ofuscante de luz a mediodía, adquiría reposada nitidez. No había una nube ni un soplo de viento. Bajo la calma del cielo plateado, el campo emanaba tónica frescura, que traía al alma pensativa, ante la certeza de otro día de seca, melancolías de mejor compensado trabajo.

Milk, el padre del cachorro, cruzó a su vez el patio y se sentó al lado de aquél, con perezoso quejido de bienestar. Permanecían inmóviles, pues aún no había moscas.

Old, que miraba hacía rato la vera del monte, observó:

—La mañana es fresca.

Milk siguió la mirada del cachorro y quedó con la vista fija, parpadeando distraído. Después de un momento dijo:

—En aquel árbol hay dos halcones.

Volvieron la vista indiferente a un buey que pasaba, y continuaron mirando por costumbre las cosas.

Entre tanto el Oriente comenzaba a empurpurarse en abanico y el horizonte había perdido ya su matinal precisión. *Milk* cruzó las patas delanteras y sintió leve dolor. Miró sus dedos sin moverse, decidiéndose por fin a olfatearlos. El día anterior se había sacado un pique, y en recuerdo de lo que había sufrido lamió extensamente el dedo enfermo.

—No podía caminar —exclamó, en conclusión.

Old no entendió a qué se refería. *Milk* agregó:

—Hay muchos piques.

Esta vez el cachorro comprendió. Y repuso por su cuenta, después de largo rato:

—Hay muchos piques.

Callaron de nuevo, convencidos.

El sol salió, y en el primer baño de luz las pavas del monte lanzaron al aire puro el tumultuoso trompeteo de su charanga. Los perros, dorados al sol oblicuo, entornaron los ojos, dulcificando su molicie en beato pestañeo. Poco a poco la pareja aumentó con la llegada de los otros compañeros: *Dick,* el taciturno preferido; *Prince,* cuyo labio superior, partido por un coatí, dejaba ver dos dientes, e *Isondú,* de nombre indígena. Los cinco *fox-terriers,* tendidos y muertos de bienestar, durmieron.

Al cabo de una hora irguieron la cabeza; por el lado opuesto del bizarro rancho de dos pisos —el inferior de barro y el alto de madera, con corredores y baranda de chalet— habían sentido los pasos de su dueño, que bajaba la escalera. Míster Jones, la toalla al hombro, se detuvo un momento en la esquina del rancho y miró el sol, alto ya. Tenía aún la mirada muerta y el labio pendiente, tras su solitaria velada de *whisky,* más prolongada que las habituales.

Mientras se lavaba, los perros se acercaron y le olfatearon las botas, meneando con pereza el rabo. Como las fieras amaestradas, los perros conocen el menor indicio de borrachera de su amo. Se alejaron con lentitud a echarse de nuevo al sol. Pero el calor creciente les hizo presto abandonar aquél por la sombra de los corredores.

El día avanzaba igual a los precedentes de todo ese mes: seco, límpido, con catorce horas de sol calcinante, que parecía mantener el cielo en fusión y que en un instante resquebrajaba la tierra mojada en costras blanquecinas. Míster Jones fue a la chacra, miró el trabajo del día anterior y retornó al rancho. En toda esa mañana no hizo nada. Almorzó y subió a dormir la siesta.

Los peones volvieron a las dos a la carpición, no obstante la hora de fuego, pues los yuyos no dejaban el algodonal. Tras ellos fueron los perros, muy amigos del cultivo desde que el invierno pasado hubieran aprendido a disputar a los halcones los gusanos blancos que levantaba el arado. Cada uno se echó bajo un algodonero, acompañando con su jadeo los golpes de la azada.

Entre tanto el calor crecía. En el paisaje silencioso y enceguecedor de sol el aire vibraba a todos lados, dañando la vista. La tierra removida exhalaba vaho de horno, que los peones soportaban sobre la cabeza, envuelta hasta las orejas en el flotante pañuelo, con el mutismo de sus trabajos de chacra. Los perros cambiaban a cada rato de planta, en procura de más fresca sombra. Tendíanse a lo largo, pero la fatiga los obligaba a sentarse sobre las patas traseras para respirar mejor.

Reverberaba ahora delante de ellos un pequeño páramo de greda que ni siquiera se había intentado arar. Allí, el cachorro vio de pronto a míster Jones, que lo miraba fijamente, sentado sobre un tronco. *Old* se puso de pie, meneando el rabo. Los otros levantáronse también pero erizados.

—¡Es el patrón! —exclamó el cachorro, sorprendido de la actitud de aquéllos.

—No, no es él —replicó *Dick*.

Los cuatro perros estaban juntos gruñendo sordamente, sin apartar los ojos de míster Jones, que continuaba inmóvil, mirándolos. El cachorro, incrédulo, fue a avanzar, pero *Prince* le mostró los dientes:

—No es él, es la Muerte.

El cachorro se erizó de miedo y retrocedió al grupo.

—¿Es el patrón muerto? —preguntó ansiosamente.

Los otros, sin responderle, rompieron a ladrar con furia, siempre en actitud de miedoso ataque. Sin moverse, míster Jones se desvaneció en el aire ondulante.

Al oír los ladridos, los peones habían levantado la vista, sin distinguir nada. Giraron la cabeza para ver si había entrado algún caballo en la chacra, y se doblaron de nuevo.

Los *fox-terriers* volvieron al paso al rancho. El cachorro, erizado aún, se adelantaba y retrocedía con cortos trotes nerviosos, y supo de la experiencia de sus compañeros que cuando una cosa va a morir aparece antes.

—¿Y cómo saben que ése que vimos no era el patrón vivo? —preguntó.

—Porque no era él —le respondieron displicentes.

¡Luego la Muerte, y con ella el cambio de dueño, las miserias, las patadas, estaba sobre ellos! Pasaron el resto de la tarde al lado de su patrón, sombríos y alerta. Al menor ruido gruñían, sin saber a dónde. Míster Jones sentíase satisfecho de su guardiana inquietud.

Por fin el sol se hundió tras el negro palmar del arroyo, y en la calma de la noche plateada los perros se estacionaron alrededor del rancho, en cuyo piso alto míster Jones recomenzaba su velada de *whisky*. A medianoche oyeron sus pasos; luego la doble caída de las botas en el piso de tablas, y la luz se apagó. Los perros, entonces, sintieron más el próximo cambio de dueño, y solos, al pie de la casa dormida, comenzaron a llorar. Lloraban en coro, volcando sus sollozos convulsivos y secos, como masticados, en un aullido de desolación, que la voz cazadora de *Prince* sostenía mientras los otros tomaban el sollozo de nuevo. El cachorro ladraba. La noche avanzaba, y los cuatro perros de edad, agrupados a la luz de la luna, el hocico extendido e hinchado de lamentos —bien alimentados y acariciados por el dueño que iban a perder—, continuaban llorando su doméstica miseria.

A la mañana siguiente míster Jones fue él mismo a buscar las mulas y las unció a la carpidora, trabajando hasta las nueve. No estaba satisfecho, sin embargo. Fuera de que la tierra no había sido nunca bien rastreada, las cuchillas no tenían filo, y con el paso rápido de las mulas la carpidora saltaba. Volvió con ésta y afiló sus rejas; pero un tornillo en que ya al comprar la máquina había notado una falla se rompió al armarla. Mandó un peón al obraje próximo, recomendándole el caballo, un buen animal, pero asoleado. Alzó la cabeza al sol fundente de mediodía e insistió en que no galopara un momento. Almorzó en seguida y subió. Los perros, que en la mañana no habían dejado un segundo a su patrón, se quedaron en los corredores.

La siesta pesaba, agobiada de luz y silencio. Todo el contorno estaba brumoso por las quemazones. Alrededor del rancho la tierra blanquizca del patio, deslumbraba por el sol a plomo, parecía deformarse en trémulo hervor, que adormecía los ojos parpadeantes de los *fox-terriers*.

—No ha aparecido más —dijo *Milk*.

Old, al oír *aparecido* levantó las orejas sobre los ojos.

Esta vez el cachorro, incitado por la evocación, se puso en pie y ladró, buscando a qué. Al rato calló con el grupo, entregado a su defensiva cacería de moscas.

—No vino más —agregó *Isondú*.

—Había una lagartija bajo el raigón —recordó por primera vez *Prince*.

Una gallina, el pico abierto y las alas apartadas del cuerpo, cruzó el patio incandescente con su pesado trote de calor. *Prince* la siguió perezosamente con la vista y saltó de golpe.

—¡Viene otra vez! —gritó.

Por el norte del patio avanzaba solo el caballo en que había ido el peón. Los perros se arquearon sobre las patas, ladrando con prudente furia a la Muerte que se acercaba. El animal caminaba con la cabeza baja, aparentemente indeciso sobre el rumbo que iba a seguir. Al pasar frente al rancho dio unos cuantos pasos en dirección al pozo y se degradó progresivamente en la cruda luz.

Míster Jones bajó, no tenía sueño. Disponíase a proseguir el montaje de la carpidora, cuando vio llegar inesperadamente al peón a caballo. A pesar de su orden, tenía que haber galopado para volver a esa hora. Culpólo, con toda su lógica racional, a lo que el otro respondió con evasivas razones. Apenas libre y concluida su misión el pobre caballo, en cuyos ijares era imposible contar el latido, tembló agachando la cabeza y cayó de costado. Míster Jones mandó al peón a la chacra, con el rebenque aún en la mano, para echarlo si continuaba oyendo sus jesuísticas disculpas.

Pero los perros estaban contentos. La Muerte, que buscaba a su patrón, se había conformado con el caballo. Sentíanse alegres, libres de preocupación, y en consecuencia disponíanse a ir a la chacra tras el peón cuando oyeron a míster Jones que gritaba a éste, lejos ya, pidiéndole el tornillo. No había tornillo: el almacén estaba cerrado, el encargado dormía, etc. Míster Jones, sin replicar, descolgó su casco y salió él mismo en busca del utensilio. Resistía el sol como un peón, y el paseo era maravilloso contra su mal humor.

Los perros lo acompañaron, pero se detuvieron a la sombra del primer algarrobo: hacía demasiado calor. Desde allí, firmes en las patas, el ceño contraído y atento, lo veían alejarse. Al fin el temor a la soledad pudo más, y con agobiado trote siguieron tras él.

Míster Jones obtuvo su tornillo y volvió. Para acortar distancia, desde luego, evitando la polvorienta curva del camino, marchó en línea recta a su chacra. Llegó al riacho y se internó en el pajonal, el diluviano pajonal del Saladito, que ha crecido, secado y retoñado desde que hay paja en el mundo, sin conocer fuego. Las matas, arqueadas en bóveda a la altura del pecho, se entrelazan en bloques macizos. La tarea de cruzarlo, sería ya con día fresco, era muy dura a esa hora. Míster Jones lo atravesó, sin embargo, braceando entre la paja restallante y polvorienta por el barro que dejaban las crecientes, ahogado de fatiga y acres vahos de nitratos.

Salió por fin y se detuvo en la linde; pero era imposible permanecer quieto bajo ese sol y ese cansancio. Marchó de nuevo. Al calor quemante que crecía sin cesar desde tres días atrás agregábase ahora el sofocamiento del tiempo descompuesto. El cielo estaba blanco y no se sentía un soplo de viento. El aire faltaba, con angustia cardíaca que no permitía concluir la respiración.

Míster Jones se convenció de que había traspasado su límite de resistencia. Desde hacía rato le golpeaba en los oídos el latido de las carótidas. Sentíase en el aire, como si dentro de la cabeza le empujaran el cráneo hacia arriba. Se mareaba mirando el pasto. Apresuró la marcha para acabar con eso de una vez... y de pronto volvió en sí y se halló en distinto paraje: había caminado media cuadra sin darse cuenta de nada. Miró atrás y la cabeza se le fue en un nuevo vértigo.

Entre tanto los perros seguían tras él, trotando con toda la lengua de fuera. A veces, asfixiados, deteníanse en la sombra de un espartillo; se sentaban precipitando su jadeo, pero volvían al tormento del sol. Al fin, como la casa estaba ya próxima, apuraron el trote.

Fue en ese momento cuando *Old,* que iba adelante, vio tras el alambrado de la chacra a míster Jones, vestido de blanco, que caminaba hacia ellos. El cachorro, con súbito recuerdo, volvió la cabeza a su patrón y confrontó.

—¡La Muerte, la Muerte! —aulló.

Los otros lo habían visto también, y ladraban erizados. Vieron que atravesaba el alambrado, y un instante creyeron que se iba a equivocar; pero al llegar a cien metros se detuvo, miró el grupo con sus ojos celestes, y marchó adelante.

—¡Que no camine ligero el patrón! —exclamó *Prince.*

—¡Va a tropezar con él! —aullaron todos.

En efecto, el otro, tras breve hesitación, había avanzado, pero no directamente sobre ellos, como antes, sino

en línea oblicua y en apariencia errónea, pero que debía
llevarlo justo al encuentro de míster Jones. Los perros
comprendieron que esta vez concluía, porque su patrón
continuaba caminando a igual paso como un autómata,
sin darse cuenta de nada. El otro llegaba ya. Hundieron
el rabo y corrieron de costado, aullando. Pasó un segundo
y el encuentro se produjo: Míster Jones se detuvo, giró
sobre sí mismo y se desplomó.

Los peones, que lo vieron caer, lo llevaron a prisa al
rancho, pero fue inútil toda el agua: murió sin volver en
sí. Míster Moore, su hermano materno, fue de Buenos
Aires, estuvo una hora en la chacra y en cuatro días liqui-
dó todo, volviéndose en seguida al Sur. Los indios se
repartieron los perros, que vivieron en adelante flacos y
sarnosos e iban todas las noches, con hambriento sigilo,
a robar espigas de maíz en las chacras ajenas.

El hombre pisó algo blanduzco, y en seguida sintió la mordedura en el pie. Saltó adelante, y al volverse, con un juramento, vio a una yararacusú que, arrollada sobre sí misma, esperaba otro ataque.

El hombre echó una veloz ojeada a su pie, donde dos gotitas de sangre engrosaban dificultosamente, y sacó el machete de la cintura. La víbora vio la amenaza y hundió más la cabeza en el centro mismo de su espiral; pero el machete cayó de plano, dislocándole las vértebras.

El hombre se bajó hasta la mordedura, quitó las gotitas de sangre y durante un instante contempló. Un dolor agudo nacía de los dos puntitos violeta y comenzaba a invadir todo el pie. Apresuradamente se ligó el tobillo con su pañuelo y siguió por la picada [1] hacia su rancho.

El dolor en el pie aumentaba, con sensación de tirante abultamiento, y de pronto el hombre sintió dos o tres fulgurantes puntadas que, como relámpagos, habían irradiado desde la herida hasta la mitad de la pantorrilla.

---

[1] *Picada:* Amer., «paso, vado».

Movía la pierna con dificultad; una metálica sequedad de garganta, seguida de sed quemante, le arrancó un nuevo juramento.

Llegó por fin al rancho y se echó de brazos sobre la rueda de un trapiche. Los dos puntitos violetas desaparecían ahora en una monstruosa hinchazón del pie entero. La piel parecía adelgazada y a punto de ceder, de tensa. Quiso llamar a su mujer, y la voz se quebró en un ronco arrastre de garganta reseca. La sed lo devoraba.

—¡Dorotea! —alcanzó a lanzar en un estertor—. ¡Dame caña!

Su mujer corrió con un vaso lleno, que el hombre sorbió en tres tragos. Pero no había sentido gusto alguno.

—¡Te pedí caña, no agua! —rugió de nuevo—. ¡Dame caña!

—¡Pero es caña, Paulino! —protestó la mujer, espantada.

—¡No, me diste agua! ¡Quiero caña, te digo!

La mujer corrió otra vez, volviendo con la damajuana. El hombre tragó uno tras otros dos vasos, pero no sintió nada en la garganta.

—Bueno; esto se pone feo —murmuró entonces, mirando su pie, lívido y ya con lustre gangrenoso. Sobre la honda ligadura del pañuelo la carne desbordaba como una monstruosa morcilla.

Los dolores fulgurantes se sucedían en continuos relampagueos y llegaban ahora hasta la ingle. La atroz sequedad de garganta, que el aliento parecía caldear más, aumentaba a la par. Cuando pretendió incorporarse un fulminante vómito lo mantuvo medio minuto con la frente apoyada en la rueda de palo.

Pero el hombre no quería morir, y descendiendo hasta la costa subió a su canoa. Sentóse en la popa y comenzó a palear hasta el centro del Paraná. Allí la corriente del río, que en las inmediaciones del Iguazú corre seis millas, lo llevaría antes de cinco horas a Tacurú-Pacú.

El hombre, con sombría energía, pudo efectivamente llegar hasta el medio del río; pero allí sus manos dormidas dejaron caer la pala en la canoa, y tras un nuevo vómito —de sangre esta vez— dirigió una mirada al sol, que ya trasponía el monte.

La pierna entera, hasta medio muslo, era un bloque deforme y durísimo que reventaba la ropa. El hombre cortó la ligadura y abrió el pantalón con su cuchillo: el bajo vientre desbordó hinchado, con grandes manchas lívidas y terriblemente doloroso. El hombre pensó que no podría jamás llegar él solo a Tacurú-Pacú y se decidió a pedir ayuda a su compadre Alves, aunque hacía mucho tiempo que estaban disgustados.

La corriente del río se precipitaba ahora hacia la costa brasileña, y el hombre pudo fácilmente atracar. Se arrastró por la picada en cuesta arriba; pero a los veinte metros, exhausto, quedó tendido de pecho.

—¡Alves! —gritó con cuanta fuerza pudo; y prestó oído en vano.

—¡Compadre Alves! ¡No me niegue este favor! —clamó de nuevo, alzando la cabeza del suelo.

En el silencio de la selva no se oyó un solo rumor. El hombre tuvo aún valor para llegar hasta su canoa, y la corriente, cogiéndola de nuevo, la llevó velozmente a la deriva.

El Paraná corre allí en el fondo de una inmensa hoya, cuyas paredes, altas de cien metros, encajonan fúnebremente el río. Desde las orillas, bordeadas de negros bloques de basalto, asciende el bosque, negro también. Adelante, a los costados, detrás, la eterna muralla lúgubre, en cuyo fondo el río arremolinado se precipita en incesantes borbollones de agua fangosa. El paisaje es agresivo y reina en él un silencio de muerte. Al atardecer, sin embargo, su belleza sombría y calma cobra una majestad única.

El sol había caído ya, cuando el hombre, semitendido, en el fondo de la canoa, tuvo un violento escalofrío. Y de pronto, con asombro, enderezó pesadamente la cabeza: se sentía mejor. La pierna le dolía apenas, la sed disminuía, y su pecho, libre ya, se abría en lenta inspiración.

El veneno comenzaba a irse, no había duda. Se hallaba casi bien, y aunque no tenía fuerzas para mover la mano, contaba con la caída del rocío para reponerse del todo. Calculó que antes de tres horas estaría en Tacurú-Pacú.

El bienestar avanzaba, y con él una somnolencia llena de recuerdos. No sentía ya nada ni en la pierna ni en el vientre. ¿Viviría aún su compadre Gaona en Tacurú-Pacú? Acaso viera también a su ex patrón míster Dougald y al recibidor del obraje.

¿Llegaría pronto? El cielo, al Poniente, se abría ahora en pantalla de oro, y el río se había coloreado también. Desde la costa paraguaya, ya entenebrecida, el monte dejaba caer sobre el río su frescura crepuscular en penetrantes efluvios de azahar y miel silvestre. Una pareja de guacamayos cruzó muy alto y en silencio hacia el Paraguay.

Allá abajo, sobre el río de oro, la canoa derivaba velozmente, girando a ratos sobre sí misma, ante el borbollón de un remolino. El hombre que iba en ella se sentía cada vez mejor, y pensaba entre tanto en el tiempo justo que había pasado sin ver a su ex patrón Dougald. ¿Tres años? Tal vez no, no tanto. ¿Dos años y nueve meses? Acaso. ¿Ocho meses y medio? Eso sí, seguramente.

De pronto sintió que estaba helado hasta el pecho. ¿Qué sería? Y la respiración también...

Al recibidor de maderas de míster Dougald, Lorenzo Cubilla, lo había conocido en Puerto Esperanza un Viernes Santo... ¿Viernes? Sí, o jueves...

El hombre estiró lentamente los dedos de la mano.

Un jueves...

Y cesó de respirar.

1. Antologías generales, regionales y temáticas

Antología del cuento andino, pról. Jaime Mejía Duque, Bogotá: Secretaría Permanente del Convenio Andrés Bello, 1984.

Benedetti, Mario y Antonio Benítez Rojo (eds.), *Un siglo del relato latinoamericano,* La Habana: Casa de las Américas, 1976.

Flores, Angel (ed.), *Narrativa hispanoamericana. 1816-1981. Historia y antología,* vols. 1-3, México: Siglo XXI, 1981.

Marini-Palmieri (ed.), *Cuentos modernistas hispanoamericanos,* Madrid, Castalia, 1989.

Mejía Sánchez, Ernesto (ed.), *Antología de la prosa en lengua española (siglo XIX),* México: UNAM, 1972.

Menton, Seymour (ed.), *El cuento hispanoamericano,* 2.ª ed., México: Fondo de Cultura Económica, 1980.

Novo, Salvador (ed.), *Antología de cuentos mexicanos e hispanoamericanos,* México: Editorial Cultura, 1923.

Ramírez, Sergio, *Antología del cuento centroamericano,* San José, Costa Rica: Educa, 1973, vol. I.

Sanz y Díaz, José (ed.), *Antología de cuentistas hispanoamericanos,* Madrid: Aguilar, 1946.

Yahni, Roberto (ed.), *Prosa modernista hispanoamericana. Antología,* Madrid: Alianza Editorial, 1974.

2. *Antologías nacionales*

Becco, Horacio Jorge (ed.), *Cuentistas argentinos,* Buenos Aires:
Ediciones Culturales Argentinas, 1961.

Belevan, Harry (ed.), *Antología del cuento fantástico peruano,*
Lima: Universidad de San Marcos, 1975.

Bueno, Salvador (ed.), *Cuentos cubanos del siglo XIX,* La Habana: Artes y Literatura, 1975.

Castañón Barrientos, Carlos (ed.), *El cuento modernista en Bolivia,* La Paz: s. e., 1972.

Donghi Halperin, Renata (ed.), *Cuentistas argentinos del siglo XIX,* Buenos Aires: A. Estrada, 1950.

Escobar, Alberto (ed. gen.), *Antología general de la prosa en el
Perú,* Lima: Fundación del Banco Continental/Ediciones Edu-
banco, 1986, 3 vols.

Instituto de Literatura Chilena, *Antología del cuento chileno,* Santiago: Editorial Universitaria, 1963.

Lafourcade, Enrique (ed.), *Antología del cuento chileno,* Santiago: Importadora Alfa, 1985, vol. I.

Lancelotti, Mario A. (ed.), *El cuento argentino. 1840-1940,* Buenos Aires: Editorial Universitaria de Buenos Aires, 1965.

Leal, Luis (ed.), *El cuento mexicano. De los orígenes al modernismo,* Viamonte [Argentina]: Editorial Universitaria de Buenos
Aires, 1966.

Loveluck, Juan (ed.), *El cuento chileno, 1854-1920,* Buenos Aires:
Editorial Universitaria de Buenos Aires, 1964.

Luque Muñoz, Henry (ed.), *Narradores colombianos del siglo XIX,*
Bogotá: Instituto Colombiano de Cultura, 1976.

Mancisidor, José (ed.), *Cuentos mexicanos del siglo XIX,* México:
Nueva España, 1946.

Medina, José Ramón (ed.), *Antología venezolana (prosa),* Madrid:
Gredos, 1962.

Meneses, Guillermo (ed.), *El cuento venezolano. 1900-1940,* Buenos Aires: Editorial Universitaria de Buenos Aires, 1966.

Miranda Cárabes, Celia (ed.), *La novela corta en el primer romanticismo mexicano,* México: UNAM, 1985.

Ortiz de Montellano, Bernardo (ed.), *Antología de cuentos mexicanos,* México: Ed. Nacional, 1954.

Pachón Padilla, Eduardo (ed.), *El cuento colombiano,* 2.ª ed. rev.,
Bogotá: Plaza & Janés, 1985, vol. I.

Pagés Larraya, Antonio (ed.), *Cuentos de nuestra tierra* [i. e.: Ar-
gentina], Buenos Aires: Raigal, 1952.

Pérez-Maricevich, Francisco (ed.), *Ficción breve paraguaya de Barnett a Roa Bastos,* Asunción: Díaz de Bedoya & Gómez Rodas Editores, 1983.

Rela, Walter (ed.), *20 cuentos uruguayos magistrales,* Buenos Aires: Plus Ultra, 1980.

Rojas, Manuel (ed.), *Los costumbristas chilenos,* Santiago: Zig-Zag, 1957.

Rosa-Nieves, Cesáreo y Félix Franco Oppenheimer (eds.), *Antología general del cuento portorriqueño,* San Juan: Editorial Campos, 1959, vol. I.

Silva Castro, Raúl (ed.), *Cuentistas chilenos del siglo XIX,* Santiago: Prensas de la Universidad de Chile, 1934.

Soriano Badani, Armando (ed.), *Antología del cuento boliviano,* La Paz: Los Amigos del Libro, 1975.

Uslar Pietri, Arturo y Julián Padrón (eds.), *Antología del cuento moderno venezolano (1895-1935),* Caracas: Escuela Técnica Industrial, Taller de Artes Gráficas, 1940, vol. I.

Visca, Sergio Arturo (ed.), *Nueva antología del cuento uruguayo,* Montevideo: Ediciones de la Banda Oriental, 1976.

Viteri, Eugenia (ed.), *Antología básica del cuento ecuatoriano,* Quito: Editorial Voluntad, 1987.

Yahni, Roberto (ed.), *70 años de narrativa argentina: 1900-1970,* Madrid: Alianza Editorial, 1970.

3. *Historias, estudios y obras de consulta*

Aldrich, Earl M., *The Modern Short Story in Peru,* Madison [Wisconsin]: University of Wisconsin Press, 1966.

Ara, Guillermo, *La novela naturalista hispanoamericana,* Buenos Aires: Eudeba, 1965.

Barbagelata, Hugo, *La novela y el cuento en Hispanoamérica,* Montevideo: F. Míguez, 1947.

Barrenechea, Ana María y Emma Susana Speratti Piñero, *La literatura fantástica en Argentina,* México: Imp. Universitaria, 1957.

Burgos, Fernando, *La novela moderna hispanoamericana,* Madrid: Orígenes, 1985.

Cúneo, Dardo, *El romanticismo político: Leopoldo Lugones, Roberto J. Payró, José Ingenieros, Macedonio Fernández, Manuel Ugarte, Alberto Gerchunoff,* Buenos Aires: Ediciones Transición, 1955.

Fabbiani Ruiz, José, *Cuentos y cuentistas: literatura venezolana,* Caracas: Cruz del Sur, 1961.

Fletcher, Lea, *Modernismo. Sus cuentistas olvidados en la Argentina,* Buenos Aires: Ediciones del 80, 1986.

Flores, Angel (ed.), *El realismo mágico en el cuento hispanoamericano,* México: Premiá, 1985.

Henríquez Ureña, Max, *Breve historia del modernismo,* 2.ª ed., México: Fondo de Cultura Económica, 1962.

Jiménez, José Olivio (ed.), *Estudios críticos sobre la prosa modernista hispanoamericana,* New York: Eliseo Torres, 1975.

Lastra, Pedro, *El cuento hispanomericano del siglo XIX: notas y documentos,* Santiago: Editorial Universitaria/Garden City [New York]: Adelphi University, 1972.

Leal, Luis, *Breve historia del cuento mexicano,* México: Ediciones de Andrea, 1958.

——, *Historia del cuento hispanoamericano,* México: Ediciones de Andrea, 1971.

Lida, María Rosa, *El cuento popular hispanoamericano y la literatura,* 2.ª ed., Buenos Aires: Losada, 1976.

Olivares, Jorge, *La novela decadente en Venezuela,* Caracas: Armitano, 1984.

Pupo-Walker, Enrique (ed.), *El cuento hispanoamericano ante la crítica,* Madrid: Castalia, 1973.

Rivera Silvestrini, José, *El cuento moderno venezolano,* Río Piedras [Puerto Rico]: Prometeo, 1967.

Suárez-Murias, Marguerite C., *La novela romántica en Hispanoamérica,* New York: Hispanic Institute, 1963.

Introducción, por José Angel Oviedo 7

I. ROMANTICISMO; PRIMER Y SEGUNDO
CICLOS

Esteban Echeverría (1805-1851) 33
    El matadero 38
Pedro José Morillas (1803-1881) 58
    El ranchador 61
Juan Montalvo (1832-1889) 79
    Gaspar Blondin 84
Juana Manuela Gorriti (1818-1892) 89
    Quien escucha su mal oye 93
José María Roa Bárcena (1829-1908) 104
    Lanchitas 107
Ricardo Palma (1833-1919) 117
    Traslado a Judas 121

Eduardo Wilde (1844-1912)   127
   La lluvia   131
   Novela corta y lastimosa   145

II. Realismo/Naturalismo

Eduardo Acevedo Díaz (1851-1921)   151
   El combate de la tapera   156
Federico Gana (1867-1926)   169
   Un carácter   172
Javier de Viana (1868-1926)   176
   En las cuchillas   181
Baldomero Lillo (1867-1923)   196
   La compuerta número 12   200
Augusto D'Halmar (1882-1950)   208
   En provincia   213
Roberto J. Payró (1867-1928)   223
   Metamorfosis   228

III. Modernismo

Manuel Gutiérrez Nájera (1859-1895)   237
   La novela del tranvía   241
Rubén Darío (1867-1916)   249
   El rey burgués   255
   D. Q.   261
Manuel Díaz Rodríguez (1871-1927)   266
   Rojo pálido   269
Darío Herrera (1870-1914)   275
   La zamacueca   278
Amado Nervo (1870-1919)   283
   El diamante de la inquietud   287

IV. Del postmodernismo al criollismo

Clemente Palma (1872-1946)   325
   Los ojos de Lina   329

Leopoldo Lugones (1878-1938)   337
   La lluvia de fuego   343

Abraham Valdelomar (1888-1919)   355
   Hebaristo el sauce que murió de amor   360

Rafael Arévalo Martínez (1884-1975)   367
   Nuestra Señora de los locos   372

Horacio Quiroga (1878-1937)   391
   La insolación   401
   A la deriva   409

Bibliografía   413

Libro de Bolsillo   Alianza Editorial   Madrid

Libros en venta

1238 William Blake:
Antología bilingüe

1239 Aristófanes:
Las nubes. Lisístrata, Dinero

1240 Platón:
Parménides

1241 Cornell Woolrich (William Irish):
En el crepúsculo

1242 Robert Louis Stevenson:
El dinamitero

1243 Spinoza:
Etica demostrada según el orden
geométrico

1244 Luis Goytisolo:
Recuento. Antagonia I

1245 Alejo Carpentier:
Ese músico que llevo dentro

1246 Francisco Vázquez:
El Dorado. Crónica de la
expedición de Pedro Ursua y Pedro
Lope de Aguirre

1247 Henry Kamen:
Nacimiento y desarrollo de la
tolerancia en la Europa moderna

1248 Miguel de Unamuno:
Vida de Don Quijote y Sancho

1249 Jonathan Howard:
Darwin

1250 Carlos García Gual:
La secta del perro
Diógenes Laercio:
Vidas de los filósofos cínicos

1251 Edward Peters:
La tortura

1252 José Deleito y Piñuela:
La mala vida en la España
de Felipe IV

1253 J. D. Salinger:
Franny y Zooey

1254 C. Ferreras, M. E. Arozena:
Guía física de España
2. Los bosques

1255 Martin Gardner:
Orden y sorpresa

1256 G. K. Chesterton:
El hombre que era jueves

1257 Bertolt Brecht:
Teatro completo, 1
Baal - Tambores en la noche -
En la jungla de las ciudades

1258 Carmen Vélez:
El libro de los pescados

1259 Georges Duby:
Guillermo el Mariscal

1262 Jonathan Swift:
Los viajes de Gulliver

1263 Mario Benedetti:
Subdesarrollo y letras de osadía

1264 Miguel de Unamuno:
Tres novelas ejemplares y un prólogo

1265 Apolonio de Rodas:
El viaje de los argonautas

1266 Julio Cortázar:
Rayuela

1267 Carlos Delgado:
El libro de los aguardientes y licores

1268 Lorenzo Villalonga:
Bearn o La sala de las muñecas

1269 Luciano de Samosata:
Diálogos de los dioses
Diálogos de los muertos
Diálogos marinos
Diálogos de las cortesanas

1270 Luis Goytisolo:
Los verdes de mayo hasta el mar
Antagonia II

1271 Immanuel Kant:
Los sueños de un visionario
explicados por los sueños
de la metafísica

1272 Lord Dunsany:
Cuentos de un soñador

1273 Flavio Josefo:
Autobiografía sobre la antigüedad
de los judíos

1274 John y Catherine Grant:
ZX Spectrum: Manual del
programador

1275 Juan Valera:
Pepita Jiménez

1276, 1277 Giovanni Boccaccio:
El decamerón

1278 Peter Burke:
Sociología e historia

1279 Petronius:
Satiricón

1280 J. M. Barrie:
Peter Pan

1281 Angela Landa:
El libro de la repostería

1282 Isaac Asimov:
La mente errabunda

1283 Luis Vives:
Diálogos sobre la educación

1284 José María Martín Triana:
El libro de la ópera

1285 Julián Marías:
La mujer y su sombra

1286 Julio Cortázar:
Octaedro

1287 José Luis Romero:
Estudio de la mentalidad
burguesa

1288 Miguel Barnet:
Gallego

1289 Luis Goytisolo:
La cólera de Aquiles
Antagonía, III

1290 Miguel Arenillas Parra y
Clemente Sáenz Ridruejo:
Guía Física de España
3. Los ríos

1291 Nicolás Maquiavelo.
Discursos sobre la primera
década de Tito Livio

1292 Guillermo fatas y Gonzalo
M. Borrás:
Diccionario de términos de
arte y elementos de arqueolo-
gía y numismática

1293 Alejo Carpentier:
Guerra del tiempo y otros
relatos

1294 Ernest Renan:
¿Qué es una nación?
Cartas a Strauss

1295 Inés Ortega:
El libro de los pollos, las
gallinas, el pato y la perdiz

1296 Apuleyo:
El asno de oro

1297 Ramiro A. Calle:
Salud psíquica a través del
yoga

1298 Luis Goytisolo:
Teoría del conocimiento
Antagonía, IV

1299 Henry James:
Washington Square

1300 De Tales a Demócrito:
Fragmentos presocráticos

1301 Lorenzo Villalonga:
Muerte de dama

1302 Stuart Piggott (dirección):
Historia de las civilizaciones
1. El despertar de la civilización

1303 Lourdes March:
La cocina mediterránea

1304 Robert B. Parker:
Dios salve al niño
Una novela de Spenser

1305 Spinoza:
Correspondencia

1306 Catulo:
Poesías

1307 Rudyard Kipling:
Capitanes intrépidos

1308 Bertolt Brecht:
Narrativa completa, 1
Relatos, 1913-1927

1309 Voltaire:
Cartas filosóficas

1310 Javier Tusell:
La dictadura de Franco

1311 Juan de Cárdenas:
Problemas y secretos
maravillosos de las Indias

1312 August Derleth:
El rastro de Cthulhu

1313 Chrétien de Troyes:
El caballero del león

1314 Edward Bacon (dirección):
Historia de las civilizaciones
2. Civilizaciones extinguidas

1315 Robert B. Parker:
Ceremonia
Una novela de Spenser

1316 Al-Hamadani:
Venturas y desventuras del
pícaro Abu L-Fath de Alejandría
(Maqamat)

1317 A. J. Ayer:
Hume

1318 Michael Grant (dirección):
Historia de las civilizaciones
3. Grecia y Roma

1319 Domingo F. Sarmiento:
Facundo

1320 Emile Durheim:
Las reglas del método
sociológico y otros escritos
sobre filosofía de las ciencias
sociales

1321 Sofocles:
Ayax - Las Traquinias -
Antígona - Edipo Rey

1322 David Hume:
Sobre el suicidio y otros
ensayos

1323 Arnold Toynbee (dirección):
Historia de las civilizaciones
4. El crisol del cristianismo

1324 Celso:
El discurso verdadero contra
los cristianos

1325 Spinoza:
Tratado de la reforma del
entendimiento
Principios de filosofía
de Descartes
Pensamientos metafísicos

1326 Joseph Conrad:
La posada de las dos brujas
y otros relatos

1327 María Victoria Llamas:
El libro del microondas

1328 Bertolt Brecht:
Teatro completo, 2
Vida de Eduardo II de Inglaterra.
Un hombre es un hombre.
El elefantito

1329 Alejo Carpentier:
Los pasos perdidos

1330 David Talbot Rice (dirección):
Historia de las civilizaciones
5. La Alta Edad Media

1331 Francisco Ayala:
Los usurpadores

1332 G. K. Chesterton:
El candor del padre Brown

1333 Stanislaw Lem:
Ciberiada

1334 Manuel Pedraza Roca:
El libro del bar

1335 José Lezama Lima:
Muerte de Narciso. Antología poética

1336 August Derleth:
La máscara de Cthulhu

1337 Joan Evans (dirección):
Historia de las civilizaciones
6. La Baja Edad Media

1338 Isaac Asimov, Martin Greenberg y
Charles G. Waugh (selección):
Se acabaron las espinacas y otros
delitos por computadora

1339 Grupo Riglos:
El libro de las pajaritas de papel

1340 Denys Hay (dirección):
Historia de las civilizaciones
7. La época del Renacimiento

1341 Mario Bussagli:
Atila

1342 Friedrich Nietzsche:
Consideraciones intempestivas, 1
Introducción y traducción de
Andrés Sánchez Pascual

1343 Blanca Tello y Francisco López
Bermúdez:
Guía física de España
4. Los lagos

1344 Miguel de Unamuno:
Paz en la guerra

1345 Ana Castañer y Teresa Fuertes:
El libro del jamón y la matanza

1346 Hugh Trevor-Roper (dirección):
Historia de las civilizaciones
8. La época de la expansión
Europa y el mundo desde 1559
hasta 1660

1347 José Deleito y Piñuela:
El rey se divierte

1348 Fray Toribio de Benavente (Motolinia):
Historia de los indios
de la Nueva España

1349 Platón:
La República

1350 J. H. Brennan:
Los engendros del demonio
1. Lobo de Fuego

1351 José Deleito y Piñuela:
... también se divierte el pueblo

1352 Miguel Barnet:
Canción de Rachel

1353 Juan Rulfo:
Antología personal

1354 Josep Lladonosa i Giró:
El libro de la cocina catalana

1355 J. H. Brennan:
Los engendros del demonio
2. Las criptas del terror

1356 Wilhelm Baum:
Ludwig Wittgenstein

1357 Oliver Sacks:
La jaqueca

1358 Pedro Sarmiento de Gamboa:
Los viajes al estrecho de Magallanes

1359 Hans Christian Andersen
Viaje por España

1360 Simone Ortega e Inés Ortega:
El libro de los potajes, las sopas,
las cremas y los gazpachos

1361 Salustio:
La conjuración de Catilina
La guerra de Yugurta

1362 Erich Valentin:
Guía de Mozart

1363 Pilar Iglesias:
El libro del tomate

1364 Jack London:
El lobo de mar

1365 Mario Benedetti:
Gracias por el fuego

1365 Martin Gardner:
La ciencia: lo bueno, lo malo
y lo falso

1367 Miguel de Unamuno:
Andanzas y visiones españolas

1368 Rafael Alberti:
A la pintura (Poema del color
y la línea) 1945-1976

1369 Carlos García Gual:
Los siete sabios (y tres más)

1370 Pedro Calderón de la Barca:
La vida es sueño

1371 Jules Verne:
La Isla Misteriosa

1372 Alfred Cobban (dirección):
Historia de las civilizaciones
9. El siglo XVIII. Europa en la época
de la Ilustración

1373 Pedro Rodríguez Santidrián:
Diccionario de las religiones

1374 Pedro Salinas:
Poesía completa, 1

1375 José Alcina Franch:
Mitos y literatura azteca

1376 Francisco Páez de la Cadena:
El libro de las plantas de interior

1377 Stanislaw Lem:
Congreso de futurología

1378 Manuel M. Martínez Llopis:
Historia de la gastronomía española

1379 Asa Briggs (dirección):
Historia de las civilizaciones
10. El siglo XIX. Las condiciones
del progreso

1380 Platón:
El banquete

1381 Manuel Bernabé Flores:
Curiosidades matemáticas

1382 Alejo Carpentier:
Ecue-yamba-o

1383 José Manuel Caballero Bonald
Doble vida
Antología poética

1384 Antonio Escohotado
Historia de las drogas, 1

1385 Tucídides
Historia de la guerra del Peloponeso

1386 Miguel Barnet
La vida real

1387 J. H. Brennan
Los engendros del demonio
3. El sino de los demonios

1388 J. H. Brennan
El mal antiguo

1389 Algazel
Confesiones

1390 Jorge Amado
Capitanes de la arena

1391 Miguel de Unamuno
Amor y pedagogía

1392 Juan Benet
Un viaje de invierno

1393 Antonio Escohotado
Historia de las drogas, 2

1394 Inmanuel Kant
Principios metafísicos de la cienc?
de la naturaleza

1395 Girolamo Benzoni
Historia del Nuevo Mundo

1396 G. K. Chesterton
La sagacidad del Padre Brown

1397 G. W. Leibniz
Filosofía para princesas

1398 Carlos Barral
Antología poética

1400 Bertolt Brecht
Narrativa completa, 2
Relatos (1927-1949)

1401 Luis San Valentín
La cocina de las monjas

1402 Emmanuel Sieyès
¿Qué es el Tercer Estado?

1403 Rubén Darío
El modernismo y otros ensayos

1404 Antonio Escohotado
Historia de las drogas, 3

1405 Juan Perucho
Los laberintos bizantinos